艰难决战

日本山口组百年风云

MOST
WANTED

萧亮 著

北方文艺出版社

图书在版编目（CIP）数据

艰难决战 / 萧亮著 . –– 哈尔滨：北方文艺出版社，
2018.8

ISBN 978-7-5317-4196-1

Ⅰ.①艰… Ⅱ.①萧… Ⅲ.①纪实文学 – 中国 – 当代
Ⅳ.① I25

中国版本图书馆 CIP 数据核字（2018）第 035569 号

艰难决战

Jiannan Juezhan

作　者 / 萧　亮

责任编辑 / 王金秋　赵　芳　　　　　装帧设计 / 锦色书装

出版发行 / 北方文艺出版社　　　　　网　　址 / www.bfwy.com
邮　编 / 150080　　　　　　　　　　经　　销 / 新华书店
地　址 / 黑龙江现代文化艺术产业园 D 栋 526 室

印　刷 / 廊坊市海涛印刷有限公司　　开　本 / 880×1230　1/32
字　数 / 307 千　　　　　　　　　　印　张 / 13.25
版　次 / 2018 年 8 月第 1 版　　　　　印　次 / 2018 年 8 月第 1 次印刷

书　号 / ISBN 978-7-5317-4196-1　　定　价 / 39.00 元

前　言

山口组是 20 世纪中期日本最庞大的黑社会组织。

它创立于 1914 年，那是一个政治腐败、帮会林立，只有黑道、没有白道的时代。

山口组的大本营一直设在神户市。第一代组长是山口春吉。当时山口组的经济来源，主要靠经营港湾运输业，因此组员大多是码头搬运工人。后来其长子山口登继任，情况有所改变。山口登是个热衷西方生活方式的花花公子，对又脏又累的搬运业缺乏热情，随着歌舞、电影、流行音乐等行业的勃兴，山口组转而插足充满刺激的娱乐行业。

山口组成为日本黑道的超级霸主，是在田冈一雄登上第三代组长宝座之后的事情。

田冈一雄继位之后，总结前两位组长的经验，设立了“神户艺能”和“甲阳运输”等数十家经营机构，牢牢控制着娱乐业和港湾运输业，使山口组拥有雄厚的经济基础。与此同时，向敌对黑道组织发动频繁的攻击，不断壮大队伍，扩展势力范围。

鼎盛时期，山口组共拥有遍及日本全境的五百二十六个下属团体，成员总数多达十八万人。战后初期，连日本警方也曾借用它的山菱纹组徽，用以维持社会治安。山口组的势力和影响由此可见一斑。

日本黑道拥有较长的历史。山口组的组织形式和管理方法，沿袭着日本黑道的传统。比如：一成不变的继位仪式，什么时候开始，什么时候结束，都有具体的时间规定；头目死后由长子继位（田冈一雄是个特殊的例子）；干部任免由头目说了算；所发展的组员必须是新结拜的把兄弟，以喝酒论辈分，喝多喝少极其讲究；等级森严，绝对服从头目的命令；任何人加入组织，都必须经过一个预备期，即所谓"三级修业"；重要会议不准女人到场；连惩戒的形式，如斩指赔罪等，也完全和传统的黑道相同。

但是，由于时代的变迁，山口组又添上了越来越浓厚的时代色彩。比如，由穿和服改成了穿西服，手枪、卡宾枪替代了日本武士刀，趿木屐变为坐轿车。此外，组员不再是无业浪人和赌徒，几乎人人拥有合法职业，并且率先涉足影响巨大的电影、流行歌舞等现代娱乐行业，甚至进军新闻业和出版业，控制大众传媒，与政府大臣眉来眼去，他们还善于利用结社自由等法律条文保护自己，积极向政界渗透，寻找自己的代理人。

当然，在山口组的全部活动中，最常见的内容，和古往今来各国的黑道大同小异，比如酗酒、赌博、嫖妓、强奸、恐吓、敲诈、绑架、复仇、暗杀、殴斗、吸毒、贩毒等等，这些都是山口组的家常便饭。但是另一方面，像亲情、友情、爱情、侠义、关怀、信任、忠诚、耿直等等情致，也像寒夜的星星一样闪烁在乌云之间。

此外，特别能够凸显出日本民族个性的地方，恐怕就是极端地崇尚沉默、忍耐和极端地要面子了。

黑道世界中出演的是一种不加掩饰的真实人生。在枪林弹雨、刀光剑影的映衬下，凸显在前台的，无非是金钱、美酒和女人。唯其真实，而愈发令人恐怖！远观静思，黑道中人同样是父母生养的生命，对于他们的狭隘，难免令人滋生出悲悯的情怀。

为物质利益而生，为物质利益而亡。古往今来，绝大多数黑道组织，几乎都抱定这么一种形而下的使命。而与其对应的白道组织又如何呢？比如日本的某些政党，它们拥有美丽动人的旗帜、堂而皇之的宣言，也就只是多了一点形而上的货色罢了。恐怕这就是白道和黑道的区别吧！

山口组第三代组长田冈一雄，的确不是一个简单的角色。

他自幼父母双亡，读过几年书，在小学就成了不良少年的领袖，17 岁开始嫖妓，两次因杀人坐牢，第二次世界大战期间，他几乎全是在监狱里度过的。他有不少情妇，但也有一个美丽、善良的太太；他是黑道枭雄，儿子却是个大学生；他曾使不少歌星、影星大走红运，高仓健、江利智惠美、宫城千贺子等国际大牌明星，都是他的好朋友；只要他一声令下，就可以动员起一支数万人的战斗部队；他也有一定的社会理想，总是以扶危济困的日本头号教父自居。

20 世纪中期以后，日本加快了法制建设的步伐，对黑道组织的取缔行动如火如荼地展开。在山口组面临土崩瓦解之际，田冈一雄似乎从日本政坛上看出了一点什么奥秘，他认为，山口组干过的事情，哪个政党都干过，与它们相比，山口组缺少的仅仅是一个政治纲领。于是，他马上炮制出了一个，也标榜山口组要"为国家兴隆做出贡献"。

因此，在官方大举取缔黑道组织时，田冈一雄首先就矢口否认山口组是黑道组织，死活不肯解散山口组，官方甚至对他妥协，只要求他改换一个名称，田冈一雄也坚决不干。后来，官方只好以针对性的立法为手段，对其实行种种限制。田冈一雄甚至不反对法制，认为在守法的情况下，山口组照样能活命。逼来逼去，山口组几乎就要被逼成一个合法的政治组织了。

既维持原有的黑社会性质，又戴上合法政治组织的面具，恐怕这就是现代和未来黑道组织的大概走向了。

事实上，当时日本不少黑道组织，就是采用改换名称的手法，摇身变为政治组织，从而躲过了官方的取缔，然而它们的黑道性质丝毫未变。

这样一来，所谓合法的政治组织，也就不能不令人警惕了。

所以，阅读本书，不仅可以洞察日本黑道的种种内幕，而且，在加深对日本当代社会的认识和了解方面，也是颇有裨益的。

目　录

第一章

苦难少年

6 岁之前，田冈一雄双亲先后死去。从乡间进入
都市，酒鬼舅舅因收不回夸下的海口，只好领养了他，
当暗娼的舅母待他极为苛刻。

美丽的吉野河，带着逼人的寒气，穿过横亘四国的阿赞山脉与
剑山山脉，一路碰击着岩石，激溅起如雪的浪花，进入一片莽莽平
川之后，流速渐渐转缓，呈现在两岸原野上的，是一片萧瑟的田园
景色。这里是日本四国德岛县的西部农村。

从日本国铁土赞线阿波池田向东 40 公里，有一个由三个部落
组成的三庄村。这三个部落分别叫作西庄、中庄和毛田，村落大半
被森林覆盖，有一千七百户人家，共计六千五百多人口，在大正年
间，这算得上个大村庄。

1912 年 3 月 28 日，名震日本的黑道枭雄——田冈一雄，出生
在西庄一个贫苦的农民家庭。

田冈一雄出生时，父亲已经病逝。他上面有三个姐姐，但姐姐
们早已远嫁，顶上的一个哥哥也被卖到京都当奴仆。年幼的田冈和

体弱多病的母亲相依为命，过着极其贫苦的生活。母亲起早贪黑在田野上劳作，但依然吃不饱，穿不暖，餐桌上每顿只有一个腌蔬菜，像牛奶、鸡蛋那么珍贵的食物，即使病了也不容易吃到一回。

母亲出门劳作时，田冈总是孤单一人守在家里，附近没有任何同龄的小伙伴跟他玩耍。他总是独自一人在房前屋后捕捉蜻蜓或知了，春天里便爬到吉野河边的桑树上，摘下桑葚默默地吃着。孤独的童年生活，使田冈一雄养成了孤僻的性格。

有时，大人从树下走过，看见他趴在老高的桑树上吃桑葚，便笑着问："田冈，看你嘴巴牙齿全染乌了，那小果子好不好吃？"

小田冈两眼紧盯大人，神情既像恐惧，又像仇恨。实际上，他很想快乐地告诉大人，但是没法开口。甚至大人不走开，他连爬下树来的勇气都没有。总要等到太阳快落山了，他才拖着一个长长的影子，走进破旧的家门。

家里永远是死一般的寂静。母亲做任何事情似乎都不会弄出一点响动，有时母亲到水缸中舀水的声音，都会使田冈吓得浑身发抖。

雨季的傍晚，屋内更是了无生气，暗淡的破屋一隅，水珠总是滴滴答答地掉在窗外的雨棚上，母子二人常常端着吃空的饭碗，望着那雨棚上溅起的水花发呆。

幼稚的生命便在这种令人压抑的环境中变形、扭曲。在这种变形和扭曲的过程中，却滋生着另一种阴暗的力量。

田冈很喜欢去看吉野河大瀑布倾泻的雄伟景象。

吉野河发源于石追山中，流程 136 公里。吉野河别名四国三郎，与关东的阪东太郎（利根河）、九州的筑紫次郎（筑后河）并称为天下闻名的大瀑河。儿时的田冈一雄经常到吉野河的大瀑布下去沐浴，唯有这时，他才仿佛感到自己已经拥有无穷无尽的力量。

有一次,5岁的田冈不知不觉地朝瀑布的顶端走去。他站在悬崖顶上,做出一副腾空欲飞的姿势。在瀑布附近劳动的人们看见,大声惊呼起来:"不好啦! 快看,田冈要跳河了!"

在人群中劳动的母亲,待看清真是自己的儿子,顿时吓得脸色煞白,随即发出撕心裂肺的叫喊:"一雄,快下来! ……"

母亲当然是叫儿子快从旁边走下来,可是,站在悬崖顶上的田冈怕是听错了,以为母亲是在鼓励他大胆往下跳,于是平添勇气,不顾一切地一头栽进了瀑布……

在母亲的号啕大哭中,人们纷纷责备:

"你是怎么当娘的? 竟然叫儿子往下跳!"

"这个田冈,向来鬼头鬼脑,迟早会寻短见!"

"唉,可惜了,才5岁的人!"

人们都以为田冈这么一跳,自然必死无疑。谁知,几分钟后,田冈居然从瀑布下游爬了上来,见母亲哭晕在地上,显得十分不解,然后疑惑地打量着站在旁边发呆的人们。

1918年4月1日,6岁的田冈一雄在母亲的安排下,入读三庄村一所普通小学。

这是一个灿烂的季节,吉野河畔的樱花开得如霞似雪。入学典礼这天,一大早,母亲就给他穿上新衣新裤,戴上新帽子,最后穿上新木屐。母亲牵着他的手,走在春光明媚的小径上。微风吹拂,樱花如雨般飘落,犹如母亲的一声声嘱咐,融进了儿子的心田:

"一雄,从今天起,你就是一个学生了,一定要好好读书。你是妈妈的依靠……"田冈紧紧抓住母亲的手,频频地点头。

上学的这一套新衣裤,田冈异常爱惜,为了不至于太快穿坏它们，在没人看见的时候，田冈总是把上衣脱下来抱在怀里，宁肯光着胳膊。这些衣服，的确是母亲给他的第一份礼物，同时也是最后一份礼物。

入学这年的 8 月 5 日，母亲由于长期劳累过度而病逝了。

母亲直到病逝的前两天，还打算到田里去干活，在伸手取一把挂在梁上的锄头的时候，突然一下昏倒了。田冈当时正在家里，听见响声跑来一看，见母亲倒在地上人事不省，急忙去喊邻居帮忙。

母亲被大家抬到床上躺下。好心的邻居自告奋勇去请医生。

6 岁的田冈动手到厨房为母亲做稀饭，他听见苏醒过来的母亲在呼唤他的名字，声音微弱不堪。田冈赶紧来到母亲身边。

母亲紧抓着儿子的手，艰难地说："一雄……不要走开，让我看着你的脸。"

这天，医生来过一次，很快就走了，并且再也没有来。姐姐和哥哥一直没来，虽然邻居已经给他们打过电报。

"一雄，妈妈怕是不行了……家里很穷，我什么也没留给你，心里实在过意不去。今后我不在了，希望你也能够勇敢地活下去，我为什么要给你取一雄这个名字，你一定要明白……我的儿子。"

这是母亲对儿子的最后遗言。

母亲咽气时，6 岁的田冈泪如泉涌，但没哭出声来。后来，他独自跑到后山上，双手捶打着树干，脑袋往树上撞，同时放声痛哭。这是他有生以来的第一次放声大哭。

当哭声停止的时候，他听见的是一片吓人的寂静，一种从未有过的孤凄感觉包围住他。

田冈一雄一边抽泣着，一边不由自主地朝吉野河的大瀑布走去。他仰望着飞流直下的瀑布，脑海里不断地回响起妈妈从前的呼唤——

"一雄，快下来！"

在给母亲守灵的夜晚，田冈一雄家里出现了前所未有的热闹场面。整夜灯火通明，大家做菜的忙做菜，喝酒的忙喝酒，谈笑的忙谈笑，熙熙攘攘，闹成一团。

田冈一雄在阴暗的角落里注视着人们，他不明白人们为什么如此兴高采烈，母亲生前可没什么对不起大家呀！

在丧事主持者的带领下，田冈一雄不停地去向大家下跪、磕头，给喝酒的下完跪，又给做菜的下跪。当然，随同他一道下跪的还有哥哥和姐姐。哥哥和几位姐姐是在母亲死后赶回家来的。

母亲入土之后，丧事便算办完了。眼看着人们一个个离去，田冈内心涌起一股恐惧，他希望人们不要离去，希望丧事能持续下去。因为一旦人们全都离开之后，这间屋子便只会剩下他孤零零的一个人了。

丧失父母，6岁的田冈将如何生活？

有此担心的当然不止田冈一人。

出殡之后，亲戚和兄姐们围坐在厅堂，商量起由谁来抚养田冈一雄。

沉默了半个钟头，谁也不说话。

大家都显示出不愿接受这个麻烦的态度，抽烟的一根接一根地抽烟，不抽烟的便低着头沉默。

事实上，兄姐们都有各自的难处。几位姐姐都已嫁作人妇，加上夫妻关系都不怎么和睦，因此难以开口把弟弟领回家去。按照日本的家庭传统观念，"长子为父"，理应由哥哥照顾田冈，但哥哥已卖身为奴，自己尚且听人呵斥，哪有能力长期照顾弟弟呢？

在长久的沉默中，有一个汉子憋不住了，一拍桌子，站起来大声嘲笑道："嘿！真是见鬼了！这么多亲戚居然没有人肯收留这小孩，当娘的今天在地下是睡不着啦！"

说这话的汉子不是别人，就是田冈的亲舅舅，名叫河内四郎。他年近40，在神户市兵库港钟钫公司里负责监督货仓运输，是个爱说大话、凡事马虎而又极其贪杯的酒鬼。说这话之前，河内四郎已经喝得酩酊大醉，人一醉便显得心胸开阔，于是当下便大包大揽，甩出几句让他人备感惭愧的话来："你们都做缩头乌龟算啦，就这么一个小孩子，就由我来抚养吧！"

此话刚落地，气氛便活跃起来。大家像是生怕河内四郎反悔，赶紧给他戴高帽子：

"多亏一雄的母亲有这么一个好弟弟！这下好了，问题总算解决了！"

"那当然啦！到底是在港湾工作的人嘛！又慷慨又大度！"

"是啊！再说河内也没有小孩，这不是两全其美嘛！这真是最幸福不过的事情啦！"

"我看大家都不会有什么意见，就这么决定下来吧！"

经大家这么一顿吹捧，河内四郎仿佛从醉酒中醒来了，开始想到这个许诺的一连串后果，抓挠着脑袋又说话了：

"只是、只是，一雄不知道愿不愿意跟我到神户去……"说这话时，河内四郎用嫌恶的目光射向呆立在一旁的田冈一雄。

这目光自然被大家察觉到了，心里都在说，这河内恐怕真的醒酒了。于是有人大叫："拿酒来，拿酒来！剩菜全端上。河内这几天都没喝好，今晚大家得多敬他几杯！"

有人跟着说："神户那么好的大城市，一雄哪会不愿意去呢？

算我代替一雄回答了——愿意去！"

田冈一雄就这样在舅舅被灌酒及被奉承之下，因为无法拒绝而被收留下来。

离开三庄村之前，根据亲戚的授权，河内四郎做主把田冈家的破房子卖掉了。他把田冈的几件换洗衣服卷在一起，扎成个包袱，挂在田冈肩上，然后自己拎着一大壶酒，摇晃着一副大肩膀，对田冈说声"走吧"，两人便上了路。

离开家乡，幼小的田冈频频回首，那栋破屋依然死一般的寂静；母亲的新坟上，纸幡依然在风中飘扬；远处，吉野河的大瀑布，依然雪白耀眼，发出地动山摇的轰鸣。

"走啊，看什么！"舅舅喝道。

田冈擦了擦眼泪，回过头去，跟着舅舅走。

从三庄村前往神户，必须先经过德岛，然后从小松岛乘船。德岛铁路已经于1916年通车，但当时还没有三加茂站，因此坐火车要到两公里以外的江口车站去。

这是田冈第一次坐上火车。他坐在靠窗的座位上，鼻尖紧抵着玻璃。汽笛几声长鸣之后，火车喷出浓浓的白烟，车厢晃动了几下，慢慢启动了。

田冈听说过自己将去的神户是个繁华的都市，但他此时没有一丝一毫的兴奋与憧憬。他一直望着窗外，望着故乡的方向，当故乡的景象完全消逝时，他的目光也变得迟钝起来。

河内四郎踏上火车，屁股一沾上座位，就急不可待地开始喝酒。他喝酒时样子十分贪婪，一下喝一大口，然后让嘴巴鼓着，仰起脖子，闭上眼睛，那粗大的喉结便开始上下滚动，发出很大的响声，他闭上眼睛的意义，可能就是为了听清楚喉结的响声。他喝酒还有一个绝招，那就是可以用鼻孔喝酒。他把酒壶高举起来，用铜壶嘴探进鼻孔里面。开始，田冈还以为他是在嗅酒的气味，后来根据铜壶的倾斜度和他那喉结的滚动，才确信他是在用鼻子喝酒。这个本领，恐怕是一般酒鬼所望尘莫及的。

也许是用鼻子喝酒毕竟没有用嘴喝酒来得痛快吧，河内四郎后来还是把壶嘴从鼻孔移到了嘴里。这样没多久，河内四郎便鼾声如雷地睡着了。令人奇怪的是，他在进入睡眠状态之前一直在喝酒，然而酒壶却没有因失去知觉而弄翻，相反，酒壶端端正正地放在了座位底下不易碰到的地方，而且壶嘴也被加上了塞子。酒鬼再粗心，也会关照好自己的酒壶的。

刚刚失去母亲的田冈，当然在舅舅眼里没有酒壶重要。上火车之后，舅舅没有说过一句安慰他的话，现在他又独自一人进入了梦乡。火车已经停过好几个站了，舅舅依然酣睡不醒。这使田冈担心起来，会不会坐过站呢？他从没有去过德岛，也不认识车牌，德岛还有几站到呢？田冈又不愿意去问旁边的旅客，他的心情由忧虑而变得紧张起来。

"睡得跟死猪一样！"田冈在心里恶狠狠地骂道。

火车又到了一个站。从车站的建筑看，像是一个中等站。田冈不想去叫醒舅舅，默默地望着旅客下车、上车。就在火车又要开动的刹那间，河内四郎一个鲤鱼打挺蹦起来，大叫一声："到了！"然后一手抓起酒壶，一手抓住田冈，逃命似的跳下车去。德岛站到了。

真奇怪，他怎么知道到了德岛站呢？

傍晚时分，从小松岛乘船，到达神户港已是第二天的早晨。

夏季8月的早晨，四五点钟已经十分明亮。对一个乡下孩子来说，第一次走进大都市，映入眼帘的神户，所有印象都显得相当强烈。田冈站在甲板上，举目远眺。钵伏、铁拐、再度、麻耶、西六甲、东六甲，以及上千米高的六甲山脉连绵不断，从东面的宝冢至西面的须磨、舞子，伸展着40公里长的宽敞大道。大道两旁又辐射着许多带状街道。远远地，可以看见繁华街区新开地一带仍然亮着的霓虹灯群。这是田冈从未见过的都市美景，那七彩斑斓的颜色，如同宝石一般闪烁着迷人的光辉。停泊在港湾的一艘艘巨轮，每一艘在他眼里都算得上一座崭新的城市，而快活的海鸥，便在那些城市的上空自由地追逐、飞翔。

日本神户市的大发展，仰赖于三菱公司的开拓与成长。1910年左右，三井与住友也先后踏足神户。从那时起，以兵库港为中心的一带，呈现出一派生机勃勃的景象。

1914年，第一代山口组组长山口春吉，在神户的西出町，以五十名成员为核心，创建了震惊日本的黑道组织——山口组。

那时的田冈一雄才只有两岁。

1918年8月这个夏季的早晨，田冈一雄进入神户，而山口组的组龄也才4岁。

田冈从甲板上还看到，这时神户的街道上，已经有木制的电车在行驶。轮船终于到达了兵库港码头。码头四周耸立着巨大的造船厂，旁边还有不少外国人开办的洋行。

下了船，只见街道上人来车往。人力货车和人力运客车在马路上来回穿梭。拥挤的人流中，多数是戴平顶扁帽的劳动群众，当中也夹杂着一些穿西服的教师或洋行职员，偶尔还可以看到几个高鼻梁蓝眼睛的白种人。

田冈一雄不停地左顾右盼，所有这一切都使他感到格外新奇。

他的脚步变得轻快起来，仿佛暂时忘却了失去母亲的悲伤。

然而，异常残酷的生活正在等待着他。

舅舅河内四郎的家，在神户市兵库区滨山道6号。滨山道当时是汇集着无数下层劳动工人的街道，这里到处是低矮的大杂院，神户造船厂三菱电工的一万六千多名工人以及他们的家属，都住在这种地方，从附近电机工厂发出的震耳欲聋的打桩声，日夜侵扰着这里的居民们。在这片大杂院的四周，还聚集着一些五金厂和铸造车间，劳动工人便在这种恶劣的环境中埋头苦干，将养生息。

舅舅的家就在这种大杂院的其中一间。

河内四郎把酒壶藏在门后一块破木板下，回头对田冈说：

"到了。从今天起，这就是你的家。"

一个30多岁的女人闻声从里间走出来，她打量着田冈一雄，脸上布满疑惑。

"快叫舅母！"河内四郎用脚尖踢了踢田冈。

田冈沉默着，他看出女人脸上的疑惑正迅速消失，换成了立刻就要爆发的愤怒。

河内讪笑着对老婆说："这是一雄，怪可怜的。唉，姐姐真是不该死得这么早！"这样说着，河内的耳朵已经被一只手拧住，"哎哟哎哟"地叫着，整个身子被拖到内屋去了。田冈听见两人在里面吵起来。

"你好大的胆子！什么也没跟我商量，竟敢单独做主，把这孩子领回家来！"

"人已经来了，再说这种话也没有用，再说也没有人愿意收留他！"

"放屁！他有哥哥，有姐姐，他们不愿收留他，难道我就该收留他吗？又不是我们的亲生骨肉，为什么要抚养他？总之我是一万个不答应。现在我把话说在前面，既然人是你领回来的，就由你负责退回去，如果你不愿退回去，就由你一个人来抚养他，反正我什么都不管！"

舅母从里间跨出来，冷眼瞪了一下抱着行李站在那儿的田冈，然后怒气冲冲地离开了屋子，那扇破门在她身后猛地关上，破木板半天还在摇晃。

舅母名叫佐藤，是附近钟钫工厂的女工。她喜欢打扮，总是浓妆艳抹，可是她在家里永远绷着个脸，这与她的装扮很不相称。其实，佐藤是个十分风骚的女人，可能是出于金钱的目的，她经常把野男人勾引到家里来，当然这都是背着河内干的。

舅舅上班的地方比舅母更远，中午一般不回家吃饭，吃了早饭出门，一直要到傍晚才回家。因此，整个白天，家里便成了舅母与野男人胡搞的场所。

然而，自从田冈到来之后，舅母的活动便变得受限制，她害怕自己的肮脏事被田冈看见，然后告诉河内。这恐怕就是佐藤反对田冈到来的主要原因。

为了对付这个眼中钉，舅母佐藤开始动脑筋。

初到神户的日子，田冈没有上学。舅舅和舅母吃完早饭出门之后，田冈便一个人待在家里。常常是在一片喧嚣所包围的寂寞中，田冈倚着门框，遥望着杂院里的其他孩子玩弹子游戏。只要舅舅和舅母中午不回家，中午饭他便吃不上，所以他常从早到晚整天望着别人玩弹子游戏，就像一个哑巴一样整天不说一句话，也没有任何人跟他说话。

有一天，吃完早饭，舅舅上工去了，舅母由于要打扮，出门迟一点。田冈依旧站在门口，远远望着杂院里的孩子在玩弹子游戏。

佐藤出门时，对他说："去呀，去跟他们玩！"

佐藤第一次对他露出了笑脸，田冈心头一热，猛然发现佐藤今天的打扮比任何时候都好看。田冈一抬腿，便朝玩弹子的小朋友们跑去。当他回头张望的时候，发现上工去的佐藤还在朝他微笑。

打弹子的游戏十分有趣，但是游戏中的小朋友们十分专心，没人理会他，田冈只是站在一旁看。但即使这样，也已经让他入迷了。

大概是 10 点钟，在 9 月的骄阳照射下，田冈感到有点口渴了。他朝家里跑。走到门口，发现有点不对，门本来是打开的，现在怎么关上了？他用手推推，发觉门是虚掩上的。

推门进去，到厨房喝了一碗凉水，忽然，他怔住了——内屋舅舅的卧室里传出异样的响动。是贼进来了吧？丢失了东西，舅舅、舅母可不会轻饶自己。田冈这样想着，慢慢走进卧室。

卧室里只有一张床。说床其实也就是一张铺在地板上的草席。映入眼帘的情景，使田冈两条小腿像钉子一样钉在原地不能动弹。草席上，有个男人趴在女人身上，两人都没穿衣服。男人动作十分凶狠，而下面的女人却好像很舒服，不断发出满足的呻吟声……

田冈好像看懂了这两人所做的事情。他一直站在门口望着。由于男人屁股朝着他，他没法看清这个男人的脸，而底下那个女人似乎是佐藤，因为她以前盘在脑后的长发全散开了，乱糟糟的，田冈没法一下子认出来。

两人动作越来越疯狂，叫喊声越来越大。突然，底下的女人发现了田冈，田冈也看清了女人果然是佐藤。

佐藤对那个男人说了些什么，然后从旁边扯过一条床单，把两人身子罩住，这才支起上身，朝田冈喝道："滚出去！快滚！"

田冈退出卧室，站在厅堂。

"滚远点！滚到外面去！"

田冈走到屋子外头。

大约过了半个钟头，佐藤穿戴整齐地出来了，长发重新盘在头上，虽然口红不见了，但满脸容光焕发。

田冈估计自己要挨揍，佐藤走近时，他一直用双手护紧自己的脑袋。谁知佐藤连骂他的意思也没有，她把田冈的双手放下来，弯着腰，和颜悦色地说道：

"真是个傻孩子！我跟你舅舅是大人啊，大人之间做那种事，小孩怎么能去看呢？"

听佐藤这样说，田冈心里又犯疑了：那个男人是舅舅吗？听声音可完全不像舅舅啊！正在这时，里面那个男人出来了。佐藤用身子挡住田冈，继续说：

"看嘛，你舅舅生气了！他当时就气得要狠狠揍你哩，要不是我劝住，你准得给他揍个半死……"

佐藤说话时，田冈一直伸着脑袋想把那个男人的面目看清楚，无奈佐藤老是移动身子，把田冈的视线挡得死死的。等那男人变成了背影，佐藤才无意似的让开，并且指着那个男人说："你看舅舅，这该死的，又把酒壶提走了！"田冈果真看见男人手中拎着那只酒壶，衣服也是舅舅的，只是那男人的块头没有舅舅大，而且走路的样子也不像舅舅。

"这事可不能到外面去说！也不许拿这事取笑舅舅，否则，舅舅一定会往死里揍你，到那时我可就管不着了。"佐藤最后这样警告。

这天晚饭之后，舅母对舅舅说："我看田冈这孩子怪聪明的，整天这样待在家里，那可就要荒废掉了。"

"你的意思是……"河内试探着老婆的下文，"丁点大的孩子，难道让他去做工？"

"胡说！"佐藤媚笑道，"我有这么狠心吗？我是想送他去上学。既然已经收留下来，我们就该把他培养成一个有知识的人。"

河内听完简直傻了，他无法相信老婆转变得这么快，他一连灌下三盅酒，然后按住田冈的脑袋，豪气十足地说：

"你小子时来运转了！快，给你舅母磕三个响头！"

就是在这种情况下，田冈一雄才得以进入兵库区滨山一个普通小学继续念书。学校离家不算很远，其他学生中午一般都回家吃饭，可是舅母佐藤说：

"一雄，我和你舅舅中午都不回家，你中午也不用回来了，就在外面随便买点什么吃。"

这样，中午田冈便不回家了，用佐藤给的一点零钱买食物充饥，更多的时候，是用一个饭筒装些早餐吃剩下的稀饭带到学校。

开始一段时间，佐藤对田冈态度显得很好，几乎天天给他零钱。这可能是由于她看出田冈的确没有把那天看见的事情告诉河内四郎的缘故，也可能是她对自己这样支开田冈的手段感到满意，她可以放心大胆地在家里干自己想干的事情了。

可是，过了一些日子，佐藤的态度又恢复到了从前的样子。她开始认识到这并不是一件太合算的交易，田冈上学的费用虽说不多，但毕竟得破费一些钱呀，尽管现在自己干那些事很方便了，但田冈到来之前不是一样很方便吗？说到底，这些麻烦事原本就是不该出现的，千怪万怪，就怪河内擅自做主收留了这个讨厌的小孩。

在这种想法支配之下，佐藤对田冈的态度又变得恶劣起来。后来，她再也不给田冈钱，田冈带到学校去的午餐，不是一点剩稀饭，就是一个冷馒头，如果早餐什么都没剩下，他中午便只好饿肚子。

有时，中午在学校里实在饿得难受，田冈便情不自禁地往家里跑。可是门上总是挂着一把锁，有时门上虽然没挂锁，但从里面闩上了，怎样也推不开，他知道佐藤在里面，从声音听，里面还有别的男人。这时候，田冈脑海里便会出现上次在卧室里看见的情景……

田冈心里似乎明白了什么。但由于年纪太小，加上饥饿所困，他的全部冲动只是希望填饱肚子。

田冈的小脑瓜曾经转过这种念头：把佐藤背着舅舅所干的事情告诉舅舅。他并不知道这种事情对舅舅有多大的坏处，但他从佐藤讨好自己的表现中，朦胧地意识到舅舅一定不喜欢佐藤做这种事情。不过，田冈又想，告诉了舅舅又怎样呢？他看出舅舅很怕佐藤，因为他挣的钱仅够吃饭抽烟，大部分买酒钱还得向佐藤讨。田冈认定，舅舅不敢对佐藤怎么样。他又想，那么佐藤到底怕舅舅什么呢？可能是怕舅舅揍她，舅舅只要喝醉酒，就会变成一个顶天立地、敢作敢为的男子汉。这种时候，如果高兴，舅舅会把佐藤像孩子一样高高举起来，然后在厅堂里旋转，大笑着一直把佐藤举到卧室里去；如果发怒，佐藤就遭殃了，舅舅不仅朝她破口大骂，而且拳脚相加，的确显示出男子汉大丈夫的威风。这都是在喝醉了酒的时候才可能发生的事情。在没喝酒或者向佐藤讨钱买酒喝的时候，舅舅完全是一个低眉折腰的可怜虫。让田冈感到奇怪的是，佐藤一方面极力反对舅舅喝酒，可是另一方面又不断给他钱买酒喝。其实，佐藤给钱的时候，正是她欲望中需要河内四郎的时候，那时河内会表现得十分出色。田冈作为一个小孩，当然不可能理解这些。

尽管佐藤是一个性欲旺盛的女人，但也绝不是每天需要河内四郎，而河内四郎对酒的欲望却远胜过佐藤需要男人。他每天每顿都要喝酒，但佐藤对此无法容忍，所以河内平时连酒壶都不敢带回家。不过，再粗心的男人，如果在持续强大的压力下，也会使出一些奇妙的鬼点子来，河内也有一个高招。只是他的这套蒙佐藤的鬼把戏，使田冈吃了一回苦头。

田冈中午经常在学校里挨饿，整个下午脑子里想的便全是晚上回家如何吃个大饱。然而，由于饿得太久，还没扒几口饭，喉咙便噎得咽不下去了。有一次，他试图把开水倒进饭里。佐藤从来没有喝开水的习惯，家里只有河内专用的一只外观陈旧的保温瓶，其实里面装的并不是开水，而是酒。佐藤给河内定下过一条规矩，中午在外面喝酒她不管，但在家里，未经她的允许，河内不能喝酒，否则休想从她那里得到酒钱。佐藤发现后来河内在家里真的不喝酒，只喝茶。河内有一只带铁盖的罐头瓶子，一回家就捧在手中。佐藤开始很怀疑，曾夺过去用舌尖尝，居然真的是开水，尽管满是酒气。其实，这又是河内耍的把戏：他喝的时候，瓶子里必定是酒，给佐藤看的时候则换成开水，检试过几次之后，佐藤便不再怀疑了。为了使佐藤确信他喝的是开水，河内故意在装酒的瓶子里放着几片失效的茶叶，瓶子是玻璃的，佐藤看见里面翻动的茶叶，自然以为是水。每天离家上工之前，河内会把瓶中的酒喝干，加上白水，回到家里，再把白水倒掉，装上酒，酒就藏在那只保温瓶中。

河内这套把戏不仅蒙住了佐藤，连田冈开始也被蒙住了。这天，三人围着桌子吃晚饭，见田冈端着饭碗向保温瓶走去，河内四郎明白之后就着急了，他担心露馅，马上号叫起来：

"你干什么？这么好的米饭难道还吃不下去吗？"

田冈回头望着他们，由于噎得厉害，他一时说不出话来。

佐藤这天也怪，怕是存心跟河内作对，竟袒护似的朝河内喝道：“你没看见他噎得难受吗？我小时候也喜欢用开水泡饭吃！”

在佐藤的支持下，田冈小心地提起保温瓶，把“开水”倒进饭碗。就在倒水的时候，他闻到一股酒味。原来保温瓶中装的全是白酒。但他发现这个秘密为时已晚，白酒已经倒进了饭中。

河内四郎两眼盯紧田冈，显得十分紧张。他似乎已经预感到夫妻之间一场打斗将不可避免，朝田冈射去的目光中，既有威胁，又有哀求，也有听天由命，显得十分复杂。他不知田冈到底会怎么做。

田冈虽然年幼，此刻的表现却异乎寻常。他没慌张，更没惊叫，神色十分平静。他把保温瓶塞子盖好，放回原处，然后端着饭碗回到桌旁坐下。

但田冈的内心却交织着剧烈的矛盾。他明白，如果说出这是酒，舅舅和舅母一定会大闹起来，虽然事情根本上不该怪他，但矛盾毕竟是由他而引发的，舅舅如果在佐藤跟前吃了亏，过后必定不会放过自己。而不说出这是酒，那么就得当着他们两人的面，把这碗用烈酒泡着的饭全吃下去，饭里至少也有 3 两酒，对于一个从来没有沾过白酒的 6 岁儿童，这该是一件多么困难的事情。

“你发什么呆？还不快吃！”佐藤已经吃完了饭，在一旁催促。

不说出饭里是酒，这一点田冈已经做出决定，但是他希望舅舅能帮自己把这碗饭吃下去，他猜想，由于害怕露馅，舅舅一定会同意的。于是，他向河内恳求道：“舅舅，你帮我吃吧？”

谁知河内是个大草包，居然嚷起来：“你这吃脏了的饭还想我替你吃？简直岂有此理！再说，我从来不吃用开水泡过的饭！”河内这样说的目的，其实是想在佐藤跟前强调，那只保温瓶里的确装的是开水，而不是酒。后来，他似乎又考虑到田冈没法吃下这碗饭，就说：

"如果实在吃不下去，那就倒掉算了！"

佐藤在旁边立即喝道："你说什么？倒掉？这粮食来得容易吗？今天无论如何，你也得给我把这碗饭吃下去！"

"那你就吃下去吧，照理说饭是不能倒掉的。"河内马上跟着改口。

在两个大人的逼迫之下，田冈已毫无退路。

他静静地拿起碗筷，把烈性白酒浸泡的米饭往口里扒……

霎时间，满嘴就像着了火，喉咙剧痛，浓烈的酒气熏得他不能喘息，接着浑身难受，头脑发晕，直想呕吐。但是，田冈涨红着脸，一直把这碗饭吃完。他不敢嚼，饭全是强吞下去的。

田冈不知道自己是怎样跑到屋后来的。刚才吃进的酒饭全呕了出来。最后，田冈醉倒在地上，就那样睡着了。

发生在童年的这件事情，对田冈一雄一生有重大影响。可以说，通过这件事，他的忍耐力变得无比坚强；另一方面，从这时起，他就从根本上对酒产生了厌恶感，成年之后，他成为日本黑社会中叱咤风云的人物，在各种应酬中，他几乎滴酒不沾，因此他从不可能因醉酒误事，始终能保持清醒的头脑。

客观上看，河内夫妇收留田冈一雄，应该说是做了一件善事。但在佐藤眼里，田冈到底是一个累赘，她让田冈上学，目的是把他支开，好方便自己做那些不光彩的事。而上学是要费用的，所以佐藤多次起念让田冈辍学，无奈田冈在逆境中十分好强，学习成绩居然很好，听说他要停学，老师常上门做大人的工作。佐藤十分懊恼，只好让田冈继续念书。可是，每到交学费的时候，她便割肉似的心疼，能推则推。

"明天再交吧！"这使田冈常常羞于去见老师。

他在心里说："反正明天也要交的，为什么不在今天把钱给我呢？"

田冈在人前怯于言辞，佐藤说过明天交，他便不再说什么。可是到了第二天，佐藤就像把昨天说过的话全忘记了。如果田冈再提醒她，佐藤就会咆哮起来：

"急什么，急什么！明天再交不行吗？"

在这种窘境之下，田冈开始做了他一生中第一件不光彩的事情。那是在读二年级的时候。一个寒冷的冬夜，河内四郎一手提着空酒壶，一手伸向佐藤，嬉皮笑脸地乞讨说："嘿嘿，酒壶空了，拿点钱给我如何？"

河内与佐藤是多年的夫妻，当然知道老婆什么时候才好说话。佐藤这天怕是欲火上来了，爽快地给了他一些钱，还媚笑着说："如果做得让我满意，过后我还会奖赏你！"

河内满口答应："行，我包你满意！就像在广岛最好的那一次怎么样？"

"我的要求还能那么高吗？"佐藤眼睛朝河内翻来翻去，卖弄风骚，全然不顾田冈站在一旁。

他们结婚时，是在广岛度的蜜月。

河内拿到钱后，立即威严起来，对田冈说：

"快去，给我打一壶酒来！"

田冈接过钱和酒壶，到附近的酒店去买酒。

在路上，他想起学费已经拖了很久没交了，于是打起如意算盘。他只买了半壶酒，余下一半的钱藏在自己口袋里。他打算把扣下的钱去交学费。但是河内说过让他打满满一壶酒，对这一点他早已胸有成竹。

在回家的路上，有一个居民共用的自来水龙头。他打开龙头，放了满满一壶水。用指头蘸着尝尝，觉得加了水的酒和没加水的酒没有什么两样。田冈很踏实地回到家里。

他哪里能想到，作为酒鬼的河内四郎，对着酒壶嘴抿了一小口，就发觉了不对劲儿，并且全部唾了出来，怒火万丈地问田冈："这酒是从哪个店里打的？"

田冈这下慌了，结结巴巴地告诉河内店址。

"这些王八蛋，居然欺负到我河内头上来了！我河内是什么人？滨山道上谁人不知……我要把这坑人的黑店砸个稀巴烂……"

河内四郎大骂着，拎着酒壶冲出门去。不用说，一会儿河内就转回来了。这天晚上，田冈被河内拳脚相加，打得死去活来，藏在口袋里的钱也被搜了出来。

由于这件事把兴致破坏了，佐藤也恼羞成怒，站在丈夫一边，对田冈叫喊："滚出去！别让我们看见你！"

在挨打挨骂的过程中，田冈没有申辩半句。他默默地离开家，走到外面四处游荡。后来发现附近有一间从前用来养鸡的废屋，便蜷缩在里面。他靠墙坐着，十分悲伤，但却没有流下一滴泪水。

上半夜，从黑暗的小屋里可以望见许多人家温暖的灯火，可以想象那灯下有着何等温馨的生活。下半夜，灯火全熄灭了，只有星星和月亮的光辉从屋顶照下来，照在他的脸上。田冈这时想起了故去的母亲，想起自己寄人篱下的悲惨处境，田冈内心暗暗发誓："我要去找事做，我要靠自己生活……"

很难想象，这竟是一个 7 岁儿童发自内心的誓言。

真正开始到社会上工作，是在 10 岁读小学四年级的时候。

当时，日本各城市的报纸很多是由店主从报社买来，然后再雇人向各个零散的用户派发。这种工作大人、孩子都可以做。

田冈一雄没有跟任何人商量，自作主张来到贩卖报纸的商店，向老板恳求给他一份工作。他仰起脸，踮着足尖对老板说："叔叔，请你雇用我，我会很卖力的！"

老板见他站在柜台外，人还没有柜台高，便挥挥手说：

"小家伙，我看你不行。过三四年再来吧！你年纪太小了，这种工作连大人都感到辛苦。"

田冈坚持说："我绝不会输给大人的。虽然我是小孩，可是我的腿跑得快。请你相信我，给我一个机会吧，我会拼命干的，老板，你就先试用我几天吧！"

老板被他说动了心，可还是认为他年纪太小，雇用10岁的小孩，似乎太残忍了。不过，老板见田冈这么恳切，便询问起他的身世。田冈如实把自己的情况对老板说了。

老板听了非常同情，最后答应雇用他。

报店老板给田冈开的工资是每月3日元。当时的报店同时销售多种报刊，每个客户所订购的报刊种类、份数都不同，而且客户所在的地址也很分散，当时也没有脚踏车，雇员按店主划分的片区，向客户及时派发报刊，还包括早报和晚报，每天必须风雨无阻，一年之间只有元旦一天休息。

从这天开始，田冈一雄每天清晨4点钟起床，赶到报店领取报刊，向用户派发，吃完早饭又要赶到学校上课，下午放学后再开始工作。从小学四年级到高等科毕业，这五年中，田冈两条小腿日夜奔忙，除了元旦外从没休息过。

其实派发报纸岂止用腿跑路。为避免频繁地回店取报，田冈每次都尽量多携带一些。厚厚一大沓报纸，分量很重，抱是抱不住的，必须扛在肩上，而报纸不能折卷，又大又重的报纸压在肩上，脑袋便只好向一边歪着，整个身体便跟着朝一边倾斜。长期干这种工作容易形成一种毛病，即便是空手走路的时候，身体也不自觉地朝一边倾斜着。

田冈一雄每月把薪水的多半交给佐藤，作为他们对自己抚养的部分回报。佐藤既没有称赞，也不会说一句关心他的话，开初还会当面点数一下，随口说："就这么一点钱？"后来什么话也不说了，胡乱塞进口袋里了事。

薪水尽管微薄，但田冈却干得极其卖力，在派发报纸的同时，他还尽量游说，争取一些新客户订购报纸，这样便可以从报店老板那里拿到额外的奖金。

派发报纸最艰苦的是雨雪天气。报纸不能淋雨，装在一只防雨的大袋子里，压在肩上显得比任何时候都要沉重，而下雪天，双手得扶住报纸，赤脚踏在雪路上，脚疼得如同刀割一般。好多次，他都想把肩上的报纸抛掉，但他又鼓励自己，为了早日自食其力，再苦再累也不能退却。在学校里，田冈是唯一自己能挣钱的学生，为此他很受其他学生拥戴，田冈因此也显得十分得意和自豪。

每当有号外，报店老板就会赶到学校找他，老师知道后，即便正在上课，也会说："田冈，又有大新闻，你快去派发号外吧！"

"好，那我就去啦！"

田冈大声说着，走出教室。所有的学生一律用羡慕的眼光望着他。这是田冈最为得意的时刻，那种走路的样子简直有点飘飘然。

第二章

歹毒杀手

17 岁首次嫖妓，雨夜打斗中，用手指戳瞎一名大汉的眼睛，从此，"挖眼田冈"的威名传遍神户。

1924 年，第一代山口组组长山口春吉隐退，由长子山口登继任第二代组长。山口登这年 23 岁。

这年春天，田冈一雄从滨山小学毕业，进入兵库普通高等小学高等科就读。

12 岁的田冈由于一次和高年级同学打架，一拳将比自己高出一头的对方击倒，而成为一群喜欢寻衅滋事的学生们的首领。

其实田冈这时的身材与实际年龄相比，显得要矮小，可能是长期派发报纸的原因，体格却练得十分结实，鼓起劲来，小胳膊上的肌肉，一块一块地鼓突着，胸部也结实得不像个孩子。

这时的田冈表现得十分逞强，在同学面前总是以老大自居。学校开运动会，接力赛中关键的第四棒，总是由田冈来跑。为了使自己更引人注目，他特地把挂在帽子前面的徽章拆下来，挂到帽子顶上去。

每当一群学生分成两派对峙起来，打斗即将发生时，必然会有一旁观阵的学生这样大叫：

"别着急，别着急，田冈还没有来！"

很快有人跑去向田冈报告。田冈那时便一脸庄严，急匆匆地赶来，向两派的学生发问："发生什么事？发生什么事？"

听取双方的报告之后，田冈会装模作样地思考一下，然后大声说："好吧！这场架看来是非打不可的了。不过，要打的话，也应该挑一个老师看不见的地方。选好地方再向我报告。就这样决定了！"

有一次，两伙学生准备打架，都派代表来向田冈报告，说他们选好了地方，同意在离学校200米的弁天神社较量。

田冈对双方的代表说："你们不要急，我没到不准开始。"

其中一方代表说："大家都等急了，你现在就赶快去吧！"

田冈说："就去。我还要带一个人去观战。"田冈说的这个人是他的同班同学，名叫山口秀雄，是第一代山口组组长山口春吉的次子，也就是现任第二代组长山口登的弟弟。

山口秀雄是一个皮肤白皙、性情温和的少年，平时功课不错，不喜欢闹事。在所有学生中，似乎只有他不怎么欣赏田冈一雄。无论别人怎样闹得天翻地覆，山口秀雄总是抱着一本书在静静地看。田冈一雄特别希望山口秀雄欣赏自己，似乎山口秀雄不欣赏他，他便不是一个名副其实的学生首领。

这次两伙学生打架，请田冈去做公证人，这是表现自己的好机会。田冈于是来到教室，对正在看书的山口秀雄说：

"喂，想不想去观战？"

山口秀雄头也没抬，只撇了撇嘴。

田冈有些恼火，继续说："我劝你别错过这个机会，这可不是打着玩，很精彩的！"

"有武器吗？"山口秀雄头依然低着。

田冈被问住了，以前凡是他当公证人的打架，通常是赤手空拳的，这次想必也是。不过，田冈想了想，说：

"要是你愿去的话，我可以让他们使用武器。"

"真的吗？"山口秀雄感兴趣了，他望着田冈，问："你准备让他们使用什么武器？"

田冈尽量往惊险方面说："枪我们搞不到，用刀怎么样？"

山口秀雄把书本一丢，说："既然这样，我是应当去看看。"

田冈领着山口秀雄来到弁天神社，对峙的双方早已等得不耐烦了，见田冈来了，全叫起来："可以开始了吧？"

田冈走到双方人马之间，举起双手往下一按，说：

"先问问大家，我说话算不算数？"

"算数！"双方一齐高喊。

"好！"田冈又说，"我现在宣布一条新规则，今天双方每一个人都必须使用刀子，空手的人不准参加！"

听到这话，双方所有人全怔住了。胆大的感到很突然，胆小的早已吓得脸色发白。可是刚说过的话又吞不回去，只好怔着。

田冈提高嗓门说："怎么啦？我说话不算数吗？"

其中一方有个小霸王这时大声接话："当然算数！可是，大家都没有准备，一时上哪儿弄刀子呢？"

"对呀，我们都不知道今天要用刀子。"双方都这样喊。

田冈望了望站在一旁的山口秀雄，见他正朝自己点头微笑，心里不由美滋滋的，转头对大家说：

"今天大家都回去准备刀子，明天这个时候再到这里集合。希望大家做好流血牺牲的准备。双方的人，今天到了的，明天一定要来，如果我发现哪一方的人没来，我就判定哪一方输！"

第二天，双方全部带上刀来到弁天神社，不少人还悄悄带上了止血药，敌对两方的人马加起来有七十多人，以一条石径为界，只等田冈一声令下，便展开浴血厮杀。

山口秀雄跟着田冈来到现场观战，心情既恐慌又兴奋。

面对这种真刀相对的阵势，田冈也开始有些害怕，但他不想表现出临阵退缩，那样会使他威风扫地。于是，他强充好汉，跳到一块大石头上，又宣布了一条临时规则："大家注意，不准用刀刺头部和胸部，凡受伤倒下的人，不准再用刀去刺他……"

就在田冈宣布规则的时候，校长带着一群老师惊恐万状地赶来了……

这场血战到底没有打起来。

田冈作为这场斗殴的主要策划者，受到学校的严厉处分。事后，山口秀雄拍拍田冈的肩膀，钦佩地说："你是真正的老大！"得到山口秀雄如此之高的评价，田冈心里比什么都舒服，而那个处分在他眼里却实在算不得什么。

1927 年春天，田冈一雄从兵库小学毕业，进入生田区东川崎町的川崎造船厂当见习工人。田冈从此步入社会。

川崎造船厂当时有一万六千多名职员，六十六万神户市民中大约有三分之一和川崎造船厂息息相关。

田冈一雄每天早晨将饭盒挂在腰间，在 7 点的钟声敲响之前上班。但是田冈在川崎造船厂只工作了两年零一个月，便被厂方解雇了。遭解雇的原因是由于殴打工厂主任。

那天，田冈离开自己的车床，去帮同车间的一个工友搬运笨重的铣件，正巧被工厂主任大川看见了，大川是个严格得近乎缺少人味的40多岁的男人，他马上叫起来："田冈，你在干什么？"

田冈早就对大川心怀敌意，不屑地回答说："难道你没有长眼睛？"

大川火了，跳过来指点着田冈的鼻子，喝道："你少管闲事，回到自己岗位上去，回去！"

田冈尽力克制住自己，说："他不舒服，我帮一下他，难道这也叫多管闲事？"

大川暴跳起来："这里我说了算，我命令你马上滚回去！"

田冈已经忍无可忍了，两眼凶光毕露，一眼瞥见旁边有一把大扫帚，突然上前抓住扫帚柄，猛地朝大川的脑瓜打去，一下、两下、三下……一下比一下狠。大川来不及躲避，下下挨个正着，嘴里叫爹喊娘。

"不好啦，田冈打人啦！"

"快去喊人，大川快要给打死了！"

"田冈，别打了，快停下！"

求救声和制止声四起。

最后厂长赶来制止了事端。但大川已经被打得头破血流、鼻青脸肿。厂方派人处理此事，并就此事征询受害者的意见。大川恐怕是给田冈这一次打怕了，他担心田冈一旦被开除，自己说不定还会挨打，于是向厂方建议，如果田冈当众向他道歉，便不要开除他。厂方同意了大川的意见。

意见传到田冈耳中，他当即满脸涨得通红，什么话也没说，便雄赳赳气昂昂地走出了工厂的大门。

事后，田冈才听说自己被正式解雇了。

这时，田冈仍然和河内夫妇住在一起。回到家中，他没有把事情告诉河内夫妇。因为田冈这时已成为可以挣钱的劳力，河内夫妇对他的态度比从前要好一些。佐藤甚至每天早晨给田冈的饭盒里装好饭，让他带到工厂去吃。

这天，佐藤又把饭装好了，对他说："快7点了，上班去吧！"

田冈把饭盒挂在腰间，一声不吭地走出家门。

"田冈，你还来干什么？"熟人在路上看见便这样问他。

田冈在工厂大门外面左右徘徊。他也不知道自己来这儿干什么。一连几天，他都在厂门外面转来转去。

"如果给大川看见，那真丢脸。"这样想过之后，田冈赶紧离开，情不自禁地朝新开地走去。

新开地是附近最为繁华的闹市区。神户市的新开地是从1921年开始繁荣起来的。这里歌星、影星云集，剧场、影院星罗棋布，咖啡室、酒吧、饭庄、照相馆、绸缎庄、精品屋等商肆多得难以计数。一些暂无着落的流浪艺人，拉着小提琴在街道上逛来逛去。街上人来车往，一片喧嚣。田冈一雄便夹在人流中，毫无目的地闲逛着。

"嗨！是田冈吗？"突然传来一个男人的声音。

田冈回头一看，原来是山口秀雄。

两年不见，山口秀雄变成了一个英气勃勃的少年，他西装革履，衣冠楚楚，显得十分风流倜傥。

山口秀雄亲切地问："田冈，你怎么在这儿？"

田冈穿着一身粗糙的工装，相比之下显得寒碜，因此，一时不知怎么回答。

"你不是进了川崎造船厂吗？"山口秀雄又问。

田冈依然无言以对。

"好啦，我们先去喝杯咖啡吧！"山口秀雄见田冈有话说不出口的样子，这样发出邀请。两人在咖啡店里相对而坐，山口秀雄叫了两杯咖啡和一些点心。两人一边吃着一边交谈起来。

山口秀雄说："如果你想看电影或戏剧的话，尽管告诉我，这一带的影剧院和商店全都是山口组管理的。"

田冈知道山口秀雄是山口组第二代头目山口登的弟弟，有钱又有势力，在新开地一带，谁见了他都得礼让三分。

田冈问道："你也加入了山口组吗？"

山口秀雄一摆手："我哪是那块料！眼下在中央批发市场干搬运。"然后又说，"谈谈你吧！你现在在做什么？"

田冈便把自己殴打工厂主任被开除的事说了一遍。

"原来是这样……"山口秀雄想了想，安慰道，"没什么了不起的，干脆，到我家去吧！"

田冈疑惑地望着山口秀雄。

山口秀雄说："在苦力房里可以安身，反正吃住都不要你出钱！"

"可是，我到那里去干什么好呢？"

"什么也不用干，白吃白睡，睡足了吃饱了，然后跟我一起泡咖啡店，一起玩就行了。说真的，田冈，从那次打架，我就觉得你真是了不起！有你在一起，我觉得自己都会强大起来。"

田冈想想答应了下来。

所谓苦力房，就是指那种没有固定职业的流浪汉聚集的地方。苦力房的主人一般都是在当地有一定势力的人物。当时，从西出町到东出町，像这种苦力房至少有五六十个，一个地方经常聚集着十多号人，多的会挤上四五十人。房主供吃供住，流浪汉们也尽量替房主效力。因此，这种苦力房极有可能演变成黑社会组织。事实上，不少苦力房便是直接由黑帮组织控制的。

山口组的苦力房便是如此。

山口组事务所二楼有一个大房间，经常有四五十人借宿。但是住在这里的人只能从后门进出。在大房间的角落里堆着一些被子，来者可以随便取来使用，打成地铺呼呼大睡。

山口秀雄领着田冈走上二楼。

"我来帮你挑一床干净些的被子吧！"

说着，山口秀雄到角落里的一堆被子中翻寻，找了半天也没找到一床干净点的。其实根本不必找，即使今天睡到一床干净点的，明天卷起堆到墙角，说不定又被别人拿去用了。

安顿好之后，山口秀雄对田冈介绍说：

"饭堂在楼下，早上是冷饭，晚上是热饭，柜子里每顿准备了五十人的饭菜，有不少人经常不回来吃饭，剩饭剩菜多的是，你尽可以放开肚皮吃。"

在苦力房逗留数天之后，田冈一雄发现这里聚集的全是一些粗人，赌博、酗酒、狎妓是他们的家常便饭。这些人有的脸带刀疤，有的背脊文身，说话时露出一排烟屎牙，喝醉后便大叫大骂，并且互相之间经常发生打斗。完全可以说，这是一个肮脏、堕落，为社会所痛恨的下流场所。可悲的是，这里的人大多不知道肮脏、堕落为何物，甚至他们之间也并不缺少侠义、友爱的精神，只是这种精神的表现是十分狭隘的。

田冈一雄进入山口组的苦力房，是他迈向黑道的第一步。

白天，田冈和山口秀雄到新开地泡影剧院，或者去咖啡屋闲坐，整天游手好闲，神气活现。到了晚上，田冈独自一人回到苦力房，反正房间里吵得厉害，无法入睡，便站在一旁看别人赌博。

从这以后，田冈再也没有回到舅舅河内四郎的家里去。可能河内夫妇得知田冈被工厂开除，觉得把他找回家又是个累赘，所以也没有来找过他。田冈就这样开始了他的放荡生活，而苦力房则是他人生中的重要转折点。

这些流浪汉晚上回到苦力房后，最主要的活动就是赌博。

当地的赌博方式有很多种，而在山口组的苦力房，赌博的主流是抽牌。抽牌的赌法很简单，就是赌客向一至六的数字之间下注。抽牌里面有手抽和掷两个骰子两种方式。手抽牌是由庄家把六张牌糊起来，不让闲家看到，然后把它放在背后或者放在口袋中洗牌，让闲家猜第一张牌的数字。封牌的方法很复杂，有封第一张牌、封第二张牌、六三平、七二平等各式各样的方法。封法不同，彩金也不一样。

田冈开初一直挤在旁边看。看着看着，先是心痒，后是手痒，因为容易看见的是赢家，而输家则常被忽略。

有个晚上，已经 12 点多了，田冈依然瞪着两只大眼睛在一旁观战，他那神情完全是看入了迷。

"田冈，光看有什么意思！"一个汉子朝他叫道。

汉子名叫丰代，年约三十五岁，是这儿的小头目，他是抽牌名手，几乎只赢不输。

田冈望着他，犹豫着。

"来吧，赌它几把，试试你小子的运气！"丰代说着让开位子，不管田冈反应如何，硬是把他推到赌摊前。

田冈当时口袋里仅仅只有几张钞票，由于平时不舍得用，而早已被揉得皱皱巴巴，当他把钞票掏出来下注的时候，所有汉子全哈哈大笑起来。田冈知道别人笑他钞票破旧，满脸涨得通红，但他没有向别人发作，而是把愤怒转移到下注上——把仅有的钱一次性押上。

"我要六！"田冈大叫。

当庄的汉子把第一张牌翻开来，竟是三。

眨眼之间，田冈便把身上所有的钱输光了。他目瞪口呆地坐在那里。

"别丧气，再封它一张！"丰代豪爽地笑道，同时将一把钞票丢到田冈跟前。

田冈望着那些钱，心里真想用它再搏杀一次，但是他沉默着，脸上毫无表情。

"怎么啦？不想扳本吗？"丰代说。

田冈转过身去，用背对着那些钱。

"哈哈！"丰代笑着说，"我确实欣赏你这种倾家荡产的赌徒作风！别客气，拿去用吧！"

"我决不会向人借赌本！"田冈厉声说道。

丰代见田冈如此倔强，好像更加欣赏他了。他坐到田冈跟前，点着一支烟，对田冈说：

"小子，抽牌这玩意儿可不那么简单，一定要学会察言观色，通过观察对方的眼睛及手部动作，同时迅速做出准确的判断，这样才能看穿对方的漏洞。另外，还要学会装傻，做出自己已经被人看穿的样子，这样才可能攻其不备。有时候，只要靠一个表情、一个胳膊摆动就可以决定胜负。你赌风豪爽，可是无谋，这是绝对赢不了钱的！"

听完这一段话，田冈内心开始佩服丰代，便改用谦和一些的语气问："那你说说我是什么问题？"

丰代正色道："你让对方看穿了你的漏洞！"

田冈愕然地望着丰代。

丰代继而说道："像你那种表里一致的样子还能赌牌？有多少输多少！赌牌讲究心、眼、手的配合，眼睛观察，心里把握，心和手一致，但心里的想法却不能被眼神和手势暴露给对方。你首先要纠正自己的陋习，最简便的练习方式是对着镜子，看看自己的眼神和姿势是不是跟大脑一致，同时又不暴露大脑中的意图。"

从第二天开始，田冈一雄整天待在苦力房里，对着镜子苦练赌术。那是一块从外面垃圾堆中捡来的破镜片，只有巴掌一般大，照得到眼睛便照不到手，因此总得用一只手举着，不断地移上移下。

"喂，你在干什么呀？"山口秀雄来了，奇怪地问。

"我在练赌术。"田冈头也没回。

"练赌术？"山口秀雄不解地说，"赌博靠的是运气，有什么好练的？"

田冈觉得三言两语解释不清，便干脆一言不发，依然专心致志地练着。

山口秀雄邀请说："算啦，跟我去玩吧！"

田冈摇摇头。

山口秀雄兴致勃勃地说："看戏你也不去？告诉你吧，'凑座'来了一个女歌星，两个乳房有这么大！你猜她才多大？才16岁呢！"

田冈听了心里咯噔了一下，很快又皱了皱了眉，说："不去。"

"那好，你不去我一个人去。"山口秀雄快快不乐地走了。

田冈觉得自己有点对不住朋友，但他使劲把头摇了摇，又开始专心致志地练习赌术。

为了使右手在口袋里切牌时不动，他用左手压住右臂让它固定下来……就这样反复练习了十多天，从镜中看，手指在口袋里切牌时，整个手臂都纹丝不动了。手法似乎有了一些长进，田冈又开始练习眼神，他努力装出与内心活动不同的表情，心里高兴，便做出苦相；心里紧张，便做出坦然……

有一天，山口秀雄又来邀田冈去玩，可是田冈连理都没有理会，这使山口秀雄甚为不快。等田冈意识到什么的时候，山口秀雄已经走远了。从此，把田冈引入黑道的山口秀雄与田冈的关系便渐渐地疏远了，田冈与丰代的关系却日益热乎起来。

这天，田冈继续对镜苦练。

"喂，你那姿态不行！"他不知道丰代早已站在自己身后。

丰代说："翻牌时，你的右肩还有摆动。切的那张牌是红桃K，不信的话就拿出来看！"

田冈亮出那张牌，果然是红桃K。

丰代的眼睛居然能观察到他在衣袋中切牌的数字，并且能准确猜中是哪张牌，这使田冈大为叹服。

丰代说："听着，手眼相通，我通过你的眼睛看见了你的手指。另外，你的眼睛在提防我，而你衣袋里的手却没有提防我。手指的动作不可太大，切牌时，手指只能有轻微的动作，就像轻抚女人的……"说到这里，丰代停下，笑着问道，"恐怕你还没有碰过女人吧？"

田冈沉默着。

"我问你有没有跟女人做过爱？"

"没有。"田冈回答着，脑海里猛地跳出一个从前见过的情景，那是舅母佐藤和一个男人赤身裸体纠缠在一起。那个场面对他刺激极大，后来经常在他脑海里出现，似乎永远也无法忘掉。所以，这样回答完丰代时，田冈的脸已经红了。

丰代笑着注视田冈，问："是吗？叫人难以相信。你今年多大了？"

"17。"

"17岁啦？那真是该教你如何学会使用手指了，当然不光是用手指。我想你会讨女人喜欢的。跟我走吧！"

田冈心脏剧跳起来，有些羞怯地问："去哪儿？"

"当然是去福原！"

丰代大笑着拉起田冈就走，边走边吹嘘说："我像你这么大的时候，至少已经跟二十个女人睡过觉了……"

福原是新开地的红灯区，离山口组的苦力房只有半个钟头的路程。田冈跟着丰代穿街过市，一个兴冲冲，一个羞答答。

根据史料记载，福原在明治元年末，已拥有娼妓达三百四十人的庞大妓院。到明治十年（1877年）左右，福原已有妓院三十三家。在日本关西地区，福原的娼妓是第一流的，每个妓女每月向政府缴纳税金2.25日元，其它地方的妓女则被视为二流，每月纳税2日元。

但时过境迁，物是人非，眼下福原的妓院已显得落后了，留宿费是每夜3到5日元。而当时东京一流艺妓的费用是两小时6.6日元，三流艺妓是2日元。当时一个大学生的月薪是45日元。

由于田冈一路磨蹭，两人走了一个钟头，才到达福原的一家名叫"四季鸟"的妓院。站在大门外，不远的夜色中有一幢三层的楼房，差不多每层楼房的窗外都挂着一盏红灯笼，上中下三排，全部加起来恐怕有三四十盏。在红灯笼之间偶尔也有绿灯笼闪亮。红灯表示正在接客，而绿灯则表示欢迎客人。

"生意真兴隆啊！"丰代兴奋地喊道。而田冈却站在门外不动。

"你怎么啦？快进来啊！"丰代已经跨进院子。田冈两只手在衣袋里动弹。

丰代看出他是担心没钱付账，于是大声说："哎呀，有我呢，你只管尽兴玩吧！"

听见说话声，五个打扮妖艳的年轻女人一齐拥到门口，然后分散开，围住两个男人，搔首弄姿地说着一些甜言蜜语。

"你，你，你，走开！我们只要这两个！"丰代大声叫喊着。

被驱逐的三个女人无所谓地走开了，剩下的两个女人突然显得羞怯起来。

借着门厅上的灯光，田冈看清了这两个女人的模样，一个二十五六岁，另一个十六七岁。凭直觉，田冈认为那个年少的女人应该是属于自己的。

可是丰代的分派却出乎田冈意料。他一把将那个年轻女子搂到自己怀里，然后对年龄较大的一个说道："大姐，好好伺候这小子啊！拜托了。"这样说完，丰代双手毫不费劲地抱起那个年轻女子，头也不回地走上楼去。

这边便剩下田冈和将近比田冈大 10 岁的女人了。

"走呀，上楼呀！"女人见他呆着，主动牵住田冈的手，慢慢朝木板楼梯上走。田冈把她的手甩掉，跟在她后面。

经过一条长长的走廊，脚下是木板，踩上去有些晃动，右边是扶栏，可以望见福原的夜景，左边是一间连一间的木板房，门全关着，每一间房中都传出女人的歌声或浪笑声，有时还突然响起男人粗野的叫喊声。

田冈如同走进梦幻中一般，前面女人身上的香水味，不停地扑入他的鼻中，提醒他这是确凿的事实。

"进来呀！"女人在房里探出头来喊。

田冈一雄侧视着夜景。这是 7 月中的夜晚，沉闷的夜色中开始有闪电出现，像是要下雷阵雨的样子。

"喂！别待在外面，进来。"女人再这样说时，田冈决绝似的脱掉鞋子，迈步走进房间。

板房四面装饰着格子窗，糊着白纸，从黑暗中走进房中，电灯光线显得十分明亮，里面没有架子床，一眼看去，地板上仿佛铺满了鲜红的被褥，叫人看了眼花缭乱。

女人把房门推上，同时把门外两人的鞋子拿了进来，然后走到南边的窗下，推开窗户，伸手把外面的绿灯熄灭，再把红灯点亮。窗户关上之后，透过窗纸，依然可以看见那团模糊的红光。

房中除了一个巨大的地铺，只剩靠墙一个梳妆台，那面镜子倒是很大，这使本来狭小的房间变得宽敞了不少。

没有什么地方可以坐，田冈傻站着。女人把被褥掀开一边，对田冈说："你先睡吧，我就来。"说着，女人走到房间一端，推开另一扇格子门，进去之后又关上。

里面传出水流声。原来里面有一个洗手间。女人再次出来时，外面的和服已经脱去，身上只罩着一件宽松的丝质睡衣。在灯光的透射下，田冈看出她里面什么也没穿。

女人钻进被褥里躺下，在里面脱睡衣。一会儿，从红被褥中伸出一只白手，把一团睡衣送到了外面的地板上。

见田冈依然那么站着，女人抬起头来，说："过来呀，怎么不脱衣服？"

又是一道闪电，雷声更响了。

田冈觉得浑身燥热，喉咙焦渴，显出极不舒服的神色。

女人微微笑了，打算穿上睡衣起来，想想又把抓到手的睡衣丢下，索性光着身体站了起来。她慢慢朝田冈走近。

这是一个皮肤白嫩、体态丰盈的女人。那时，似乎所有的灯光全照在这个女人身体上了，田冈只觉得头昏眼花。

"小弟弟，你这还是第一次吧？"女人语调很温柔。说着，动手给田冈脱衣服。轮到解皮带时，田冈用手把裤腰护住。

"还不好意思呢！"这样说着，凭一股女人的柔劲，田冈的衣服也给脱光了。

二人拥进红被褥中之后，女人便不再管田冈了，一副漠不关心的样子，任由田冈折腾一气。

这时，雷声闪电大作，大雨"啪哒啪哒"地下了起来。窗户纸震动着，房间里渐渐有了凉意。在毫无经验的情况下，田冈就像在一团漆黑的陌生小路上被人追赶着，磕磕碰碰。最后他咬紧牙关，从心底里发出狼一般的嗥叫，就像一条被猎人射中要害的狼，毫无声息地倒伏下来。

雨下得越来越大。这间房在三楼顶层，雨点击打着屋顶，满耳是风声雨声。渐渐地，田冈又闻到了一股浓郁的脂粉味，伸手摸去，盖在身上的羊毛被褥有一种冰凉滑腻的感觉。他陡然感到一种极端的空虚。

"你后悔吗？"女人的问话声显得很温柔。

"穿上衣服吧，会着凉的。"

田冈沉默着，心中充满了悔恨，他感到无端的愤怒，觉得自己就要发作。

女人给他递上衣服，望着他穿，并用母亲一般的目光看着他，说道："以后别上这种地方来，你还是个孩子……"

田冈猛地站起来，到门角抓起鞋子，狠狠拉开门，气呼呼地冲向走廊尽头。

"喂，等一等，别走，等一等嘛！"后面传来那女人焦急的声音。田冈毫不理会，匆匆跑下楼梯。外面是倾盆大雨，田冈顿时驻足不前。

"给，把我的雨伞拿去吧！"女人来到他的身旁，撑开一把花伞递上。并且说，"你不是跟另一个同来的吗？雨这么大，到我房里坐坐，等他一起回去吧！"

她是说同来的丰代。但田冈不想再在这种地方停留片刻，也没向女人打任何招呼，撒开双腿朝雨中奔去。

在 17 岁的田冈一雄看来，男女之间的事情本该是无比严肃、神圣的事情，他曾准备以巨大的热情去迎接和享用它的，没想到突然变得如此随便、简单。这完全是对自己的践踏！巨大的空虚感使他恼羞成怒。

田冈在大雨中发狂地奔跑，企望让雨水冲刷掉一身的肮脏。

在霓虹灯闪烁的福原街道上，狂风裹着暴雨，如同千万支利箭，猛烈地朝田冈攒射。穿着雨衣或打着雨伞的人们匆忙替他让道。被人碰撞或撞倒了什么人，他浑然不知。

"站住！站住！"他听见身后有人高喊。

田冈脚步踩踏溅起的积水飞到了那个人的脸上。

"站住！老子叫你站住！"后衣领被一只大手重重抓住。田冈停下来。

回头一看，屹立在眼前的是一个将近6尺高的魁梧大汉，他穿着花衬衫，头发蓬松，一手插在口袋里，一手举着雨伞。

"你这小杂种，弄湿了我的裤子，就想这样轻松地跑掉？"大汉抖动着裤脚大骂。

"狗杂种，跪着爬过来给老子舔干！"大汉眼里露出决不轻饶的杀气。

田冈毫不示弱，失落与厌恶感猛然转化为殊死搏斗的愤怒。他后退半步，同时攥紧了两只铁拳。这时雨还在下，但小了一些，有几个行人停下来，站在一旁观望。

大汉欺他人小力薄，一把就抓住了田冈的手腕，接着一个甩背，田冈身子飞起，在空中翻了一个筋斗，然后重重地摔倒在路上的积水里。水花溅出一丈多远，旁观的行人急忙后退。

这简直是莫大的耻辱！田冈不能接受惨败的事实，他一个翻身从积水里爬起来。

"来，过来！"汉子撑着雨伞，朝他勾勾食指，嘴里发出轻蔑的笑声。

田冈看出，汉子只用了一只手就把自己打翻在地。但他从不认输，决心拼个你死我活。田冈低伏着身体，如同猎人窥视猎物一般围着汉子移动，突然，他猛地朝汉子背后冲去。

然而，这个汉子擅长柔道，发现对方从背后突袭，毫不慌张，待田冈挨近他的刹那间，身子朝旁边一闪，田冈扑了个空，随即他将右手作成砍刀状，就势朝田冈颈背部砍去。

啪的一声，田冈一个狗啃泥，再次扑倒在积水里。

田冈趴在水里一动不动。

围观的人们议论纷纷。有人高声喊道：

"小孩，别逞强了，你打不过大人的！"

"认个错吧，让他放你走算啦！"

"大汉，他年轻无知，饶他一回吧！"

大汉见众人替田冈求情，觉得跟这个毛孩子纠缠下去也有失自己的体面，于是朝田冈骂了声"小杂种"，便打算转身离去。

田冈在水中趴了足足有一分钟，他毫无停战的念头，见大汉举着伞就要走掉，忙爬起来，一个腾跃扑去，整个身子一下子挂在汉子背上。汉子这下麻烦了。田冈双手铁钩一般箍住汉子的脖子，使汉子一时无法招架，左右腾挪，也无法把田冈摔下来。

汉子只好把手中撑着的雨伞抛在路边，准备让田冈再吃一个致命的甩背。就在汉子丢开雨伞的一瞬间，田冈一手勾紧他的脖子，腾出另一只手，朝他脸上一阵攻击——奇迹出现了！

"哎呀！……"汉子惨叫一声，随即跪倒在地，双手捂脸，胡乱地翻滚起来。

在路灯的照射下，汉子的手指间不断地渗出血来。田冈的指尖戳穿了汉子的一只眼睛！

顿时，田冈呆若木鸡，继而浑身颤抖。

他不是因为恐惧，而是惊奇、兴奋。他把沾着鲜血的食指举到眼前，仿佛发现了一件威力无比的杀人武器。

"我有了！就凭这根指头，不管遭遇到多么强大的对手，只要攻击对方的眼睛就必胜无疑！"田冈在心里大叫。

大汉护着眼睛落荒而逃。

在那个嫖妓的雨夜，田冈一雄用一根食指戳瞎了一个大汉的眼睛，从而使一名柔道四段的高手败在自己的手下。由此，田冈一雄掌握了一门以弱胜强的杀人绝招。

从这以后，田冈一雄便经常以在新开地一带横行霸道的"脱落族"为目标，训练自己的杀人技术。

所谓"脱落族"，是当时神户所独有的词汇，其意是指一些品德不良的在校学生，以及一些混迹社会的小地痞、小流氓。而像田冈一雄和丰代那种赌徒，当时被称为"博彩族"。

"博彩族"的服装有鲜明特征：他们的腹带下缠有用法兰绒做的腰带，腰带双重折叠；不分春夏秋冬，一律穿着宽大的过膝短裤，走起路来像裙子一样飘动；此外，"博彩族"的人脚下永远穿着木屐，哪怕输得连短裤也没有了，而木屐却绝不离脚。

而所谓"脱落族"同样也有服饰标志，当时在神户有好几个"脱落族"的组织，如有在帽子上系着一绺白线的"白线团"；有把两只上衣袖管染得通红的"血染团"；此外，还有背上画有骷髅图案的"骷骨团"，以及主要由放浪少女组成的"黑猫团"等，这些人成群结队地在闹市内胡作非为。田冈一雄便不分日夜地追逐着这些家伙，毫不手软地"勤练指功"。

由于田冈在那个雨夜戳瞎一名柔道高手的眼睛，他在新开地一带名声大振，一些"脱落族"只要看见田冈走近便四散逃命或规规矩矩，这使田冈十分烦恼。为了练习指功，他不得不故意挑起事端。

一个白天的中午，两个袖子染红的男人在一个摊子上买水果。田冈看准他们是"血染团"的人，手指立刻痒得难受，想了想便走上去，挤在他们两人中间，对摊主说：

"我有急事，请先给我称3斤！"

这两个"血染团"的人年纪均在 20 岁左右，正是血气方刚的年纪，加上又不认识田冈一雄，见田冈要抢在自己前面买东西，当下便怒气大发，两人同时出手，四只拳头轮番落到田冈身上。

"不要打人，不要打人！"摊主大叫起来。

"两人打一人，真不像话！"围观的人们这样议论。

田冈要的就是这种效果，这样，闹出事来，人们会向警方表明他是被迫自卫。田冈挨过几拳之后，动手了。

只见他从背后搂紧一个家伙的脖子，在他挣扎着回过脸来的时候，田冈钢钻一般的手指便对准他的眼睛猛刺下去——"啊！"随着一声号叫，这家伙双手各捂住一只眼睛，鲜血涌流出来。田冈不止戳穿一只眼睛，而是两只！

田冈看看自己的手，食指和中指沾着血，插进眼睛的深度至少达到一寸。原来在匆忙之中田冈无意中使用了两根手指。两根手指攻击效果更好！田冈觉得这又是一个意外的收获。

被戳伤双眼的家伙痛得在地上打滚，号叫声听起来令人心悸。剩下的另一个早已吓得魂飞魄散，趁田冈擦拭手指血迹的当口，扶起地上的同伴便逃之夭夭。

通过这一次"练习"，田冈由一根手指攻击发展成两根手指攻击。在新开地四处出击的那些日子里，不知有多少个"脱落族"的倒霉鬼被田冈戳瞎了双眼。

但是，田冈对两根手指攻击的方法仍不满意，因为对方的脑袋会不停地摇摆，使他的一次性命中率变得不高。由此他决定尝试五指齐下。

又有个倒霉鬼被他抓住了。

田冈让他面对自己，然后猛地用左手从后面揪住他的头发，几乎就在同时，右手钢爪般的五根指头猛地插去，其中至少有两根深深插进了对方的眼窝。五根手指进攻的好处是，即使对方脑袋有些晃动也不要紧。当然，对17岁就已经杀人成瘾的田冈一雄来说，最过瘾的还是使用两根手指，不过这必须是对方体力不如自己的情况下才更有效。

有一次，一个16岁的"骷髅团"成员被他弄得够惨。田冈把他的脑袋卡在一个石级的角落，丝毫不能动弹，尽管他的手脚还在挣扎。

"不许动！"田冈大叫。然后把运足劲的两根手指，慢慢朝下面两只惊恐万状的眼睛逼近，由于手指在不断运气中前进，所以涨得通红并且微微颤抖。底下的嘴巴仿佛忘记了叫喊，或许是在等待着叫喊的那一时刻到来。

"叫吧！为什么不叫？该死的，赶快让血流出来！"

下面两只眼睛最后看见的，必定是田冈的两根手指。睫毛触及指尖时，眼睛便闭上。而两根手指没有因此加快进度，一直以原有的速度前进着。惨不忍闻的痛叫声响了起来，血水随即外涌，而两根手指还在以不紧不慢的速度插入。田冈露出笑脸，他觉得有一股温暖的感觉，从两个指尖渐渐传送到上臂，而后通向全身。当指尖被骨头顶住无法再深入的时候，田冈咬紧牙关，手指猛地一旋，两颗破烂而血淋淋的眼球便滚出来，耷拉在这个人的脸上……

"挖眼田冈"的威名在新开地一带传扬。所有"脱落族"简直到了谈田冈色变的地步。而那些"黑猫团"的放浪少女，只要望见田冈朝她们伸出五指，立即大叫着掉头就逃。

这个时期，田冈也曾多次被五花大绑地关进警察局去，只是没过多久又被放了出来。

第三章

踏入黑道

　　大闹剧场，得山口组二代头目山口登赏识，于是
田冈来到古川松太郎门下，开始进入黑道必须经历的
"三级修业"。

　　1926年6月，神户市新开地首次上映有声电影，那是由牧野雅弘导演、牧野智子主演的《戾桥》，尽管当时还是后期配音，声画不能很好配合，但新开地的二叶馆影院还是挤满了观众。

　　1929年秋天，美国华尔街股市暴跌，引起世界性的经济危机，这股浪潮于1930年波及日本，使依赖国外资源和市场的日本经济出现空前的衰退。例如美国突然拒绝从日本进口蚕茧，从而使日本的生丝价格暴跌三分之二，米价每公斤下跌到二十四五钱。当时的日本农村到处发生贩卖女性的悲惨事件。

　　日本各个大城市，失业者充塞街头。东京帝国大学（即现东京大学）毕业生的就业率只达到30%。各中小企业不断发生拖薪、欠薪及解雇事件。全国被颓废情绪所笼罩。

　　就在这年的11月份，当时的日本首相滨口雄幸在东京车站遭

到暗杀。行刺者是右翼分子头山满玄洋社系统的爱国社的佐卿屋留雄。佐卿屋发射的子弹击中滨口首相的下腹，在他刚要发射第二颗子弹时，被及时赶来的警察抓获。

在这种政治、经济大恐慌的背景下，醉生梦死、及时行乐的"苟且主义"应运而生，由此推动了赌博、色情行业的勃兴，同时，电影、爵士乐、跳舞等娱乐活动也受到人们的空前欢迎。1930年3月，神户市政府为了缓解失业带来的一系列矛盾，在兵库区滨新町建设中央批发市场。

为了争夺利益，山口组第二代组长山口登于这年8月把山口组事务所搬到了中央批发市场附近的兵库区切户町。由于滨新町一带历来是另一个黑社会组织——大岛组盘踞的领地，因此形成两大黑帮势力对峙的局面。

山口登以23岁的年龄继任第二代组长，他身材短小而肥满，但性情刚烈，是个充满活力的头领。山口登手下有几员猛将，如喜欢打架、绰号叫"青鬼"的山口组特攻队队长滩波，绰号"赤鬼"的藤吉，"赌圣"古川松太郎，此外还有中本、山田久一、"恶汉政""暴徒八""曲灵茂"和"江户子"等等，可谓"人才济济"。

在山口登的率领下，山口组把势力扩展到与大岛组对峙的切户町。以大岛秀吉为头目的大岛组在神户根深蒂固，势力范围延伸至滨新町。

切户町和滨新町之间相隔着新开辟的中央批发市场，对把守在两旁的山口组和大岛组来说，都是垂涎已久的一块肥肉。双方和批发市场之间都隔着一道桥，只要迈过桥去，就可能招来对等反应，一场血战或许就会在批发市场的地盘上展开。

双方可能都意识到这一点，因此都不敢轻易越过那道桥。

这时的田冈一雄，虽然年满 18 岁，个头也长到了 1.7 米，"挖眼"绝招使他名震遐迩，但与山口登的几员猛将相比，仍只能算得上个小流氓。

田冈一雄这时已经离开苦力房，由于在赌场里结识了山口组的骨干山田久一，由他引荐，到新开地的"凑座""菊水馆""大正馆"等影剧院，担任类似夜警的角色，每夜巡场到凌晨，困了便蜷缩在某个角落的观众席上睡一觉。

作为山口组的外围成员，田冈十分景仰说一不二的大头领山口登，因此总是在一旁窥视着老大的一举一动。

"我就不相信我不能跨过这道桥！"山口登终于发出了挑战的信号！

田冈一雄激动起来。

这一天终于来到了。那是一个阴雨蒙蒙的上午，老大山口登在"赤鬼"和"青鬼"的左右陪伴下，雄赳赳地跨过了那道宽 2 米、长 10 米的木桥！桥这边，山口组组员严阵以待，随时准备增援。

也许是缺少心理上的准备，也许是来不及做出反应，大岛组那边居然一直毫无动静。

说到底，大岛组应该是被山口登的勇气所压服。短兵相接勇者胜，大岛秀吉或许已经自愧不如吧！

山口登的勇猛举动，令田冈一雄敬佩得五体投地。

不久，田冈一雄正式见到了山口登。那是由于田冈引发了"凑座事件"。

凑座是新开地的一座专演武侠戏的小戏院，经常有一些当红的武侠明星到这里来献艺。新开地一带的娱乐场所统统归山口组管理，凑座当然也不例外。田冈当时在凑座巡场，这项工作主要是在晚上出动，不过白天闲着时也有帮着招徕观众的义务。

这是一个秋高气爽的上午，田冈闲得无聊，便坐在戏院门口的石级上，和守门的东一句西一句地闲扯。不想被戏院的老板看见了，便骂起来：

"吃饱了撑的，在那闲扯什么？看吧，让观众都跑掉了！你要是再偷懒，不好好干，趁早给我滚蛋！"

老板眼睛朝着守门的，但其实是骂田冈。

这种指桑骂槐的伎俩使田冈无法忍受，他立即从地上跳起来，指着老板喊："你刚才骂谁来着？有胆就说实话，是不是骂我？"

老板轻蔑地扫了田冈一眼，然后望着别的方向，说："谁知道你是谁呀！不知天高地厚的东西！"

田冈勃然大怒，本想揍这老板一顿，想想觉得不能仅让他受点皮肉之苦，应该让他受些经济损失才对，于是大叫：

"好吧！你说观众会跑掉，我就成全你吧！"

说罢，田冈不管三七二十一，穿着木屐冲进戏院。

当时舞台上正在表演，台下有一百多名观众，正看得津津有味。田冈怒气冲天地穿过观众席，从前台一跃而上，随即乱闯一气。台上四五个演员被他推得连滚带爬，道具、布景也被他砸烂打坏。

台下观众先是惊讶，接着一片怒吼，台上演员则一片惨叫，四散奔逃。整个戏院秩序大乱。

田冈双手高举一把道具长刀，仍然在不停地追赶一个曾试图制止他的男演员。这时，从后台跑出一个人来，从他背后把田冈死死抱住。田冈回头一看，认出是演出经理，知道他跟山口组老大山口登关系密切，这才放弃反抗。

"快拉幕，快拉幕！"经理大叫。

田冈被带到经理室。

消息立即传到山口登的耳朵里。山口组负责维护新开地一带娱乐场所的秩序与安全，出了这种事情，山口组有不可推卸的责任。山口登当即发话："古川，随我到凑座走一趟！"

古川即古川松太郎，既是山口登的心腹大将，又是他的妹夫。

两人匆匆来到凑座。田冈被带进会客室。

他看见山口登威风凛凛地坐在一把红木椅上，梳着中间分界的头发，而且蓄了胡子。这时，山口登已经28岁。

山口登以锐利的目光打量着田冈一雄，然后以老大的口气发问："动粗的就是这小子吗？"

经理连忙哈腰回话："对，就是他。"

山口登眯缝起眼睛，然后把身体放松在椅靠上，斜视着田冈问："你叫什么名字？"

田冈毫无惧色，但也不敢发横，尽量平静地回答："田冈一雄。"

"田冈？"山口登坐直身子，"你就是那个挖人眼睛的田冈一雄吗？"

田冈点点头。

山口登毫无表情地注视着田冈，慢慢站起来，踱到田冈跟前，用手拍拍他的脸，说："以后别再干这样的傻事！"

留下这句话后，便准备离去。

"老大，"古川松太郎在后面喊住山口登，"这小子怎么收拾？"

山口登回过头来，笑了一笑，对古川说："你把他收留起来吧！"

"我收留他？"古川很意外。

山口登说："是个苗子。我不会看错人。"然后便大摇大摆地走了。

从古川松太郎收留田冈这天开始，田冈算是正式加入了黑社会组织，但还只是山口组的外围组织。

古川松太郎时年 35 岁，深得山口登的信任，在此之前，山口登把自己的妹妹嫁给了古川为妻，外界曾议论说，继任第三代山口组组长的人选可能是古川。

古川的家位于门口町。这是一个中等富裕人家，有几大间宽敞的房屋。田冈一雄在这里开始了黑道上的"三级修业"。

所谓"三级修业"，是指为组织放债、追债，以及对组织所管辖的影剧院等娱乐场所的警卫和接待顾客等事务的训练。这是当时进入黑道的必修功课。当然，这些也全是最下贱的差使，其间充满了劳苦。每天大清早，田冈就得起床，开始擦地板、磨亮窗框。早饭后，古川松太郎向他传授黑道礼仪。晚上未经许可是不得出门的，必须在黑暗中露天站岗，直到深夜 1 点钟。站岗有特殊的要求，不准说话，不准咳嗽，甚至不准穿着鞋子，即使在严寒的冬夜，也必须打着赤脚。

有一回，田冈冻得实在受不了，第二天对古川说："吃苦我倒不怕，只是把脚冻坏了，走不了路，今后什么也干不成。"

古川目光锋利地射向田冈，坚定地说："脚会冻坏只能说明你无用，无论如何也不许穿鞋！"随后冷笑了一声，接着说，"现在可舒服多了，以前站岗连衣服都不准穿，全身只留一条裤衩。"

除了磨炼吃苦耐劳精神之外，还要训练初入黑道者对老大或大师姐唯命是从。头目的话，不管对与不对，都必须无条件执行，绝不能反驳或拒绝。黑道组织要求所属成员处事谨慎、果断，且严守机密，因此不说废话也是"三级修业"的重要一环。

这些对于从小吃苦长大，并早已养成沉默寡言性格的田冈一雄，是不难经受的考验。

在"三级修业"期间，每天晚上，古川松太郎都要带田冈到赌场去学习赌博。经过两年多的修业，田冈在赌场里认识了许多黑道人物，比如后来成为山口组重要人物的冈精义、绰号"大虎"的山田久一，以及大长两兄弟——绰号"恶汉政"的大长政吉和绰号"暴徒八"的大长八郎等。

由于大长政吉经常寻衅闹事，制造麻烦，所以被山口登赶出了山口组。而他的弟弟大长八郎却是个对朋友非常友善的人，也不喜欢打打杀杀，然而一旦到了非出手不可的时候，他又会变得强悍无比，六亲不认。大长八郎和田冈一雄的关系很好，但是几年之后的"大长事件"中，两人之间却发生了你死我活的搏斗。

1932 年，田冈一雄年届 20 岁。

这一年，他前往故乡三庄村接受征兵体检，由于身患乙种肌肉风湿，而终于被免除了兵役。此后，田冈离开了古川松太郎的家，独自一人搬到水泽町的一幢廉价公寓居住。

大长八郎和冈精义经常到田冈的寓所来闲聊，同来的还有山口登的表兄横田吉一和横田一夫两兄弟。

五个年轻人都没有固定的职业，生活费都靠从赌场里赚取。

当时，川崎造船厂附近到处开设赌场，五人几乎每天泡在赌场里。赌博输赢难料，因此大家过着饱一顿饿一顿的日子。

当时的赌场也十分有趣，几乎每一个赌场都预备了一些宽大的围巾，那些围巾十分肮脏，并且打满了补丁。初进赌场的人，可能不容易猜到那些围巾的用途，只有到赌局终了才能了解它们的妙处。

到这些赌场来的人，全是一些穷而豪爽的赌徒，钱输光了的时候，会把衣服脱下来，一件件地押上去做赌注，直到连短裤也输掉了，便只好唉声叹气地向开赌场的主人打招呼：

"老板，借你的围巾用一下！"

老板这时会很认真地说："你可一定得归还。上回有人把我的围巾穿去，又到另一个赌场输掉了！"

输光的赌徒把这些围巾权当衣服遮羞。

田冈等五人都是经常借那些围巾遮体的。

有一回，五个人全部输得精光，一起裹着肮脏的围巾回到田冈的住所，一点食物也没有，五个年轻人靠喝水过了两天。第三天实在熬不住了，大长八郎说："想点办法吧，这样下去可得出人命了！"

冈精义问田冈："还有没有能变卖的东西？"

田冈说："除了这床铺盖，什么也没有了。"

大长八郎想了想说："先把铺盖卖了，换点食物来救急吧！"

横田吉一反对，他说："这床铺盖我看还不够我们五个人吃一天。不如这样，把铺盖当作赌本，再去赌一下，运气好的话，大家不光有吃的，还会有新衣服穿呢！"

可是万一运气不好，又输了呢？然而没人朝这方面想，的确是赌徒本色。

田冈一雄表示同意，但他提议说："我们五个人中，冈精义赌技最好，我看还是选他出马吧！"大家一致赞成。

冈精义这时 29 岁，在五个人中年龄最大，对大家给予的信任十分感激，神态显得格外庄严。他把田冈卷好的铺盖接过来，扛在肩上，由于双手顾得上面，而疏忽了下面，裹在身上的围巾突然掉了下来，露出一个光屁股。若在往常，大家一定会大肆取笑，但这时却没一个人出声。冈精义出门去了。

大约不到一个时辰，冈精义转了回来。大家看见铺盖夹在他腋下，便知道结果令人满意。

果然赢钱了，大家兴奋得连蹦带跳起来。

"先解决肚皮问题！"横田吉一嚷道。

按照以往惯例，大家用猜拳的方式决定谁出门采购食物，谁负责煮食，由于田冈一雄是房主，租金历来由他交付，所以他不必参与猜拳。

买来豆腐、炸虾和油渣，倒在锅里和米饭煮成一大锅，大家美美地吃了一顿。打着饱嗝，大家一个个觉得身上痒得难受，互相看看，每个人的头发都结成了硬块。于是纷纷说道：

"我身上至少能搓下两斤油泥，汗毛孔全给堵住了，难怪身上这么痒呢！"

"半个多月没洗澡，是该上澡堂子啦！"

最后，冈精义说："上澡堂不能穿这种肮脏围巾吧？我看还是去买一件新浴衣……"

田冈打断他的话："每人买一件，有那么多钱吗？"

冈精义说："我是说只买一件。"

"一件？那给谁穿？"

"大家轮流着穿，逐个到澡堂去。"

最后都表示同意。接下来又猜拳，决定先后顺序。这次田冈也不例外，猜拳结果，他轮到最后一个上澡堂。由于事先没有规定时间，最先进澡堂的，一泡就是一个小时，排在后面的时间越泡越长，田冈居然轮到第二天上午……

本来穿着围巾上澡堂也没什么，但那围巾给外人一看便知道这是个输光了的赌徒，他们认为那样很丢面子，因此一定要买件浴衣穿着去。另外，当时每人买一件浴衣的钱也有，可是如果都买浴衣，赌本便没有了，那么洗完澡后凭什么进赌场呢？

这段故事是发生在寒冷的冬季。可以想象，那的确是下层赌徒的窘迫生活。

1932 年 5 月中旬，田冈一雄卷入了发生在大阪的"宝川事件"。

这起血腥事件开始发生在两个力士之间，对立的双方，一个名叫玉锦，一个名叫宝川，两人都是高知县人，并且曾经是关系十分密切的朋友。宝川属于"友纲房"的力士，当时 27 岁；玉锦属于"二所关房"的力士，比宝川小 3 岁，但玉锦有个时期曾被"友纲房"收留过一段日子。两人便是那时认识的。

宝川身高 1.76 米，体重 100 公斤，对相扑手而言，这块头是小了些。在比赛场上，宝川通常充当丑角，另外，他的长相十分丑陋，从不愿意主动让人拍照，脾气也怪，所以不怎么受人欢迎。

与宝川相反，玉锦的相扑却十分出色，但由于平时喜欢打架闹事，沉迷赌博，曾经失去晋升横纲的机会。山口登很赞赏玉锦，执意要帮助玉锦升为横纲，为此，山口登下力气游说相扑会里的各位前辈和权威，使玉锦前途充满光明。这也从另一面说明了山口登对玉锦大有恩情。

从前一起学习相扑的朋友，如今一个大红大紫前程似锦，另一个却无人关照，身处逆境。无可奈何，宝川只好跟随好朋友玉锦到各地去进行比赛，完全靠玉锦从观众那儿得到的赏金过日子。

这是一种十分尴尬的处境，身为武士的宝川自然内心难以平静。

1932 年 3 月 27 日，名古屋相扑比赛结束之后，宝川又跟随玉锦等一行人前往大阪巡回表演。

相扑表演在大阪的青之丸竞技馆举行。观众仰慕玉锦的名气，满场座无虚席，气氛十分热烈，玉锦精湛的功夫激起一阵又一阵雷鸣般的掌声。落幕时，年方 24 岁的玉锦曾四次登场向观众谢幕。这一切，都被置身于帐幕一侧的宝川看在眼里，可以想象他当时的心情。

按照当时的惯例，观看相扑比赛是无须提前购买门票的，在观赏过程中或之后，观众可以根据自己的意愿，付给表演者一些赏金，数额没有规定，愿意付多少则付多少。

但这个收取赏金的工作得有人去做，而且应该是值得信任的人，宝川便担当着这个角色。如果换了别人，或许会觉得这是一个美差，而宝川心里却很不是滋味，他总觉得自己至少应该是玉锦目前的那个位置，而绝不是像这样端着盒子向观众讨赏。

或许宝川有些失态，当大阪的表演还在进行时，他便对玉锦欣喜地说："观众反响强烈，我看这一趟一定能赚不少！"

玉锦当时没有理他。宝川把观众的奖赏说成赚钱，使玉锦听了很不舒服。

表演结束，正当宝川动员好几名助手，捧着盒子准备去向观众讨赏金时，玉锦叫住了他们。玉锦表情严肃地说：

"你们都不要去了。我已经决定这次不收赏金！"

大家都怔住了。

宝川瞪圆眼睛，质问玉锦："难道，这是义演？"

"不是什么义演。收不收赏金由我决定，这次我决定不收，就这样。"玉锦不想多解释，但语气中早已透出对宝川的诸多不满。说完，玉锦转身欲离去。

宝川像是再也不能忍耐，冲上前去，一把揪住玉锦的胸口，愤然说道："你以为这仅仅是你个人的事吗？听到有人替你鼓掌、叫好，你得意，你满足，是不是？那我们呢？你无权拒绝赏金，这连累到我，你明白吗？"

玉锦见宝川翻下脸来，也不甘示弱，他一把打掉宝川揪住自己的手，厉声喊道："在这里我说了算，要怎样由不得你！如果你贪图那些赏钱，你何必待在我这里，你自己去干吧！"

这话说得很重，深深刺伤宝川本已十分脆弱的心灵。朋友之情仿佛转眼消失，代之而起的是怨愤、仇恨。宝川骂道：

"玉锦，你简直是个没有丝毫人味的东西！想想当年你投靠我的日子吧！连遮羞的裤衩都是我给你的！你以为你今天真的很有本事了吗？呸！你靠的是些什么样的人，我心里清楚得很。那些人……你这个王八蛋！你这个良心叫狗吃的东西……"

在宝川的泼骂声中，玉锦几番欲冲上前与之大打出手。宝川在骂语中贬低他的功夫，并且暗示他的走红，完全是有人在背后操纵，宝川想说的"那些人"当然是指黑道组织头目山口登，但他不敢明说，提到之后便迅速改口。事实上，玉锦知道自己是在山口登的庇护之下大走红运，可这并不表明自己没有功夫。山口登为何不捧你宝川呢？因此，玉锦认定宝川是出于嫉妒而对自己进行人身攻击，同时还把威名赫赫的山口组捎带了进去。

论血性，玉锦当场就想跟宝川干起来。但是，山口登的话随即在他耳边响起："我希望你能被提拔成横纲，这是今年7月就能决定下来的事情。当了横纲之后，如果你还不改掉打架赌博的毛病，我答应过将你的横纲交还。在这之前，奉劝你千万不可胡来！"

想到这里，玉锦对宝川说道："如果不是山口组的老大禁止我打架，今天我一定要叫你瘫在地上爬不起来！"

谁知宝川听了这话，非但没有收敛，反而态度变得越发强硬，并把矛头直指山口组：

"好嘛，有山口组替你撑腰，你还怕什么？你去把山口登叫到这儿来，我宝川一定不躲不藏！去，告诉山口登，说宝川就是这么说的！"

玉锦被彻底激怒了，大声说：

"好，有种的你就在这儿等着！我马上去神户告诉山口组老大！"

玉锦丢下话，立即从大阪乘车赶往神户，去向山口登报告。

"老大，我实在无法再忍下去了！我要狠狠教训一下宝川，求你原谅我这次出手！"在车上，这句准备见面之后向山口登说的话，反复在玉锦的脑畔回旋。

来到神户市兵库区切户町的山口组事务所，不巧，山口登外出了，需要一个多星期才能返回，留守事务所的只有一个名叫西田的年轻人，他也是山口组的成员。

西田接待了玉锦。听完玉锦的话后，好斗的西田牙关咬得格格响，说："这种家伙，不狠狠教训一下，是不会明白山口组的厉害的！走，我们马上动身去大阪！"

玉锦有些犹豫："只是老大不在，没他发话，就怕……"

西田马上说："出了事由我担着！老大不会怪罪你的。对付宝川，我一个人就绰绰有余！"

"恐怕他不止一个人。"玉锦说，"他知道我来神户，一定有所准备。"

西田想了想说："走，到菊水馆去，多带上几个人！"

两人乘坐一辆车子，驶往菊水馆。菊水馆和凑座、相生座一样，在神户市新开地是拥有悠久历史的剧场。

由于田冈一雄在赌场结识了山口组骨干分子山田久一，而山田久一又是菊水馆的巡场，所以无所事事的田冈一雄经常在菊水馆流连。恰巧这天田冈和山田在剧场办公室里闲聊天，突然听见刹车声，有辆车子停在窗外的院场上。

这是一个5月的傍晚，街市上的霓虹灯闪烁着五彩的光辉。车内跃出两条大汉，直奔室内而来。夜色中看不清来人的面目，田冈和山田立即做好应变准备。

门是敞开的。直闯进来的，原来是相扑高手玉锦和山口组的西田幸一。气氛显得十分紧张。山田警觉地问道："出了什么事？"

西田幸一眼里布满血丝，并不答话，只问："这里还有没有山口组的人？"

山田说："只有我和田冈。快说，到底出了什么事？"

"两人就两人吧！"西田幸一说，"我们要杀掉宝川。快上车去大阪，详情在车里头再说。"

车子飞驰着。玉锦把宝川的情况说了一遍。山田听了大叫起来："狗胆包天，居然不把老大放在眼里！"

玉锦说："我们人手少，要提防点！"

西田幸一说："先到我家去拿武器！"

车子开到西田幸一家所在的房子外停下，几个人进屋取家伙。山田和西田幸一各取了手枪，田冈一雄选了一把短刀。

然后，四人钻进汽车，连夜赶往大阪。

神户到大阪的路途并不遥远，没多久就到了。黑暗中，随风飘来潮水的咸腥气息。车子进入港口区的工厂地带。

田冈问玉锦："宝川住在什么地方？"

玉锦答道："快到了。在前面那个拐弯的地方可以停车。"

车停下。四人悄悄下车。玉锦猫着腰在前面带路。

穿过一条小街，然后插进一条巷子，来到一家简陋的旅馆门前。这是流浪力士经常下榻的地方。

"就在这里。宝川住在楼上。"玉锦说。

山田和西田幸一从怀里掏出手枪，而田冈早已把1尺8寸长的短刀攥紧在手中。

四人侧身闪进旅馆，然后悄悄从木板楼梯拾级而上。

宝川的房间在楼道的最里面。从纸窗透出的光亮看，里面点着灯，宝川似乎还没入睡。

这时，田冈提刀走在最前面。后面三人紧紧跟着他。

来到宝川的房门口，屏息静听，里面发出酣睡声。

四人在门前分成两组，无言地对视了一下，然后点了一下头，突然，"咔嚓"一声拉开门。

灯下倒着一只酒瓶。地铺上的宝川睡得像头死猪一般。

冲到跟前的田冈不禁把正要劈下的刀子放下，用脚踢宝川，并喝道："起来，快起来！"

宝川睡得很死，他似乎毫无戒备。

"还不起来！"田冈用脚踏在他的脸上。

宝川似乎感到脸上不好受，翻了个身，又睡死过去。

"快起来，你这狗杂种！"田冈气得大骂，抬脚朝宝川露出的大肚皮踩去，同时，山田也大骂着将手枪顶住宝川的太阳穴。

大概这样才被弄疼了，宝川迷迷糊糊地睁开眼睛，问道：

"这是干吗呀？"

宝川临危的表现的确不俗，待看清楚刀枪相逼的四人之后，他既不感到惊讶，也没有马上跳起来，脸上没有露出丝毫胆怯的神情。他懒洋洋地抬起上半身，慢慢站了起来。

宝川望着指向自己的刀枪，接着看见站在一旁的玉锦，顿时什么都明白了，但他嘴上还若无其事地说："这是干什么？这算什么意思嘛！"

西田幸一和山田分别扭住宝川的一条胳膊，田冈一雄用刀尖指着他的脸，喝道：

"我们是山口组的，听说你口出狂言，侮辱我们老大，今天我要送你上西天，有什么话就赶快说吧！"

宝川试图挣扎着，但无奈双手被两条壮汉扭紧，无法动弹，便放弃挣扎，把脸一昂，锋利的目光刺向一旁神情有些异样的玉锦。玉锦这时双膝有些发抖，他似乎害怕事闹大，对宝川喝道：

"你要是想活命的话，就赶快道歉吧！"

宝川没有想到玉锦为了那些气头上的话，会去搬兵来取自己的性命，两人之间原尚残存的一点友情，此时仿佛被一笔勾销。他对玉锦啐了一口唾沫，骂道：

"你这小人！有什么资格跟我说话？"

玉锦被他骂得躲到后面去了。

田冈不满地瞪了玉锦一眼，挺刀逼向宝川的腹部，厉声怒喝："现在给你一个机会，快向山口组道歉，否则我马上让你的肚肠流成一地！"

宝川哼了一声，脑袋高傲地昂向一旁。

"你是真不肯道歉吗？"田冈逼问。

宝川朝田冈冷笑道："别用刀对着我的肚子，我是武士，你应该砍我的脑袋。动手吧！"

西田幸一和山田放开他，退到一旁。

宝川毫不反抗，双手当胸交叉在一起，叉开双腿对田冈说：

"我这样站得稳些。动手吧！别让我等得不耐烦！"

"你这该死的杂种！"田冈被激怒了，吼叫着双手举起短刀，对着宝川的脑袋直刺下去。

就在这千钧一发之际，玉锦突然从旁边冲上来，双手抓住田冈握刀的手，高叫："别、别杀死他……"

田冈恶狠狠地望着玉锦。突然的变故使田冈对玉锦产生了深刻的厌恶，心想："不是你跑到神户要求我们来帮你干掉宝川吗？怎么你又带头变卦做起好人来了？你怕，我才不怕呢！"

这样想过之后，短刀冲破玉锦的阻拦，直朝宝川的脑袋劈去。纯粹是出于条件反射，宝川将右手挡住脑袋。

玉锦的阻拦还是起了作用，直劈而下的短刀偏离了目标，锋芒落在宝川的右手上，将他的小指和食指劈去半截，同时还划伤了宝川的左脸。宝川顿时血如泉涌，变成了一个血人。

田冈并未就此打住，他再次举起带血的短刀，横向朝宝川的脖子扫去。这是致命的一击！

然而，动作还在空中，田冈的双手再次被力大无穷的玉锦挡住。玉锦就势将田冈抱住，高声向宝川喊叫：

"宝川，赶紧谢罪！求求你，快谢罪吧！否则你只有死路一条了！"

田冈奋力要甩开玉锦，而玉锦双手越抱越紧，一时竟然成了田冈和玉锦之间的搏斗。

这样持续了几十秒钟，宝川脑子可能清醒过来了，决定等待来日雪耻，终于低下了他高傲的头。

"对……对不起！请原谅……"

宝川跪伏在地，双手放在榻榻米上说出了心中极不愿说的话。

接受谢罪之后，田冈这才放弃了置其于死地的决心。

宝川突然伤心地痛哭起来。那种充满屈辱而无助的男子汉的哭声，使人听了心里充满寒意。可能是听见了异常的声响，旁边房间有个和宝川同时下榻在这家旅馆的大力士，闻声闯了进来。

这个大力士身高1.9米，体重至少在100公斤以上，他可能意识到了出什么事情，是赶来看个究竟的，手中没有拿任何武器。见他冲进房来，田冈等人全都大吃一惊，以为他是来帮宝川的。

田冈没有多想，决定先发制人，挥起短刀朝他冲去。

"我的妈呀！……"大汉发出一声尖叫，转身拔足就逃，冲过木板走廊，接着飞奔下楼，由于没踏稳，麻袋似的滚下楼梯，发出巨响，最后脑袋撞在地板上，竟然当场昏过去。

此后不久，宝川剪掉头顶上的辫子，永远离开了相扑擂台。丢了两只手指，已经不可能再相扑了。至于他何时回头找玉锦算账，至少田冈一雄再也不想知道。

经过这件事情，田冈和玉锦关系逐日疏远。尽管当年7月玉锦在山口登的帮助下顺利晋升为横纲，但田冈依然对他深怀怨恨。田冈认为自己本与此事无关，出于江湖义气，替朋友两肋插刀，自己当恶棍，而玉锦中途却出来当好人，这确实叫他气恨难消。

第四章

暗恋文子

田冈迷上酒吧少女文子。两人关系有点眉目时，发生劳资对抗。山口组介入其中，派出的代表却被劳方杀掉，田冈前去寻仇，连致数人死伤。

"宝川事件"发生一年之后，也就是1933年的夏天，田冈一雄开始了他的初恋。这一年，田冈一雄21岁。

这是一个炎热的夏夜，田冈一雄和横田吉一在菊水馆值班。所谓值班，主要是为了防止万一有紧急情况发生，事实上是闲得无聊的工作，当时山口组的势力强盛，没有人敢斗胆前来惹是生非。所以负责值班的人也就是在剧院内外到处闲逛。待观众散去之后，便草草地到二楼的观众席上挑个座位过夜，三人席的木椅躺上去很舒适，讨厌的是蚊子太多，叮得人无法入睡。

剧场内的灯光早已关闭，黑暗中不停地响起蒲扇拍蚊子的响声。横田吉一连续朝身上拍了几下，骂道："这鬼地方，哪来这么多蚊子！"

田冈一雄也睡不着，辗转反侧，刚睡稳，一只蚊子便"嗡嗡"

地在耳边叫，他烦躁地举起巴掌，"啪"的一声之后，将巴掌凑到鼻子底下，嗅到一股血腥味，但他没有作声。

"这鬼地方真脏，又膘又臭，简直像个厕所！"横田吉一一边骂着，一边不停地拍蚊子。蚊子显得十分顽强和好战，越聚越多，把他们当成了晚宴上的佳肴。后来就只听见两人拍打蚊子的响声，闹得两人浑身是汗。横田吉一索性坐起来，对田冈嚷道："喂，别睡了！到外面走走，喝杯酒去！"

田冈没有反应。只要提到酒，他就油然想起那个酗酒的舅舅，所以他从不光顾酒店，待横田吉一又说一遍之后，田冈冷言道："我对酒没兴趣！"

横田马上说："那我们去喝杯咖啡吧！"

反正睡不着，到外面凉快凉快也好，于是田冈说："这么晚了，不知道还有没有店开着？"

横田说："有。我知道有一家店，就在附近。起来吧，那里的女孩漂亮得很啊！"说着拉起田冈就走。

神户新开地的午夜显得格外宁静。霓虹灯熄了，人流车潮消失了，白天拥挤的街道这时变得空荡荡的，似乎开阔了不少。只有街道两旁的路灯还亮着，由于闷热，灯光看上去有些发红。临街的店铺几乎全关门了。当时的店子一般都很早关门。

远处，有一个店家走出来，把端着的一锅脏水泼在对过的街道上。在寂静的午夜，那泼水声显得十分清晰。

田冈和横田吉一走在路灯下的街道上，经微风一吹，汗水消退，精神变得轻松爽快。

"全关门了。"田冈语气中显出遗憾。

"不会。"横田朝前方一指，"你听！"

顺着横田手指的方向，隐隐传来留声机播放的音乐声。

"《19 岁的春天》，真是一支百听不厌的曲子！"横田吉一兴奋地说。

两人加快脚步走。很快来到响着音乐的小店前，店名叫作"春雨酒吧"。店内光线明亮，四五个才十八九岁的女孩聚在一起，接二连三地打着呵欠。

横田是这儿的常客，一脚跨进店门，便大嚷起来：

"嗨！怎么小猫全打瞌睡啦！"

女孩们被惊醒，一齐朝他围上来，放肆地跟他开着玩笑。

"你不来我们哪里睡得着啊！"

"你这样姗姗来迟，真让人望穿秋水呀！"

"快请我们吃点什么吧，我们已经快饿坏了！"

在横田和担任招待的女孩们胡闹之际，田冈被遗弃似的站在柜台前，独自打量着墙上的价目表：咖啡每杯 10 钱，啤酒每杯 50 钱……

横田又开始跟另一个胖女孩逗乐："你到哪儿去了？像是好久没见到你似的。"

胖女孩颇感动地说："亏你还惦记着我。我去四国了。"

"去了多久？"

"半个月吧！"

横田惊诧道："那就怪了，才半个月腰身就变得这么粗！"

"粗吗？是真的？"胖女孩紧张地打量起自己的腰围。

"粗喔！"横田痛心似的摇头，"不用说，像我这么长的手也没办法抱住你了！"

"不信！"女孩尖叫起来，"我有那么肥吗？"

"绝对有！"横田说，"这里所有女孩我全能抱得住，唯独你，太粗，简直不用试！"

"要是抱住怎么办？赌什么？"

"这我肯定会输的，不过……那就赌一杯咖啡吧！"

"赌一杯咖啡就赌一杯咖啡……"

田冈一面看着价目表，一面留心着那边的打闹，结果是价目表没看仔细，那边的打闹也没听清楚。似乎那个胖女孩被横田骗到怀里去了，因为耳畔响起一片尖叫声，那叫声中快乐多于愤怒。

就在这时，一直响着的留声机突然停了。

田冈惊异地把目光投向放置留声机的柜台一端，猛地眼睛一亮，发现一个穿白裙子的少女正在给留声机换唱片。

他注视少女的时候，少女恰好回过头来，朝他微微一笑。仿佛通电一般，田冈整个人全呆住了。

少女长得极其美丽，她梳着辫子，身材不高不矮，年龄在十四五岁的样子。她送过来的那个微笑，使田冈心里感受到前所未有的温暖。田冈的内心发生着强烈的波动，但他低下头，没有再敢朝那少女望一眼，但下意识中，田冈一直在留心着少女的一举一动，以及旁人对她的议论。

"那小姐是谁呀？以前怎么没见过？"听见横田这样问。

一群女孩叽叽喳喳地抢着回答：

"她是我们老板的女儿！"

"她在高等女校读书，还是免费生呢！"

"母亲病了，她是到店里来帮忙的。"

横田说："真想不到，深山喜之助有这么漂亮的妞！"

一个女孩说："怎么，难道你敢打她的主意吗？"

横田没理会，继续问："她叫什么名字？"

"深山文子。好听吗？"

…………

过了一会儿，听见横田向柜台喊道：

"嗨！深山文子，来几杯咖啡！"

"请问要几杯？"声音清脆，但很平淡。

"五位小姐，我，还有那一位，七杯吧！"

"那一位"是指田冈。

深山文子用托盘端上咖啡，朝横田那边走去。

"嗨，田冈，过来吧！"横田喊道。

田冈没理他，在另一个角落的位子上坐下，这儿离横田他们很远而离柜台很近。

"那就随他吧！请你给他端过去。"横田这样说。

女孩们议论起田冈来：

"他是谁呀？怪怪的！"

"他好像不开心似的，是跟你一起的人吗？"

"我看他是个一本正经的人，根本没学会寻欢作乐，真可怜！"

议论声中，深山文子把最后一杯咖啡端了过来，放在田冈跟前，说了声"这是你的"，便离开了。

田冈在她贴近身边时闻到一股奇异的芳香，那不是任何香水味，而是从处女身上散发出来的自然气息。田冈的目光追随着深山文子的背影，少女优美的体态，在轻盈的走动中，显得无比动人。

深山文子走进柜台里边，回过身来，双手捧着下颏，肘部支着台面，望着田冈。

横田和五个女孩放肆地打闹说笑，而田冈却孤独地喝着咖啡，身子笔挺地坐着。田冈一小口一小口地抿着咖啡，抿一口便微微皱一下眉头。

深山文子眼里露出同情的神色，她想起什么，抱起糖罐走过去，对田冈说："是不是太苦了？加点糖吧！"

田冈神情严肃，摇摇手说："不用。我喜欢苦一点。"

深山文子笑了笑，说："是啊，太甜了就喝不出咖啡的味道，我也喜欢喝苦一点的。"田冈沉默着。

深山文子问道："怎么不跟他们坐到一起去？"田冈没说什么。

深山文子想了想，提议说："喜欢听音乐吗？我来放几张唱片吧！"田冈点点头。

音乐响了起来，全是当时的流行歌曲，按次序分别是《假如那是真的》《马戏班之歌》以及《岛之女》，最后回到开始听见的那首《19 岁的春天》，歌中唱道：

> 19 岁的春天鲜花怒放，
>
> 19 岁的诱惑不可抵挡，
>
> 19 岁的心儿四处飞翔，
>
> 19 岁的少女尽情歌唱……

横田和身旁五个女孩跟着一齐唱了起来。

"田冈，过来一起唱吧！"横田大声招呼。

其他女孩也跟着喊：

"田冈，唱呀！"

"田冈，别一个人待着，大家一起玩多开心呀！"

"唱吧，唱吧，田冈！"

田冈仿佛被惹恼了，猛地站起来朝她们吼道：

"我从来只听不唱！别烦我了。"

被他一吼，大家兴致全没了。

深山文子以一种异样的目光注视着田冈。

田冈带头跨出春雨酒吧，他内心极想跟深山文子说一声"再见"，极想再多逗留一会儿，但他到底还是这样表里不一地迈出门去，连望也没朝深山文子望一眼。

"田冈，多玩一会儿吧！"这样喊着，横田也跟着离开了酒吧。

深山文子的影子从此在田冈一雄的脑海里扎下根来，再也无法抹去。田冈此后经常往春雨酒吧跑。

那段日子，田冈一直在菊水馆当班，曲终人散之后，他便支开横田吉一，独自朝春雨酒吧走去。

进入店内，他首先留心的是深山文子在不在。或许母亲仍然在病中，每次都看见深山文子置身于柜台内，或忙着调制饮料，或向比她年长一些的女招待们吩咐一些什么，有时也看见她无聊地站在那里，听留声机播放的歌曲，她总把音量开得很小，似乎那样听起来显得格外有情调。

如果深山文子不在，田冈便会当即离去，别的女招待怎样叫喊他也不进去。深山文子在的话，田冈则必然毫无表情地走进去，坐在习惯了的那个角落里。那时，别的女孩都会知趣地走开，望着深山文子亲自替他端上一杯咖啡。

或许深山文子已经知道田冈的身份是个没有固定职业的黑帮人物，因此对他变得毫无好感，只是出于职业礼貌，送上咖啡时对他笑一笑。

就田冈而言，那一笑却令他无限温暖，简直有点受宠若惊。

一小杯咖啡，田冈总要喝上一个钟头，为的是能多看深山文子几眼。

然而，深山文子再不和他说一句话。于是田冈也沉默着。

一杯咖啡总有喝光的时候，这种办法不能让他待得很久。他就这样既满足又失望地离去。

可是，只要一天没见着深山文子，田冈就像掉了魂似的。

有一天，他努力阻止自己，决定不见深山文子，然而熬到午夜一点多钟，仍然无法入睡。最后还是难以自持。

春雨酒吧通常开到午夜两点。这次田冈仿佛是生自己的气，一副凶神恶煞的样子走进酒吧，然后狠狠地在角落里坐下。

深山文子照例端给他一杯咖啡，然后回到柜台内。

店内灯火通明，五个女孩全伏在桌上打瞌睡。而深山文子则低着脸，仿佛在看一本什么书，这使田冈有机会认真地注视她。当她抬起头看顾店子时，田冈赶紧把视线收回。

看一眼和无数眼的区别在哪里呢？田冈这样想着，突然把杯子端起，一饮而尽，留下钱，目不旁视地匆匆离去。

或许深山文子在后面惊异地望着自己吧？田冈这样想。

板着脸走进店内，一口把咖啡喝干，然后匆匆离去。一个月来，田冈都是这样。大约一个月后，横田吉一察觉到了什么，拍着田冈的肩膀开玩笑说：

"怎么，这段日子老一个人往春雨酒吧跑？"

"难道不可以去吗？"田冈显得很暴躁。

"何必发脾气呢！告诉我，喜欢上了哪一个女孩？说不定我还能帮你一点忙呢！"

田冈不予理睬。

横田诡谲地说："我早看出来了，你这家伙一定是看上了店老板的掌上明珠……"

田冈心事被看破，不由恼羞成怒，一把揪住横田的胸口，吼道："放屁！再敢胡说，看我揍死你！"

横田毫无惧色，涎着脸皮说："这又不是什么坏事！我看那妞对你也有点意思，只是还太嫩了，屁股还没完全长圆呢！"

"我再也不去那里了！"田冈决绝似的号叫。

打这以后，田冈一雄克制着自己，再也不去春雨酒吧，但深山文子的影子却每时每刻都在他的眼前晃动。

一个月后的一天，田冈在街上闲逛，突然遇上放学回家的深山文子。深山文子母亲的病已好转，但仍不能操持酒吧事务，所以文子放学后，每天都要继续到酒吧帮忙。或许是田冈突然不来酒吧使她感到奇怪，也或许是由于其他原因，深山文子第一次主动向田冈打起招呼："嗨！是你吗？"

看见深山文子，田冈猛地怔住了。她是那么的美丽、天真……田冈心中极想答话，但他却转过头去，准备走开。

深山文子跑到前面拦住他，问：

"你怎么好久不上我们那儿去了？"

田冈掉头又走。

深山文子继续上前拦住，诚恳地问道：

"是不是我怠慢你了？或者做错了什么？请告诉我好吗？"

田冈脸色憋得通红，就那样望着她，什么话也没有说。

仿佛从田冈的神色中领会到了什么，深山文子突然脸一红，转身飞快地跑了。

少女是敏感的，在窥破对方隐秘的同时也暴露了自己。

又过了两个月。横田吉一完全明白了田冈的心事，于是在一个晚上，硬是把田冈强行拉到春雨酒吧，并把他推到深山文子跟前，笑道："你们好好谈谈，我就不奉陪了！"

说罢，横田吹着口哨离去，出门前还回头朝他们两人扮了一个鬼脸。

田冈坐下，很快恢复一脸的严肃，但心儿却在怦怦乱跳。

深山文子脸带羞色，给田冈送上一杯咖啡，温柔地说：

"请吧！"

"谢谢！"田冈没多说一个字。

"我可以在这儿坐吗？"深山文子低着头问。

田冈望她一眼，说："坐吧！"

深山文子坐下，过了一会儿，抬头望着田冈。

田冈品着咖啡，脸朝向一旁。

旁边几个年轻女招待正聚在一起，笑着朝这边指指点点。

深山文子仿佛没看见一般，开口问田冈：

"那天在街上，知道为什么我掉头就走吗？"

田冈心口扑扑跳着，没有回答。

"我觉得你跟别的男人大不一样……"深山文子说。

田冈几口把咖啡喝完，站起来。深山文子也站起来，接过杯子，说："再来一杯吧！时间还早呢！"

"不必了，谢谢你。"这算是田冈说得较多的了，而且那种柔软的语调在他自己听来都觉得别扭。

田冈神态矜持地走出酒吧。深山文子送到门口，最后还说：
"欢迎你能常来！"

田冈走后，几个女招待一齐拥上来跟深山文子开玩笑：

"那小伙子爱上你了！"

"别看他那冷冰冰的样子，心里可热着呢！"

"可是他是山口组的人，黑道的人只怕靠不住呀！"

"闭嘴！"深山文子突然喝道，"这事用不着你们插嘴，各人做各人的事去！"

几个比她年龄大的女孩经这一喝，一个个伸舌缩颈，乖乖地做自己的事情去了。

深山文子虽然当时才十四五岁，却已经是个颇有主见、有魄力的人。

这以后，田冈一雄开始成为春雨酒吧的常客，与深山文子之间的了解和情意逐日加深，但田冈照旧很少开口，总是深山文子问，田冈或者点头，或者摇头。

田冈经常带着山口组的人到酒吧来，这样两人之间就更缺少单独交流的机会，但每次离去，田冈总要走到深山文子跟前说："如果有什么麻烦的话，跟我说，不用客气！"

每次的话千篇一律，而且脸上永远是冷冰冰的神情。不过，那种内心的热烈深山文子完全感应到了。

后来发生的一次流血事件，使田冈一雄和深山文子的关系突然迈进了一大步。

那是1934年夏天，神户的海员要求改善待遇，而资方表示拒绝，由此引起劳资纠纷。劳方以罢工相要挟，资方焦头烂额，最后企图仰仗黑道势力山口组出面解决这个难题。

山口组组长山口登接受了资方的委托。

当时，山口组已经独占了神户中央批发市场的权益，同时势力由相扑界扩展到了浪曲界和流行曲界，成为威慑一方的大黑帮组织。

山口登原已答应亲自前往劳方代表的家中进行谈判，但是这天山口登突然有事，便分派手下两名干将西田幸一和田尻春吉前去处理。

资方借助黑道势力的消息很快传到劳方，全体海员怒火冲天。特别是听说山口登已派出两名干将前往劳方代表家中时，数名海员立即行动，带着刀枪赶往劳方代表家中，做好随时保护自己代表的准备。

当天晚上 7 点，西田及田尻二人身藏手枪，旁若无人地来到劳方代表的家里。

谈判立即开始。由于资方立场毫不退让，劳方代表当场斥责资方委托山口组出面，企图借助黑道势力，逼迫海员就范，劳方决不屈服，只有斗争到底。谈判随即破裂。

可能是劳方代表言辞激烈，使留在屋外策应的海员担心里面就要发生打斗，于是一齐持刀挺枪冲进屋内，把西田和田尻二人团团围住。

西田仗着背后山口组的庞大势力，不仅不害怕，反而大发雷霆："这是谈判吗？把我们当成什么人了！来呀，有种的就上来呀！"

这样喊着，西田随手从地上抓起一只铁壶，猛地砸向冲进来的海员。西田幸一被乱刀砍死，田尻春吉身受重伤，气息奄奄。

消息很快传到田冈一雄的耳中。他当即拔出那把 1 尺 8 寸长的利刀，就要冲出门去。

旁边的山口组组员冈精义一把拦住他，喝道："站住！"

田冈呆立着。

"去报仇吗？"冈精义问。

田冈反问："海员工会总部在哪儿？"然后又说道：

"在商船大厦的底层。他们人多势众，你单枪匹马，说不定首先倒霉的是你！"

田冈咬牙切齿道："他们杀我，还是我杀他们，只有天知道！"

冈精义见田冈决心已定，便说："要不我跟你一道去……"

田冈立即打断："不！我不是山口组的正式成员，我不想把山口组牵扯进去。西田是我的朋友，我是为朋友去报仇！"

田冈把短刀藏在腋下，罩上外衣，绑上腰带，威风凛凛地和冈精义朝海员工会总部走去。

位于海岸道旁的商船大厦外面，红旗林立，红旗下面聚集着数千名头上系着红带子的海员。

"这样进去，说不定白白送死。"冈精义这样说。

田冈像是被这话提醒了，忽然回头对冈精义说：

"你在这里等我一下，只要十分钟。"

田冈撇下冈精义，大步朝闹市区方向走去。

在这个生死未卜的时刻，田冈突然产生了一个强烈的愿望，他要去看一看深山文子。他来到春雨酒吧。店内静悄悄的，只有深山文子一个人在店里闲坐着。田冈走进去。

"是你？"深山文子又惊又喜地站了起来。

田冈神情专注地望着深山文子。

文子好像已经知道田冈的朋友西田被杀的消息，同时也好像预感到田冈一定会为朋友去复仇，并且意识到田冈这是来向自己辞行的，她知道自己阻止不了田冈，因此十分伤心地凝视着田冈，嗫嚅道："难道非去不可吗？"

田冈点点头，然后强装出笑脸，说道："来杯咖啡吧！"

深山文子调了一杯咖啡，来到田冈跟前，没等田冈伸手来接，文子忽然把咖啡放到一旁，扑进田冈怀里，伤心地哭了起来。

田冈也使劲抱住她，仰起脸来……

那时店里没有客人，几个刚进来的顾客怔怔地望着他们。两人拥抱了一分钟，田冈推开深山文子，阔步迈出店门。

冈精义在原地等他，看得出冈精义有些害怕。

田冈没向他打招呼，大步朝劳方总部走去。冈精义神色紧张地跟在后头。劳方总部大门前虽然有人戒备，但由于进出的人太多太杂，田冈二人很轻易地混了进去。

总部大厅内聚集着很多头系红带子的海员，其中有一个人突然发现了闯进来的田冈，由于衣襟扇动露出了那把短刀，按他们的规定，武器是不允许私自带到这种场合来的，因此这人高声朝田冈喝道："你是什么人？为什么藏着刀？"

田冈脸色严峻，毫不理睬。

人群自动地朝两边退开，形成一个夹道。

田冈昂首挺胸，顺着这个夹道径直朝大厅中央走去。

在大厅的正面墙上，挂着象征劳方组织的红旗，红旗底下站着一个40岁左右的男人，看样子他就是劳方的总负责人。

这个男人正是这次工潮的总指挥，他此刻正在向他的部下发号施令。当他发现迎面走来的田冈，一时间居然完全怔住了。

从外表看，田冈意识到这是个极具号召力的中年汉子，他心中隐隐掠过一丝虚怯，但很快就被一股冷酷和愤怒的情感所压住。田冈放慢脚步，目不旁视地朝他走去。

　　整个大厅这时鸦雀无声，空气似乎凝固了。人们全部呆立在原地，仿佛一个个都变成了白痴，因为人们都意识到即将会有什么惨剧发生，却又都无望无助似的袖手旁观着，像是在一心等待着事情的结局。

　　田冈便这样从容地走到了总指挥的跟前，而尾随在后的冈精义由于恐惧，居然有几次被自己错乱的脚步绊倒在地。

　　"你就是这儿的头目？"

　　田冈这样问着，手已探进怀里攥住了刀柄。对方并不畏惧，但这时已经有了闪避的动作，可是已经来不及了。

　　田冈话音刚落，刀已抽出，空中一道白光闪过，伴随一声惨叫，鲜血飞溅，对方随即仰身倒下。

　　大厅内顿时炸了雷，海员们像突然被惊醒一般怒吼起来。

　　就在田冈手起刀落之际，侧面冲上来一个海员，企图抱住田冈。

　　"一起去死吧！"田冈号叫着，转身挥刀横扫。冲上来的海员中刀倒地，其他海员继续上前……

　　大厅内刀光闪闪，杀声震天。渐渐地，田冈已经力不敌众了，海员之中也有很多不怕死的人。

　　冈精义年纪比田冈大几岁，他的畏惧表明了尚存理智，这时他看到再打下去，田冈必死无疑，因此大喊："田冈，住手，住手！"

　　田冈这时被几把大刀逼到了一个墙角，他双手持刀，躬身靠墙，满身满脸是血。

　　冈精义从田冈左盼右顾的神情中，看出田冈内心的虚怯，为了救田冈一命，他这时壮着胆子，走到对峙的双方之间，说道：

　　"不要再打了，请听我说。他不是山口组的人，我才是。山口组决不容许胡乱杀人。现在请把这人交给我，山口组一定会对他严厉处置……"

海员们表示决不放掉凶手。但后来，劳方总部的其他负责人出现，还是把田冈交给了冈精义。其中的原因令人难以理解，或许是过于畏惧山口组的庞大势力，或许是劳方总部有人被暗中买通了。

海员工人们对此极为不满。

为了平息海员工人们的愤怒，此事最后上诉到法庭。但事件没有归咎为劳资纠纷的争斗，只当作个人打架事件处理，这样做的目的，是担心引发工会组织和山口组之间的更大对抗，那样局面将更难收拾。

对于这起故意杀人案，当时执行的是缺席判决，因为田冈一雄事发后潜逃在外。尽管山口组暗中对司法部门做了一些手脚，田冈还是受到了一定程度的惩罚。法庭向山口组要人，山口登说："我也不知道这家伙逃到哪儿去了！"

第五章

杀人坐牢

田冈因杀人坐牢一年，出狱时，山口登亲自设宴接风，并令其正式加入山口组。在文子父亲的激烈反对下，田冈和文子过起了租房同居的生活。

田冈一雄在海员工会总部报复行凶，连致数人重伤。同行的山口组员冈精义见势不妙，向劳方说情，结果由他将田冈押回山口组等候处置。冈精义当场把田冈双手捆住，在众目怒视之下，二人离开了劳方总部。在前往山口组的路上，田冈走前，冈精义走后，两人均沉默不语。

田冈一脸视死如归的神色。他知道，没有经山口组头目的许可，擅自报复行凶，将会受到严厉的惩处。对死他早已置之度外，只是这时觉得有些后悔，让山口组按黑道规矩处死，还不如在劳方总部战死来得痛快。同时他又有几分怨恨冈精义，既然答应与自己同来，刚才打起来为什么袖手旁观？事后居然又两边当好人，现在把自己押回去的目的是什么呢？为了摆脱干系吗？

走在后面的冈精义当然不知道田冈此刻的内心活动，但他对如何处理眼下这件事情，已有自己的算盘。来到一个僻静的巷子里，冈精义叫田冈站住。

"就在这里了结了吧！"冈精义说。

一股寒意顿时袭遍田冈全身。他似乎领会了这句话的意思，心尖在颤抖。但他强作镇静，叉开双腿站好。送到山口组去也是死，不如死在外面，这样反而更体面一些。

但是良久没有听见后面的动静，田冈忍不住了，说道：

"动手吧！我不会怨你的。"

田冈没有回头，他听见冈精义开始朝他走近，那把带血的短刀此刻正握在冈精义的手中，田冈屏息等待着最后时刻的到来。

冈精义已经挨近他，开始用刀割去捆住田冈双手的绳索。

绳索脱开了，田冈依然让双手扳在后面，站立不动。他丝毫没有反抗的意愿。

片刻，田冈感到有件冰冷的东西触着自己的手——那是一个刀柄。很快，冈精义站到了他的面前。冈精义的双眼盯着他，说："你走吧！"

田冈怔了一怔，马上反应过来，脱口说道："不！我不能走。"

冈精义说："我是山口组的人，你是跟我来的，这事应该由我负责。"

田冈说："我不能走，人是我杀的，而不是你。他们知道我是你押走的，到时山口组向你要人，你无法交代。还是把我押回去吧！"

"我不能叫你去送死！"冈精义叫起来。

田冈也叫道："我不死，你就得替我死！"

冈精义沉默下来，忽然笑道："这才是我们要讨论的话题。"说完收敛笑容，恳切地说，"我们两人，其中有一个恐怕必死无疑。

刚才你跟他们打起来的时候，我的表现非常糟糕，为此我感到非常羞愧，简直没脸再活下去，所以，我求你现在把我杀了！"

说完，冈精义双膝跪下，自己扒开领子，露出一截后颈。

田冈怔住了，觉得眼前的情景有些难以置信。

"快动手吧！"冈精义在催促。

田冈怎么可能去杀一个刚刚把自己救出虎口的恩人呢？他嗫嚅着，连连后退。

"怎么还不动手！"冈精义显得不耐烦了。

田冈想，如果自己跟冈精义回去，死的必是自己；如果自己不跟他回去，冈精义无法向山口组交人，冈精义也难逃厄运……难道就没有一个两人都活下来的办法吗？

田冈咬咬牙，想到了一个主意。

这时，冈精义突然站起来了，他朝田冈喝道："既然你下不了手，就让我来杀你吧！"冈精义转眼变成了一头怒狮，朝田冈冲了过来。

田冈闪身避开击来的拳头，伸腿将冈精义绊倒，同时举起刀，用刀柄朝他后脑猛击……

冈精义顿时昏迷过去。田冈见冈精义没有什么生命危险，到附近打了一个求救电话，然后逃之夭夭。

田冈离开现场之后，接到电话前来救援的不是山口组的人，而是劳方总部的人。劳方总部接到的电话说，他们押送的一个犯人打伤了押送者。

劳方总部的人跑来一看，冈精义昏倒在地，人事不省，犯人田冈早已不知去向。劳方的人异常气愤，见冈精义也不是自己人，只好通知山口组来救人。这样做的好处，是使劳方的人确信，冈精义的确是在押解犯人的途中被击伤的，从而使山口组与此次纠纷摆脱了干系。这的确是田冈的狡猾之处。

山口组的总头目山口登听到报告，对田冈大加赞许，立刻暗中展开营救田冈的活动，同时对冈精义也进行抚慰。山口组既报了仇，又没有卷进司法纠纷，山口登自然觉得这是部下的能力出色。

田冈一雄打昏冈精义之后，并没有逃得很远。他知道，如果山口组真的要收拾自己，纵使逃到天涯海角也会被抓住，凭直觉，他觉得山口组不会这样做，照说他应是有功之臣，虽说是为朋友复仇，可说到底这朋友也是山口组的人，难道山口组会捕杀一个替其效力的人吗？田冈认为不可能。

抱着探风声的心理，田冈当晚来到神户市山口组组员古川松太郎的家里，将杀人事件的前后经过，仔细地对古川说了。

古川松太郎是山口登的妹夫，田冈杀人的事他已经听山口登说了，并且接到山口登的电话，让他留心，如果田冈前来寻求庇护，要给予关照。所以听完田冈的讲述，古川松太郎并不感到惊讶。

古川叼着雪茄，像是早有准备的样子，不慌不忙地说道：

"不要害怕，先躲藏几天再说。在这几天里，我会出面摆平此事。只是你待在神户不太方便，我这里来往的人太杂，容易走漏风声。在九州若松，有我手下的一些兄弟。"

说到这儿，古川到桌上拿起一封已经写好的信，递给田冈。田冈是个聪明人，马上意识到这是山口组早已安排好的，于是每根神经都松弛下来。

古川说："你到那里去吧！待我在这边把事情办妥，马上与你联系。你明天清早就动身。"

古川交给田冈一些旅费和一套新西服，最后是一张车票。

晚上怎样也睡不着，田冈心里挂念着深山文子。他猜想文子一定知道了他杀人的消息，这时一定在为他着急。他很想在离开神户之前见一眼文子。

可他是被禁止外出的，怎么通知文子呢？虽然古川家有电话，但是文子的店里没有。最后，田冈花了一点钱，让古川家的一个女佣去通知文子明天到车站见面。

深夜，女佣回来告诉田冈，她已经通知到文子了，但是女佣告诉说，文子听到田冈的名字便哭了，非常伤心，同时听见她的父母都在旁边骂她，意思是不准她再跟田冈来往，因此很难估计文子会不会去车站见田冈。

这个晚上田冈一直没有入眠……

所要去的地方，是九州若松的石崎。明天文子是否会来，田冈想了一夜，也无法确定。黎明时分，感到困意袭来，田冈正欲睡去，忽然听见古川叫他起床的声音。

灯光下，女佣送到早点，像是宽慰他，又像是声明自己的确已完成所托，说文子姑娘一定会赶到车站去的。

临行前，为避免被人认出，古川把自己的礼帽戴在田冈头上，用汽车把他们送往车站。

古川送田冈上了火车，然后拢手站在月台上。田冈靠窗坐着。火车快要开动了，月台上送客的人并不多。田冈的目光在人群中梳了几遍，也没见着深山文子。

然而，就在火车开动的一刹那间，田冈发现月台一根方柱的后面探出了半张脸——那正是文子！火车渐渐加速，那张脸越露越多，在早晨清明的光线下，那脸上分明挂着两行泪水！

田冈冲动不已，把身子探出窗口，朝文子频频招手。文子朝他跑来，一边跑一边招手……

渐渐地，文子的身影越来越小，越来越模糊，整个神户全溶化在田冈的泪水里了。

在九州若松的石崎，田冈一雄心神不宁地逗留了一个星期，第七天，有人通知他去接一个电话。电话是古川松太郎从神户打来的。

古川在电话里说："事情已经有了眉目，前天法庭已经做出判决，你要做好思想准备，略微吃一点苦头。"

田冈追问道："要坐牢吗？"

"对。"古川说，"不过时间不长，十二个月，也就一年，眨眼就过去了，就在神户的监狱里服刑。这是最轻的处罚了，我为你请了出色的律师，劳方那边很不服气，可也没办法。你明天就回来，我负责陪你去自首。"

尽管古川把话说得像捡了什么便宜似的，田冈心里还是极为沮丧。他首先想到这是一件丢脸的事，深山文子的父亲本来就反对女儿跟自己来往，这下成了囚徒，文子还会爱自己吗？

但他毫无办法，他可以躲避司法部门，可躲不了山口组。

次日，田冈一雄照原路乘火车返回神户，在古川松太郎的陪同下，来到神户市相生桥警署自首。

田冈被铐上双手，很快转入神户监狱服刑。

由于山口组暗中买通了监狱看守及有关人员，所以对田冈一雄来说，这十二个月是既漫长而又平静的一年。

在这一年中，外界发生的有些事情田冈是不知道的。

首先是挚爱着田冈的深山文子的表现，令田冈事后知道之后大为感动。

一年里，深山文子风雨无阻地到松尾稻荷神社为田冈祈求平安。松尾稻荷神社离新开地只有一里路的样子，许多风尘女子都十分笃信这座神社。穿过红色的鸟居，攀上九段石梯，右手旁边有百度石。深山文子对田冈表现出了十分难得的爱心，她每次来到神社，都要在神社里来回走一百次，拜一百次，虔诚地祈祷神灵保佑田冈平安出狱。

其次，在这一年中，日本全国的酒吧业得到迅猛发展，到年底已达到三万多家，仅东京市的侍应女郎的人数就猛增到了两万多。日本全国城市的街头，都流行着东海林太郎的《赤城摇篮曲》和《国境之恋》等通俗歌曲。

当时的日本黑社会组织头目都没有什么职业，是被官方尤其是警方痛恨的社会罪人，因此，黑道组织头目都企图公开在社会上掌握一定的权力。在当时，争取到浪曲的演出权，是达到这个目的的捷径。只要能控制住浪曲表演人才，往后的时间里，只需要提供一张桌子就可以做生意了。当时正是日本浪曲的全盛时期，日本观众几乎是迷恋上这种民族艺术形式，因此演出利润十分可观。由于这种原因，各黑社会头目都力争取得更大范围的浪曲演出权。就当时的情况看，盘踞于爱知县、岐阜县、三重县一带的冈崎浅次郎老大持有浪曲名家米若、虎造、胜太郎、梅莺的演出权；而名古屋的早川老大拥有浪曲名家初代云月、宫川左近、松风轩永乐的演出权。

作为神户的黑道一霸山口组，自然也不甘落后。

于是，在田冈服刑的这一年4月，山口登邀请了当时走红的歌手，如迪美、东海林太郎、美智奴、楠木繁夫等在神户的"八千代座"演出，并取得了空前成功。山口组踏足演艺界并不断壮大势力，当初得到了曾任日本日新社社长的永田贞雄的大力协助。

永田贞雄当时正培养走红的第二代中轩云月——伊丹秀子，一边从事安排全国性的演出，同时也拥有浪曲表演家酒井云和天光轩满月在日本关东的演出权。

在永田贞雄的帮助下，美智奴、楠木繁夫一同跟山口登到关西演出，另外还有广泽虎造。在日后的演出中，广泽虎造越来越受欢迎，他的演出权最后转移到了山口组的演出部。

后来，在广泽虎造参加电影演出时，发生了山口登与下关的笼寅组的争执事件——这时，服刑一年的田冈一雄已离开监狱。

1935 年 10 月，田冈一雄结束了第一次囚徒生活。

走出阴暗的监狱，田冈只觉得天空无限广阔，而在常人觉得极为普通的光线下，他却被刺得头晕目眩。但田冈的心情是愉快的。山口组的大头目山口登亲自来到监狱大门口接他，同来的另一个人是古川松太郎。

山口登拍拍田冈的肩膀，笑着说："辛苦你啦！"

田冈眼睛有点潮湿，他望着自己一身破旧的衣服，满肚子的话不知从何讲起。

"应该高兴啊！"古川在一旁说道，"上车吧，先去换一身衣服，然后再喝几杯，还有人在等着呢！"三人上了旁边停着的轿车。

在行驶的车里，田冈换上了古川事先带来的衣服。山口登笑着转过头对田冈说："你猜得到有谁在等你吗？"

田冈说："冈精义？"

山口登摇摇头，笑道："他当然在。不过还有一个人，猜得到吗？"田冈沉默着。

古川说："你这小子，艳福还不浅哩！"

经这样一说，田冈脑海里马上跳出一个人来，他顿时感到周身热血沸腾。

车子在附近一家上等酒店前停下，三人步入餐厅，在一个豪华包厢里，已经备好一桌丰盛的酒菜。当田冈在掌声中走进包厢，看清楚其中一张脸时，整个人呆住了。

那是他日夜思念阔别一年的姑娘深山文子。

深山文子的脸上充满生气，看得出，她内心的激动并不亚于田冈。田冈是个极要面子的人，这种场合他无法向文子说出自己心里想说的话，而一般性的话他又不愿意讲，所以他干脆沉默着，隔着几个位子，坐在文子斜对面。

酒宴在热烈的气氛中进行着。宴席将散前，身穿和服的山口登，从怀里掏出一把7寸长的银刀，郑重地放在田冈面前，说道："这是我的一份小心意，收下来吧！"

田冈赶紧起立，低头双手接过银刀。

这是一把山口登长期佩戴的宝刀，田冈知道它的分量，也明白自己离正式成为山口组成员的日子已经不远了。

散席后，一桌人分乘两辆汽车离去。上车前，冈精义对山口登说："老大，把他们两人也捎去吧！"

山口登哈哈大笑，骂道："你真枉活了三十几岁，这点小事都不懂，让他们亲热去吧！"

冈精义满脸羞红，挠着后脑勺，朝田冈和深山文子连连挥手："去吧，去吧，想怎样就怎样，关我屁事！"

当天晚上，田冈和深山文子再也控制不住自己，两人终于睡到一张床上去了。

此后的几个月里，两人不断寻找机会，频频做爱，简直成了一对蜜月夫妻。

田冈出狱的这年 11 月，深山文子的母亲病逝了。

这时，深山文子已经终止学业，代替母亲打理起春雨酒吧的生意。她和黑道人物田冈的关系也半公开了，但是，文子的父亲深山喜之助坚决反对女儿和这种黑道人物交友，只要他在店里，便决不让文子和田冈接触。文子为此非常难受。

母亲死后的第三十五天，文子要求田冈去向自己的父亲提亲。

田冈说："提也白提，你父亲不会同意的。"文子也不再说什么。

几天之后的又一次幽会，深山文子在做爱开始前，又提出这个话题。田冈说："算了吧，不会有好结果的。"

文子说："可是，你一次也没有去过呀！"

"去提很容易，如果你父亲明确表示不同意怎么办？"

"不管他是否同意，这都是对父亲的尊重。"

"行了，以后再说吧！"

这样说着，田冈要求文子开始和他做爱。可是文子第一次不依他了，坚持说：

"你先答应向我父亲提亲才行！"

"好吧。"田冈等不及了，只好答应下来。

文子的心思完全不在做爱上，老是说话：

"你是准备哪天去？明天去吧！买点礼物，你要是没有钱，我这儿有。我父亲脾气不好，你要忍着点儿……不过，我知道，他是不会同意的……他一直希望我给他招个女婿上门，替他照管这个店子……唉，真心烦，遇上这样一个父亲……母亲在就好了，不过，母亲在也没用，母亲只听父亲的……"

这些烦心的话使田冈上不来情绪，而且文子一直没完没了，田冈不由暴躁起来，他抓过一只枕头捂在文子脸上。文子说不出话了，但她却没有生气，尽管嘴和鼻子被捂得喘息困难，却还是伸出双手，一下一下地抚摸着田冈的身体。

完事之后，拿开枕头，田冈才发现文子一直在流眼泪。

田冈一时感到无比羞愧，把文子搂在怀里，连声说：

"我不该这样对待你，这是第一次，也是最后一次。相信我，明天我就去提亲。"

文子这才笑了，那笑容使人看了伤心。

次日，田冈一雄提着礼物来到文子家里，正式向深山喜之助提亲。

深山喜之助在客厅接待田冈一雄。他五十几岁，是个为人正派但脾气倔强的人。待田冈说明来意之后，喜之助的第一句话是这样的："文子是我的女儿，我绝不可能把自己的女儿嫁给一个黑道上的流氓！"

若在别的场合，有人敢如此对自己说话，骂自己是流氓，田冈早已拔刀相向了，但现在面对的是自己爱人的父亲，加上早有心理准备，他的女儿早就成了自己的情人，作为胜利者，再怎么挨骂也还是胜利者，所以他显得十分坦然。

田冈由衷地说："我跟文子情投意合，我虽然是黑道中人，但我不是流氓。我会尽力让文子过得幸福……"

"放屁！"喜之助愤怒地打断他的话，"你不是流氓世上就没有流氓了！打架、杀人、坐牢……这不是流氓吗？你们这些该死的东西，不务正业，好吃懒做，勾引良家妇女，简直干尽了坏事！你居然还想娶我的女儿，简直是癞蛤蟆想吃天鹅肉，做梦！滚吧！从今以后再也不准你上我的门，再也不准你跟文子来往，否则我会打断你的狗腿！"

田冈气得脸色发青，尽量控制住自己，把礼物放在桌上，转身走出大门。

喜之助从桌上抓起礼物奔出门，朝田冈狠狠抛去，其中有两只酒瓶在田冈背上相碰炸裂，酒水和玻璃碎片沾了田冈一身，然后落在地上。田冈连头也没有回，也没有抖一下身上的脏物。

提亲失败了。

田冈把身上沾着的脏物给文子看，文子半天说出一句话来：

"他又要打我了。"

"他敢！"田冈厉声说道，"如果他不是你父亲，我早就让他死得笔直！"

文子当晚回家，田冈要送她，但文子怎样也不让，说这会更加激怒父亲。

田冈估计文子回家定会受到"审讯"，或者挨打，因此悄悄地跟在文子后面，来到她家的附近。

果然，文子的脚刚踏进家门，便被喜之助喝令当场跪下。

文子乖顺地跪在厅堂中央，头低着。

喜之助开门见山地喝问：

"你是要那个臭流氓，还是要这个家？"

文子沉默不语。

"快说！"喜之助手中多了一根棍子。

文子轻声说："我都想要。"

"只准要一种！"喜之助吼道。

文子抬起头来，噙着泪说："求你别逼我好吗？他不是流氓，是个好人，他对我好，我喜欢他。我们已经在一起了……"

"什么！"喜之助听明白了，勃然大怒，"你居然跟他在一起了？你这个不要脸的东西，我要打死你！——"

第一棍已经落在文子身上，当他正要打第二棍时，田冈从门外蹿进来，一把夺下棍子，喜之助拉开架势反抗，但三招两式就被田冈制服，双手被田冈扭在后面，疼得龇牙咧嘴。

文子站起来，赶紧呵斥田冈放开父亲。

田冈说："放开他又会打你！"

"我是他女儿，要打就由他打吧！"

"不行！"田冈说，"从今天起，我只允许他骂你，而决不允许他打你！"

喜之助这时想打女儿又不敢，想骂女儿又觉得不解恨，感到脸面完全丢光了，而且无法挽回，因此突然蹲下，发出男人少有的哭声。他边哭边骂：

"这是什么冤孽啊！该我遭这个报应。文子啊，我再也不认你这个女儿了，我的脸被你丢光了，你要还可怜我，你就走吧，不要再回来……走吧，走吧……你们这些不要脸的……"

"那我们走吧！"田冈说。

"爸爸，我走了。过些日子我再来看你。"

留下这样的话之后，两人离开了喜之助。

这年元旦之后，田冈和文子在凑町一丁以 15 日元的月租，租了两间房子，在那里正式过起了夫妻生活。

当时，田冈一雄 24 岁，而深山文子只有 18 岁。

原以为小日子可以过得有滋有味，没料到不到一个月，来了四个食客。

四个都是山口组的人，为首的是大长八郎。四个家伙一个比一个脸皮厚，开始说是来庆贺，吃了一顿酒饭之后就赖着不走了，说他们没有地方安身，先在这里借住一些日子。

田冈见都是山口组的人，却不过脸面，只好腾出一间房子让他们住下。

这四个家伙的饭量都很大，深山文子原先所用的那口饭锅显得太小了，只好换了一口大饭锅。四个家伙的年龄都和田冈相仿，全是单身，但嘴巴很会讨好人，看见文子忙里忙外，便卖乖说："大嫂，这种事还是让我们来做吧！"然而身子并不动。

文子是个勤劳、贤惠的姑娘，对田冈的朋友一律友好对待，便说："家务事应当是女人做的，你们到了家就好好歇着吧！"

大长八郎笑着说："大嫂，我以后要是能娶个像你这样的姑娘就好啦！"

文子也笑着回答："你娶的姑娘肯定比我强，你是山口组的小头目，而田冈现在还什么都不是呢！"

听着他们这样笑闹，田冈心里很不高兴。他倒不是反对他们在这儿白吃白喝，而是觉得文子是自己的老婆，只应该侍候自己一人，眼下文子竟要同时侍候五个男人，虽然他们不敢做出非礼之举，但是那种男女之间的打闹已让田冈受不了。

使田冈料想不到的是，后来没有多久，这个曾受过自己恩惠的大长八郎，居然变成自己的仇人，成了自己的刀下之鬼，而自己也因此再次获罪入狱。

这年1月初，山口组组长山口登对古川松太郎说：

"田冈这小子不错，把他交给我吧！"

原来在此之前，田冈属于古川松太郎的门下，算是山口组的外围组织成员。山口登这个提议，表明他有意正式接纳田冈一雄为山口组的正式成员。这无论对田冈还是对古川，都是一件令黑道中人看来值得庆贺的事。

古川二话没说，欣然同意让田冈升格为山口组的正式组员。

1月20日，田冈一雄从山口组第二代头目山口登手里接过了父子杯。

入组仪式庄严但也简单，当时在场的有古川松太郎，另外还有渡边藤吉、滩波岛之助、山田久一、隅谷未吉等五六个人。

交杯仪式之后，山口登扶着田冈的肩头说：

"今后你就是山口组的成员，好好干吧！会有前途的。"

就这样，田冈一雄严肃认真地迈上了万劫不复的黑道。他当时是那么理直气壮，后来也一直是这样，真正的公理与他离得越来越远。

当时的山口组正式成员只有四十二人，全部过了30岁，作为24岁的田冈一雄，可以说是最新鲜的血液。从这一天起，田冈以山口组组员自居，发誓成为山口组组徽山菱纹的旗手。

当时，山口组的组徽山菱纹被印染在夏季的单衣上，山口组成员夏天一律穿着这种单衣，显得十分神气。

田冈一雄成为山口组第三代头目之后，下令将"山"中间的一个笔画加粗，两端的部分改细，然后烫上金色文字。那时只有担当一定官职的山口组成员才能使用金色文字，后来有人指出这样在徽章上区分等级，无益于山口组的内部团结，所以又一律使用金色文字。另外，山口组组员一律佩戴金质襟章，价格达6000日元一个，当头头的另加一条 24K 白金的饰链，饰链更贵，每条价值 13000 日元。山口组分布在日本各地的分支组织的组徽，一律参照山口组组徽的样式，把山菱形图案下端切开加上组名。第二次世界大战日本战败之后，曾有一个朝鲜帮和台湾帮打着战胜国的旗号胡作非为、不把日本警察放在眼里的时期，日本警方自愧无力收拾局面，居然借来山口组的襟章，以山口组的威名来恐吓他们，竟收到了神奇的效果。那些家伙不怕警察手中的枪，却怕山口组的一个徽章，可见山口组在当时的日本社会具有多么巨大的声威。

第六章

桀骜不驯

因表现突出，田冈渐得老大欢心。有一次山口登
要田冈替他捶腰但遭田冈拒绝，气得山口登要杀他。
在一次拳击赛中，田冈痛打日本裁判，认为即便输了
也不该判日本拳手输。

田冈一雄正式加入山口组的这年夏天，山口登以半开玩笑的口
吻对手下人说道："山口组说起来能人不少，但个个都是穷光蛋，
没几个腰包里有钱的。眼下这么热的天气，也没法到海滩浴场去玩
一玩。现在弄钱的路子倒是有一个，广泽虎造眼下挺走红，有谁愿
意去搞搞'花兴行'吗？"

所谓"花兴行"，是指付给艺人一定酬金，请他们演出，而演
出事务则由筹办人自行处理的表演方式。

当时，广泽虎造十分走红，他的演出费每天至少在 200 日元以
上。200 日元的数目虽然不多，但是对山口组的一般组员来说，筹
集到这些钱是异常困难的。即使筹集得到，所主持的演出收入并不

能全部落入自己的腰包。如果白天、黑夜演出两场，白天租借热闹地区的上等剧场，全部收入得归头目所有，黑夜的表演收入才归自己，但是必须扣除场租费、宣传费，当然还有演员的演出费，弄得不好，最后还会背一身债。所以，听了老大那番话后，部下们一个个大眼瞪小眼，默不作声。

"我看你们当中没谁有这个能耐！"山口登笑着说，话语中既有嘲弄的成分，也有激将的成分。

年轻气盛的田冈一雄听了这话，心里很不舒服，他站出来对老大说："请原谅我放肆，如果允许的话，就由我来干吧！"

山口登哈哈大笑，转动躺椅望着田冈，问："你真的想搞吗？"

"是！"田冈肯定地说。

"好吧，就看你的了！"

等到老大答应下来，田冈心里却变得一片空虚。他马上想到自己连老婆都养不起，那首先必须付出的 200 日元红包费，对他而言恰似拧一条干毛巾。但是一言既出，驷马难追，只有硬着头皮去做了。

广泽虎造是东京一个电器工业承包商的第三个儿子。1916 年，他便沉迷浪曲，并有心跻身浪曲演艺界。次年年底，他投到大阪浪曲之宗、广泽馆馆长、大阪浪曲亲友协会的广泽虎吉门下学艺。开始用广泽天胜作为艺名，后改为天花。他 23 岁时，师父虎吉退休，师兄虎造承接师父之名，天花便承接了虎造这个名字。

撮合广泽虎造与山口登建立联系的，是关东演艺界名人永田贞雄。当时，广泽虎造的声音较弱，现场表演并不受欢迎，后来通过使用收音机转播，他才开始名声大噪。

不久，广泽虎造的车子发生与火车相撞的事故，虎造虽然逃脱厄运，但晚报对此大事渲染，使他的名字更加深入人心。

田冈主动领受了筹办"花兴行"的任务之后，为启动资金一事而愁眉不展。

也许是田冈这人颇受幸运之神眷顾，资金很快从各条渠道聚拢来。首先，深山文子为他筹措了大半资金。田冈异常感动，问：

"你是从哪儿弄来这么多钱的？"

文子笑而不答。

"你不说出来我就不要。"田冈故意这样说。

"除了骂你流氓的那个人，还能是谁呢？"原来是深山喜之助，自己的老丈人。文子是从父亲那里借到的钱。

虽然喜之助坚决反对这门亲事，但现在他也无可奈何了，既然成了自己的女婿，现在有心朝正道上走，干些实事，所以当女儿上门求助时，他也只好给予帮助了。

其次，从前结识的许多朋友听说他搞"花兴行"，都纷纷解囊相助。苦力房的朋友和春雨酒吧的女招待，都这样对田冈说：

"只要是你做的事情，我们都愿尽力支持，以后卖门票、布置场地等杂事，如果用得着我们，请通知一声，千万别客气！"

一切准备工作就绪之后，正式演出开始了。

表演每天分白天、黑夜两场。白天租借新开地的大正座，收入全归头目；黑夜租借县议会议事堂，收入归田冈。

一般来说，白天的表演比较有利，可是，田冈举办的这次演出却跟以往不同，到最后算账时，发现黑夜演出所获的利润远远超过了白天。扣除各项开支，田冈狠赚了一把。

深山文子也异常高兴。当天，这对小夫妻去向老父亲还钱致谢，买了好些礼物。从那次被骂出门，田冈一直没登过老丈人的家门。

喜之助的态度这次有明显的好转，尽管表面上仍不搭理田冈，但是收下了礼物，并任文子安排，让田冈在家里吃了一顿饭。

这次搞"花兴行"大获成功，使田冈进一步得到了山口登的信任。山口登把他所得的钱，邀请山口组的所有组员，到海滨浴场去痛快地玩了几天。玩乐期间，大家对田冈交口称赞。但是，在这之后的一个月，山口登与田冈之间发生了一场尖锐的矛盾。

时近年底，无所事事的山口登独自在客厅里听唱片。

他把双脚放进被炉内，用手当枕横躺在安乐椅上。台案上的电唱机正播放着广泽虎造的唱片，歌声于沉静中带着些激昂——

"……最雄伟的山是富士山，比这山峰上的积雪还要清纯的，是耿直男儿的真心……"

他是广泽虎造的忠实听众。

唱片放完了，需要翻动放另一面，但是山口登有些懒得动身，便朝屋内喊道："嗨，来人！有没有人在家？"

这样喊了两遍，听见有个人答："有，来了！"是田冈一雄。

他来到老大身边，问道："有什么事吗？"

山口登说："把唱片翻到另一边！"

田冈奇怪地望了望老大，心想，唱机就在伸手可及的地方，不知道自己翻吗？他没有吭声，知道老大是有意摆架子。田冈不动声色地把唱片翻了一面。广泽虎造的歌声重又响了起来。

田冈一雄正欲转身离去，山口登把他叫住，说道：

"过来，替我捶捶腰吧！"

口气完全是命令性的。田冈听了这话，一股火气便直往上冲，他历来认为，男子汉是绝不该干这种事的，他觉得自己的自尊心受到了严重损害。

"怎么回事？还不快给我捶腰！"山口登也是个急性子，他的命令从来没有人敢于违抗，见田冈站在那里不动，立即坐起来，用严厉的语气对他喊道。

田冈几乎是没作任何考虑脱口而出："我从不做这种事！"

"什么？！"山口登眼睛瞪得溜圆。

"大丈夫是不可以做这种事情的。如果需要的话，我马上替你叫一个按摩师来。"

"这是你对头目说的话吗？"山口登跳了起来，大发雷霆。

"这的确是我心里想的。"田冈丝毫没感到畏惧。

"你这个混蛋，我要立刻杀了你！"

山口登吼叫着，从身上拔出佩刀，直取田冈的脑袋。

田冈绝不可能是老大的对手，因此躲过一刀之后，夺路而逃。山口登一直紧追到大门外面，田冈像脱兔一般飞奔。

"你不要跑哇！有种的你就回来！看我不把你砍成肉酱！"山口登站在门廊的石级上，朝着远去的田冈破口大骂。

也许是当年满街卖报练就的脚力，使得田冈一雄在山口登的盛怒之下捡得一条小命。田冈从未遇到过这种逃命的窘境，他两脚生风，一股劲地猛跑，结果一家伙就跑到东京去了。神户与东京之间相距大约600公里，当然田冈不是跑着去的，而是乘坐汽车。

田冈逃到东京，暂时住在二所之关门下。

二所的掌门人是玉锦。玉锦曾由于和宝川闹矛盾，田冈拔刀相助，玉锦感激他。田冈的突然到来，使玉锦又喜又惊。

田冈便将事情的始末对玉锦说了一遍，玉锦笑道：

"原来是这么回事呀！老弟你也太认真了，捶捶腰就捶捶腰嘛，又不是什么了不起的事！"

田冈立即不高兴地说："怎么不是了不起的事？那事是男人做的吗？难道你愿意替老大捶腰？"

玉锦马上改口说："别生气，我是说着玩的。老大这人对部下还是不错的，只是太喜欢端架子，经常使人搞得很没脸面，其实这有什么好呢，他自己结果也下不了台。"

田冈这才气顺了一些。

玉锦接着说："现在老大还在火头上，你暂时住在我这儿，到外面转转，开开心。至于老大那边，我去帮你说说好话。在这之前，你一定要安心待在我这儿，千万不要回神户去。"

于是田冈就在玉锦这里住了下来。每天起床，总会有 1 日元压在被褥底下，这是玉锦吩咐下人放的。当时的日元十分值钱，1 日元足够田冈到浅草去尽兴地赌一天。

田冈在二所之关门下大概住了半个多月，接近岁末，正是各家赶制年糕的时候，山口登突然来访。

田冈听说山口登到来，心里有些紧张。玉锦对他说：

"不用怕，我想老大不会记你的仇。你先别出去，待我见了老大，然后再通知你要不要和他见面。"

田冈便躲到卧室里。

玉锦来到客厅。山口登一行人已在厅堂就座。

寒暄一番之后，山口登说："还躲什么呢，让他出来吧！"

"他担心你会惩罚他。我说老大胸怀坦荡，绝不会因那点小事和他过不去。"玉锦这样说。山口登只笑了一笑。

于是玉锦把田冈叫了出来。山口登打量着田冈，说：

"嗬，我看你跑到这来还长胖了嘛！你在东京吃喝玩乐，日子挺快活，深山文子在神户可没你这么舒服。你是不是打算永远待在这儿呢？你这个混蛋！"

田冈看出老大已经不责备自己了，于是说："我听老大的安排。"

山口登点点头，说："既然这样，我就替你安排吧！你愿意到堀口那儿去吗？我想如果你到他那儿去，对你会有好处。"

田冈点点头。

"好，那我就来跟堀口说。"山口登的语气这时已经显得十分亲切。

山口登这次来东京，有他自己的如意算盘。他早就打算把山口组的势力向东京拓展。他觉得田冈一雄是个可塑性很强的角色，于是决定起用他。既然他人已经在东京，不如就让他负责山口组在东京的事务。当田冈答应到堀口那儿去之后，山口登便正式任命田冈一雄为山口组东京分部的组长。

当时堀口是东京十分著名的拳击手，他当初的师父，是名震日本的不二拳会会长冈本不二。昭和初年，读卖报社主办的日本对法国拳击大赛日本选手选拔赛中，堀口击败了众多对手，成为拳坛上引人注目的新星。

此后，冈本不二带着堀口横渡夏威夷，以当年举办的年轻拳击手大赛，作为堀口拳击生涯的赌注，结果战绩是八战八胜。有一场是与当时菲律宾的英雄拳手、东洋轻量级拳王乌民的拳王争霸赛，堀口光荣地成为东洋轻量级拳王。这之后，堀口从夏威夷带回来的拳王腰带，成了永久性的荣誉，同时，如果堀口进行拳击赛的话，举办机构在经济上已是必赚无疑。

然而，这时冈本不二计划让堀口在东京国技馆举行的表演，受到了相扑协会和其他社会帮派的阻挠和干扰，有关人员不肯借出国技馆。为此事，冈本不二想到了山口组，并直接来到神户找山口登帮忙。在山口登的帮助下，结果借到了国技馆。

东京的黑社会帮派为此一片哗然，认为神户的黑帮势力已经明目张胆地来东京抢占地盘了。

山口登颇具黑道枭雄气派，根本不把东京黑帮放在眼里。

因为有山口登亲自督阵，堀口在国技馆的比赛，于昭和十二年（1937年）1月27日举行，由不二拳会和极东拳会共同主办。

在此之前，堀口实际上连胜四十七场。这次前来挑战的是绰号"猎鹰"的菲律宾拳手约翰鹰，他是在乌民被抢走东洋轻量级拳王宝座之后，为了再夺回拳王宝座而前来日本的。

约翰鹰于头年秋到日本，10月底，在上井草中心球场打败松冈福雄；11月上旬，将拳击高手高津五郎击倒在擂台上……他极端蔑视日本轻量级拳手的实力，发誓要击败堀口。

这天，东京国技馆挤满了前来观战的观众。一场关系到日本和菲岛面子的拳击战即将拉开帷幕。

与此同时，另一股令人生畏的空气正凝聚在擂台的四周，这就是由于山口登强行租借国技馆，引起东京黑社会势力的强烈不满，擂台下面在酝酿着另一场争斗。

东京的黑帮蠢蠢欲动，这些早已被山口组察觉。为了防止万一，山口登下令，从神户派来三十名精干组员，在赛场周围警戒，随时准备应付突发事件。但是，神户山口组派员来到东京的行动又被警方察觉了，为了避免发生打斗，东京警方向下属发出命令：如果赛场中发现有操关西口音的人，务必毫不客气地将其带走。

这使山口组夹在东京警察和东京黑帮之间，真的动起武来恐怕也难以施展拳脚。山口登严厉下令："不管发生什么事情，必须保证比赛顺利进行！"

在如雷的掌声中，菲律宾拳王约翰鹰在一个粗壮威武的黑人陪同下出场了。接着，堀口在新兴拳派的坂本一和冈本不二陪同下，穿着白衬衫和长裤登场。狂热的拳击迷在台下发出震耳欲聋的欢呼声。

"堀口，稳住拳王宝座！"

"堀口，宁肯死也要赢！"

"杀死鹰！不要手软！"

堀口历来擅长于打直线拳路，这次想仅仅凭技巧击败鹰是相当困难的。

田冈一雄受山口登的指派，直接负责堀口的赛事之外的安全工作，因此田冈站在离堀口很近的地方，擂台上，堀口的鼻子眼睛他都能看得十分清楚。

"堀口，一定要赢！"田冈大声对堀口说。

堀口在台上大概听不清他的话，不过意思他能明白，于是向田冈点头示意。但是田冈内心十分忧虑，因为堀口这时已经紧张得脸色都变得苍白了，而与他相反，约翰鹰却显得异常冷静，并且频频向观众露出胜利者一般的微笑。

裁判获野贞行开始踏上擂台，并向擂台中央前进。在裁判的手势下，双方拳手走向擂台中央，互相鞠躬之后，堀口率先向鹰发起攻击。鹰的反应十分敏捷，他闪过对方一记直拳，使出左勾拳，紧接着打出右拳，一下便击中了堀口的鼻梁。这是极有力量的一击。

台下一万五千多名日本观众，这时心猛地紧缩，有的简直不敢抬头注视堀口。鹰没等堀口缓过神来，再发出一拳，又准确地击中了堀口的左太阳穴。堀口顿时头破血流。

鹰乘胜猛攻，左、右、左，拳头如暴雨一般。堀口脸上鲜血直流，右眼也被打伤了。第一局中，堀口再也无法占据上风。

堀口用拳套拭去脸上的鲜血，向前迈进。看见鲜血，观众情绪越发激昂。

"杀掉鹰！"

"还击！还击！堀口还击！"

其中喊声最大的是田冈一雄，他在台下攥拳头撸胳膊，几乎就要上台助战了。

第二、第三回合，堀口以其顽强的斗志迎击鹰。

第四回合，鹰的右勾拳再次击中堀口的脸部。

第五回合，堀口突然放慢了速度，动作迟钝起来，整个人已呈疲态，无力再发动攻势，而鹰却步步进逼。

挤满国技馆的日本观众都不禁背过脸去，不忍再看。

"加油！加油！堀口加油！"

田冈对观众的表现十分不满，突然带头高呼起来。观众随之呼应。顿时，整个赛场成了一片喧嚣的怒海。

在观众发自肺腑的激励声中，堀口猛然振作起来。第六回合开始，他对鹰发起猛烈的攻击。这简直是一场生死决斗。双方的上半身都被鲜血染红，但仍然在向对方挥拳攻击。

进入第八回合，堀口已呈精疲力竭之态，再次败于鹰的拳头之下。到第九回合，堀口已无法抬起头来，到了一直趴俯在鹰的身上大口喘息的地步。这时拳赛已经接近尾声，最后一个回合双方几乎都成了血人，他们互相瞪着对方，就这样迎接着决定胜负的第十二个回合。这时体力都已耗尽，尚存的只有斗志，双方的拳头都变得软弱无力，互相纠缠着，直到最后时刻的钟声敲响。

拳王的宝座到底判给谁？全场观众屏息等待着。

荻野贞行裁判这时感受到了巨大的压力，但是，他的手突然指向了鹰。拳王宝座属于鹰！

刹那之间，全场响起一片怒骂声，场面随之大乱。

在听到结果的瞬间，田冈的脸色都变了，他像在场的许多日本人一样，难以接受这种结局。堀口的战败，标志着连胜四十七次的光荣纪录画下了终止符，东洋轻量级拳王的宝座也将不是日本人，而是菲律宾的约翰鹰。日本人脸上将为此大失光彩。

在一片混乱之中，田冈来向冈本不二核对比赛结果。他问：

"你认为这个裁决对还是不对？"

冈本不二自然不同意这种裁决，连连挥手说："不对！完全是不对的！"

冈本不二不仅是不二拳的会长，同时也是日本拳击联盟的教练，因此在田冈心中具有至高的威望。得到冈本不二的意见之后，田冈气愤地说："我也认为不应判鹰获胜！"

"这该死的荻野！竟糊涂到这步田地！"

田冈大骂着，冲上擂台，朝荻野裁判挥动铁拳……

"打死他！打死他！"

"别让他活着！"

愤怒的观众齐声高呼。不少人跟着冲上台去猛揍裁判。

警笛声骤起，警察冲上台来。田冈等人被当场拘留。

然而，围绕这场比赛结果的纠纷持续了很久。

冈本不二在报上发表声明说：

"尽管最后判决了堀口以二比一胜出，但有些报章有错误地报道鹰胜的消息，作为主办者我表示遗憾，在此谨宣布胜利最后是属于堀口的。"

但获野贞行仍坚持己见，也在报上发表文章指出：

"直到现在为止，我仍深信胜利应属于约翰鹰，我不会改变对那场比赛的看法。"

在一种微妙心理的支配下，堀口的支持者在同年 5 月又举行了一场比赛，结果判堀口全胜，鹰惨败。但是这场比赛田冈没有看到，他因为殴打裁判被警方关了起来。

这次又是山口登来接他出"号子"。山口登设宴为他接风，虽然没有当面夸奖他什么，但是那一脸久久不退的笑容，足以表明山口登已经十分宠爱他的这个部下。

田冈后来在谈起堀口的那一场实质失败的比赛时说：

"从堀口身上我看到一股不认输的精神，不认输也就等于没有输，我最讨厌、最看不起的，就是那些输了还认输的家伙。"

这种逻辑，恐怕只有类似田冈一雄的这种日本人才能理解。

2 月间，从六甲山吹来的寒风令人颤抖。

在堀口与鹰的拳击赛中，田冈一雄由于当众殴打获野贞行裁判，被勒令离开东京，所以他又回到了自己的第二故乡神户。

天空笼罩着厚重的云层，看样子像是要下雪。

回到神户的田冈，接受山口组的指令，和山口组组员山田久一一道担任菊水馆的巡场。

这天午饭时，田冈和山田久一在新开地的一家酒店里吃饭。

不知不觉之间，窗外已经在飘着鹅毛大雪。

"哦，下雪了！"田冈惊叫起来。

"难怪这么安静。"山田久一也说。

两人一道站在窗前，观赏起雪景来。人们在雪花中奔跑，脸上却流露出欢喜的表情。瑞雪兆丰年，的确是一场好雪！

两人正兴奋地观赏着，突然，酒店的一个伙计面无人色地跑了进来，对山田久一说："不好啦，快去帮帮忙吧！"

"出了什么事？"山田久一惊问。

伙计说："经理被人打了，快回去吧！"

伙计所说的经理并不是这家酒店的经理，而是菊水馆事务所的经理前田。前田是山口组第一代组长山口春吉的把兄弟，也是田冈和山田久一心目中的老前辈。

"马上回去！"两人说着，立即冒雪朝菊水馆事务所飞奔而去。

走进事务所，前田经理的脸部被人打得发紫，正在抹去鼻血。

老前辈在自己外出时被人打得这么惨，身为保镖，田冈和山田久一感到非常丢脸。

田冈问："经理，是谁干的？"

前田经理苦着脸说："'恶汉政'。他来向我要钱，我没给他，他就把我打成这样……"

"恶汉政"即大长政吉，与他的弟弟大长八郎一道，都受过山口登的关照，但是大长政吉长期以来操行恶劣，经常对人敲诈勒索，在这之前已被赶出了山口组。

大长政吉和大长八郎曾经都是田冈的赌友，而且大长八郎在田冈婚后，曾有一段日子寄居在田冈家里当食客。

大长政吉被赶出山口组后，愈发放浪形骸，人们都很讨厌他。这次他寻找理由来找前田经理要钱，明知会遭到拒绝，但他依然纠缠不休，并且行凶打人，因此田冈认为他是对山口组驱逐他怀恨在心，是对山口组的蓄意挑战。

田冈和山田久一对视了一下，然后二人走出事务所。

在大雪纷飞的路上，山田久一问："马上还击？"

田冈点点头，牙关咬得格格响。

"他会到哪里去呢？"

田冈说："我们到时他刚离开，不会走得太远。去找！"

二人在风雪中奔波了半天，才找到线索，听说大长政吉和他的弟弟大长八郎一块儿到第一大阪楼去了。第一大阪楼是福原妓院内的二流妓馆。

来到第一大阪楼，妓馆的老鸨对他们说："大长政吉兄弟俩刚刚上楼……"

二人不愿听老鸨啰唆，立即登楼。原来，政吉殴打了菊水馆的前田经理之后，跑到弟弟八郎那里诉说心中的愤懑。八郎好言劝慰兄长，然后拉他一块儿到第一大阪楼来寻开心。

田冈和山田到妓馆二楼，被看守拦住。

"干什么干什么？"看守五大三粗，一脸横肉，看出他们不是来找乐的。

山田久一撒谎说："我是来找我兄弟的。我母亲得了急病，要他们赶紧回去。"

"你兄弟叫什么名字？"看守问。

"政吉和八郎。他们对我说过会来这儿。"

看守没听出什么破绽，便告诉他们说：

"八郎在二楼5号房，政吉在三楼11号房。他们恐怕正在兴头上呢！等一等吧！"

"不行，我们现在就要他走！"田冈说着，不顾看守的阻拦，带着山田久一直奔三楼。

大长政吉已经做完了好事，并且沐浴完毕，换上衣服，和一个年约 20 岁的妓女躺在被窝里抽烟。他的鼻毛探出老长，妓女正用手去扯它，政吉不停地把她的手打掉。

突然妓女"哇"的一声尖叫起来。政吉抬头一看，樟子门已被拉开，站在面前的是横眉怒目的田冈和山田久一。

山田久一手伸进怀中，悄无声息地抽出一把长刀，那刀刃在闪动中发出夺目的寒光。

"别、别、别……"

政吉脸孔抽搐，嘴唇颤抖，拥着被子朝后退着。

田冈恶狠狠地瞪着他，同时，眼角的余光在房间内搜索，在左边离他 3 尺远的房间中央，有一只炭火正旺的火盆，火盆上面架着一只铁壶，铁壶咝咝作响，散发着水蒸气。这是一壶烧得滚沸的开水。田冈身上没带凶器，他下意识中确认那是一件合适的工具。

山田久一在一瞬间明白了田冈的意图。他冲上去，突然一把扯掉了政吉身上的被子，田冈迅速上前，提起那只铁壶，用尽全身力气朝政吉的脑门砸去——

"哇——！"政吉发出令人心悸的号叫，双手抱头从床上滚到地上，抽搐了一阵之后，便一动不动了。

白色的热雾笼罩住了整个房间，渐渐地，可以朦胧地看出政吉的惨相：额头被打得爆裂，暗红的血流了一地，依然在不停地流淌……

妓女完全吓呆了，坐在床上，她身上一丝不挂，连羞耻也忘了。政吉的死相的确惨不忍睹。

"走吧！"山田久一拉拉木然站着的田冈，然后二人一道离开了第一大阪楼。

大长政吉被杀的时候，大长八郎正在二楼洗热水浴，所以连一点响动也没听见。

和妓女作乐完毕，又磨蹭了好久，还不见政吉下楼来，于是上三楼敲门，却不见有反应，这才感到不妙。撞开房门进去，发现哥哥政吉惨死在地上。那个妓女仍然光着身子怔坐在床上。

八郎上前朝妓女脸上连扇几个耳光，这才把妓女打醒了。然后，她哭着说出刚才发生的事情。从妓女描述的情况看，八郎断定杀死政吉的两人中必有一人是田冈一雄。

于是他拔出短刀，飞奔下楼，朝山口组所在地奔去。

雪越下越大，并且开始起风。在渐渐强劲的北风中，大朵大朵的雪花，在半空中便被刮成碎末朝大地挥洒。

田冈一雄和山田久一杀死大长政吉之后，中途在一个酒店里耽搁了一会儿，然后才冒雪返回山口组总部。

山口组发生了大骚动。

"不好了！八郎已经朝这里来了！"

"听说你们杀了他哥哥政吉是吗？"

田冈没有理会，转头望着山田久一，说："八郎要来报仇了！"

山田久一点点头，轻蔑地一笑。

中本虎一看出事情没有假，便说："刚才从'第一大阪楼'传来消息，说八郎拿着武器，已经坐上车子朝这里来了。我看你们两人还是先避一避吧！"

别的山口组组员也跟着说："是啊，还是躲一躲吧！再不走八郎就要赶到了！"

"放屁！"田冈大声骂道。

山田久一也说："我们为什么要躲？难道我们做错了什么吗？没有！政吉殴打前田经理，他死是应得的惩罚！我们没有做值得让八郎前来复仇的事，我们无须躲避！"

对于大长八郎前来复仇，田冈内心感到有几分遗憾。田冈和大长八郎是从少年时代开始的朋友，八郎擅长打架，因此有"暴徒八"的绰号。他的为人与哥哥政吉不同，八郎虽然莽撞但很重义气。眼下八郎因为骨肉之情，竟拿刀朝自己而来……田冈为八郎感到可悲，同时也能够理解，但是他绝不会逃走，如果八郎的刀朝他砍来，他会忘掉过去的友情，挺身反击。

中本虎一是当时在场的年龄较大者，最后由他做出决断：

"事情到这一步也是迫于无奈，如果八郎真的要来复仇，大家只有尽量制止他，实在不行，他也就怨不得我们了。"

话音刚落，一辆汽车"吱"的一声刹车之后向前滑出几米，然后停在山口组门前的雪地上。

"八郎来了！"有人叫道。大家一齐拥到门口。

汽车熄了引擎，大长八郎从车内跳出来。

与此同时，田冈用脚勾起放在地上的一把日本刀，把众人挡在自己身后，说："这是我的事，谁也不要动手！"

田冈踢掉鞋子，光着脚走下台阶，走向雪地，走向大长八郎。这时，雪已停住，在穿透云层的阳光照耀下，雪地亮得令人眩目。

田冈一雄与大长八郎在空旷的雪地里相对而立。

大长八郎披了一件大衣，这时一言不发地拔出了短刀。田冈一雄也"嗖"的一声抽出了日本刀，随手把刀鞘扔在一旁。

四道锋利的目光重合成两道。

就在这一瞬间，昔日的友情突然烟消云散。田冈在潜意识中以为，在他们两人之间变友为敌应该是极其艰难的，但没想到竟然如此简单，于是他的心忽然变得格外轻松起来。尽管如此，他心中并没有一丝一毫仇恨八郎的情感。

接下来的拼杀，使田冈觉得如同梦幻一般。

刀与刀的相碰是那么的铿锵有力，那确实是一种美妙的声音。阳光洗亮的晴空，这时居然又飘起了洁白的雪花，银色的刀身在雪花间飞舞，闪烁着令人心醉的弧光。

然而这却是你死我活的搏杀！

几个回合之后，气氛变得越发宁静。

田冈用脚尖轻轻着地，围着八郎缓缓地移动，在移动的过程中，两人的距离逐渐缩短。就在刀尖可以彼此触及对方的刹那间，两人同时发出惊天动地的叫喊声——

"杀！"

田冈的刀尖刺向八郎的喉咙，但八郎伏身躲过，额头却被划出一条血痕。

"去死吧！"八郎高喊着，使尽全身力气，再次举刀扑来，企图一刀定输赢。然而，田冈一雄比他快了一步，在八郎的刀尖离他只剩半尺远的时候，田冈的日本刀已刺进八郎的腹中。

八郎握刀的手突然变得软弱无力，慢慢下垂，最后支在雪地上。依靠这个支点，他强撑着站立不动。鲜血从八郎身上渗出来，顺着双腿流下，把一片被踏乱的白雪染得鲜红刺眼。

"快！送医院！"田冈大叫。

中本虎一、山田久一以及几个旁边观战的山口组组员一齐拥上，把八郎抬上汽车。

大长八郎第二天死在医院里。

临死前，八郎拉着田冈的手说："真没想到，会死在你手里……"

田冈泪如雨下。

那是致命的一刀，刀尖一直刺进八郎的脾脏。

一天之内，田冈一雄连夺两条人命。

此后不久，神户地方法庭对他提出公诉。田冈杀人罪成立，被判入狱八年。

刑期虽达八年，但是由于得到恩赦，实际刑期只服了六年。

六年中，田冈被移送过五个监狱，先后分别是神户、大阪、膳所、京都和高知。

据田冈一雄本人后来著文回忆："在神户监狱里，最初住的是单人牢房，早晨5点起床，吃过面汤配麦片饭腌萝卜后，裸着身体接受体能检查，一直跳动着身子，然后被带到工场从事铸铁工作。工作中不许闲谈，即使说一句话也会受到惩罚。如果与看守争辩，就会被关入禁闭室。禁闭室内异常阴暗。被禁闭的人双脚加镣，大小便只能拉在旁边，因此里面臭气冲天。最让受罚者害怕的是一种称为'裂衣'的处罚，这是日本法定刑具的一种。它是先在犯人身上穿上皮制品，然后把水泼上去，受水浸泡后的皮革会紧缩起来，将犯人的身体紧紧压迫着，这一种痛苦在没亲身体验过的人是无法想象的。"

田冈在狱中曾多次受过"裂衣"的折磨，因此他的腹部直到应当发福的年纪，也仍然纤细得可以用双手握起来。

后来，由于两个知名人物的探访，使田冈在监狱里渐渐变得吃香了。这两人便是当时在日本浪曲界红得发紫的广泽虎造和相扑界著名的横纲玉锦。

他们听说田冈获罪入狱之后，一道带着礼物到牢房来探望。

有趣的是，玉锦200多斤重的巨大身躯，怎么也无法通过前往会见室的狭窄通道。

广泽虎造说："你就在外面等着吧，让我一个人去！"

玉锦说："那怎么行，既然来了，我怎么能不见他的面呢！"

看守长在旁边出主意说："把他带到我的办公室来，你们就在办公室见面吧！不过，我有一个请求，你们二位都在我的本子上签上名，可以吗？"

在当时，像看守长这种小人物，想得到玉锦和广泽造虎这种大名人的签名是非常困难的。

但在这种情况下，玉锦和虎造二人毫不犹豫就答应了。

看守长得到签名简直如获至宝，所以后来对田冈也变得十分客气。

此后，玉锦和虎造常来探望田冈，带来的各种食物简直堆积如山。田冈反正自己吃不完，便把它们分给其他囚犯和看守，由此一来，田冈便成了大受欢迎的特殊人物。到了工场里，再没人让田冈干活，他甚至可以盘脚架手地和看守在一起闲扯、吹牛。

在田冈入狱的这一年，神户市发生了一场大水灾。这场水灾，导致市内六百余人死亡，一千余人受伤，被破坏的房屋达到五千九百多幢，损失总金额为1.44亿日元。这是日本灾害史上最惨痛的灾害之一。神户监狱当然也受到这场水灾的袭击，围墙损坏，牢房进水，囚犯们都把木板架在高处，然后把被子搬上去睡觉。

各种杂物都漂进牢房里来，有时甚至会漂进几只水果和没有启封的罐头。这时牢房内便热闹非凡，囚犯们争先恐后地从高处跳到齐腰深的水里，抢夺水面的食物。唯一不参加争抢的只有田冈，他高高在上地躺在木板上，冷眼望着下面。

由于水灾破坏，神户监狱失去了管理能力，于是田冈等囚犯被押往大阪监狱。

当时的大阪监狱全是用混凝土筑成的，十分坚固，能收容四千名囚犯，是日本规模最大的监狱之一，它最出名的地方是拥有十层高的升降机设备。被送到大阪监狱之后，田冈每天被安排做贴火柴盒标签的工作，当时还没有电视机和收音机，所以犯人在吃过晚饭之后就只有睡觉。

在田冈坐牢的此刻，第二次世界大战的炮声已经开始震动大地。日本军国主义者也发动了大规模的侵华战争。

战争的硝烟相继涌进了日本的所有监狱。

1939年，日本全国进入战争状态。

田冈一雄所在的监狱中，部分囚犯被挑选出来，送往制造军需品的工场，这些囚犯戴上手套、打着绑腿进行劳动。另一部分留在监狱内的囚犯，工作内容是制造高射炮的弹药箱，以及军被和军靴。

从这时开始，监狱也采取军队建制，囚犯们把监狱长称为"中队长大佐"。中队长大佐的服饰是帽子上有一条金色的线，而襟章内银色四角的中央也有一条线和两朵樱花，狱警一律是一朵樱花，一个中队大约由三百个犯人编成。

田冈一雄在神户监狱里是在打铁房工作，在大阪监狱是负责贴火柴标签，而在膳所监狱里却被安排制造木屐，当送往京都监狱时则被强制从事制造弹药箱的工作。事实上，田冈并没有直接制造弹药箱，而是负责把造好的弹药箱搬到铁轨上行驶的手推车上。干这差事的只田冈一个人，所以比较自由。

无论是在其他囚犯眼里，还是田冈自己，都认为这是一份美差。因为前来收购弹药箱的人，为了让田冈尽快把箱子送到手推车上，都会暗地里把香烟塞到他手中。

当时，香烟是严禁囚犯享用的。如果哪个囚犯有本事从外面把个烟屁股带进牢房，大家简直会对他佩服得五体投地。所以会经常出现这样的情况：有的囚犯将烟屁股用饭粒粘在鞋底下带回牢房。当了囚犯的烟鬼，什么办法都想得出来。

为了得到更多的香烟，田冈送货时便故意磨蹭。拿到好些香烟后，田冈也不吃独食，而是分发给牢房里的囚友。晚上大概每人能分到一支。

"大家都拿到了吗？"田冈问话的口气俨然是个老大。

"拿到了！"众囚犯齐声回答，然后抽得津津有味。

有一天晚上，牢房里都在抽烟，弄得烟雾腾腾，连外面值班的看守都闻到了烟味儿，于是冲进来发问：

"好啊，你们这些人，居然都在抽烟！快说，是谁把香烟带进来的？"

"是我！"田冈站起来回答，虽说替大家谋了福利，可是田冈也不想装熊。

大家得了好处，自然不能让田冈一人去受罪，于是有人跟着站起来说：

"是我！"

"是我！"

"是我！"

……所有人全都站起来，说香烟是自己带进牢房的。

看守被搞得狼狈不堪。如果他要处罚田冈，同时必须处罚其他人，问题是这儿没有那么多的禁闭室，另外，由于外面在打仗，这是非常时期，如果把违规的囚犯全禁闭起来，工作进度必然大受影响，完不成任务，上峰追究下来，更是惹大麻烦。

于是看守苦着脸劝说道："你们不要再抽了好不好？硬是要抽的话，也不要一齐来，一个一个地抽，这样烟雾也不会有这么大……"

囚犯们开怀大笑。

田冈一雄在高知监狱服刑期间，有一件事值得记下一笔，因为它对田冈的思想意识产生了重大影响。

当时，世界战局发生了根本变化，盟军已开始反攻。欧洲战场上，希特勒节节败退；东方战场上，日本侵略者败局已定。这年4月，日本本土已受到美国空军的袭击。日本国内人心惶惶，已经做好了为挑起战争付出惨重代价的心理准备。

高知监狱里，这时却显出异乎寻常的宁静。

田冈开始远离同牢房的伙伴，专心地看起书来。

当时牢房里有不少关于战争和宗教的书籍在流传，像《乃木将军》《东乡元帅》等。田冈感受最深的是一本头山满的自传。

头山满是黑田藩士的第三个儿子。他曾因挑起荻之乱而被判刑入狱。出狱后，头山满投身当时的自由民权运动。明治十四年（1881年），他创立玄洋社，反对修正条约。特别要指出的是，日本国会创立之后，头山满积极提倡扩展国家权力，鼓吹入侵中国，因此他是一个不折不扣的军国主义者。

田冈一雄曾这样高度评价头山满：

"老翁的生平始终贯彻着'无我'这两个字，老翁那种舍己为人、无私无欲、致力建设乐土的崇高理想，使我第一次领会到人类的伟大……老翁奔波于国家建设，而自己却是朴素的装束，并露宿在山谷里，以无我的境界为国民奉献了自己的精神。从那以后我深受老翁的影响。"

第七章

老大归天

在与敌对组织的争斗中，山口登被砍成重伤，此后两年他沉迷女色，最后成为花下之鬼，使山口组群龙无首。

在田冈一雄服刑六年的末期，山口组发生了一场大祸，这就是山口组组长山口登在东京浅草遭到了笼寅组人的袭击。

事件的起因是广泽虎造应邀参加电影演出，邀请者是笼寅组娱乐部，当时广泽虎造正在九州演出。笼寅组娱乐部本来是由头目吉田吉之助的第二个儿子负责的，然而，吉田却直接和虎造交涉。吉田来到九州广泽虎造下榻的旅馆，对虎造说：

"我们拿到一个很好的剧本，已经邀请到武侠红星大川惠美子，同时也希望你和她一道领衔主演这部电影……"

大川惠美子是当时红透半边天的武侠女星，身段好，容貌艳丽，已经拍过多部电影，虽然虎造的名气不比她小，但毕竟还没上过银幕。听吉田这么一说，心已动了，但碍于大明星的架子，便故作平静地说："是吗？可我还没考虑过。"

吉田继续说："大川惠美子看来十分钦佩你。她说了，这部片子只有跟你合作她才愿意出演，当然，我们更希望你通过出演电影进一步拓宽戏路，同时，我们已经考虑用最先进的方法拍摄，后期制作准备拿到美国去完成。你觉得怎么样？"

"听起来好像是很有趣的！"广泽虎造这样说。其实他心里考虑的是年轻美丽、业务精湛的大川惠美子，听说她十分钦佩自己，虎造内心不免扬扬自得。

吉田认为虎造已经答应了，于是忙说：

"那么我就告辞了！"

虎造看了看手表，说："忙什么，已经到了吃午饭的时间，一起喝几杯吧，我请客！"

吉田知道虎造不仅好酒而且好客，于是恭敬不如从命。

来到酒店，两人喝了起来。

虎造的意思是希望吉田多说一点关于大川惠美子的事情，尤其是惠美子跟自己有关的话题。吉田深谙其意，席间曲意投其所好，迷魂汤灌得虎造云里雾里，稀里糊涂，而邀请其出演电影的话题再不触及。吉田害怕虎造反悔。

其实，广泽虎造根本就没有明确接受吉田的邀请。

然而，吉田回到笼寅组后，立即向外界宣布，广泽虎造已经答应参加他的电影拍摄。

"怎么会是这样，这怎么可能，这个虎造！"

浪花屋娱乐公司的木下勇次郎急坏了。他是广泽虎造的经纪人，虎造的所有演出权完全是交由吉本娱乐公司安排，而不是只凭虎造个人点头就可以决定的。而且，吉本娱乐公司也曾和东宝影业公司签了合约，所以东宝公司也不会让其他公司制作虎造的电影。

“你怎么能答应笼寅组的吉田呢？”木下勇次郎前来责问广泽虎造。

虎造感到有点莫名其妙，说：“谁说我答应笼寅组什么啦？我什么都没答应！”

“还说什么都没答应，”木下勇次郎说，“吉田已经向外界发出声明，说你已经答应和大川惠美子合作，参加他们的电影拍摄，还说你已经请他吃了饭！”

“我没答应。吃饭能说明什么呢？我哪一天不请人吃饭？”

“你肯定对他说过什么有关的话。你想想吧！”

“有关的话，”虎造想了想，说，“我只说了那一定很有趣……”

“对吧，对吧，你到底说了吧！”

虎造叫起来：“难道这也算得了什么承诺？！”

就在虎造和木下勇次郎争执的同时，笼寅组的吉田已经把剧组拉起来，大牌武侠女星大川惠美子已经到位，只差广泽虎造“遵约”前往了。而这时，拥有广泽虎造全部演出权的吉本娱乐公司，正式对外发表声明，拒绝借出广泽虎造，随后再次声明，免谈一切外借条件。而笼寅组决意要广泽虎造出演，并放出话来，任何力量也不能阻拦。

“只有去求助山口组了！”木下勇次郎最后说。因为山口组是吉本娱乐公司的后盾。

这样，作为山口组的头目，山口登便被无可回避地推向了两大黑势力斗争的前沿。

“有什么办法呢，我只好亲自去东京走一趟！”

山口登决定由他到笼寅组的东京支部去谈一谈。

"我跟老大一起去！"山口组组员中岛武雄自告奋勇担任保镖。

"好吧！"老大点点头。

于是，山口登穿上一套雪白的麻质西服，戴上一顶巴拿马帽子，二人一道前往东京。

谈判地点安排在东京浅草田岛町浪花屋娱乐公司，双方代表在二楼的一间光线明亮的房间里就座。

笼寅组的谈判代表名叫木村，是个才20出头的小伙子，说话口气很冲，开口便说：

"你是山口登吧！我们时间有限，谈话尽量简短，不要啰唆。好吧，开始吧！"

山口登没有动怒，他眯缝起眼睛打量了一阵木村，沉着地说道："要说闲聊，你还没资格坐在我的对面。我今天来的目的，是代表吉本娱乐公司向贵方申明我方的立场……"

木村不耐烦地打断："我说了别啰唆你又啰唆，干脆点，借出虎造还是不借出虎造？"

"绝不可能借出虎造！"山口登说。

"可是虎造已经私下和吉田先生谈妥……"

"根本没有这么回事！"山口登打断了对方的话，"即使虎造答应了贵方，没有吉本娱乐公司的授权也毫无意义！"

木村说："笼寅组为拍摄这部影片已经耗费大量人力物力，如果虎造中途毁约，必须赔偿一切经济损失……"

山口登再次打断对方的话："这毫无根据！虎造无权向贵方做出这种承诺，事实上他也没有。因此，贵方的损失是由于贵方办事鲁莽所致，损失完全是自己造成的！"

木村说："这是你们最后的意见吗？"

山口登说："是的！不过，我们也无心要让你们遭受太大的损失。虎造目前不能借给你们，但并不说明今后永远不能借给你们。需要强调的是，借用虎造，必须由你们派人和吉本娱乐公司商谈，吉本公司根据自己的业务情况和你们提供的条件，同意或者是不同意。"

"没法谈了！"木村叫起来，"虎造我们非借不可，而且必须马上借给我们！"

山口登冷笑起来："想抢人吗？那就动武吧！我们一定随时恭候！"

在楼梯口的椅子上坐着两个人，一个是山口登的保镖中岛武雄，另一个矮个子男人是木村的保镖。两人一直在门外听着里面的谈判内容。矮个子男人听出谈判没有达成协议，眼露凶光，突然跳起来，一脚踢开房门，冲到房里大叫：“山口登！”

山口登看见他手里拿着尖刀，于是拍案而起，怒声喝道：

"干什么？要动手吗？"

中岛武雄随后冲进来，把山口登护在身后，手中也拔出了尖刀。木村一看不妙，忙上前按住矮个男人，低声喝道：

"事情已经了结，不要在这里胡来！"

矮个男人退出门去，但依然一脸杀气。

"我们走！"山口登掸了掸帽子，戴好，然后用手拨开中岛武雄，大步跨出门去。

矮个男人持刀坐在楼梯口，故意挡住山口登的去路。

山口登站住。

矮个男人用挑战的目光仰视着山口登，臭骂道：

"滚回神户去！既然谈完了，还赖在这儿干什么！"

威震八方的山口组头目从未受过这种侮辱，山口登顿时怒发冲冠，大声喝道："狗杂种，滚开！"

矮个男人霍地站起身，举刀朝山口登刺来。山口登一掌将其尖刀打落，然后揪住他的胸口，双手将他举起，从楼梯上狠狠地抛了下去。

"扑通扑通！"那家伙从二楼一直滚到了楼梯底下。

"杀——！""杀——！"

就在这时，六七个壮汉不知从哪里冲了出来，一齐拔出匕首拥向楼梯口。

狭窄的楼道里发生了力量悬殊的生死搏斗。

山口登被笼寅组的四条壮汉团团围住，眼看已难以招架。

"我来了！"中岛武雄高声呼喊着冲出，企图替山口登解围，但很快被另外三条汉子阻隔在一旁。

山口登由于没随身携带武器，完全赤手空拳来抵挡四条汉子的利器。他凭着一身超群的武功，左闪右避，翻飞滚爬，数次躲过致命的攻击。然而围攻他的四条汉子仗着人多势众，且有利器在手，便以逸待劳，步步紧逼。

山口登不敢恋战，一脚踢倒从楼梯上冲来的一个汉子后，瞅准这个机会，顺着扶手飞身下楼，可是就在这时，山口登发出"哎哟"一声，背部被砍中一刀，顿时，剧烈的疼痛遍及全身。

很快，山口登又被乱刀团团围住，他用手护着脑袋，任凭乱刀飞斩，接着，他发出一声吼叫，猛地抱住靠前的一条汉子，扑倒之后顺着楼梯滚了下去。

中岛武雄也已经被砍得血淋全身，这时他挺刀堵住楼梯口，一边拦住冲来的敌人，一边对滚下楼梯去的山口登喊：

"老大，快走！"

山口登浑身血肉模糊，拐着脚跑到下面的厨房里到处乱翻，同时大叫："菜刀呢？菜刀在哪里？"

做饭的厨工被他吓得四散奔逃。

山口登没有找到可以用来还击的武器。他留心观察了一下，发现厨房有小门可以通向后街的巷子。但他犹豫着。

中岛武雄还在为掩护他而垂死搏杀，山口登不想自己一人逃跑。正犹豫间，中岛武雄突出重围也逃了出来，正四顾寻找去向。

"到这儿来！"山口登朝他大喊。

两人相继夺门而出。但由于两人均已身负重创，行动非常迟缓，而且中岛武雄只剩下了最后一点力气。

可这时，更多的笼寅组人已经追赶上来，喊杀声惊天动地。

中岛武雄推开山口登的搀扶，说道：

"老大，我不行了，你快跑吧！"

中岛武雄话还没说完，已连续被飞来的两支毒镖击中，转眼不省人事。

山口登只好放下中岛武雄，自己拔腿而逃。

转眼之间，昏迷在地的中岛武雄，被追上来的笼寅组人用刀扎成了蜂窝状。

其实，中岛武雄已经被毒镖杀死，再怎样被乱刀捅也还是一个死。不过，后面这一阵乱刀，却替山口登争取了逃命的时间。

但仍有一个认为不该浪费时间的人紧追不舍，他就是木村勇次郎的保镖——那个坐在楼梯口并首先冲进谈判室的矮个子男人。

山口登丢下中岛武雄，从后巷跑出来，先后穿过六七间大杂院，在最后一间杂院的某一个厨房里，他找到了一把切菜刀。

就在他回过头来的时候，那个矮个子男人正站在他身后，手中握着一把沾满鲜血的长刀。

"就在这儿送你上西天吧！"

矮个子男人咬牙切齿地叫着，双手持刀朝山口登猛刺过来。

山口登躲闪不及，惨叫一声，对方的长刀已经刺进他的腹部。

"为什么还不死！"矮个子男人继续叫着，从山口登腹部抽出长刀，用更大的力气再度刺向山口登的身体。

在这千钧一发之际，山口登艰难而迅速地将身体偏向一旁，躲过了这一刀。

那男人狂叫着挥舞长刀，可是长刀却因插进厨房的板壁缝隙，被死死夹住。掌握长刀无异于掌握生命，于是两人都扑上去，企图把长刀拔出来并夺到手。

在拔刀过程中，两人又同时发现地上的那把切菜刀，准确地说，是山口登先看到，但他的眼神提醒了矮个子男人，随即矮个子也发现了，由于他没有负伤，所以身手敏捷，立即抢在山口登之前去捡地上那把菜刀，山口登再去抢已来不及了。

山口登放弃与他抢菜刀，转而继续拔卡在板缝里的长刀。两个人没拔出来的刀，凭一个人的力气却拔了出来，原因是两人拔刀时使用的力量方向不一致。

就在矮个子男人高举菜刀朝山口登劈下的时候，山口登连头也来不及回，背着身子，只将拔出的长刀转了个方向，只听"噗"的一声，菜刀应声落地，长刀不偏不倚，恰好刺进矮个子男人的胸口。随着笨重的倒地声，山口登也随后倒了下去……

这是 1940 年 8 月某个下午发生的事情。

当时，灼热的阳光照着这间大杂院，院子的主人都外出了，因此显得格外宁静。破厨房里躺着两个血肉模糊的男人，苍蝇嗅到血腥味之后，大群大群地围了上来。

是一个拾破烂的人首先发现了他们。

山口登很快被送往医院。

他背后中刀，双手也数处刀伤，其中最严重的伤口在右腹，这是被矮个子男人的长刀刺伤的。长刀刺在腰间的一沓钞票上面，钞票虽被刺穿，但幸亏有了这叠钞票的抵挡，才使刀尖没有刺入大肠，从而让山口登捡回了一条命。

山口登受袭的消息传开后，神户有关方面大为震惊，每天有三十多人赶往东京医院探望。山口登的病情日益好转。

然而由于这次事件，山口组与笼寅组的矛盾达到炽热化状态，出现了一触即发的危机。当地的黑社会组织站在中间立场，积极斡旋，希望摆平此事。

山口登开始回避中间人的调和努力，但后来，到底碍于当地黑社会头目的面子，也无法拒绝，于是把这场纠纷的和解交由他们负责处理。

山口登出院后，暂时住在东京。次年，在东京文京区音羽护国寺附近，租了一间房子住下来。在这段时间里，历来好色的山口登迷上了当时艳名卓著的东京艺妓花柳小菊。

1941 年初夏，也即是山口登受袭的次年，他通过老朋友永田贞雄介绍而结识了花柳小菊。当时，永田贞雄的名声已响遍风月场所，他经常到日本桥葭町一带挥霍玩乐，总有十来个高等艺妓伴在左右，花柳小菊便是其中的一个。

花柳小菊以前在神乐坂当陪酒女郎，由于她有个姐姐在葭町的风月场所工作，所以她也来到了葭町。她的美貌在东京可说是无人不知，当时她已参加电影的演出，加上她只有20来岁，这如花一般的年龄，使她备受风月场上的男人宠爱。

永田贞雄经常领着山口登到滨町的"御半"和中州的"福井筒"玩乐，这全是东京一流的日本菜馆。有一次，在葭町的酒店消夜时，永田贞雄召来了一群花枝招展的艺妓，其中有一个容貌不俗、艺技超群，她就是花柳小菊。

山口登只看了花柳小菊一眼，便被她迷住了，以至于花柳小菊上前倒酒，山口登都忘了把酒盅递上前。

当时花柳小菊似乎也感到有点不好意思。

永田贞雄看在眼里，有心把花柳小菊介绍给山口登，可想到花柳小菊早属于自己，把自己的女人转让给朋友，有点过意不去，同时也有点儿舍不得，因为在他接触过的女人中，仿佛花柳小菊先天就具备令人销魂的床上功夫。因此，他装作没看见山口登的模样。

谁知酒宴散后，在回家的路上，山口登居然缠着永田贞雄，说：

"我从没见过这么让我动心的女孩，帮个忙，把花柳小菊介绍给我吧！"

永田贞雄光笑却不作声，心里却想，见一面算什么，到了床上才真叫你欲仙欲死哩！

山口登急成什么似的："喂，怎么不答应我？要不我今晚上就睡不着了！"

永田贞雄想了想，坦白说："我知道你喜欢她，可是我很为难，她早已跟我……"

"这个我不在乎，问题是你愿不愿意？"

永田贞雄豪爽地笑起来："我有什么不愿意的……"

山口登马上说："你不愿意就太不够朋友了！在东京，我可不如你，身前身后一大串，忙都忙不过来……"

永田贞雄打断道："别扯那么多了，实话对你说吧，只要你不在意，我可以把花柳小菊介绍给你，不过能不能搭上，就全看你自己了！"

"那就太感谢你啦！"山口登只差没跪下磕头。

"不过，我得提醒你，"永田贞雄接着说，"花柳小菊的追求者目前不光多，而且来头都很大，你可得多留点神啊！"

山口登完全没把这些叮嘱放在心上，催促道："怎么样，明天再去葭町，我请客！"

第二天，永田贞雄有其他事情，可是山口登缠着他，一定要他带秘书去葭町。永田贞雄怎样也推不掉，只好答应了。

可是动身之前，山口登突然记起来什么，说他要去剃一个头。

永田贞雄说："你不是前天才剃的头吗？"

山口登摸摸脑袋，说："对对……可是又长起来了，再剃剃，再剃剃！"

山口登硬是把脑袋刮得精光，像个和尚一样。

永田贞雄真为自己这位年近不惑的老朋友感动，居然像个初恋的年轻人一般。二人来到葭町一家酒馆，十几个艺妓已如约在那里等候他们。

在一间宽敞的包厢里，永田贞雄有意让山口登唱主角，所以曲意恭维他，以引起艺妓们特别是花柳小菊对他的兴趣。

山口登更是自吹自播，也许是真心爱上了一个女人，这天晚上历来能言善辩的山口登，突然变得木讷笨拙起来，老是重复同样一句话：

"我是日本第一老大，人多势力大，你们若遇到什么麻烦，尽管向我开口！"

说这话时，他眼睛只盯着一个人，那就是花柳小菊。

花柳小菊这天晚上给弄得有点莫名其妙，她看出永田贞雄有意替山口登捧场，而山口登又把注意力集中在自己身上，那么，永田贞雄是有心考验自己对他的忠心呢，还是打算把自己推向他的朋友之怀？所以，花柳小菊不敢表明态度，只在艺妓群中虚与委蛇。这天晚上，山口登自然没有得手，心里有点懊丧。

"别着急，下一次她准会投入你的怀里。"永田贞雄微笑着说。他看出了花柳小菊的心理活动，决定为了朋友，干脆向花柳小菊挑明，她绝对会听从自己的安排。

哪知道花柳小菊并不是一个任人摆布的女人，反而把永田贞雄痛骂了一顿，同时宣布和永田贞雄断绝情人关系。

永田贞雄把情况如实对山口登讲了，最后半真半假地带着悲凉的口吻说：

"说不定，到头来我失掉一个好女人，你也没捞着！"

山口登气壮如牛地说："你放心，我不会让你白受损失，我一定要把她搞到手！"山口登嘴上说得硬，然而行动上却是矮子，但无论如何，他总算在运用自己认为合适的方式，向自己钟爱的女人发动攻势。

爱情的确是能改变人的，即使一个坏人，当他在爱着一个人的时候，也会变得好一点。山口登也不例外。

1941年，花柳小菊以女明星的姿态加入川口松太郎、花柳章太郎等人为首的新生派，并在东京举行公演时，山口登一口气买了一百多张头等戏票。当时每张头等戏票7日元。山口登提前入场，自己坐在舞台的前面，左右两侧安排手下人全部坐满。演出期间，还多次派人进入后台，向花柳小菊赠送鲜花和礼金，礼金的数目是十分惊人的。山口登猜想花柳小菊一定会做出反应。

果然，花柳小菊的姐姐带着领班来到观众席，向山口登说：

"等这一幕结束后，请你到后台来一下，小菊也想亲自向你道谢！"

"不用了！不用了！"山口登满心欢喜地推辞着。

花柳小菊的姐姐下台来邀请了三次，山口登这才起身，抹着额头冒出的汗珠，待走近后台，心里又想，人多眼杂，能跟她说什么呢？不如不见的好，或许这样，花柳小菊会更快地走近自己。想定之后，山口登说："还是不进去了，请代我向她问候就行了！"

这次，山口登真的没见花柳小菊。

如他所料，从这个晚上起，花柳小菊的心开始被山口登所征服。只欠一点火星，就会燃起熊熊烈火了。

一个月后，山口登回到神户。不久，花柳小菊跟随新生派来到神户演出。山口登得到消息，提前两天便在神户的一流菜馆订下酒席，准备为花柳小菊接风洗尘。

花柳小菊到达神户这天，从清早开始，山口登便坐立不安，在家里来回踱步。

有个山口组组员从旁边走过，神情十分兴奋，因为老大吩咐他们都去赴宴。

忽然，山口登从他身上发现了什么，立即把他叫住：

"喂！你那个头是怎么搞的，快去剃一下！"

对方说："我这头是上午才剃的！"

"不行，再去剃一下！听着，通知下去，今天大家一定要穿最好的衣服！我要挨个检查。"

"是！穿最好的衣服。"

过一会儿，一个个山口组成员穿上自己最好的衣服，前来接受老大的检查。

山口登一看便生气："怎么衣服全是杂七杂八的，看上去就不舒服！"

大家纷纷说："我这身衣服是最好的啦！"

"胡说！"山口登骂完摇摇头，"真拿你们没办法！好吧，我给你们买，赴宴之前，每个人一定要穿一色的服装，一定要！"

对于和花柳小菊的这次见面，山口登真是重视到了令人发笑的程度。

离开席时间还有一个钟头，山口登率领着二十多名部下来到菜馆。他再次逐个检查部下们的穿戴，全是深灰色的西服，白衬衣，红领带。山口登心里十分满意，可嘴里还在问：

"都准备好了吗？"

"准备好了！"部下们齐声回答。

山口登打量着包房，又皱起眉头："好……唔？这房间里好像没有烧香吧？"

"已经烧了！"有个部下回答。

"怎么我没闻到香味呢？别那么吝啬嘛，再烧一点吧，多烧一点！"

离开席差五分钟，花柳小菊的汽车到了菜馆门前。部下们全都到门前迎接。有一个跑来向留在房中的山口登报告：

"老大，来了，来了！"

部下出去迎接时，山口登一人留在房里操练自己的坐相。他盘腿挺胸坐在榻榻米前，双手按着地板，接到报告时他刚站起来，接着又马上坐下去，故意显出一副威风八面的样子。心里却在盘算着等一会儿到底该如何表现，才能给花柳小菊一个难忘的好印象。

花柳小菊进来时，山口登盘腿正襟危坐，脸上露出长者一般的笑容。小菊好久都没有看见他。因为屋里香烧得过多，弄得满屋烟雾。小菊进屋之后便捂着嘴连连咳嗽。

山口登只好站起身，走到她身旁问："怎么啦，你感冒了吗？"

"不，不是……"花柳小菊继续咳嗽着，说："烟，烟太呛人了！"

山口登明白过来，立即大声下令："快，把香都灭掉！再去找几把扇子来，把烟给我扇出去！"

于是，一帮手下人每人举着扇子满屋赶烟……

这是山口登与花柳小菊快乐日子的开头。

快乐的日子还不到两年，1942年10月4日，山口登死了。主要原因是旧伤复发，另一种原因是纵欲过度。山口组第二代头目就这么死了。据说是死在花柳小菊的怀里，做了花下鬼。

山口登享年41岁。

花柳小菊出席了山口登的葬礼。

田冈一雄是在高知监狱得知山口登的死讯的。

山口登死去之后，山口组组员一个个被送往战场。山口组于是变成一盘散沙。身在囚笼的田冈，内心十分茫然，刑期满后，他将出去干些什么呢？

高高的铁窗外，可以望见一片蔚蓝的天空，上面没有云朵，也没有鸟儿飞过……

第八章

猛虎出笼

第二次世界大战之后，日本国内危机重重。警方对滞留下来的部分战胜国的流氓组成国际暴力犯罪集团惩治不力，出狱后的田冈率领山口组与该集团势力展开了激烈的拼杀。

山口登死后不到一年，即 1943 年 7 月 13 日，田冈一雄服刑期满，离开了高知监狱。刑期本来是八年，由于所谓"皇纪 2600 年的恩典"，赦免了两年。

照说，经过六年牢狱生活，田冈至少应该拿到四五百日元的劳役补偿，但是由于田冈是个连贴火柴盒标签也做得极糟糕的人，所以到出狱这天结账，只拿到 50 日元。

7 月 13 日是个晴朗的夏日，二十多名山口组组员，提前一天从神户赶到高知，投宿于附近的旅馆，然后于次日大清早动身赶往高知监狱。由于当时没有计程车，大家骑着租来的并限坐一人的公共自行车到来。

"辛苦了！"

"让你受苦了！"

"平安出来就好！"

古川松太郎、隅谷末吉和渡边藤吉等人纷纷上前问候。

田冈看见大家都穿着普通百姓的服装，打着裹腿，有的肩头和肘部还打了补丁，于是知道这些年大家在外面也很艰难，虽然脸上堆满笑容，心里却很酸涩。

"田冈，你看那是谁？"古川松太郎说着，用手指给田冈看。

大家纷纷让开。

田冈顺着古川指的方向望去——有一个女人远离大家，朝田冈投来温暖的目光。

"深山文子！"

田冈在心里喊道。漫长的日子里，他几乎每天都在思念她，为她的一切担心。但是田冈在众人面前没有喊出声来，更没有急于上前，而是淡淡一笑。

文子站立不动。才二十六七的人，但显得比从前成熟多了。

文子从包袱里取出衣服，让田冈在原地换上。

泪水在文子眼里滚动。田冈的手也在颤抖。

"我们先去玉锦的墓地看看吧！"田冈这样提议。

玉锦是在田冈入狱的那年年底，患盲肠炎而死去的。

站在玉锦的墓前，田冈百感交集，感慨万千。玉锦死了，山口登死了，文子的父亲深山喜之助和菊水馆的前田经理也相继死了。六年，是一段足以改变世界的漫长时光啊！

太阳已经升上头顶。在墓旁的一片树荫下，大家席地而坐，一边吃着随身带来的食物，一边议论着日后的打算。

田冈不想谈论个人的事，挑起话头问道：

"山口组的情况怎么样了？"

隅谷末吉回答说："现在是群龙无首。不少兄弟上了战场，但我们身边还有一些人。可惜老大死得太早了！"

田冈注视着隅谷末吉。隅谷末吉生于明古的渔村，体形细小而肩膀宽阔，他憎恶打架闹事，特别精于处理财务，年纪比田冈大12岁。

"是够糟的。"田冈自言自语地说。

古川松太郎突然说："不可太悲观了！我们还有不少人，应该重新组织起来！眼下别的组织情况并不比我们好，但他们绝没有散掉！"

田冈激动起来，他希望听到的就是这种话，于是忙向古川说："快说说，现在其他组织的情况怎么样？"

古川说道："由于战争的影响，神户的黑道人物减少，但并没有停止活动。比如以本多仁介为首的本多会、以中山八十吉为首的中山组、以大野福松为首的五岛组、以大岛秀吉为首的大岛组，这是几个大组织，另外还以尼崎为首的笠谷组、以西宫为首的松本组，但加起来组员也不过五百人……"

古川介绍完后，隅谷接着说："要将山口组维护下去，并求得发展，这是大家的心愿。但首要一条，是必须先推选出新的头领！"说到这里，大家沉默下来，然后目光纷纷朝田冈聚集。

田冈有意把目光移开。

次日，田冈一雄重又回到了阔别六年的神户。

在田冈坐牢的这六年，深山文子一直单身住在熊野町的一间窄小的房子里。

房里十分干净，但摆设也很简单。田冈看得出，这些年，文子因自己拖累吃了不少苦头。

房中条案上摆着已故老丈人深山喜之助的灵位。

田冈点燃灵灯，双手合十参拜。文子也陪在一旁行礼，泪珠不停地坠落。拜毕，田冈柔情万种，一把将妻子拥进怀中。

文子大声哭了起来。

田冈轻轻拍着她的背，轻轻地摇晃着她，说："哭吧，想哭就哭个痛快。"

这样说过之后，文子忽然不哭了，抹掉泪水，抬起脸来望着田冈。田冈注视着她，辛酸地说："你瘦了，让你吃苦了！"

文子摇摇头，微笑说："不，也不过辛苦了一点点……"

"我们不会再分开了。"这样说着，田冈抱起文子，走到床前。

文子看出田冈的意思，脸上泛起处女般的红晕，挣开田冈的手，说："我自己来吧！"说完，文子解开衣服，睡到被单里去。

田冈脱掉外衣，内衣是从牢房里穿出来的，他闻到自己身上有股异味，便说："我先去洗个澡吧！"

"算啦……"文子也等不及了。

这年 12 月，田冈和文子从熊野町搬到新开地凑町二丁目 14 号居住。由于田冈被剥夺了公民权，所以也被免除了服兵役。当时日本在各条战线均遭惨败，国内每天都有家属收到亲人在前方丧命的死亡通知书。而田冈却因祸得福，整天整夜跟文子泡在一起，难怪文子在快乐之中捶打着田冈，说："以前我还恨你，现在看来，真是多亏了这场牢狱之灾！"

1944 年 3 月，日本政府开始封闭全国的酒吧、咖啡厅。4 月份设立大众饭堂，饥饿的国民排着队等待派发粮食。日军丢失塞班岛后，制空权完全被美国军队掌握，美军 B-29 大型轰炸机连续不断地轰炸日本全境，于是在 6 月份，日本开始疏散各地的学生。在战争即将失败的最残酷的时期，田冈一雄所扮演的角色，是一个逍遥世上的职业赌徒。4 月份，他在家里开设赌场，靠开赌场抽水所赚的钱维持生计。

1944 年 5 月 16 日，田冈和深山文子的第一个儿子出生了。

田冈欣喜异常，他早就希望能是一个男孩。他给这个男孩取名为满。这个名字取自头山满的"满"字，表达了田冈的某种寄托。

1945 年在更加猛烈的炮火中来临了！

美军将战略性的攻击目标突然移到了神户。在 2 月至 8 月这段时间，美军投掷在神户的炸弹多达四千余枚，长田、须磨完全成为人间地狱，死亡人数将近三万，六成以上的房屋被彻底烧毁，灾民达五十三万以上。

田冈让深山文子带着儿子满，疏散到冈山县仓敷市郊外去，自己一人留在神户。

3 月 17 日的空袭，使往昔繁荣的新开地，变成一片废墟。

6 月份，古川松太郎死于空袭，从废墟里挖出了他的尸体，不仅被炸弹烧得焦黄，而且萎缩了一半，简直不成人形。

田冈埋葬了古川松太郎。

古川松太郎一直被视为继承第三代山口组头目的人物，所以田冈出狱时，众人有心推举田冈担任头目，田冈避而不语。眼下古川死了，或许田冈态度有所改变。不过眼下他仍沉浸在失去"良师益友"的哀痛之中，古川是他的恩师，他正式步入黑道必行的"三级修业"，便是开始于古川的门下。

1945 年 8 月 15 日，这是一个具有深刻历史意义的日子。

整个上午，田冈都在照看赌场生意。当时的情形的确非常有趣。所有赌徒，由于害怕突然发生空袭，所以每人头上都戴着一只或新或旧的钢盔，个别赌徒因脑袋细小而钢盔太大，戴在头上便难免挡住视线，情不自禁中便会把钢盔摘下来背在身后。遇上这种情况，作为赌场主人的田冈，便会走过去猛喝一声：

"嗨！快戴起来，不要命啦！"

吓得小脑袋的人慌忙把钢盔罩在头上。

本来赌场一般是晚上营业，但由于当时灯火受到严格管制，所以各赌场都改在白天做生意。这天上午，已提前得到消息，说中午时分日本天皇将通过广播，向全国发表重要讲话。

田冈家有一只收音机，因此这天赌徒来得特别多。

大约是中午 12 点的样子，大家围着收音机坐下来。收音机夹杂着杂音，响起日本天皇沙哑而沉重的声音：

"……要熬过艰苦，忍辱负重，然后重开太平之盛……"

日本战败了！日本无条件投降了！

赌场陷入一片寂静之中，气氛显出极端的压抑。

没有任何人说一句话。后来，有一个赌徒带头离去，其他赌徒先后跟着低头离开，钢盔全部扔在赌场里，现在已经用不着它了。桌上一片散乱的扑克牌，地上一片模样古怪的钢盔……

田冈望着空空如也的赌场，内心感到一阵阵的空虚、一阵阵的不安……

听到战败的消息，几乎所有的日本人都陷入巨大的恐慌和绝望之中。

但与日本人相反，有一批一直被日军关押着强制劳动的朝鲜人和中国台湾人，从日军的铁蹄下获得了自由，他们当中，有一部分人出于狭隘的复仇心理，掀起了一股主要是针对日本市民的抢劫、杀戮狂潮。这些人似乎可以称之为战胜国的不良分子。

1945 年 8 月 15 日晚上 7 时，由这种不良分子纠集起来的朝鲜帮和台湾帮联合起来，袭击了日本国铁深川火车站内的货车，大肆抢夺战后配给的民用物资。以此为开端，神户市内到处发生袭击市民的恶性事件。对此，市民们怨声载道。

1945 年 10 月，从国铁三宫站到神户站东北部，连绵两公里，形成了日本第一个最长的地下黑市。据说大部分流入地下黑市的物品，都是日本军方此前储藏起来的，品种十分齐全。当时的日本市民一天只配给 330 克大米，儿童和老人还没这么多，所以他们不得不将所有财产换成现钞，到地下黑市去抢购昂贵的粮食。那时，白领阶层人士的月薪是五六百日元，黑市大米比公价贵出三四十倍，达到每公斤 200 日元。到第二年夏天，竟涨到每公斤 750 日元。

显然，这些朝鲜帮和台湾帮通过与当时的官方势力勾结，完全控制了黑市，并获取了大量利润。

他们还成群结队地招摇过市，遇上看不顺眼的人，张嘴就骂，伸手就打，到处吃霸王餐，在光天化日之下集体轮奸日本妇女。这帮家伙习惯穿着日本海空军的飞行服，戴着臂章，穿着短靴，脖子上系着绢质的纯白领巾。他们撒野时，少量的日本警察根本不敢靠近他们。有一次，十来个日本警察试图前去解救一个被强奸的日本少女，这帮人立刻招来更多的同伙，把日本警察打得落荒而逃。

他们对着逃窜的日本警察高喊：

"我们是胜利者，你们能把我们怎么样！"

1945 年 9 月 25 日，美军第 6 军 33 师团的一万七千人进驻神户，使神户的治安变得更加恶化。

每当听见同胞遭受侮辱的消息时，田冈总是气得暴跳如雷。

"什么警察！手中的枪是干什么的？是好看的吗？"

田冈在大骂本国警察的同时，心中生出一种奇想：警察既然如此无用，我们这些黑道人物若再不施以援手，那么同胞的安全该由谁来负责呢？就在这一瞬间，田冈热血奔涌，他已下定决心替代警察，担起"捍卫神户市民安全"的重任。从此，他便有意识地进入治安混乱的街区，寻找惩治的目标。

1945 年 8 月底，田冈一雄在东山医院的后巷里走着，突然传来一阵妇女尖厉的求救声。田冈浑身汗毛一耸，像发现猎物的狼狗一样，寻声疾奔过去。

后院树丛的空地上，一个 5 岁左右的小女孩在大声哭泣。

"发生了什么事？快告诉我！"

女孩指着树丛方向："妈妈……妈妈她……"

树丛在凌乱地摇动。女人尖厉的叫声再次从那里传出。

田冈立即明白了，丢下女孩冲过去。

女孩的母亲躺在树丛底下，正被三个男人强奸着。全是穿着飞行服的家伙。

"野兽！"田冈号叫着，飞脚踢开一个家伙，然后掀翻那趴在女人身上的男人，绷直展开的五指，朝他的眼睛插去——

"啊！"伴随一声惨叫，光屁股的家伙两颗眼球滚落在地，鲜血不断地从变成空洞的眼窝里淌出来。失去视觉之后，他双手捂脸在原地跳着转圈。"挖眼术"，这是田冈少年时掌握的杀人绝招。

紧接着，田冈又用上臂夹住另一个家伙的脖子，再露绝招，又有两颗眼球被挖了出来。剩下的最后一个家伙，这时已经吓破了胆，匆匆扔下了手枪，拔腿而逃。

田冈把对方丢弃的手枪掖进怀里，转头来试图安抚遭受凌辱的女人，哪知女人竟一丝不挂地站起来，一面朝他走近，一面发出哈哈大笑。原来这个女人经受不起刺激，已经变成了疯子。

　　田冈避开女人，目光发直地从背后望着她，女人大笑着朝市区方向走去……她后面远远跟着一个吓坏的小女孩。

　　"决不能饶恕！"田冈咬牙切齿地发誓。

　　怀里揣着手枪，衣衫在风中飘举不定，一副视死如归的样子。田冈一雄就这样单枪匹马，往朝鲜帮和台湾帮聚集的地下市场走去。

　　前面是一个米店，正待开张，招牌还没有挂上去，斜靠在门上，听口音就知道主人是朝鲜人。

　　田冈大摇大摆地走过去，故意用脚把招牌绊倒。"啪"的一声，那块招牌也真不管用，倒地之后便裂成两半。

　　"凭什么砸我的招牌？"立即有人龇牙咧嘴地叫着，同时从后面抓住他的肩膀。

　　"我是故意的吗？！"田冈猛然回头，同时圆睁怒目。

　　这是一个长着三角眼的朝鲜人。三角眼也盯着田冈，用生硬的日本话骂道："你这个小日本，我看你是活得不耐烦了！"转而朝后一招手，"来人，送这个小日本上西天！"

　　说话之间，从米店里冲出七八个朝鲜人，把田冈团团围住。

　　田冈毫无惧色，掏出手枪，朝三角眼腿上连发两弹。

　　朝鲜帮的人其实也很怕死，听见枪声立即四散而逃。

　　田冈趁着一片慌乱，从容离去。

　　"小日本，有本事就别走！你回来！我一定要找你算账！"

　　中枪倒地的三角眼朝着田冈的背影大叫。

田冈几乎每天都不定时地到地下市场去捣乱，任何情况下都不退让，三四天内，他用枪打伤了七个人，其中有朝鲜帮人，也有台湾帮人。因此，不到一个星期，田冈便成为他们追杀的目标。不过，与此同时，田冈身边也聚起了一帮日本人，并逐渐以田冈为中心而结成一个整体。

　　除了田冈，另一个领头人是吉川勇次。

　　山口登还在世的时候，吉川就是山口组成员，并和田冈认识。中日战争爆发后，吉川被征召到中国北部作战，1942年退役，次年的10月因杀人未遂罪而被判入狱三年，在狱中曾与山口登的胞弟山口高行结拜为兄弟。1945年9月，吉川刑满获释，但由于监狱当时被炮火摧毁，所以吉川只好穿着囚犯的衣服逃出监狱。没料到，刚出狱，吉川便被警察抓住了，从他的衣着，警察认定他是逃犯。吉川说明情况，并说田冈可以证明他的身份。于是警方派人来找田冈，田冈再去迎接吉川出来。

　　当时，正是田冈被朝鲜帮和台湾帮追杀的时候。

　　田冈和吉川都很珍视这次相遇。

　　吉川问："现在情况不妙，你在做些什么？"

　　"清理垃圾。"田冈答。

　　吉川不解地望着他。

　　田冈说："神户眼下有不少麻烦事，连警方也束手无策，我想代替他们，事情刚开了头。"

　　"嘿，这可真好玩！我可以协助你吗？"

　　"你真的想干？"

　　"当然是真的。你看！"

　　说着，吉川从兜里掏出一件东西，亮给田冈看。原来是一颗真正的手榴弹。

田冈拍拍吉川勇次的肩膀，坚定地说道：

"好吧！我们马上行动！"

田冈一雄带着手枪，吉川勇次带着手榴弹，两人迈着坚定的步伐，再次朝地下市场走去。接近三宫的铁桥时，吉川拉了拉田冈，然后两人停下了脚步。

前面不远的开阔地上，两个日本青年，正被十几个壮汉包围着，眼看就要发生一场生死搏斗。明知处于劣势的两个青年背靠着背，准备决一死战。

吉川碰碰田冈的胳膊，说："我们去帮一把，否则他们两人会被打死的。"

田冈一边用手势制止吉川，一边静观那两个青年的表现。

果然，正如田冈所期待的，那两个青年人面对六七倍的敌人，竟毫无惧色，随着一声高叫，两人迅速分开，突袭靠得最近的对手。两个青年人将面前的大汉击倒之后，躲过连续劈来的铁棒，接着又分别将冲上来的大汉打倒在地。

"打得好！"

"太妙了！"

田冈和吉川高声喝彩，以示声援。

十几名大汉恼羞成怒，高举铁棒从四面一齐拥上。两个青年人为使对方的铁棒丧失威力，寻隙插入对方的人群之中，采取短兵相接的战术展开搏斗。但这时，他们已开始只有招架之功，而无还手之力了，动作也变得迟缓起来。

"不行啦，得赶紧去帮他们！"吉川大叫。

田冈和吉川随即飞奔上前，加入战阵。

吉川块头巨大，光用身体就撞倒了几个对手，然后一手抓住一个倒地的家伙，让他们的脑袋互相撞击。田冈只打倒一个对手，"挖眼术"还没使出来，十几个家伙便像被风刮跑了似的，转眼便无影无踪了。

"谢谢两位相助！"两个青年人一边喘息，一边道谢。

田冈说："这一带很乱，以后要当心。你们是学生吧？"

"是的。我们是国士馆大学的，我叫大西利一。"

"我叫佐藤淳郎。"

"好了，你们快离开这里吧！"

田冈说完正欲离去，两个青年人忽然将他拦住，说：

"你们就这样离去，我们会觉得很丢脸的，请把你们的名字告诉我们！"

田冈碰碰吉川，想跟他们开开玩笑，吉川会意，马上上前答话："我是田冈。"大西利一和佐藤淳郎随即互视片刻，显得慌乱起来，然后一齐朝吉川行礼，说：

"久仰头目威名，失敬了，失敬了！"

"我们是慕头目之名而到神户来的，希望能在头目手下效力！"

吉川不想继续把玩笑开下去，便笑着说：

"我不是头目，我是吉川，头目是这一位。"

"是吗？"两个青年人目瞪口呆，然后又向田冈行礼。

吉川块头巨大，而田冈体格瘦小，所以两人走在一起，总容易被人误以为吉川是头目，而田冈是随从。

当然，田冈一雄这时也还并不是山口组的头目，但他这时已行使头目的职权，差的只是一个头衔。

眼下，田冈离登上山口组组长宝座的日子已经为期不远了。

大西和佐藤从那一天起，就搬进了山口组组员聚居的宿舍。

日本战败后的初期，山口组的成员只有二十多人。当时以隅谷末吉为中心。

隅谷末吉长着一张娃娃脸，身体较胖。他是个职业赌徒。他有个习惯，自己借钱马上归还，若有别人向他借钱，先得详细说明原因，然后他做出长篇大论的教训之后，才把钱借给别人，把钱交到别人手上时或许还会抽出一张留下。但总体来说，他是个乐于助人的人，因此有较高威望。

其他几个主要成员的简况如下——

藤田仙次郎，绰号"大关"，1935年加入山口组，体重127公斤，在任何场合都能呼呼大睡。

田尻春吉，身材矮小，善于用匕首，绰号"斩人春"，风流成性，他计划一生要跟一千个女人睡觉，眼下才只完成一百三十四个。

曾根次郎，绰号"土堤佬"，是个光头大汉，有架打时，他决不会阻止手下出击，相反会说："打，快打！"当听到有什么争执时，就匆忙从说不出姓名的情妇家里，穿起情妇的长裙往外跑。

坂出敬信，当时40来岁，左肩有腾龙文身，由于对别人的任何拜托都说"好！"的关系，因而有个绰号叫"好公"。

除上述人物之外，还有山田久一、中本虎一、大森三平等数名各具特征的人物。以上是山口组战后初期的主要骨干。

除此以外，田冈又发展了一班年轻人当参谋，如吉川勇次、大西利一、北山悟、三原悦二等人。

田冈决定带领上述人员，成立一个战斗据点，运用一网打尽的战略，把朝鲜帮和台湾帮赶出神户。

新开地历来是山口组的势力范围。田冈决定将新开地作为山口组的战斗据点，也即是所谓"根据地"。眼下，朝鲜帮和台湾帮居然公开在新开地一带开起了赌场，数目多达一百五十多家。

这些赌场强行拉客，拉进门后便要他们交出身上的钞票或金银饰物，否则就要脱光他们的衣服，然后毒打一顿。警察赶来干涉，赌场的保镖便围上来，把警察挤来撞去，或者干脆施以拳脚。因此，田冈决定把这些家伙从新开地赶出去，然后以新开地为据点，与敌人最大的据点——三宫展开对决。

田冈高举手枪，带领山口组全班人马，向新开地进发。

"扫荡"行动开始了！

田冈沿街鸣枪，然后冲进赌场，砸烂赌台。

手下人纷纷效法，一家又一家，把赌台砸烂并扔到大街上。

朝鲜帮和台湾帮的人全吓呆了，竟没一个敢上前阻拦。市民在一旁围观，大声叫好。警察听见枪声跑来，然后也袖手旁观。其实警方很乐意山口组这么干。

山口组沿街"扫荡"过去。

吉川用嘴巴咬着手榴弹的导火线，昂首走在最前面，做出一个随时要将手榴弹扔出去的样子。田冈不断地鸣枪，子弹有时故意射向对方的脚下。

朝鲜帮、台湾帮溃退了，但他们回头的眼神，露出了必报此仇的凶光。

为预防对方的大举报复，田冈在新开地租下了花月剧场作为山口组基地，并正式组织了一个自卫队。自卫队员使用的武器除了有限的几支手枪，主要是六角铁棒。

田冈向队员严厉命令："即使剩下最后一个人，也不准一个敌人踏进新开地！"

气氛变得十分紧张。

但是，一连三天，对方却没有发动进攻。第三天，对方派人送来一封信。田冈展开一看，原来是一封挑战书。对方是朝鲜帮。挑战书的内容非常简单，声称为了避免祸及无辜，请山口组首领田冈一雄前往三宫他们的总部，双方头目对决，武器任选，带去的人只许观战，因此无须带上太多的人。

大家觉得这是一个阴谋，目的是想除掉田冈，因此劝田冈不要理睬对方。

但是，田冈笑着说："他们指名向我挑战，我怎么能不去呢？难道我是一个怕死的人吗？"田冈决定接受挑战。

大家全都为他捏着一把汗，但却无人敢阻拦。

"我跟你去！"吉川勇次站出来说。

"我也去！"隅谷末吉也说。

"我也去！我也去……"大家纷纷要求同去。

田冈说："吉川与我同去。隅谷负责留守，要提防对方的调虎离山计，因此，留守的责任同样重大！"

隅谷把自己的一支手枪递给田冈，说："多带一支枪吧！"

田冈拒绝了，说："如果他们全体对付我一个人，即使有两支枪也没有用；不管单挑，还是以寡敌众，我觉得还是用刀为好。"说着，田冈把自己的枪也交给吉川，操起一把带鞘的日本长刀，"嗖"的一声抽出，然后突然送回，接着说道："枪在打响之前，没有任何威力；而刀却不同，即使它躺在刀架上，也会发出令人胆怯的威风！"

大家连连点头称是，深感田冈确已具备老大的气势。

就这样，田冈手持日本刀，领着吉川朝三宫走去。

到达三宫，进入对方总部，田冈站在院子中央，向把守着各个出入口的朝鲜帮的家伙喝道：

"我是山口组的田冈，按你们的要求前来应战，快通知你们的老大出来送死！"

喝叫声在院子里震起回音，但半天悄无声息，寂静得像空旷的坟地一般。对方的十几个守卫眼盯着田冈，傻乎乎的，如同木头人一样。

"谁死还不一定！看你的脖子有多粗！"

随着说话声，从二楼飞下一个7尺高的壮汉，手执一柄长剑，那剑凌空呼啸着朝田冈的脖子劈来。

田冈反应及时，举起带鞘的长刀一挡，"砰"的一声，阳光下也可以看出溅起的几朵火花。

汉子落地站稳，摸摸震麻的手，狞笑着伺机再刺。

田冈也"嗖"的一声抽出长刀，扔掉刀鞘，然后双手握刀，做好了迎战准备。

就在血战就要展开的一瞬间，从入口处走进一个40来岁的男人，他满脸威风，朝两人挥手喝道：

"住手！不准无礼！"

男人上前把田冈护在身后，对朝鲜帮主骂道："混蛋！还不快退下去！"

一场即将爆发的血战，就这样搁置下来了。

这个男人是谁呢？居然有这么强大的威慑力。其实，他就是营谷政雄。菅谷政雄早年曾和山口登的一个部下结拜为兄弟，日本战败时，他手下已经统率着四十多人，和朝鲜帮、台湾帮联合在一起，组成了一个国际暴力集团，并成为该团体的主要首领，因此名震八方。

1959 年，菅谷政雄接受已成为山口组第三代头目的田冈一雄的敬杯，加入了山口组。

由于菅谷政雄的插手，一场火拼得以平息，但是朝鲜帮和台湾帮此后暴行丝毫没有收敛，最终发展为袭警事件。

第九章

以黑制黑

　　日本警方多番仰仗山口组的势力"以黑制黑"，使
山口组威名大振，且颇得民心，人马迅速壮大，这给
日本警方取缔黑道组织留下了严重后患。

　　田冈一雄虽然率领山口组现存全班人马，将朝鲜帮和台湾帮
"扫荡"出了新开地，但对方龟缩到三宫一带之后，嚣张气焰并没
有收敛，他们从新开地的争斗中，看出所有日本警察都站在一旁看
笑话，于是决定调整策略，把打击目标直接指向警方。这使他们的
战斗力一下子有更大的发展。因为在和山口组的对垒中，成员基本
上是一些流氓阿飞，而当他们直接把矛头指向日本警方时，战胜国
的一些普通民众也加入进来了，他们之中多数是被日军抓来的劳工
和苦力，受够了日本帝国主义者的折磨和奴役，现在虽然被解放
了，但他们连回国的路费都没有，旧恨新仇一齐涌上心头。所以当
朝鲜帮的坏分子振臂一呼，这些人便云集在他们周围。

　　因此，可以说，这时的战胜国与日本警方的斗争，带有相当强
烈的民族复仇心理，具有一定程度的正义色彩。尽管日本政府已经

宣告投降，尽管日本民众眼下同样也过着水深火热的生活，但他们无法去理解这些，他们决心要痛打落水狗。于是惨剧连续发生着——

1946年2月，神户市生田警署的冈政巡警长官，被他们绑架之后杀死。

1946年4月，须磨警署佐藤进巡警长官，在白天的闹市中被他们面对面地开枪打死。

接着，他们突袭水上警署，把被警方零星抓获关押起来的同胞全部释放，然后一不做二不休，干脆将水上警署的所有监房统统打开，使二百多名在押犯人全部流窜到社会上去，其中有一部分人立即回过头来跟警方作对。

事态还在继续扩大。他们频繁地袭击神户市的所有警署。

最严重的一次，是他们集结起三百多人，放出话来，扬言准备彻底捣毁兵库警署。警察当局吓得惊慌失措。

警方明白，如果设在凑川温泉内的兵库警署一旦遭到袭击，就现有的警方而言，是无力还击的。

"这事关系重大，务必请示上峰。"神户警署最高长官佐道木最后决定向上级报告。

结果，神户警署署长佐道木被召往东京，与国警总部长、高级警司、神户市市长鸠首等人，召开紧急会议，商讨对策。

会议讨论的结果是非常可笑的，那就是让佐道木速回神户，请求黑社会组织山口组向警方施以援手，充当保卫兵库警署的主力军。

警署仰仗黑帮？真是东洋奇闻！连佐道木都感到脸上无光。但上峰实在抽不出警力支援，日本各地的治安都极其混乱。佐道木无可奈何地回到神户，硬着头皮来向山口组求助。

"战败国的警察就这样无能？难道你们全是吃干饭的？你们手中的枪是讨饭棍？丢脸！真丢脸！居然来向我求援，我算什么？我难道是你们的上司吗？身为日本人，我为你们感到羞耻！"神户警署署长佐道木才说明来意，便被田冈一雄骂了个狗血淋头。

佐道木十分尴尬，抹抹额头的汗珠，说："你的话的确有一些道理，可眼下是非常时期，为了维护神户的治安、市民的安全，大家不能不齐心协力。只有警民合作，神户才有安定的日子，请你务必想到这一点。"

田冈想了想，叹了一口气，说："好吧，我答应你。"

"那真是太感谢了！"佐道木马上说，"我们现在就来商量一下合作的步骤。"

经过双方协商，形成了这样一个作战计划——当兵库警署遭受袭击时，所有的警员立刻带上重要文件从后门逃生，然后由山口组组员还击；同时从警署的屋顶抛下装满汽油的数十个瓶子，再投下三箱大约四十个手榴弹，趁对方畏惧逃窜之际，由山口组的敢死队，持着日本刀和手枪乘胜追击。

这个计划其实是由日本警方最高长官经请示上峰之后，早已决定了的。采用这个以毒攻毒的办法，日本官方也是无奈之举，并不是日本缺乏警力，而是担心警方下手不敢太狠，太狠了，会招致国际上战胜国采取外交上的报复手段；下手太轻，既不解恨，也不能有效制止上述种种暴行。

计划被命名为"飓风行动"。山口组在田冈一雄的号召下，全部行动起来了。

由二十名精干组员成立了敢死队，田冈亲自担任队长，因为身后有警方援助，敢死队员每人配备两支崭新的短枪，一支匕首，一把日本武士刀。

敢死队开赴兵库警署的这天晚上，神户警署署长佐道木前来送行。他向每个敢死队员敬上一杯清酒，最后对大家说：

"希望大家顽强战斗，无论是将对方击毙还是击伤，只会得到奖金，警方决不会对你们秋后算账。当然，我也要提醒大家，决不能成为对方的俘虏，日本人应该有日本人的骨气！"

佐道木讲话完毕，田冈把手一挥："出发！"

敢死队在夜色的掩护下，迅速朝兵库警署的方向奔去。

田冈率领着二十人的山口组敢死队，抵达兵库警署之后，按照预定的分工，各自进入阵地埋伏好，等待着对方的人马杀来。

一个夜晚过去，对方没有发动进攻。又过了一个白天，对方还是没有动静。在热切难耐的等待中，时间过去了三天，而对方却毫无进攻的迹象。被派去探听消息的人回来报告说，朝鲜帮和台湾帮已经决定放弃打兵库警署。

山口组的敢死队员们既感到得意，同时又觉得有点惋惜。

这到底是怎么回事呢？

难道对方事前知道了消息，慑于山口组的威名而放弃了这次行动？或者是对方的有识之士觉得这样打起来，局面将难以收拾，因而终止了这场将爆发的血战？

真实的情况一直不得而知。

然而，无论怎么说，兵库警署由于山口组的出现而免受袭击，治安当局的面子总算保住了，对警方而言这是至关紧要的。

无论打还是没打，"飓风行动"已经达到切实的目的。

在战后初期，日本警察似乎普遍表现得十分无能，因此，警署仰仗黑帮的事件决非仅此一例。像1946年7月前后发生在东京新桥的与松田组的抗争事件、袭击涩谷警署事件、滨松事件，以及热海事件，无不是警署当缩头乌龟，黑势力披挂上阵，以黑吃黑、以暴制暴的生动写照。似乎可以说，那是一个由黑道势力维持治安的时代。

日本警方的这种不明智的做法，给自己留下了无穷的后患，直接的结果是，黑社会组织在日本全境得到蓬勃的发展。

后来，日本社会治安逐步纳入轨道，警方为剿灭黑道势力吃尽了苦头。

在田冈率领的山口组受到警方借重，与朝鲜帮和台湾帮激烈对抗的时候，另外有一个人，也在神户展开搏杀，以暴制暴。

这个人名叫地道行雄，后来他加入了山口组，并成为田冈手下的厮杀行动队队长。

田冈登上山口组第三代头目的宝座之后，重大的争斗事件全都是由地道行雄直接指挥。地道行雄最辉煌的时期，曾掌握属下三十四个团体，部下总人数达到二千五百余人。地道行雄的威名震撼着全日本。他曾两次出任山口组副总头领的要职。

地道行雄出生于神户市兵库区一个工人家庭，1938 年普通高小毕业，后来在和田岬町的三菱电机厂工作。

1943 年，应征入伍，被派往中国北部和中部地区参战，日本投降后，他回到日本，在福原经营自行车修理业的哥哥那里，做了两个月左右的临时工，然后投身于黑道。

在以暴制暴的行动中，田冈一雄认识了地道行雄，有几次地道行雄被警方关押，都是田冈出面保他出来。田冈觉得地道行雄是个人物，决心委以重任，是始于 1945 年 8 月姬路发生对抗事件之后。

当时，盘踞在姬路的凑组与朝鲜帮发生对抗，凑组组长凑芳治跑来向田冈求救。凑芳治是山口登的结拜弟弟。于是田冈马上带着吉川勇次等五十人，迅速赶往姬路。

在行进途中，田冈考虑应尽量避免流血冲突，于是找了一个律师一同前往。律师名叫新井，40来岁，他蓄着毫不整齐的胡子，平时喜欢喝酒，然后满身酒气跑到山口组来，向一些年轻组员长篇大论一些玄而又玄的道理。

赶到姬路，发现朝鲜帮这时已占据了车站前面的一座大厦，他们把机枪架在窗口，居高临下，做好了随时应战的准备。

警察闻讯出动，并和田冈他们站在一边。

"包围大厦东侧！"警官向部下命令。田冈的人则从西侧靠近大厦。

五十多名山口组组员，每人都握着手榴弹，弯着腰前进。包围圈形成之后，田冈开始喊话：

"我是神户来的田冈，想跟你们的头目谈一谈！你们全都被我包围了，我不希望流血，你们有什么条件，我们可以谈一谈！快出来回话！"

一直没有回答。

新井律师突然大发脾气，冲到前面朝山口组组员大喊：

"还等什么？快投手榴弹！把大厦炸掉！让他们跟大厦一同见鬼去！喂，还站着干什么？把手榴弹给我，快给我！"

这个新井律师把田冈弄得狼狈不堪。

律师本来应该代委托人做出冷静的判断，然后通过法律程序解决问题，可是这个新井——他从一个山口组组员手中抢过一颗手榴弹，然后往旁边一个高层建筑上跑。

警官发现后，立即朝田冈高叫："那是什么人？"

"律师！"田冈回答。

警官怔了一下，骂道："竟有这样的律师？胡闹！快派人去把他拦住！"

田冈简直哭笑不得，只好命令身边待命的地道行雄去把新井律师制止住。这使地道行雄有了一次出色表现自己的机会。

新井律师仿佛是发了疯，他爬上了与大厦相近的一座约25米高的水塔，水塔顶部有一圈走道，他站在上面，开始旋动手榴弹的保险盖。

"新井律师，不许胡来！"

"新井，要记住你是律师！"

"你下来，停止行动！"地道行雄在众人的呼喊声中，迅速朝水塔顶端攀缘。这时，围观的市民越来越多。

从喊声中，大厦内的朝鲜帮发现了水塔上的两个人：一个在迅速往上爬，一个站在顶部，手里拿着手榴弹。于是立即下令朝水塔上的人开枪。

"哒哒哒……"

"砰！砰！砰！"

机枪和步枪相继朝水塔开火。

新井倒也灵活，听见枪响，立即转到水塔的另一侧。子弹打在圆形池子的水泥壁上，溅起火花。而还在攀缘途中的地道行雄就危险了。退下去来不及，往上爬则还有一段距离。他像是把生命置之度外了，任凭枪弹在身前身后横飞，依然坚定地往上爬，没有显出丝毫的慌乱。

田冈一雄在底下看得非常清楚，他内心感到地道行雄的确是一条好汉。

地道行雄终于攀上了水塔顶部，并隐蔽起来。对方看不见目标，枪声便停止了。可是水塔顶上又出现了万分危急的情况——新井律师已经拉燃了导火索，蓝烟从弹体尾部冒出！

这时，如果新井把手榴弹投向大厦，大厦内的人必然会疯狂反击，那么下面暴露的人们便难免遭殃……地道行雄没有多想，冲上前去，一把就将即将爆炸的手榴弹夺到了自己的手中。

上面的情况，下面的人们看得一清二楚。地道行雄夺到手榴弹后怎么处理呢？底下站满黑压压的人群，周围全是人烟稠密的街市和民居，无论往哪个方向扔，都可能会有人被炸死。唯一的办法，似乎只有让手榴弹在水塔顶上爆炸，那样的结果也非常严重，水塔如果被炸倒，上面两人自然没命，即使不炸倒，积水池被炸毁，飞下的水泥碎块也可能砸死砸伤底下的人。

似乎没有一个万全之策。下面的人们焦急万分，不知道地道行雄将怎样处置。可能手榴弹还有一两秒钟的时间就要爆炸了，然而它还握在地道行雄的手中。就在这时，地道行雄侧身蓄力，突然做出一个令人惊叹的动作——他将手榴弹猛地朝天空投去！

真是力大无穷！一声巨响，手榴弹在距离水塔顶部大约 40 米距离的空中爆炸了。虽然弹片横飞，但幸好没有伤到任何人。

由此，田冈一雄更加对地道行雄刮目相看。

几乎任何一个首领在考察他的部下时，不仅要考察部下的能力，更重要的是考察部下对自己是否忠诚。

眼下的田冈一雄正是这样。他对地道行雄的胆略和智慧已充分肯定，但却仍然对其持有戒心。完全对地道行雄放心，是在姬路对抗事件平息之后。

当手榴弹在空中爆炸之后，大量宪兵坐装甲车来了，通过扩音器向大厦里的朝鲜帮喊话，命令他们无条件投降，否则将整座大厦轰倒。

在强大的压力下，朝鲜帮提出了谈判解决事端的方案，否则将誓死抵抗。警方经认真权衡，同意举行谈判。

田冈一雄接受警方的要求，命令五十多名山口组组员返回神户。因为朝鲜帮的人说，如果山口组不离去，便拒绝谈判。他们担心举行谈判是个幌子，目的是把他们引出大厦，然后怂恿山口组将他们消灭。所以警方要求山口组立即返回神户。

山口组组员们返回神户之前，地道行雄突然说："老大，你要多多留心！"

田冈点点头。因为田冈已经答应凑芳治留在姬路，协助凑组使事情得到妥善解决。

凑芳治要田冈住到凑组事务所去，认为那里比较安全。

田冈笑了笑，说：

"别担心，我随便在哪里找个地方住。再说，警方不同意我继续露面，有事你们来找我，没事我就只当在这儿玩几天！"

于是，田冈独自住进姬路市内的一家旅馆，一连住了五天。

有一天深夜，田冈似乎被什么声音惊醒过来，他立即从枕头底下摸出手枪，身子紧贴在门边的墙上。虽然事件已暂时摆平，但却难排除朝鲜帮对自己暗中下手的可能。

静静听了一会儿，又发现什么声音也没有。

是自己神经过敏吧！田冈这样想着，睡意彻底被赶跑了。

他推开后窗，一阵凉意扑面而来。浓重的夜色中，到处一片沉寂。近处有一盏光线朦胧的路灯，路灯底下是一条卵石铺砌的小路，一直通往旅馆的后门。忽然间，田冈发现暗处游动着两个人影。他心里一惊，隐蔽好身体，再仔细观察——不是别人，原来是地道行雄！另外一个人是尾原清晴。他们都是山口组组员。原来他们为了保护田冈，悄悄地留在了姬路。田冈大为感动。

但是，田冈并没有向他们打招呼，此后也没有把这件事说出来。从这时起，地道行雄等人的印象，已烙在了田冈的心里。

审时度势，田冈一雄意识到，山口组这时已迫切需要一个明确的首领，同时也觉得自己获得了大家的衷心拥护。

时机已经成熟，田冈决定举行黑道礼仪，正式登上第三代山口组组长的宝座。

第十章

田冈继位

> 1946 年，34 岁的田冈一雄，当上了第三代山口组
> 老大，他遵照黑道陈规，把酒授杯，重排座次，并提
> 出要办三件大事。

按黑道规矩，头目死后，应该由儿子中的长子继承。创建山口组的第一代组长山口春吉死后，便是由其长子山口登继位。第二代山口组组长山口登，于 1942 年 10 月死于神户县立医院。当时山口登的长子幸博尚年幼，据临终守护在山口登病床前的森川盛之助说，山口登死前曾留下遗言——

"幸博还是小孩子，第三代头目由田冈继承，没问题吧！"

这份遗言是否确有其事，恐怕只有森川盛之助明白，至少在当时曾受到山口组多数成员的怀疑。理由有两点：一是当时田冈并无出色的表现；二是在山口组内，比田冈够资格的人有的是，既然找宗族以外的人继位，为什么偏偏找田冈呢？

但是大家当时都保持沉默。后来有人提议，并得到大家赞成，于是山口组内出现了一个过渡性的临时组织，名叫"山口组兄弟

会"。这是山口登死后一年的事情。

"山口组兄弟会"以隅谷末吉为中心，加上坂出敬信、藤田仙次、坂口敬三、滩波岛之助，这些人都是山口登的拜把子兄弟，另外还有田冈一雄等，共十七人组成。

这个组织的功能，主要是通过会议制运作，决定本组织与其他组织的关系，同时也负责制定本组织的活动方针。

但是由于战事的恶化，不少山口组成员被迫应征入伍，加上战败后国内形势大乱，为生计所迫，有些山口组元老离开了组织。这些情况使"山口组兄弟会"没能干出任何名堂来。

而田冈一雄却堪称一个应运而生的黑道首领。整个战争期间，他基本上待在监狱里，心理上几乎没有受到战争失败情绪的影响，相反，还使他保持了高昂的斗志。出狱后，他与某些战胜国国民的所谓斗争，不仅符合他好斗的本性，更重要的是，他的这种斗争，在许多方面都引起了强烈反响。一是代表不少日本人发泄了对战争失败的压抑和不满情绪；二是保护了一些受侵害的日本普通民众，这使他在某种程度上得到民众的支持；三是重振了山口组的声威，连警察都求上门来，这在以前的山口组是从没有过的事情；四是扩大了队伍人数，田冈本人也积累了一些当老大的本事。

总而言之，这时的田冈一雄已成为山口组出类拔萃的人物，第三代头目的宝座已非他莫属。至于山口登遗言的真假问题，这时也没有哪个傻瓜去深究它了。

在姬路事件之后的"山口组兄弟会"一次特别会议上，森川盛之助再次提出了山口登的遗言问题，并正式提议请田冈继任第三代头目。大家一致表示赞成，并纷纷对田冈说：

"这是先代的意见，你就答应下来吧！"

"先代真有眼光！放心，我们全心全意协助你！"

"见外的话不用多说，干脆点，答应吧！"

田冈低着头，居然忸怩起来。其实他心里早就盼着这一天的到来。也许这是日本人所讲究的"美德"，好处将要到手时，总要露出一副谦让似的苦相。田冈也不例外，这时他搓着巴掌，瓮声瓮气地说：

"这是非常艰辛的事情，不管怎样，这也是一个重包袱……恐怕还要容我考虑几天，下次兄弟会再做决定吧！"

田冈这样做是很有心计的，因为他心里知道，兄弟会目前还有人怀疑先代山口登的临终遗言，或许还有人认为那是田冈授意炮制的，所以他提出还要考虑几天，目的是使别人相信，在此之前他一直没有觊觎组长的宝座的企图。

七天之后，兄弟会再次召集特别会议。

这回，田冈一雄毫不犹豫地答应下来，并且当众宣读了只有两句话的就职宣言："忧人所忧，鞠躬尽瘁。"

这年夏天，在神户须磨的一间一流的割烹料理店延命轩，隆重举行了田冈一雄就任山口组第三代头目的仪式。

仪式于早晨日出时正式开始。

有不少日本当时或后来的大人物参加了继位仪式，比如曾与山口登关系密切的自民党议员佃良一、后来成为日本首相的自民党党员岸信介和佐藤荣作。

列席者有六名先代山口登的拜把子兄弟，分别是森川盛之助、曾根次郎、小林正吉、中西宽、针金留次郎、凑芳治，还有十四名原来直属山口登领导的部下，以及十三名田冈一雄亲自发展的山口组组员。出席总人数为三十三人。

遵照黑道陈规，座位的四方坐法是：正面是辈分高的，主要是山口登的原班人马；左侧是田冈一雄发展起来的人，这些人都比较年轻。

可能是由于当时的物资极为缺乏，大家身上都只穿着质地粗糙的旧西服，许多人连领带也没有打。唯独田冈穿得一身光鲜，那是当时颇为昂贵的白色麻丝质西服，白衬衣，黑领带，头发梳得纹丝不乱。

继承仪式开始。首先由自民党议员佃良一致辞。致辞完毕，田冈一雄上前接受物证。物证是用盆装着，由佃良一亲手交到田冈一雄手中。

作为继承第三代头目的所谓物证，包括四样东西——

1. 山口组组旗；

2. 白绢一块；

3.《任侠奥传》一卷；

4. 护身银刀一把。

其中《任侠奥传》只是一张白纸。

以上是山口组头目继位必不可少的内容。继位仪式完后便是宴会。

按照山口组的老规矩，举行继任仪式的所有花费，一律由继承者个人承担。田冈自然也不例外。同样，按山口组老规矩，宴会必须在晚上举行，但由于当时正是日本战败后的混乱期，为防止朝鲜帮和台湾帮的趁机捣扰，故决定宴会改在白天进行。

就黑道而言，宴会和继位仪式同等重要；就山口组而言，宴会上的中心内容是喝交杯酒。

山口组内的交杯酒极为讲究。就拿兄弟杯来说，就有所谓五分杯、四分六杯、七分三杯、五分五厘杯等，不同分量的杯表明不同辈分的相应关系。

如果辈分相仿，交换的或许是五分杯，司酒的人同时把酒倒入两人杯内，两人同时喝掉一半，然后把杯中余下的酒与对方交换喝光。交过五分杯，表明彼此属于同辈关系，互相称呼对方为"兄弟"。

四分六杯的情况不同。这种喝法是作为兄长的喝四分，剩余的交给对方喝光，这种关系便是兄弟和兄弟的关系。

田冈一雄向来滴酒不沾，那主要是由于少年时期受到酒鬼舅舅河内四郎的刺激，但并不是说田冈经受不住酒力，事实上他能喝酒，只是从心理上排斥罢了。所以在这个必须喝酒的场合，他还是能喝一些的。

田冈首先与原跟随已故第二代头目山口登的山口组元老们交杯，喝的是四分六杯，田冈喝四，对方一律喝六，这便改变了从前彼此间的关系，从年纪上看，田冈是低辈分的，但从在山口组的地位看，田冈已成为兄长辈，从前的山口组元老，这时就该称田冈为"老大"了。因此，从山口组内喝交杯酒的情况看，既讲年龄，又不讲年龄，辈分的实质意义是根据某人在山口组中的地位而定的。

除了上述的所谓兄弟杯之外，还有一种具有特殊意义的"亲子杯"。

这种亲子杯，是由最高头目授予自己亲自发展，并直属自己指挥的部下的，由头目亲自倒酒，对方双手接过，必须一口喝光。这种人可以称作头目的嫡系或死党。

第一个接受田冈的亲子杯的，是吉川勇次。吉川勇次感到莫大的荣幸，他双手接过酒杯，仰起脖子一饮而尽，颇有种气吞山河的魄力。

按山口组的规矩，喝光亲子杯中的酒后，喝酒的一方可以把酒杯留作永久性纪念。吉川喝光酒后，左手把杯揣入怀中，向田冈行了一个礼，然后退回自己的座位。

接着，原先属于吉川手下的大川宽、北山悟、平松资夫，也先后接受了田冈"亲子杯"，成为田冈的直属部下。在黑道中人看来，这种从属地位的改变，是一种光荣的升级或提拔。

在这次把酒授杯的宴会上，田冈还当众宣布了一些人事任免事项，其中，山田久一被任命为兄弟头。

最后，田冈一雄站起来发表讲话，他说：

"我田冈一雄，从今天起，继承山口组第三代头目的位置。我宣誓，绝不玷污先代的名声。希望大家也能紧紧跟随我，共同开创山口组的光辉未来……"

这年，田冈一雄 34 岁。

正所谓新官上任三把火，田冈一雄继任山口组第三代头目之后，也烧了三把火。据田冈本人声称，这是他在继位之前，就早在心里考虑成熟的。

第一件，是要让山口组成员各自拥有正当职业。

在此之前，山口组的成员大多数都是无业游民，其中又有不少沦为职业赌徒，赢了花天酒地，输了则挨饿受冻。从前田冈自己也是这么一种人。真实的情况可能是因为他成了家，有了老婆孩子，这才觉得必须有一份固定职业。这时的田冈认为，赌博不是谋生的手段，因为赌博弄得家无宁日，是最愚蠢的行为。从此以后，田冈决心自己带头，再也不赌博了。不仅不赌，而且开始替大家谋求正当职业。

第二件事，田冈决定建立起山口组的管理体制。田冈认为最重要的是赏罚分明，只有这样，组织才能团结、发展、壮大。同时，田冈也认识到"打架是不可避免的，但也不是做什么买卖，所以也无须介意组织的大小，关键是组织成员精干，以一当十"。所以他主张吸收社会上的"精锐分子"，而那些"无胆匪类，仅靠花言巧语在黑道上混饭吃的家伙"，对他来说是无用之物。田冈强调部下必须遵守组织准则，若有偏离，"即使对方是高辈分的，我也毫不留情地将他赶出组织；相反，能成为模范的话，即使是新人我也照样提拔"。

"每人拥有正当职业，组成一个亲睦团体"，这是田冈一雄的最大理想。

第三件，是田冈对自己提出的要求。

在田冈入主山口组之际，便公开标榜自己，将以幡随院长兵卫那样的男人做榜样。田冈认为，所谓真正的头目，就应当像幡随院那样，既拥有正当职业，又常站在市民的立场，与权力战斗，半步不让。田冈勉励自己，不能只会发号施令，不能只会用言语教导大家，而应当让大家从他的日常生活态度和具体行为中，受到教育和启发。所以田冈要求自己脱胎换骨，做大家学习的模范。

据田冈这么一本正经的态度来看，似乎他不仅要成为黑帮组织的好"教父"，而且要成为日本社会的模范公民了。

尽管田冈一雄为自己制定的目标做了一定的努力，但后来更多的事实，却是给他以极大嘲讽。这是因为，山口组到底是一个黑社会组织，当它专注于组织内部的私利时，它必将遭到社会的普遍打击；当它的利益和整个社会利益一致时，山口组变得如同没有存在一样。这是无法调和的矛盾。

尽管山口组和其他的黑道组织在此后相当长的历史时期，仍然闹得热火朝天，但整个世界的走向是法制化、现代化。别的国家普遍不能容忍的事情，日本也同样不能容忍。

1946年夏天，田冈一雄继任第三代山口组头目。同年秋天，他举家搬迁，来到生田区居住。

搬家这天，山口组的小伙子们都来帮忙，气氛显得非常热烈。没让田冈和深山文子动手，家便已经搬好了，大家列队迎接头目偕夫人的到来。

吉川勇次带头向头目贺喜："老大，大姐，恭喜恭喜！"

"恭喜恭喜！"小伙子们跟着说。

"大家辛苦了！"田冈微笑着向大家招手，显得很有老大的派头。而深山文子却脸红红的，似乎有些不好意思。

新居的入门处，有一间比较宽敞的房间，田冈把它用作山口组总部的事务所兼接待室，另外除去私用的卧室、客厅、厨房，还有几间空房可以机动。

"啊，真宽敞！"深山文子对新居十分满意。

"老大，老大！快来，这个得您亲自动手！"

忽然听见吉川勇次在外面叫唤，田冈来到大门口，见吉川双手托着一块沉重的招牌，招牌上面写着"土木建筑山口组"七个大字。

"老大，这个一定由您来挂了！"吉川笑着说道。

"好，我来挂！"田冈神情庄重地接过招牌，把它挂在了事务所的入口处。

大约在半年前，田冈一雄便开始筹划成立山口组土木建筑公司，并已经在兵库区下泽通以 10 万日元的资本登记注册。登记中代表董事是田冈一雄，当然还有其他董事。成立公司的主要目的，一是开拓生财之道，二是为山口组成员解决就业问题。

来到生田区居住之后，田冈家里雇了两个女佣，平常还有八九个无家可归的山口组组员在这里寄食寄宿。此外，在主屋旁边还有一间独立的简易房屋，每天早晨，那里都会钻出五六个不知名的小伙子来，他们跟着跑到田冈家里吃饭，田冈也表示欢迎。但这样一来，一斗米也吃不到两天。

那是个粮食严重匮乏的年代。1947 年 2 月，由于恶性通货膨胀，日本政府更换了新日元，但危机并没有过去。

"到田冈那里去吧，那里有米饭吃！"

投到田冈门下的年轻人，每天有增无减，有些人，仅仅只是为了填饱肚子而来的。

这些饿肚罗汉太能吃了，后来田冈不得不采取限制措施，每顿每人只能吃一大碗米饭，菜汤任喝。

由于吃饭人太多，两个女佣也忙不过来，于是深山文子便亲自下厨。她也是穷苦人出身，因此十分同情这些投奔田冈的年轻人，总是千方百计地弄出些可口的饭菜。

"你是个好大姐！"人人都这样称赞。有些年轻人犯了事而被拘留，文子知道后，也会去给他们送饭。所以，连警官也表示羡慕，说：

"山口组的人真有福气啊！看看其他帮会的人，到了这里还想有人来送饭？"

对文子的贤惠，田冈十分感激。平时田冈也跟大家一起吃饭，他认为这样可以给他们一份亲近感。

田冈一雄便是在这些细枝末节上下功夫，逐渐地扩大着自己的影响，团结起一大批心甘情愿地替其卖命的黑道人物。

　　大约从 1946 年下半年开始，日本的经济与文化，渐渐走上复兴之路。

　　这个时期，男人由普遍地穿军靴改为穿胶底鞋，女人也换上了人造纤维的袜子，配上长裙，头发流行电烫，弄成卷曲的样子，这完全是模仿驻扎在日本的美国占领军的女军官。

　　年轻人普遍热衷于被禁锢已久的娱乐，如跳舞、电影，同时疯狂地阅读格调低级的书刊。这个时候，日本的电影中首次出现了接吻镜头，那是松竹的作品《20 岁的青春》，由大坂志郎和几野道子主演，当时日本民众并不像如今这么开放，几乎都被接吻镜头弄得不知所措，左躲右避。同时还有另一部充满接吻镜头的电影解禁公映，片名就叫《深夜的接吻》。

　　田冈的居住地神户，文化复兴也有了迅猛发展。位于新开地的三宫映画剧场、三宫映画馆经过修缮，重新开张。此外，电影俱乐部相继开始营业，出现场场爆满的盛况。

　　与电影业并驾齐驱的表演也盛极一时。当时日本大都市的艺人都很喜欢到地方去巡回演出，这是因为到地方演出的话，就可以吃到白米饭，而在大都市，粮食供应依然十分紧缺。

　　1948 年 10 月，山口组举行山口登逝世七周年祭奠，为显示隆重，田冈一雄租借了福原的关西剧场举行歌舞表演，请了广泽虎造等一批浪曲大师前来献艺。演出获得空前成功，简直座无虚席，观众把舞台层层围住，拥挤不堪。

　　原来大众对娱乐的渴求竟如此强烈！这既让田冈感到意外，又感到兴奋。从这时开始，田冈便尝试着把山口组的生财之道朝演艺界拓展。

山口组进军演艺界，是从田冈一雄帮助一位瘫痪了的歌星开始的。这位擅长浪曲的歌星名叫川田晴久，战前田冈便很熟悉他的歌声。

"当地球的一方早晨来临，她的背面就是晚上……"以这浪曲调开始的"川田歌谣漫谈"曾风靡整个日本，曲调轻松而美妙，带着一洗战争时灰暗色彩的明快感觉。田冈便在此时成了川田的崇拜者。

当听说川田晴久战后重回大阪大剧场演出时，田冈专程赶往大阪，希望一睹川田的丰采。

看到川田在舞台上的模样时，田冈不禁目瞪口呆——

40多岁的川田晴久，居然坐在轮椅上演唱！

听人说，原来川田得了严重的脊椎病，永远站不起来了。田冈感到莫大的伤感。

待川田演唱完后，田冈打定主意，带了一束花来到后台。川田十分吃力地抬起身子接过鲜花。

"听到您的歌声，真叫我高兴！"

川田摇摇头："真惭愧！我这副难看的样子，实在很碍眼吧！"

"千万别这么说，"田冈身子前趋，"您的身体怎样？"

"已经不行了。"川田露出一个软弱的微笑。

田冈心中涌起一股侠义之情，决心帮助川田振作起来。于是恳切地说道："川田先生，如果方便的话，今晚一起吃饭好吗？"

这天晚上演出结束后，田冈请川田到宗右卫门町一道吃晚饭。

席间，田冈问道："您现在情况怎么样？"

川田说："我一直是吉本兴业的专属艺人，现在我的腰坏了，站不起来了，不过，公司还是待我不薄，无论是否参加演出，每月还付给我 2000 日元薪水，算是答谢我以前的贡献吧！"

田冈说："那么一点薪水，你怎么生活呢？"

"我在东京租了一间寺院的房子，如果不演出，就自己动手做饭吃。"

"那么，治病呢？"

"只好拖一天算一天了。"

川田的境况的确令田冈心寒。但是，将川田所讲的情况归纳起来看，只要有足够的钱，就有使他重新振作起来的希望。

"我明白了。"田冈最后说，"如果有钱就有办法解决问题的话，就让我来帮你一把吧！"

经过商议，川田晴久给田冈出具了一份委托书。此后几天，田冈拿着川田的委托书，来到吉本兴业公司找吉本。

吉本感到有点意外。川田虽然红极一时，但那已是过去的事情，眼下他连站立都不行了，事实上成为吉本的一个包袱，现在居然有人要求代理川田的演出事务，吉本觉得这是一个甩掉包袱的好时机，于是没费什么口舌便同意了。

田冈从吉本手中接过川田，然后以 4 万日元的演出费，把川田推荐给神户的新开地剧场。

新开地剧场的老板惊叫起来："4 万日元，这怎么可能，你以为他还是四五年前呀？一个坐在轮椅上的瘫子，票卖不出去，我可得亏大本！"

田冈一拍桌子，厉声说道："不要啰嗦，就当是给我 4 万日元，然后把这笔钱全部交给川田！"

老板脸色骤变，顿时哑口无言。

新开地是山口组的根据地，所有娱乐场所全在山口组的控制之下，因此，田冈的几句话，使剧场老板立即意识到争执下去的结果，于是乖乖地答应了。

"事情已办妥，演出费是 4 万日元。明天你就可以开始工作了！"田冈对川田说。

川田握着田冈的手，感动得热泪直流。

田冈拍拍川田的肩膀，亲切地说：

"别太在意！川田先生，干艺人这一行，谁都难说什么时候会走下坡路。为长远考虑，希望你趁现在筹集一笔钱，慢慢把病治好，即使以后不干这一行了，也可以开一家旅馆，生计就不会成问题。请原谅我管得太宽，不过，这仅仅是一个歌迷的心意。"

川田晴久从到新开地剧场演出以来，一有事便来找田冈帮忙。因为田冈对演艺界的工作并不熟悉，所以委托开办新艺制作的福岛通仁当川田的经纪人，这样，川田便加入了新艺制作。

新艺制作里，还有一个非常出色的少女明星，名叫美空云雀。美空云雀生于 1937 年 5 月，老家在横滨，是一个鱼店老板的长女。在她读小学三年级的时候，便被邀请到四国等地巡回表演。1948 年 5 月，美空云雀得到当时在横滨国际剧场当经理的福岛通仁的推荐，经登场试演之后，成为专属艺人。后来，福岛通仁带着美空云雀离开横滨，创立了新艺制作。

1949 年 1 月，美空云雀在日剧小剧场演出了《歌喉自大狂时代》和《吃惊的五个男人》等剧目，接着又参加电影拍摄，同年 9 月份，在美国哥伦比亚公司灌制的唱片《悲伤的口哨》，销量突破十万张。她由此走上明星之路。

田冈认识美空云雀是在 1948 年，那年冬天，福岛领着她来拜访田冈。因为美空云雀将要在神户的松竹剧场演出，所以跟着福岛上田冈家，希望田冈给予关照。那时，日本艺人的处境十分艰难，每到一处，都得寻求当地黑社会势力的保护。

当时美空云雀还不满 13 岁，坐在田冈家的沙发上，看上去还是一个天真无邪的少女。

"田冈叔叔，我初来神户，举目无亲，请您多多关照！"

云雀的话，使田冈感到温暖，同时又感到几分凄凉。这么小的女孩，本应当留在父母身边，而她却背井离乡出来闯荡人生了。田冈微笑着连连点头。他注视着云雀——她的服装十分朴素，没有任何装饰品，甚至脚上还穿着一双难看的帆布鞋。

田冈心里想着什么，这样说："我领你到街上去看看，怎么样？"

"好的！"云雀高兴地跳起来。

由于美空云雀的名字已响遍全日本，所以她一出现在神户街头，便被歌迷们团团围住，连路也走不动。田冈心想，这小丫头，竟这么受人欢迎，厉害！

挤出人堆，田冈到新开地一家名叫虎屋垢的商店里，为她买了一双好看的红皮鞋。

"喜欢吗？"田冈蹲下，替她把皮鞋穿好。

"太喜欢了。谢谢叔叔！"云雀非常感动。

　　是谁为我穿上了红鞋啊，

　　即使我是个不懂流泪的女孩……

这是当时十分流行的一首歌，歌名叫作《红鞋探戈》。受这首歌的影响，当时年轻的女性对红鞋子都十分喜爱，云雀当然也不例外。

从此以后，美空云雀每到神户，必然会到田冈家拜访，田冈每次都会给她买些耳环、项链之类的首饰。

　　由于帮助了轮椅歌星川田晴久，田冈一雄的名声在演艺界广为传播。一批拥有实力的歌星开始聚集在田冈的周围，比如美空云雀、田端义夫、高田浩吉、伴淳三郎以及清川虹子等。

　　这里特别要提到的是男歌星田端义夫，他是一个除了唱歌，便只爱女人和汽车的人。田端义夫原来和川田晴久、美空云雀一样，同属于福岛通仁的新艺制作，按照签订的协约，他每次的出场费是2万日元。

　　有一次，田端大概在外面听到了什么，想证实一下，于是问川田晴久："川田兄，你现在到底拿多少出场费啊？"

　　川田是个厚道人，从不打听别人的收入情况，但也无心隐瞒什么，便说："4万日元啊！"

　　"你是开玩笑吧！"田端紧张起来，这不等于自己两倍吗？

　　"不是开玩笑，是说真的。你可以问其他人。"

　　田端完全相信了，同时心里像打翻了五味瓶。在他看来，川田已是一个过时的歌手，况且坐着个轮椅，要舞台形象没舞台形象，自己可不同，英俊、潇洒，歌也不比川田唱得差……一气之下，田端拿起电话，要通了新艺制作的社长福岛通仁：

　　"如果川田的出场费是4万的话，我也要求增加演出费，至少要和川田相同……"

　　"这不可能。"福岛头一句话就把门封死了，随后在电话里解释说，"你虽然比川田少拿2万日元，但是你和川田的情况不一样，川田没有雇用乐队，得随时花钱请，而你有，乐队的费用不必由你支付。这就是我的理由。"

田端嚷道："乐队的支出也不需要2万日元吧？"

"无论如何，只能给你2万！"福岛有点不耐烦了，甚至有点生气。在他眼里，田端才真是一个走下坡路的歌手，因为他向新艺制作陆续借了3000万日元的巨债，所以福岛无法将其解雇。田端借债的原因是由于不断地更换新车。福岛想，只有令其留在新艺制作，那笔债务才可能慢慢了结。想了想，福岛最后说："你如果需要借钱，我可以借一些给你，但出场费不可能增加，请你谅解。"

"算了吧！此处不留爷，自有留爷处！"田端说罢把电话摔了。田端就这样主动脱离了新艺制作。

田端"脱缰"之后，找了数个老板，均无一方愿意与其签约。转来转去，最终还是回到神户，连住旅馆的钱都没有了，只好到川田住处搭宿。川田十分同情他，提议说："你还是去找田冈先生吧，说不定他能帮助你。"

田端只好硬着头皮，来到山口组向田冈求助。

田冈觉得这真是一个包袱，显得很为难。不过田冈早闻其人，内心赞赏其豪爽的个性，为心爱的女人，动辄一掷千金，并不是任何一个男儿都干得出来的。于是田冈说：

"既然你来求我，当然得替你想想办法。不过，这有一个前提。请告诉我，你向新艺制作借了多少钱？"

"不知是3000万还是4000万……"

"你真是个糊涂虫！"田冈笑起来，"连自己多少债务都不清楚！"

"好像是4000万吧！"田端说。

"不对，是3000万！"田冈纠正，然后直摇头。

"我还以为是为4000万哩！"田端挠着后脑勺傻笑。

田冈正色道："借债还钱，天经地义。如果要我帮助你，你必须向新艺制作书面承诺，讲好在几年之内还清债务。"

田端表示同意。然后，田冈亲自去找福岛商议，请求对方谅解。

为了使田端义夫红起来，田冈决定让他在大剧场演出。

山口组老大出马，神户任何剧场老板不敢不接纳。然而看演出的不是老板，而是观众，如果观众不买票，山口组再霸道也无计可施。为了确保上座率，田冈每次都要买起码四五十万日元的门票，以此使社会各界人士相信，田端是多么受欢迎。

正因为田冈下了血本，观众渐渐地自动踊跃买票。田端义夫便走红起来了。田端义夫走红之后，一面对田冈心存感激，另一面仍然酷爱汽车和女人。

他频繁地更换汽车，曾在一年之内就换了六辆新车，那全是当时名贵的小车，如德国的奔驰、美国的凯迪拉克、英国的劳斯莱斯以及法国的雷诺。

与更换车辆一样频繁的是更换女人。据说，当今仍活跃在日本影视界的女演员、女歌星，其中跟田端义夫有过罗曼史的，可以排出几页纸的名单，她们在谈论起田端时，仍然显出津津有味的样子。她们甚至说，田端身上可能天生有一种诱惑女性的气味，因此根本用不着开口讲话，女人就会自投情网。说这话的，首先是一位现在已经做了日本一位评论家的夫人的前女演员，她说当时田端只是开着小车从她面前闪过，她便如同中了邪似的，一路追着田端，直到敲开田端的房门。

在帮助艺人的过程中，田冈渐渐认识到，如果山口组自己成立一个关于演艺方面的职能部门，那将是财源滚滚的好事。

然而，田冈自己并不擅长做生意，因此迫切需要找一个对演艺方面了解且有才干的人。这个人终于找到了，他就是山冲一雄。

山冲一雄在泷川中学毕业后，曾加入神户新开地的吉原兴行，后来还当过凑座剧场的经理，是田冈的老朋友。

经接触，山冲一雄乐意替田冈管理山口组的演艺事务。

首次成功的演出，是租用大阪滩波球场举行的"歌之本垒打"。这是一种带有娱乐性质的大型演唱活动。受到邀请的明胜彦、淡岛千景等，全是当时日本的著名演艺明星。

山口组将海报贴上街头，但人们却不相信这是真的。原因有两个：一是当时的商业演出活动一般是在封闭的剧场举行，现在改在球场举行，四周均无遮拦，那么门票怎么收呢？二是从海报上公布的演员名单看，全是超一流的豪华班底，当时主办单位和艺人之间经常发生酬金违约事件，酬金那么高，门票难卖出（因为在球场演出，人们不买票也能看到），山口组岂不要亏血本吗？光是两天的球场租金，就已经超过了3万日元。

人们担心的两个问题，山口组解决了其中关键的一个，那就是门票问题。田冈命令山口组总动员，数百名山口组组员远远离开球场中心，围成一个大圈，每个组员都承担着收门票的责任，甚至可以临时收现金，因此观众可以从四面八方进入球场。

结果，演出的第一天就有七八千观众涌来观看。第二天人更多，还没开始入场，就有一万五六千人围在山口组"守门员"所站的位置外，那是一个十分壮观的人圈。

第二天的演出更加成功。

全体演员得到了应得的酬金，而山口组也大赚了一笔。

这次"歌之本垒打"可谓取得了划时代的成功，也给山口组踏足演艺界增添了信心。当然，作为这次活动的主策划山冲一雄，也进一步得到田冈的倚重。

田冈对山冲说："名人固然要盯紧，但是更有意义的是发掘新人，并通过努力使他们成为名人。你继续好好干吧！"

山冲肩负重任，开始了发现新人的工作。他经常拜访唱片公司，因为刚刚露出苗头的歌手，往往可以在唱片公司找到。

山冲挑选到了一个，这位目前尚无多大票房价值的歌手名叫三桥美智也。经请示田冈，山冲决定安排三桥到大阪、冈山、四国等地，共做半个月的演出。也许正是由于山口组看中三桥，因而引起了四五个经纪人争抢三桥，这无异于哄抬了三桥的身价。

后来，在半个月的演出中，由于措施得力，加上三桥的潜力得到空前发挥，结果受欢迎程度毫不亚于当时的大牌明星。其中在四国一家小剧场的三天演出，纯利润达到 100 万日元。

山冲回到神户，向田冈报功，田冈听了非常高兴。接着，山冲又对田冈说：

"我准备接着组织美空云雀、高田浩吉，还有三桥美智也到各地去做一次巡回演出……"

"去吧，这很好嘛！"田冈马上说。

"可是……"

"有什么问题吗？"

山冲说："是有问题。当地的黑帮总是借故刁难，有时候还提出要我们的女歌手去给他们的老大陪宿……我是想，请你跟我们一道出去走走，虽说我们打的是山口组的招牌，可总不如你往那儿一站来得威猛。只要你去了就保险没事。其实和演员在一起也是很好玩的，有几个歌手特别漂亮，她们也很开放……"

"行了行了！"田冈会意地笑着说，"要我去可以，不过还用不着你拉皮条！"

于是，田冈便跟着山冲和一群青年演员到各地巡回演出。

田冈白天喜欢跟女演员闹着玩，但是他有一个信条，绝不跟女演员上床，他认为凡是当演员的女人浑身都长满了嘴，做了任何事都会到外面说，而且添油加醋。他主要是担心深山文子知道后伤心。

但是田冈也绝不是吃素的。乐队队员全是男的，晚上演出结束后，田冈便把手一招，整个乐队便跟着他走。去干什么呢？去逛妓院。田冈不仅跟妓女寻欢作乐，而且大摆酒宴，把自己看中的妓女全都请来，大吃大喝。

这是经常性的，弄得山冲非常伤脑筋，因为被田冈弄得老是出现赤字。当他向田冈汇报时，田冈手一挥，轻松不过地说：

"钱嘛，少赚两个没关系，人不就是这么回事！"

有几个女演员，本来心里对田冈是有点意思的，听说他把钱撒在那种脏地方，于是十分生气，更觉得难以理解。

这段时间，田冈简直有点乐不思蜀。

1955 年，山口组表演部改名为神户艺能。改名是由于一场大风波引起的。

这年春天，当地一个名为民放连的帮会组织，计划主办一个名义为"十大歌手民放祭"的表演活动。

在这以前的 1951 年 1 月，日本 NHK（日本放送协会）电台主办过一个性质类似的活动，但 NHK 的活动名叫"第一届红白歌唱大赛"。当然，就 NHK 的权威性和影响力而言，主办这种大型活动是可以令人信服的。但是，民放连出面主办这种活动，却使许多有关人士觉得不妥，认为他们这样做的目的，是企图借举办大型活动来抬高自己的身价，扩大自己的影响。

对于同属于黑帮组织的山口组来说，当然就更难容忍了。

民放连的活动照计划进行。

首先，他们鼓动歌迷投票，选出了得票最多的前十位歌手。然后以歌坛十大歌手的名义，租下东京代代木体育馆，举行"十大歌手民放祭"。

"混蛋！完全是胡闹！"

田冈一雄见到十大歌手名单之后，气得破口大骂。

"这样选出十大歌手，我们不能承认！"山口组神户艺能负责人山冲一雄也在旁边说。

落选的三桥美智也更感到受了羞辱，他说：

"他们这种歌迷自动投票的方法，看起来好像很公平，其实里面有很多名堂。据我所知，入选的十大歌手，都动员了自己的后援会，其中还有的歌手买了大量的选票（明信片），然后写上自己的名字去投票。这样还可能公正吗？谁不知道，被选入十大的话，对歌手应该是最大的荣誉，那样演出费可以大幅度提高，又可以确保巨星的宝座……"

连红得发紫的三桥美智也都没选上，这叫什么"十大"？田冈气愤难平，在原地踱了几个来回，突然站住，对山冲一雄说道：

"我们必须马上表明态度，决不承认他们评选出的所谓十大！"

"只是，我们应该采取一种合适的方式……"山冲思索着。

田冈也考虑了片刻，最后决定说：

"我们也来召集十大歌手，必须是公认的，然后同时举行一场演出，跟他们唱一出对台戏！"

计划立即进行。很快，山口组召集了三桥美智也、美空云雀、江利智惠美、雪村泉、春日八郎、近江俊郎、田端义夫等十位当时在日本红得发紫的歌星。

在民放连的"十大歌手民放祭"举行的当天，田冈亲自出马，租借了富丽堂皇的日大讲堂，和对方正面比拼，希望让公众自己得出评判结果，看到底是民放连公正，还是山口组公正。

同一天举行两场擂台赛似的十大歌手演出，成为日本当天的头号新闻。

事态发展到这一步，已经不仅是甄别哪些歌手够不够资格的问题，更是两个黑帮组织争夺名誉的对抗，而在这种对抗之中，受害最深的则可能是演艺界的歌手们，因为无论结果如何，都会造成两边十大歌手间的大分裂。明智的人都已看出，这是日本演艺界一件非常不幸的事情，大家心里都在盼望，希望有一个能人来制止悲剧的发生。

在演出即将举行的头一天晚上，能人出现了。

他就是日新制作社社长永田贞雄。永田贞雄是山口组第二代头目山口登的老朋友，在山口组拥有崇高的威望。

永田贞雄左右斡旋，向双方头目讲明道理。最终，山口组组长田冈和民放连会长足立正握手言和，两台演出合二为一，改在千驮谷体育馆举行。

在达成协议的文件上，田冈一雄第一次用到神户艺能这个名称，并以神户艺能社长的身份，签署交换了文件。

1957年4月1日，神户艺能以100万日元的资本，成立了神户艺能株式会社，总部就设在田冈家里——神户市生田区橘通二番53号。

从此，神户艺能株式会社和后来开创的甲阳运输，成为山口组的两大财政支柱。

第十一章

田冈自首

山口组成员将一个明星打伤，警方下令逮捕田冈。

田冈觉得公开逮捕太丢面子，请求警方让他主动自首，

但警方故意不肯。

1948 年，日本政府与地方自治体，为了增加财政收入，在各地开办赛马、单车比赛。除兵库县所辖的园田、姬路、阪神开办了赛马场外，西宫、甲子园、神户、明石也开设了单车比赛场。

为了瓜分由各主办单位支付的警卫费，多方黑帮势力，如大岛组、本多会、西海组、小田组、中山组等，分别介入神户单车比赛场，展开了一场大拼抢。两三年间，凡是挤进了比赛场的黑帮组织都赚了不少。一直在旁边当看客的山口组，这时开始着急了。

"老大，我们不能再袖手旁观了！否则，人家会以为我们是些白痴！"山口组厮杀行动队队长地道行雄对田冈喊道。

田冈其实早就希望挤进去分一杯羹，凭着山口组眼下的势力，如果有心插手，是没有人能阻拦的。于是田冈说：

"那就行动吧！"

1950 年夏末的一天上午，阳光灿烂，地道行雄率领着山口组厮杀行动队的五十多人，大摇大摆地开进神户单车比赛场，驱逐原有的赛场警卫，公开宣称这里的警卫事务将由山口组接管。

　　原先一直执行这里警卫任务的西海组和大岛组，立即反抗，叫嚷决不离开此地。

　　地道行雄欺负对方在场的人少，"动手，把他们赶出去！"一声令下，山口组五十多名厮杀行动队员立即大打出手，把大岛组和西海组的人打得屁滚尿流，落荒而逃。山口组于是占领了神户的单车赛场。此后一两个月一直风平浪静。

　　然而，大岛组和西海组哪里会善罢甘休！

　　这年 9 月的一个黄昏，地道行雄在家里遭到了突然袭击。

　　这时天气仍然十分炎热，吃过晚饭，地道行雄的夫人带着孩子，正和几个年轻人在外面乘凉，他一个人留在屋内，穿着浴衣躺在凉椅上休息。

　　屋内非常安静，听得见室外不断传来的轻松笑语。

　　地道正欲合上眼帘，突然，他感到背后闪过一个人影，随即回头一看。就在这时，当空闪过一道白光，是刀！地道条件反射性地用左手护住脑袋。利刃顺势而下，砍在地道的左胸。来不及躲闪，三道白光又连续从几个方向朝他射来。

　　一瞬之间，地道的左胸、右臂，以及几个手指，同时被劈伤。

　　地道满身流血，但他这时已跳开去，抓住卧室门上挂着的藤制屏风，左右挥动，奋勇抵挡。

　　这时，正巧室外几个年轻人已经离去，孩子也在凉床上睡着了，地道的夫人于静谧中似乎听见屋内有什么响动，立即警觉起来。迅速接近，她看清了室内的搏斗，地道一人正赤手空拳地抗击着三个手持长刀的陌生人。

夫人迅速跑到另一间房，取来地道的那把2尺6寸长的护身刀，朝地道抛去，同时喊道："亲爱的，拿着！"

地道当空抓住刀把，立即由防守改为攻击。刀与刀的碰击声，在搏斗者的沉默中显得格外惊心动魄。

由于不断地流血，地道的嘴唇开始浮现可怕的紫色，只有他的眼睛和刀，依然闪射着不屈的光芒。渐渐地，地道显出了力不可支的倦态……

就在这时，一群小伙子呼喊着冲杀进来！原来是夫人搬来山口组的救兵。刺客见势不妙，立即夺门而逃。

"快追！追……"地道用微弱的声音呼叫着，随即便晕倒在地。

这时天色已经全黑下来，几个小伙子还要追赶，夫人担心遇到埋伏，把他们劝住了。

地道行雄被送进医院。伤势确实不轻，左胸下的伤口深达3寸，伤及肋骨，但总算幸运，没有伤到要害部位。

地道行雄被袭，在山口组内掀起轩然大波。

大家愤愤不平，一致断言是大岛组和西海组的报复行动。一批年轻组员，尤其是直属地道领导的厮杀行动队的队员们，一个个摩拳擦掌，要替自己的首领复仇。大家等待着田冈的一声令下。

作为山口组总头目的田冈一雄，这时显得较为冷静。他想，按照推论，凶手应该是大岛组或西海组的人，但眼下的问题是，山口组并没有抓到对方的人，这样兴师问罪，很难理直气壮。自从山口组强占了大岛组和西海组的地盘以来，公众舆论已经表现出对山口组不利，再这样没有真凭实据地杀向对方，自然难让公众诚服。想到这儿，田冈半吐半露地指示部下：

"我们难道不可以学对方的样子吗？"

几位部下立即心领神会。

于是，在当天夜晚，大岛组和西海组分别有一个头目在自己家里，受到不明身份的杀手的攻击，其中一人死亡，另一个重伤。

山口组就这样解了心头之恨。双方算是打了一个平手，山口组略占上风。此后，双方关系变得和缓起来，头目们之间甚至开始礼尚往来。但这只是表面现象，蓄积在心底的仇恨，是不会这样轻松地消逝的。

这是山口组与自己的劲敌——大岛组所隶属的本多会的第一次生死较量。

山口组的拼杀活动，有一些说来是很可笑的。鉴于总头目田冈一雄在组内的无上威望，有时他的一句气话、一个眼神，或者一个手势，都会引起部下的强烈反应，直至杀向目标。

1950年年底的一天，田冈一雄在家里接待了来访的鹤田浩二的经纪人兼松康吉。

兼松说："鹤田浩二将在大阪举行一次重要演出，请山口组加以关照。"

鹤田浩二与高田浩吉是师徒关系，而高田是田冈的老朋友，因此，看在高田的面上，田冈爽快地说：

"这没问题。祝你们成功！"

鹤田十分高兴，一再表示感谢。二人起身告辞。临出门时，经纪人兼松鬼鬼祟祟地跟鹤田商量起什么来，最后由兼松出面，捧出一沓钞票，递向田冈："一点小意思，不成敬意！"

田冈脸色陡然拉了下来。他现在并不缺钱花，更不愿从一个交情不深的人手上收取金钱。看来兼松是怕田冈说话不算数，因此用钱来迫使田冈履行诺言。这样便使田冈感到自尊心受到了极大的伤害。他铁青着脸问：

"兼松先生，这究竟是什么意思？"

"这个嘛，只当是见面礼吧！"

"难道非得用钱不可吗？"田冈突然加重语气。

善于察言观色的兼松，这时感到有点不妙，支吾着说不出话来。偶然走进屋来的山口组组员尾原清晴，恰好将这一幕看在眼里，他停住脚步，留心着老大的态度。

田冈当时正在气头上，把一沓钞票朝兼松怀里一扔，严厉地说："拿回去！我还没有穷到要你施舍的地步！"

兼松和鹤田志忐不安地离去之后，田冈跨进书房，怒气冲冲地把房门关上。

怔在那里的尾原清晴，立即掉头往外跑。在门外刚好碰上山本健一，于是把兼松、鹤田如何送钱羞辱老大、老大如何生气的事说了一遍。

山本健一立即暴跳起来："这还了得！老大是可以这样让人羞辱的吗？"

"走！去找他们算账！"

当即叫上盖田芳夫、清水光重等几个山口组组员，气势汹汹地朝兼松和鹤田下榻的旅馆扑去。

晚上7点左右，山本健一等人赶到旅馆，发现门口人山人海，全是慕名来要求鹤田签名的人，但被旅馆守卫挡在大门外面。

"这个混蛋，居然连面都不肯露！"山本健一大骂着，分开人群，带领一行人直闯进去。

几位明星全住在二楼，鹤田的单间名叫桔梗之间，位于二楼走道最里面的西侧。当时，鹤田、水江泷子、高峰三枝子等几位明星正在吃晚饭，旁边另一席坐着七八个工作人员。

山本健一等人来到餐室门口，拉开格子门。

听见响动，餐室的人全回头张望。

"请问，哪一位是兼松先生？"山本健一双手交搭在胸前，这样问道。

大家一齐把目光转向鹤田旁边的一位女性，她叫水江泷子，是兼松的夫人。水江泷子摇摇头，转而问鹤田："喂，鹤田，你知道他上哪儿去了吗？"

"不知道。"鹤田扫了门口站着的人一眼，依然低下头吃饭。

这使山本健一认出了鹤田。"找不到兼松就找你算账！"山本这样想着，走到鹤田身边，双手插进兜里，不阴不阳地说：

"原来你就是鹤田，真是好大的架子，大家挤在外面等签名，你居然有心思在这儿吃饭！"

这次鹤田连头也懒得抬，夹菜、扒饭，似乎吃得更加有味。

突然"砰"的一声，山本健一抓起桌上一只威士忌酒瓶，猛地把底敲碎，倒拿在手中。

"你要干什么？打人吗……""吗"字还没说完，棱角锋利的破瓶已经连连朝鹤田砸来。

"救命！救命……"鹤田一面大声呼叫，一面用双手护住自己的脸，他是明星，靠脸蛋吃饭，所以首先考虑的是保护自己的脸。

"你不是有钱吗，我看你有多少钱！看你还敢不敢惹山口组的人生气！……"

山本健一边说边打，直到瓶子完全砸光，最后剩下手心里握着的一个瓶颈。

在鹤田被打的过程中，水江泷子和所有工作人员全都吓得发呆，没有一个人敢上前，当然也没法去通风报信，因为门口被山口组另外几员大汉堵死了。

直到鹤田血肉模糊地倒在地上不能动弹，山本健一才拍拍手，领着一拨人扬长而去。

此后，鹤田被送到附近的早石医院，头和双手一共缝了二十一针。

鹤田的经纪人兼松康吉听说鹤田被山口组的人打成重伤，又惊又恨，同时又觉得有点幸运。根据夫人水江泷子所说，山口组来人首先找的是自己，而不是鹤田，幸亏自己当时在外面遇见一个熟人，没能及时赶回来吃晚饭，因此鹤田代自己吃了大苦头。其实鹤田是十分冤枉的，就算是因为送钱惹火了田冈而招来报复，那么送钱也是自己的主张，鹤田当时是不赞成的。古语说得好，礼多人不怪，没想到山口组的田冈竟然是这么狭隘的人，这么不通人情！原来还指望山口组多加关照，现在居然被田冈手下打成这么惨。

兼松气愤难平，"黑道走不通，就走白道！"于是跑到警署去告发。警方立即下令追捕。

事发的第五十天，山本健一在德岛县小松岛市被捕。

山本健一被捕后的半个月内，一道参与袭击行动的尾原清晴、清水光重、盖田芳夫、尾崎照治四人，由山口组的首领之一——安原政雄带着，到天王寺警署自首。

此后过了七天，神户艺能的副经理西本一三也被逮捕，西本向警方招供说："袭击鹤田是老大下的命令……"

于是警方下令："立即逮捕田冈一雄！"同时向全国发出了通缉令。

就在执行逮捕田冈的警车朝神户山口组总部开来的时候，田冈还一无所知，因为他此刻并不在神户，而是在信州浅间的一家温泉旅馆中消闲。

正午的阳光很好。田冈微闭着眼，仰躺在露天温泉池子中。他四肢展开，一副十分惬意的样子。在他身旁，有两名全身赤裸的女人，那是他招来的上等艺妓。

这是一间封闭的花园式小院，只有一条石板小径通向旅馆的后门，现在后门关上了，只能从里面打开。

在池子的旁边，有一张大约4尺长、4尺宽的石板床，上面垫着厚实的绒毯，再过去是一张石桌，上面摆着三杯沏好的茶和几盘点心。

田冈侧目斜视着那张石床，脸带微笑，似乎在回味刚才发生的事情。

"还想要，是吗？"一个艺妓用嘴凑近田冈耳边，娇声问，同时两只丰乳吊钟似的悬在田冈眼睛的上方。

田冈没有回答，突然推开艺妓站了起来。

田冈一直在考虑，山口组要想有大的发展，仅仅驻足在演艺界是不行的，眼下神户的港湾运输异常繁忙，那里流动的码头工作多，很适合山口组的发展，只要在那里建立起一个正当组织，那可是要人有人，要钱有钱……但是首先要弄到一笔大的投资……对，马上给横滨的拜把子兄弟世田野一打个电话，他一定能筹集到资金！

田冈穿好衣服，打开后院小门，到旅馆去打电话。

横滨的电话很快接通了。

世田野一在电话里十分吃惊地问："田冈兄，你这是在哪儿？"

"我嘛，在信州浅间啰！这些日子忙得人心烦，一个人到外面散散心！"田冈乐哈哈地说。

"你没有被捕吗？"世田语气很紧张。

"什么，我被捕？"

"你居然还蒙在鼓里！我的老天爷，警方下了通缉令，全国到处都在抓你……"

"你慢点，说清楚，这到底是怎么回事？"田冈这才紧张起来。

世田说："我在横滨见到捉拿你的通缉令，马上打电话到你家里，听文子说，山本健一带人把鹤田打得很惨……"

"这我知道，你说下面的。"

"山本被捕后，神户艺能副经理西本一三也被捕了。文子说，西本向警方供出是你下令让山本健一去打鹤田的，所以……"

"放屁！"田冈愤怒地打断，"我什么时候下过这种命令？"

世田继续说："后来听文子说，你一个人出远门了，不知是去什么地方，我当时猜测你是避风去了……"

"我避什么风？简直是笑话！"

"大家也这么认为……田冈兄，全国在通缉你这可不假。"

"我没有做什么事，凭什么通缉我？"

"哎呀，我刚才不是说了，西本对警方说是你下的命令！"

田冈怔住了。他怎么也想不通，西本为什么要这样咬他，照说西本根本就不知道那天的情况。他虽然对兼松不满，但根本就没有下令让手下人去袭击兼松，更不可能下令袭击鹤田。

世田见田冈沉默不语，便在电话里继续说："看来警方完全偏信了西本的话，所以我想警方是非逮捕你不可，你这样突然外出，警方更加坚信是你下的命令。"

"那你说，我现在应该怎么办？"

世田考虑了一阵，回答说："你是一个有头有脸的人物，与其让警方当众把你铐走，还不如自己主动上门去说明情况……"

"你的意思是，我主动去自首？"

"是这个意思。不过，大批警察已经出动，要让他们撤回指名道姓的通缉令，恐怕只有东京的永田贞雄能帮这个忙了。"

"好，那就拜托你赶紧联系，然后请你和永田兄到信州来，我在浅间的温泉旅馆等你们。公开逮捕，那简直太让我丢脸啦！"

永田贞雄和世田野一来到信州，三人经过一番商议，决定请永田贞雄出面，向天王寺警署提出申请，告诉他们，田冈会去自首，但要求撤销指名的通缉令。

永田贞雄通过关系，直接与天王寺警署长会了面，但遭到了断然拒绝。原来警方已达死命令，一定要公开逮捕田冈，如果拒绝便当场击毙。

照一般情理而言，田冈并没有犯什么杀头之罪，即便是他下令袭击鹤田，也无须警方下如此大的决心。但是这从另一方面可以看出，日本政府已经把社会治安的重点，开始对准了能量巨大的黑帮组织的主要头目，意欲铲除之而后快。

永田贞雄把受挫的消息从电话中通知了田冈，让他好自为之，没替他出什么主意。

"既然要抓，那就来抓吧！当年求老子出力的时候，一个个就像龟孙子！"田冈扔下话筒，愤怒地骂道。

"……不过，让他们铐着抓走实在是太丢脸了！"过后，田冈又这样想。

"我要赶在他们没抓住我之前……"田冈打定了主意。

于是这一天，田冈和警方捉迷藏似的展开了一场奇怪的竞赛。警方到处搜寻田冈，而田冈则躲开警方，坐汽车，转火车，弯来拐去朝天王寺警署靠近。

当天晚上，田冈进入奈良，投宿一晚之后，第二天凌晨继续跋涉，终于在第二天中午到达天王警署，主动向警方自首。

警方就像输了什么似的，这使田冈感到高兴。

田冈自首之后，与西本对质，西本半天说不出个名堂。几天之后，田冈在警方保留审查权的条件下获得释放。

田冈回到山口组总部的头一句话，便是："把西本赶出山口组！"此后，田冈又买了一些礼物，亲自到医院去探望鹤田，并且由衷地表示了歉意。这样，鹤田便与山口组之间重归于好，不久，山本健一等人也获得了自由。

第十二章

敛财蓄势

为拓展财源扩充组织，山口组大举进军神户港。"甲阳运输"与"神户艺能"成为山口组的两大财政支柱。

1956 年 8 月 29 日，山口组在日本神户港创立了一个名叫"全国港湾货物装卸振兴协会"的民间组织（简称为"全港振"），聘请当时的日本建设大臣河野一郎做顾问，田冈一雄任副会长，同时兼任该会的神户支部部长。权力实际掌握在田冈手中。

在这以前，日本的港湾机构和劳务运作状况是这样的：货运业的头号老板是船务公司，首先，船务公司抽取货运酬劳总额的 10%，然后把货运业务发给元请者，如仓储业、运输者；元请者再将业务交给第一次下请业者，这时元请者又抽取货运酬劳总额的 40%；接着，第一次下请业者再抽取 10%，之后，把业务下发给第二次下请业者。这样一来，货运业务从船务公司开始到最后交到第二次下请业者为止，中间实际上出现了 60% 的运费被盘剥的现象。受盘剥最重的，自然是在第二次下请业者下面工作的码头工人。

这些创造了港湾繁荣的码头工人，整天干着难以形容的粗活累活，却受到极不公正的对待。

通往神户港的弁天滨界限到川畸町一带的道路两旁，便是码头工人的聚居地，数百间低矮破烂的宿舍，歪七倒八，排得密密麻麻。赌博、斗殴是这里的家常便饭。

田冈认为，这主要是码头工人受盘剥太多的缘故。因此，他要改变这种现状。基于这种考虑，田冈决定山口组踏足港湾，创立"全港振"。当然这只能是动机之一。

其实，山口组在田冈就任第三代头目之前，就涉足港湾了。

第二次世界大战以前，神户港是由鹤井寿太郎、酒井新太郎和藤原光次郎这三大工头统辖经营的，各取名字中头一个字，称这个统治机构为"鹤酒藤"。

山口组第一代头目山口春吉，曾从事过港湾货运业，后来，第二代头目山口登继承了父亲的地盘，并和"鹤酒藤"结拜为兄弟，当"鹤酒藤"因中日战争业务繁盛，大举转移到横滨港后，山口登便伸手接管了神户港。但是山口登对港湾事务缺乏热情，相反，他对娱乐业倒兴头十足，于是后来便转到以风花雪月著称的演艺界去了。

日本战败以后，根据盟军占领司令部的命令，工头被废除，也不再容许专吃差额的船务公司的存在。所有货运业务交由从前作为元请者的大型仓库公司统理。也就是说，大型仓库公司必须包办驳运、沿岸货运和船内货运等业务。这样一来，大型仓库公司反而感到了巨大的麻烦。

这是因为大量的运输工作依然要靠港湾工人来做。从前工人拿多少酬劳有固定的标准，而这时得重新和工人谈判。工人知道从前吃了亏，这时开始讨价还价，甚至成立了一个"全港湾劳组"的组织，与代表资方的大型仓库公司展开了激烈的斗争。

政府限令公司定期完成港湾货物吞吐，而工人趁机抬高劳动报酬，否则拒绝接受工作。

公司两头为难，港湾处于瘫痪状态。资方无计可施，有一次，秘密派人来到山口组，向田冈一雄求助。田冈答应帮忙，为他们组织劳工。

田冈领着一大群工人，到码头一看，顿时傻眼了。

原来这是一艘从美国驶来的货轮，货舱中装的全是散乱的硫黄。运载未经包装的硫黄，是被当时的法律所禁止的，因为在搬运中散装硫黄会散发有毒气体，难怪工人们拒绝搬运。

田冈气得对资方代表大叫："难道你是让我组织工人帮你干这种活吗？工人也是人！"

资方代表说："田冈先生，不会有事的！再说我们条件也谈过了！"

"谈过个屁！我知道是硫黄吗？"

说罢，田冈朝工人们一挥手："别干了，你们回去吧！"

资方代表这下急了，连忙拉住田冈，恳求道："田冈先生！先别让工人走。有什么条件还可以再商量！"

田冈看看周围，工人们都没有离去的意思，不由想到，这些工人说不定指望拿到工钱回去买米下锅呢，因此决定为工人争取好一点的待遇。田冈于是对资方代表提出了缩短工时、增加酬劳的要求。

"要求太过分了……"资方代表语气倒是不硬。

田冈想了想，爽快地说："那么好吧，就让我来干！"

资方代表睁大眼睛："你亲自干？"

"对！但是为了让你知道干这种活的乐趣，我要你跟我一起干！"

于是不由分说，田冈硬拉着资方代表来到硫黄船上。

在烈日曝晒下，强烈的硫黄臭味，混杂着人身上的热气和汗味，简直令人作呕。不到十分钟，资方代表便再也受不了了，扔下铁铲，对田冈说：

"明白了，我明白了，就接受你的条件吧！"

这件事使工人们很感激田冈，后来便团结到了山口组的山菱旗下。这是"全港振"成立以前发生的事情。

1950年6月，朝鲜战争爆发。

神户港成为美军补给基地，货运量剧增。港湾码头一带，特需物资堆积成山，由美军司令部下令建立的新的港湾运输机构，无法做到按时按量完成物资吞吐任务。

在这种紧急情况下，美军只好宣布废除新机构。因此，旧式机构相继复活，神户港一时变得货运公司林立。

1953年1月，田冈一雄以1200万日元的资本，成立了从事船内货运的甲阳运输株式会社。此后两年内，青井照日创立住井运输，安原武夫创立安原运输，蟹谷勋创立山一运输，山口组的党羽一个接一个驻足港湾，各霸一方天下。

众多同业的竞争，引起了极大的混乱，最突出的矛盾，是多数运输组织属于第二次下请业者，但他们都十分不满，纷纷提出要和第一次下请业者具有同等地位。

田冈认为，应该使第一次下请业者和第二次下请业者团结起来，让大家都得到合理的对待。于是田冈提出了一个方案，即把第二次下请业者提升到和第一次下请业者同等地位的同时，也不让第一次下请业者有所损失，而给他们一定的补偿金。方案被采纳之后，田冈又提出一、二请不应把元请当成敌人。

当时在神户已有三井、三菱、住友仓库、上组、日通、日本运输等元请业者。由于元请被看作是提供工作机会的源泉，因此拥有特殊地位。

同样，下请为元请提供强有力的支援，没有下请的协作，元请便无法做到货物装卸的畅通。两者是互助互惠的关系，合作欠佳的话，双方利益都会受到损失。但是，田冈认为，这时的元请仍然坚持要从下请处抽取40%的利润，是实在不能接受的。

田冈于是不辞辛苦地和元请谈判。终于在1957年，使元请同意将抽取的利润从40%降到了10%。

田冈一雄创立的甲阳运输在其后的数年中，日益发展壮大。当时，神户港登记在册的日薪工人大约有三千人，而田冈手下便占到一千人。

甲阳运输和神户艺能此后一直成为山口组的两大财政支柱，而所谓"全港振"，只不过是田冈用以招徕人马、扩大影响的一面堂而皇之的旗帜。

1953年，田冈一雄已经41岁，这年8月，深山文子又生下一个孩子，是个女儿。中年得千金，田冈欣喜异常。

由于港湾业和演艺业的发展，自1949年以来，田冈总是忙得不可开交，山口组的内务管理，一般都交由下面的小头目负责。所以有时候底下到底发生了什么事情，有时连田冈自己也不知道，总是到事情闹得遮掩不住了，部下才报告到他那里去。

1954年9月3日，爆发了一场山口组与另一黑道组织崎谷组的对抗事件。山口组唱主角的，又是那个痛打鹤田的山本健一。

那是一个热得让人难以入睡的夜晚。山本健一和尾原清晴在山口组事务所值班，两人在床上翻来覆去，扇子不停地摇，硬是睡不着，于是两人索性起床，打开灯，摆上棋盘下起棋来。

"放开我！放开我……"突然听见另一间屋子里传来喊叫声。那里住的也是山口组组员。

"出了什么事？"抛下棋子，两个人朝那间屋子跑去。

一看，原来小田芳一正被几个山口组的小伙子拉扯着，小田芳一执意挣脱，且大声叫喊："放开我，放开我！"他的脸上到处青一块紫一块。

"到底是怎么回事？"山本健一冲上前问。

"不要多讲了！快拿武器来！"小田芳一大叫。

尾原清晴说："要报仇也该让我们把情况搞清楚嘛！你冷静下来，先把情况给我们说说。"

小田芳一被按坐在椅子上，喝了一口别人递上的水，抹抹嘴巴说："就在前面不远的麻将赌场，我从门口经过，见一帮人正在豪赌，就干脆进去看看，有个船老大是外地人，输得很惨，另外几个人是一起的，后来我看出了问题，原来那些人联合作弊，暗中帮着坐庄的自己人偷牌。我立即说了出来……结果打起来了。我一个人，他们六个人……我让他们等着，等我回头拿武器。"

"对方是什么人？"尾原清晴问。

"是崎谷组的！"

"你没说出你的身份吗？"

"说了，"小田站起来，"我说我是山口组的，你猜他们怎么说？"

"怎么说？"大家齐声问，眼珠都像要爆出来。

"他们说，要打的就是山口组的人！"

这一下就如同炸了锅，在场的山口组组员个个咆哮如雷——

"好哇！居然敢公开向山口组挑战！"

"我看他们这是活腻了！"

"好久没打架了，这回该过过瘾啦！"

"不用多说，快行动吧！杀他个片甲不留！"

大家喊叫着就要冲出门去，山本健一拦住大家，表现出从未有过的冷静，或许是吸取了上次突袭鹤田的教训，这时他平静地对尾原清晴说："这件事要不要先向老大报告一下？"

"老大不在家！"小田芳一立即喊道。或许他是担心老大会取消这次行动，因此故意这样说。其实田冈这天晚上在家，此刻正在同一座房子的另一间房中睡觉。小田又补充道："我看见老大傍晚坐车离开了！"田冈坐车离开也是事实，但不久又回来了，他的车此刻正在车库里。

尾原相信了小田芳一的话，于是对山本说："既然老大不在家，那就等回来再报告吧！"

这话被山本听成"打完架再回来向老大报告"，但是他仍然担心老大会怪罪他领着大家闹事，便临时决定自己一人出马，好汉做事好汉当，至少不会连累大家。

山本对大家说明了自己的想法，并且说："这事不必兴师动众，有我山本一人就能摆平，如果需要大家出动，我会再招呼。"

山本检查了一下手枪里面的子弹，然后把枪别在腰间，大步跨出门去。门外已是一片漆黑，远处街市上却灯光灿烂。

山本健一走着走着，忽然听出身后有脚步声。

"是谁？"山本喝道，同时掏出手枪。

"是我，别乱来！"原来是尾原清晴。他担心山本一人对付不了，临时追来做帮手。山本握了握尾原的手，心中涌起一股暖意。

两人边走边商量起来。

尾原问："是去赌场，还是直接去崎谷组事务所？"

山本说："先到赌场看看那几个家伙还在不在。"

尾原又说："小田来就好了，那几个家伙我们都不认识。"

"我是有意不让小田来的，他太莽撞，容易节外生枝。不认识崎谷组的人没关系，我用枪问话，谁敢不说？"

"我看你比小田更莽撞！"尾原笑道。

来到小田被打的那家麻将赌场，里面黑灯瞎火，铁将军把门，这么早居然就闭门谢客了。

"直接去崎谷组！"山本健一果断地说。

两人拦住一辆出租的人力车，奔往崎谷组事务所。

来到位于闹市区后街的一幢两层的楼房前，山本健一说："就是这里！"

一下车，山本掏出手枪，尾原手按刀把，两人一会儿隐蔽，一会儿跳跃，很快接近了崎谷组的大门。

留心观察一番，两人都觉得情况不对。

外面没有路灯，屋内也没有灯光，到处一片漆黑，并且连一点声音也听不见。难道崎谷组察觉到了这次行动？难道崎谷组预先布了埋伏？

两人当时心里都这么猜测，因此不敢贸然上前，在距离大门约20米的地方隐蔽起来，准备看看动静再做下一步的打算。

大约观察了半个钟头，依然没有丝毫动静，再举目望望周围附近成片的房子也没有灯光，他们这才恍然大悟，原来这一片地区停电了！

"冲进去！"两人不再犹豫，快步奔到崎谷组事务所门口。两人同时提腿，猛地朝紧闭的大门踢去。

"哐啷"一声，门板裂成几块倒在地上。

山本和尾原冲进厅堂，举枪挺刀静立，随时准备杀向扑来的目标。然而，过了很久，整座房子依然无声无息。两人到每间房子搜索一遍，全部空空如也，一个人也没有。

"怎么会是这样呢？"尾原感到纳闷。

"崎谷组的狗杂种，出来！"

山本叫了几遍，回答他的只有老房子发出的回音。

"真倒霉！这些狗杂种究竟到哪儿去了？"

两人只好快快地回到山口组事务所。

"……去了这么久还没回来，我们赶紧去支援吧！"

山田和尾原还没进门，就听见小田芳一在屋里大喊大叫。

"他们回来啦！"有人喊。

看见两人一脸不悦的样子，大家沉默下来，你看看我，我看看你。小田芳一看出他们不像打过架的样子，着急地问："怎么回事？到底怎么回事？"

尾原清晴把事情说了一遍。

听到没找到人，小田芳一便叫起来："我说了应该我去，可偏偏不要我去！打我的那几个人中，为首的是崎谷组的副组长野泽修，我知道他住的地方……"

山本心里憋着一股气，这时仿佛就要爆发，他按住小田芳一的胸口，问："向山口组挑战的就是野泽修吗？"

小田芳一被山本愤怒的样子吓得怔住了，只知道点头。

"好！"山本健一厉声道，"你们留在这里，谁也不许离开。我和尾原去收拾野泽！"山本和尾原再次迈出山口组事务所。

等两人走远了，小田芳一才醒过来似的追到门外喊："你们知道野泽修的住址吗？"

山本听见了，但没回答他。

山本健一和尾原清晴直奔崎谷组副组长野泽修的住所。

山本随身带的还是手枪，而尾原这时手中紧握的是一把日本武士刀，他把刚才那把短刀留在了事务所。

"知道野泽的住址吗？"尾原问。

"跟我走吧！"山本边走边答。

很快到了野泽修的住所。这是一栋孤立于其他房屋之间的平房，分前后两个出入口。

夜色已经很深，四周没有一个走动的人，因此显得十分安静。不远的空地上有一盏路灯，暗淡的光线照着几只跑过的野狗。房里没有灯光，贴着窗户静听，里面有男人的鼾声。

一定是野泽。

为了不让野泽逃掉，两人决定前后夹击。

山本说："我从大门攻进去，你守住屋后的小门！"两人立即分头行动。

山本来到大门跟前，本来想悄悄从门缝中拨开门闩，无奈那木栓是带暗锁的，根本没法拨动。为了速战速决，山本攒足力气，用脚猛地朝大门蹬去，"哐"的一声巨响，在寂静的深夜，响声显得十分吓人，然而大门丝毫无损！山本一时心急，抬腿连连踢门，依然踢不开，改用身体猛撞，亦无效果。

山本不由怒火万丈，掏出手枪，正准备朝门栓射击，就在这时，猛然听见屋后传来厮杀之声。山本掉头就往屋后跑。

来到屋后的路灯下，山本情不自禁地站住。

狭窄的小门口边，尾原和野泽正在打斗。

野泽这时只穿着一条裤衩，地上一堆白东西可能是他的衬衣。一定是听见打门声，野泽便抓过衬衣想从后门溜走，恰好被尾原堵住，连衬衣也来不及穿。

惊慌之中，野泽手中没有武器。

这时，尾原正将3尺多长的武士刀高举到头顶上，要朝野泽劈去。而野泽的手紧紧地抓住了尾原的肘中，拼命向上撑着，另一只手抓着尾原的胸口。

这一个画面在山本眼里持续了很久。他张开机头，双手平端起手枪，朝野泽瞄准。这时，山本与野泽的距离只有8米左右，因为尾原恰好挡住野泽，而尾原背朝山本，山本怕误伤尾原，所以迟迟不敢开枪。

尾原不知道山本这时已在自己身后，但是野泽却看见了指向这边的枪口，因此努力保持原来的有利位置。

"尾原，注意！"山本提醒尾原。

尾原其实已从野泽的目光中得知山本已在自己身后举起了枪。他开始想摆脱野泽，但对方死死不松手，于是他又开始移动位置，企图把野泽暴露在山本的枪口前。野泽对此早有提防，拼命维持原有位置，即使突然被调换了一下位置，很快又回到原位。

两人忘记了彼此间的厮杀，甚至尾原的刀掉在地上也没谁去捡。最后两人就那样互抱着团团转，如果不是旁边有一支枪，给外人看见还以为是在闹着玩。

在转圈的过程中，山本端着枪，离他们越来越近。

野泽突然松开手，仿佛不高兴地说："算啦，就这样吧！"

野泽看出今晚必死无疑，与其拖延下去，还不如早点死掉轻松。他站到山本的枪口前，双手交叉在胸部，见枪口正指着胸口，于是索性把双手放下。

山本心想，这野泽的确算得上一条汉子。但他丝毫没有改变主意的念头。好汉死在好汉手中，野泽算是幸运。

"等一等。"野泽忽然说。

"你要干什么？"山本心里想着，居然把话说出了口。此后山本一直为自己说出这句傻话而抱憾。

野泽没有回答，走到小门旁边，拾起掉在地上的白衬衣，抖了两下，然后慢慢穿好，每一个扣子都扣上了。似乎觉得太过认真，又把领口的两颗纽扣解开。就这样，站在山本面前。

山本这时不想再说任何话，对着野泽的胸部连开两枪。

野泽倒下了。

远处有几条狗受到惊扰，狂吠起来。转眼一切又归于沉寂。

野泽很快被送往医院，经抢救，七天之后居然活了过来。救他的是一名妓女。

原来，山本和尾原上门袭击时，野泽正和这名妓女在房里鬼混。听见踢门声，野泽知道来者不善，于是急忙从后门逃跑，而那妓女却吓得一直躲在屋内。枪响之后，妓女出来发现了躺在血泊中的野泽。

野泽在崎谷组组长崎谷善次的支持下，向神户法院起诉。

于是当地警方进行调查，扣押了山本健一和尾原清晴。

山本向警方坦白，是他朝野泽开的枪。当警方问其原因时，山本说，崎谷组的野泽首先向山口组挑衅，并带着一帮人首先将山口组的小田芳一打成重伤。这"重伤"当然是有意夸大的。

警方问："比野泽伤得还重吗？"

山本回答："轻不到哪里去！"

警方最后表示说："既然打成了平手，这官司就不要打了。你先回去，随时等候传讯。我们会马上派人调查，如果小田芳一的伤不像你说的那么重，你至少也得入狱八年！"

山本健一和尾原清晴回到山口组，在迫不得已的情况下，只好把全部情况向老大田冈做了汇报。最后山本健一说：

"这事是我一个人决定干的，与尾原无关，我愿意去坐八年牢！"

事情闹到这一步才让他知道，田冈当时的确生气，可是把山本说的情况前后连起来一想，又认为山本并没有错到哪里去。谁向山口组挑衅，就奋起还击，山本就是这样的人。因此，田冈心里十分欣赏山本，如果让山本这样的组员去坐八年牢……八年？田冈猛地想起自己曾经历的六年牢狱生活，立刻不寒而栗。他当即打定主意，决不能让山本去坐八年牢。

田冈考虑周全之后，狠下心肠对山本说："把小田叫来！"

小田芳一来到田冈的办公室。老大田冈笑眯眯地在桌子背后的一张躺椅上，旁边就座的有山口组厮杀行动队队长地道行雄，有小田芳一的顶头上司安原政雄，另外还有尾原清晴、隅谷末吉，以及和自己一同进来的山本健一。

旁边没有座位，小田芳一站在房间中央。他看见老大的办公桌上摆着厚厚一沓钞票。尽管明白自己没有做错什么，但此刻气氛异常，因此心里有些紧张。

老大开口说话了："小田，过来，这些钱你拿着。"

小田芳一被搞蒙了，自己凭什么得那么一大笔钱呢？他显得很惶惑。

"先把钱拿着，然后我有话对你说！"老大又说话了。

小田芳一居然后退了两步。

"快去拿，别让老大生气！"旁边有人提醒。

于是小田芳一战战兢兢地拿过那一沓钱，双手捧在怀里。

田冈这才站起身，走到他跟前，语气平淡地解释说：

"野泽中了两枪，没有死，山本为此要坐八年牢。但是，警方说了，如果事出有因，野泽先打伤你，并且伤势和野泽相当，那么，山本就不必坐八年牢了。请你明白，我已经决定不让山本去坐牢，别说八年，一年，半年，一个月，甚至一天，都不行！你听明白我话中的意思了吗？"

小田芳一怔了半晌，突然，捧着的钱全滑落在地。

田冈用目光扫了他一下，小田芳一连忙蹲下把钱捡起。但他没有留在手中，而是恭恭敬敬地放到了田冈的办公桌上，然后走到田冈跟前，极度坚忍地说："老大，我明白了。请动手吧！"

为了保护山本健一，小田芳一这天被自己人打成了半残废。

警方来调查时，却发现小田的创伤是刚刚落下的。田冈又暗中破费，用钱堵住了警方的嘴巴。后来，尽管崎谷组的人如何强辩当初并没有将小田芳一打成这样，但警方一概不予理会。

事后，崎谷组终于得知山口组使用了苦肉计，全体组员极为震惊。或许是被山口组这种极端"壮烈"的精神所震撼，由崎谷善次率领的拥有五十名组员的崎谷组，在两个月之后，便彻底溃散了。

第十三章

松岛事件

　　　　　山口组与本多会两大黑势力激烈对抗。最后本多
　　　　会被迫坐到谈判桌前赔礼道歉，并命令手下一名干将
　　　　斩掉自己一只手。

　　1956年下半年，由于山口组系统的小天龙组，与本多会系统的
平井组、福田组争夺地盘，引发了一场两大黑社会势力之间的搏斗。

　　这是战后以来，日本黑社会间规模最大的一次对抗事件。在对
抗的高潮，山口组动员了本系统的上千人马，向本多会发起猛烈攻
击。紧接其后，山口组大阪、山阴、北陆、迈几、北海道、九州、
四国等地的下属组织，相继向敌对黑势力发动了旷日持久的攻势。
对抗最初由小松岛事件开始。

　　位于日本四国德岛县的小松岛市，是一座美丽而著名的海港城
市。1956年7月13日，小松岛市正在举行盛大的夏祭活动，同时举
行的还有祇园祭和港祭。从早晨开始，就可以听到祭太鼓的声音，
人们抬着神轿，在市内大街上列队游行。

　　港湾里停泊着无数船只，桅杆密密麻麻，上面飘扬着鲜艳夺目

的大渔旗和五色长条旗。鼓乐喧天，歌声飞扬，的确是充满了日本南国港口风情的夏祭！

晚上8时，祭礼达到高潮。市区繁华的大街被各种灯笼的光辉照得如白昼一般，市民们一边跳起阿波舞，一边缓缓地行进。站在人们抬着的彩台上的歌手这时唱道：

> 阿波的公主蜂须贺公，
> 为今天留下了阿波舞；
> 松岛之滨碧浪深沉，
> 那上面走来的是夏之神……

行进的人们跟着唱起来。男性在左边，女性在右边。装束也非常有特色。男性无论老少，一律戴着小斗笠，撩动衣摆，露出脚上的白袜，做着古怪滑稽的姿势；女性则穿着娇艳的鸟追服饰，不时亮出粉红色的衬裙，与脚下的白袜和黑木屐形成强烈对比，她们踏着明快的节奏，边唱边舞。

这时，在行进的队伍中，出现了三个神色异常的男人。他们分开人群，急匆匆地往前挤，有一只手都放在衣服底下，只要留心观察便不难发现，他们手里都紧紧握着一把长刀。

这三个人都是小天龙组的人。

在这三个人后面不远，还有一个男人，他那放在胸前衣服里的手，紧紧攥着一支手枪。

他们朝同一个方向前进。后面带枪的男人和前面三个人是一起的，拉开距离是为了戒备后方出现意外。

他们互相掩护着，迅速朝市内最繁华的街道——二条通的一间弹子房直走。

似乎在响应着街道上的夏祭典礼，弹子房内也热闹非凡，以最大的音量播放着春日八郎的唱片。

弹子房的二楼便是平井组的事务所。

隶属于本多会的平井组，目前占领了原属于小天龙组德岛市元町市场的地盘。这前后四个人便是来讨"说法"的。

到了弹子房门前，四人互望一下，然后留下拿枪的人，其余三个人一言不发地朝二楼进发。

然而，在二楼早已竖起草袋做成的屏障，平井组的人埋伏在屏障之后，等待着小天龙组的进攻。

小天龙组的三个人刚踏上楼梯口，便发现情况于己不利，正打算掉头撤离，却被平井组的人喝住："别走！既然来了，还打算回去吗？"

这样回去必然被对方看作畏惧而逃。激怒之下，小天龙组的三个人迅速对视一下，然后重新上楼，与平井组组员形成对峙之势。在一种难耐的沉默之中，传来楼下弹子房中的流行音乐与街道上的喧闹之声。

小天龙组的三个人明知力量对比极为悬殊，但由于都已将生死置之度外，因此勇气倍增，毫无惧色地发问："你们想怎么样？说吧！"

平井组七八个组员互相对视，之后由一个小头目答话：

"我正要问你们呢！带刀找上门来，是不是想杀人哪？"

"如果你们想死的话，就把你们全杀光！"小天龙组的人口气强硬。

平井组的人装模作样地大笑起来，然后说："这么说，你们不是来谈判的，而是来送死的！想死很容易，不过，看在你们人少，还是让你们把想说的话说完再死吧！"

小天龙组的人说："这也是我们想对你们说的，也好叫你们死个明白。请问，平井组吃了什么豹子胆，竟敢霸占我们小天龙组的地盘？"

"这话怎么说？"

"你们本来只是一帮闯江湖卖艺的家伙，现在居然赖在这儿不走了，又开赌场，又抢占铺面做买卖。我们来，就是要你们赶快收拾铺盖滚蛋！否则你们只有统统横着出去！"

"不用多说了！动手，送他们上西天！"

平井组的小头目一声断喝，双方几乎同时拔刀在手。一场血战顿时在二楼有限的空间展开。

刀光闪烁，血肉横飞，怒吼声不断，然而这一切都仿佛发生在一个遥远的世界，在楼下担任警卫的那个小天龙组组员，根本没听见楼上的厮杀，因为街道上正滚过夏祭游行的人潮，巨大的声浪遮盖住了楼上的厮杀之声。等他猛醒过来，拔枪冲上二楼时，才放出两枪，便被一阵乱刀斩成肉酱！

在这一场殴斗之中，小天龙组的四个人，有两个被当场斩毙，其他两人也被砍成重伤，只剩下一口气。

另一方面，平井组中，一人被手枪击毙，两人重伤。

发生在小松岛市二条通平井组事务所的这场流血冲突，揭开了"小松岛事件"的序幕。

小天龙组与平井组的激烈对抗，引起了各自所隶属的黑道势力——山口组与本多会的高度警觉，双方均愤愤不平，寻找着大肆较量一番的机会。

次年，即1957年10月13日，弹子机店二楼的血腥气息尚未散尽，小天龙组与福田组又发生了新的对抗。

福田组在小松岛市房滨区的公开职业是从事土木建筑，与平井组是兄弟关系，二者之上的组织是在德岛市拥有稳固地盘的胜浦组，而胜浦组则是从属于本多会的黑道组织。

事件是由小天龙组路见不平、强行干涉而引发的。

10月13日这天，在神田赖川的一个陡峭的岸边，有一个外地的青年男子经过，恰好和迎面走来的福田组组员枝川邦相撞，枝川邦当即破口大骂：

"瞎了眼吗？狗杂种！"

这青年男子也是个血性子，本来打算道歉，见对方恶言相对，于是也张嘴回敬："你才是狗杂种！"于是两人打了起来。

由于打斗正发生在小天龙组事务所所在地的前面，于是引出小天龙组在家的组员一起奔出来观望。

"打人的那个人是谁？"渡边武男问自己的伙伴。

"是枝川邦！福田组的。"伙伴回答。

"挨打的那个呢？"

"不知道。好像是过路的。要去帮忙吗？"

渡边武男说："先看看。"

这时，过路男子和枝川邦已经打了数十回合，枝川邦渐露败象，但他毫不畏惧，可能他有了什么主意，突然上前抱住过路男子，猛地朝河下推去。那男子大惊失色，极力不让自己掉下河去。

"这是一个旱鸭子！"渡边武男担心地说。

其实枝川邦自己也不会水，但他更看出对方的弱点，因此不顾一切，奋力把对方朝河下推。两人纠缠着离河沿的陡壁越来越近。枝川邦趁对方回头朝河水俯瞰的一瞬，猛地挣脱身子，朝对方飞起

215

一脚，大叫："下去吧！"过路男子发出惨叫，从陡壁坠入河中，转眼之间便被湍急的河水吞没了。

事情的变化来得太突然，使一旁观望的小天龙组的人来不及做出反应。得手之后的枝川邦，朝小天龙组的人得意地望了一眼，然后拍拍手，打算扬长而去。

"站住，枝川邦！"渡边武男突然大叫。

枝川邦停下，大声问："干什么？关你什么事？"

"在我们眼皮底下行凶，还问关我们什么事！你休想走掉！"

渡边武男一边叫着，一边冲向枝川邦。

枝川邦见对方身高体重都强过自己，心里虚怯，一边退一边问："你想怎样？你不要乱来，我是福田组的，惹出麻烦你可吃不了……"

"你福田组有什么了不起！最大的靠山不就是本多会吗？你背后有本多会，我背后也有山口组，但这些眼下都不起作用，现在是我们两人之间的事！"渡边武男边说边朝枝川邦逼近。

枝川邦渐渐被逼向河边陡壁，他脸色煞白，说："我认错……别推我下去，别……"

渡边武男冷笑道："你主动跳下去！我再去救你。快，跳下去！"

枝川邦当然不信，突然跪下，说："我不会游水，千万别……"

渡边武男不再啰唆，突然起步，就像踢足球一样，飞脚一个劲射，把枝川邦踢入河中。这一脚正中胸口，枝川邦在半空中翻了几个筋斗，没有发出半点声音，便掉进激流之中去了。

渡边武男是个颇有头脑的黑道杀手，因为当时河岸已有市民观望，为了日后自己脱身，在枝川邦掉入河中之后，他从陡岸跃入水中，装模作样地打捞起来。当然是没有打捞到什么。

事发之后，引起各界人士严重关注。

小天龙组一口咬定，渡边武男并不是把枝川邦踢进河中，而是他本人失足落水，渡边武男曾下水相救，但无结果。

由于小天龙组的人众口一词，加上他们事先买通了部分现场目击者，所以外界均相信了这一说法。枝川邦致路人死命，本应问罪，无奈当事人自取灭亡，追究再无意义。此事只好打上句号。

福田组对枝川邦失足落水一说心存疑窦，但苦于无目击证人，只好将仇恨埋在心中。为了抑制小天龙组的扩张攻势，福田组以友好姿态出现，让代理人中尾美明出面，就渡边武男曾救助枝川邦一事，公开向小天龙组表示感谢。

但双方均没想到，警方对此事一直在暗中调查。不久，警方终于查明枝川邦是被渡边武男踢入水中的，并向各界公布了这一真相。

本来福田组已打算让这件事过去算了，经警方这一公布，便不能不重新考虑此事，如果继续装聋作哑，无异于被认为软弱可欺。经过商议，福田组于次年 1 月 16 日晚上，也正好是事发之后的两个月，再次派代理人中尾美明来到小天龙组，要求就惩治渡 边武男和小天龙组公开向福田组赔罪等条件举行谈判，但被小天龙组一口拒绝。

中尾美明把答复向福田组组长福田荣报告，福田荣感到极其愤懑，但没有做出进一步的反应。

第二天，福田荣在小松岛单车赛场遇见小天龙组组员新田理一，新田理一一副得意扬扬的样子，对福田荣说：

"你不就是福田组的老大吗？真有一副老大的架子啊！"

福田荣内心极端轻蔑这个不知天高地厚的对手，驻足问道：

"什么意思？"

"什么意思？"新田理一笑道，"中尾美明算老几？他凭什么来跟我们老大谈判？我们老大可没你这么贱！路边叫花子都可以跟你拍肩膀！真贱！"

福田荣气得简直要吐血，但他努力使自己不要失态，板着脸说："等着吧！有你瞧的！"

当天夜晚，福田组组长福田荣召集三十多名手下，带着武器，将设在小松岛市二条通的小天龙组事务所紧紧包围起来。一场血战看来又不可避免了。消息传到山口组总部，田冈一雄立即召集骨干分子分析形势，部署对策。

大家一致认为，小天龙组和福田组如果真是爆发战斗，那么，与福田组称兄道弟的平井组必定会仗义相助，同时，在福田、平井联军的背后，跟他们有密切关系的胜浦组，自然也不会坐视不理，而胜浦组则是从属于本多会的。

本多会当时是山口组最强大的对手，它的总头目是本多仁介，在本多仁介手下，掌握着一百六十六个黑帮组织，拥有成员总数达四千一百余人，势力分布在日本全国各地。基于如此强大的阵营，在下属某一个组织出现危机时，作为总部的本多会是不可能袖手旁观的。福田组也正是由于背后有这么强大的支持者，所以才敢于公开向小天龙组发出挑战。

然而，小天龙组这边也不是好惹的。

小天龙组 1938 年创立于小松岛市，其创始人便是第一代组长新居利治。

新居利治是港湾苦力出身，当过市议员，在港湾当苦力时，与山口组第二代头目山口登相识，并建立兄弟关系。新居利治成为小松岛市政界名人之后，觉得不宜再担任黑道组织头目，于是，把天龙组头目之位，让给自己的养子新居良男。1947年12月13日，新居良男从第三代山口组头目田冈一雄手上接过兄弟杯，由此成为山口组的党羽之一。由于这种关系，小天龙组便毫无疑问地属于山口组的旗帜之下。

这时的山口组，已经拥有可与本多会二分天下的实力。所以，本多会若有所行动的话，小天龙组自有山口组可以依靠。正是由于这种原因，小天龙组组长新居良男，才胆敢与福田组为敌。

最后，田冈一雄提出结论性意见，他说：

"在双方紧张对峙的关头，我们不应该先动手，但必须做好充分的准备。这一次如果打起来，一定会变成山口组与本多会之间的大比拼，不是他死，就是我活！"

当然，本多会会长本多仁介也在自己的总部，向属下发出类似的指示。

对峙成胶着状态，谁也不愿先动手。

似乎一场黑道势力间的大火拼就将无限期地延宕下去，但这时出了一件事，终于成为这场火拼的导火索。

日本《读卖新闻》的一名记者，前来采访新居良男。这名记者问道：

"你就是小天龙组的负责人新居先生吧？据警方介绍，你的部下渡边武男将福田组的枝川邦踢到河中淹死，凶手至今逍遥法外，小天龙组不仅不向福田组赔罪，而且事后，小天龙组的新田理一又向福田组组长福田荣发出挑衅。作为小天龙组的负责人，你对此有些什么解释？"

这名记者所说的话并没掺假，但语气完全站在福田组的立场上，新居良男早就听不下去了，待记者问完话，他再也憋不住满腔怒火，冲上前，朝记者就是一顿拳打脚踢。记者鼻孔流血，牙齿掉落三颗，另外还断了三根肋骨。

《读卖新闻》也不是好惹的，立即提出控诉，警方随后以"武力妨碍公务罪"对新居良男提出起诉。按日本当地法规，只有一个月左右的候审期，新居良男就要到德岛监狱去服刑。小天龙组为此军心大乱。

正处于两军对垒随时准备一决雌雄的关键时刻，领兵之帅居然要去服刑，的确使小天龙组全体组员感到既痛心又紧张。

与之对垒的福田组听到这个消息，自然是幸灾乐祸，心想对方这已等于不战自败，省得他们动手动脚。

然而，事情的收场绝没有如此简单。

新居良男为自己一时冲动而悔恨不已，自己一人受刑事小，小天龙组却可能因为失去头目而轻易地被福田组吃掉，怎么办？

在一个月的候审期内，新居良男尚有一定的行动自由。他想去向山口组求救，可是一想到自己铸成的大错，定会被总头目田冈骂得狗血淋头；不去吧，谁来救助岌岌可危的小天龙组？

经过一番权衡，新居良男决定硬着头皮去求田冈一雄。

于是，在候审期开始的第四天傍晚，也即是 1957 年 11 月 17 日，新居良男带着组员津田丰，两人由小松岛乘船前往神户山口组总部。田冈一雄在自己家里接见了新居良男。

新居低头敬礼，首先诚恳地向老大承认自己的错误，然后请求老大惩罚自己。令他始料未及的是，田冈半点也没有责备他的意思，反而拉着他的手，请他坐下说话。田冈安抚道：

"警方就要惩罚你了，难道我还要惩罚你吗？真傻！你不要紧张，想想看，我眼下能够帮你做点什么？"

新居没想到老大胸怀如此宽广，顿时感激涕零。

最后，新居向田冈说，他就要去服刑了，小天龙组自然群龙无首，因此希望小天龙组和福田组之间消除对抗，而这一点，只有仰仗山口组出面调停了。

田冈连连点头称是。

当天，田冈一雄命令山口组厮杀行动队队长地道行雄等三人，代表他前往福原，与在那里逗留的本多会的重要人物加藤会面，就有关事项举行谈判。

地道等人遵命照办。谈判顺利得有点令人意外，加藤代表本多会许下诺言，保证解除福田组与小天龙组的对抗状态。

田冈把结果告诉给一直在等待消息的新居良男。最后，田冈对他说："那么，你就可以回去了。服刑期间，千万不要干傻事，老实一点，有空看看书，说不定还能长点知识。我会想办法，尽量缩短你的刑期。"

"可是……"新居欲语又止。

"干吗吞吞吐吐，有话就说嘛！"田冈语气有点不悦。

新居说："我来时，福田组派三个人一路追杀我，他们一直跟我到了神户，回去时，我……"

"现在他们不会这么干。"田冈打断说，"现在已经谈妥了，福田组难道敢违抗本多会的主张？"

后来，田冈想了想，又说："这样吧，我亲自跟本多仁介打个电话。"

"这就最稳妥了！"新居说。

田冈拿起电话，很快与本多仁介接通：

"是本多先生吗？我是田冈。对！很好！既然事情已经过去，那么，请你跟福田组打个招呼，不要再派人追杀新居了。对，好！很好！"

新居良男在一旁亲耳听见本多仁介在电话里说："让他放心大胆地回来好啦，我保证小松岛对他没任何危险。"

最后，本多仁介问新居良男什么时候回去。田冈征询新居的意见，新居说，过两天，20日中午乘船返回小松岛。

然而，本多仁介出尔反尔，放下话筒之后，立即又挂通了小松岛福田组事务所的电话，直接对福田荣说：

"新居良男定于20日中午乘船回小松岛，剩下的事情就请你们自己安排好啦！"

这无异于最高统帅部向手下的特遣队发出了一道密杀令。

在小松岛等待着新居良男的，是一片疯狂的枪林弹雨。但新居良男却浑然不知。

20日中午，新居在地道行雄的护送下，登上"秋津号"客轮，离开神户港。新居在船头向地道挥手告别，并说："多谢你们关照！请你们回去后，再代我问候老大！"

地道也朝他挥手，说："明白了。以后有机会再来神户玩！"

"秋津号"剪开层层碧波，向小松岛驶去。

小天龙组和福田组的对抗消除了，本多会和山口组之间也达成了和解，这使新居良男如同搬开了压在心头的巨石。观望了一会儿海洋景色之后，新居拖着疲惫的身躯回到客舱休息，渐渐地便进入了梦乡。一觉醒来，已是第二天清晨4点多钟，再过二十来分钟，便可抵达小松岛了。新居抖擞精神，站到前甲板举目张望，在一片迷蒙的晨雾中，小松岛的剪影愈来愈清晰，愈来愈立体。

大约离码头还有 100 米的样子，新居脑海中闪过一个不祥的预感。这种预感完全是一种直觉，而这种直觉只有长年在刀光剑影下生活的人才能捕捉得到。

站在码头最前边的是小天龙组的人，他们已得到消息，前来迎接自己的头目。然而他们表情呆板，每一个细小的动作都显得十分笨拙，只有处于紧张状态的人才会那样。在其他接船的人群之中，隐藏着福田组的人马。船上并没有福田组的客人，他们为何而来？此外，在人群的外围，站着数名警察，正全神贯注地监视着两组人马的一举一动。

"是冲我来的！"新居良男心里对自己说，开始保持高度戒备。

舷梯被放下来了，乘客开始下船。新居注视着岸上的动静，一时竟不知该不该下船。

乘客全下光了。这时，一个认识新居的警察向他招手：

"下来吧！新居先生！"

新居这时胆子壮了，一边朝那位警察打招呼，一边下船。

就在左脚踏上码头的一瞬间，新居感觉到身后右侧刮来一阵黑色风暴，但他已无回头的机会，在一阵震耳欲聋的枪声中，新居良男倒了下去。

向新居开枪的是福田组组员竹内勇夫，他如同一股旋风般冲到新居右后方，用八连发的勃朗宁手枪，近距离朝新居连续射击。第一发子弹贯穿臀部直至大腿前侧，第二发击中腰部。

新居不顾一切地连滚带爬到旁边一根电灯柱后躲避，就在这时，新居的胸部中了第三颗子弹，于是当场昏倒。

这一切都发生在一瞬之间，虽然早有戒备，但小天龙组的人当时还是惊呆了，当看见组长中弹倒地，立即反应过来，一齐拔枪参战。小天龙组以新田理一为首，数支手枪一齐朝杀害新居的竹内勇夫猛射，竹内勇夫来不及躲避，打完一梭子弹，在换弹匣的过程中，被新田理一等人泼出的暴雨般的枪弹扫成了蜂窝煤。

随后，小天龙组和福田组分别利用码头的地形，与对方展开持久的枪战。手枪的点射中，不时夹杂着手榴弹的爆炸声。随后步枪和机枪也相继加入战斗。有限的几个警察，开始还鸣枪警告，打完一枪还奇怪地放到耳边听听，似乎连自己也听不出自己的枪响，后来只好放弃，回去要求增援。

枪战持续到上午 10 点钟左右，小松岛市警署派出二百多人的武装警察前来增援，另外一支九十余人的自卫中队分乘五辆坦克和七辆装甲车赶来弹压。

在警方强大火力的威慑下，两个火拼的黑道组织的人马纷纷撤离阵地，四散溃逃。来不及逃走的，不是被打死，便是被活捉。福田组组员中尾美明由于腿部中弹，被警方逮捕。

当天，警方在小松岛全市实行戒严，小天龙组和福田组的事务所，完全处于警方的严密控制之中。

小天龙组组长新居良男遭福田组突袭的消息传到神户，田冈一雄脸色发青，咬牙大骂：

"本多仁介，你是个王八蛋！"

田冈断定是本多仁介向福田组透露了新居返回小松岛的具体时间，进而断定是本多会命令福田组袭击新居良男。这意味着本多会根本不把山口组放在眼里。既然对方公然挑战，退路也就无须考虑了。

"召集厮杀行动队！杀向小松岛！"在田冈一雄的默许之下，

山口组厮杀行动队队长地道行雄大声怒叫。安原政雄、吉川勇次、山本健一等猛将迅速来到地道行雄身边。

当天，山口组一百五十多名组员，在地道行雄的率领下，直奔四国的小松岛市。

从神户到小松岛当然是乘坐海轮，当时正遇到头一天的台风余波，海面波涛汹涌，疾风怒号。山口组组员决定顶风破浪起航。

神户警方得知山口组将杀向小松岛的情报后，派了以前与山口组有良好关系的警官江原，前来劝说山口组放弃这次行动。

留有八字胡子的江原对地道行雄说：

"难道你们非要去打架不可吗？"

地道行雄说："我们不是去打架，而是去探望一下新居。"

"新居不是死了吗？"

"不吉利的话可不能乱说！新居没死，他只是负了重伤。"

事实上，新居的确没死，虽然身中三弹，到底活过来了。

江原警官立即表示道歉，然后又说："去探望新居，何必带着这样大队人马呢？"

地道行雄说："才一百几十号人，这算多吗？其实想去的人远不止这些，大家跟新居是好朋友，现在新居身负重伤，难道结伴去看看他都不行吗？"

"那当然可以。"江原总觉得山口组这帮人一旦动身，小松岛那边就非出大事不可，基于一个警官的责任感，他最后要求说："为了大家的安全，是否可以让我检查一下你们所携带的东西呢？"

"当然可以。"

地道行雄命令所有山口组组员接受检查。奇怪的是，竟然一件武器也没有搜出来。

以探访伤者为正当名义，又没带任何武器，于是江原警官便再也没有理由阻止他们起程。

也许江原警官是个责任心过分强烈的人，他还是不放心，最后干脆提出一个谁也想不到的保障安全的方案：

"那么，我就辛苦一趟，跟你们一块去探望一下新居吧！"

江原警官和几名警员上船之后，随后又有另外三个人上了船，这三个人是本多会的副会长酒井吾意智和他的两名助手。

各怀目的的三拨人马一起乘坐"舞子丸号"海轮，向小松岛进发。

山口组一百五十余人大举杀到的消息，早已被神户警方传递给德岛县警署，在县警署总部高乘署长的亲自指挥下，二百七十名警员在小松岛港口重重戒备。与此同时，第五管区海上保安部派出巡视艇，对进出小松岛港的船只实行严密检查，随时搜缴武器和拘捕形迹可疑的人。

次日清晨 5 时左右，"舞子丸号"海轮抵达小松岛港。

警方用扬声器向三百五十余名乘客广播，要求所有的乘客接受警方搜查。山口组的一百五十余人，依然没有被查出武器。

其实田冈早已料到这一招，行前便要求大家无须携带武器。田冈说："打起来，随处都是武器！"

于是，山口组大队人马相继下船，浩浩荡荡地走向市内。

在这以前，福田组与小天龙组相比，人数占绝对优势，而眼下山口组大军压境，福田组与对方的力量对比，悬殊突然拉大，因此万分紧张，慌忙向本多会要求火速增加援兵。

本多会接到急报，自然不会怠慢，立即召集平井组、胜浦组等就近人马约二百人，增援福田组。

但是这二百余人完全被警方堵截在原地，因为他们身上搜出了各种武器。从这一点来说，本多仁介或许不如田冈一雄聪明。这使福田组危机感骤增。也正是由于自己一方明显摆脱不了劣势，本多会会长本多仁介于是大唱和平高调。

山口组方面本来也无心真的大拼一场，见对方表示屈服，认为目的已基本达到，于是向本多会表示接受谈判。

谈判地点设在小天龙组事务所。山口组一方以地道行雄为首席代表，本多会一方以副会长酒井吾意智为首席代表。地道行雄向警方提出，所有警察只能在屋外戒备，不得进入谈判场所，他向警方保证不发生打斗。警方经请示上峰，同意了这个要求。于是，两个最大的黑道组织在警方四百七十多名警员的监控下，坐到了谈判桌旁。

地道行雄提出两个条件，一是本多会会长本多仁介违背诺言，将新居良男返回小松岛的时间透露给福田组，因此对新居被袭负有不可推卸的责任，本多仁介必须向山口组头目田冈一雄赔礼；二是虽然袭击新居的竹内勇夫已经死去，但他属福田组组员，福田组组长福田荣应为部下的罪过承担全部责任。

酒井吾意智对地道行雄提出的第一个条件表示接受，但又说，如果让本多仁介出面道歉，显得太失老大的面子，是否可以改由他代为赔礼。地道一口拒绝。酒井表示按对方意见办。但是，酒井不同意让福田荣替死去的竹内勇夫承担罪责，最后逐步让步，表示愿将福田荣交给警方处置。

地道行雄反对警方插手，要求按黑道方式处置福田组组长福田荣，简单地说，就是要福田荣自腕关节斩掉自己一只右手。

由于地道行雄态度十分坚决，酒井也拿不定主意，于是当场给本多仁介挂电话请示。

本多仁介拿着听筒似乎考虑了很久，最后忍痛表示同意，但也提出一个条件，希望斩他的左手，不要斩右手。照本多仁介的考虑，一般人都是右手力气更大，留着好处多一点。地道行雄觉得这样也行。这是山口组对本多会唯一的妥协。

谈判结束之后的第三天，举行执行仪式。地点仍选在小天龙组事务所。

山口组头目田冈一雄和本多会头目本多仁介都按时到场，列席的双方是小头目级别以上的组织成员。

首先，本多仁介向田冈一雄表示道歉，田冈正襟危坐，就像没有看见一样。本多仁介回到座位时，脸部肌肉不停地抽搐着，看得出他内心压抑着多么强烈的仇恨。接着轮到福田组组长福田荣自我斩手。

对于这个屈辱的条件，福田荣简直无法想象本多会是怎样答应下来的，但是本多会既然答应了，他便绝无退路。

福田荣盘腿坐在一张矮方桌前，开始做预备工作。他把一卷白纱布慢慢缠在左手腕上，这是为了防止鲜血溅到旁人的脸上。在他缠纱布的时候，两个手下人替他搬来了一只砧板和一把长1尺2寸、宽6寸的斩刀。

福田荣把左手摆在砧板上，右手提起沉重的斩刀，望望本多仁介。本多仁介说："开始吧！"

福田荣慢慢举起斩刀，握刀的手在半空中不停地颤抖，越抖越厉害，突然落了下来，但并没有落在手上。

"怎么了？"本多仁介厉声喝道。

福田荣望着本多仁介，说："请允许我留着左手，我是左撇子……"

本多仁介这才明白过来，他征询田冈的意思："那就让他废右手吧！"田冈点点头。

福田荣把左手纱布解开，重新缠在右手腕部。在一声短促的惨叫声中，右手和前臂突然分离，由于用力过猛，砧板也裂成了两半。滚落在小方桌上的断手，上面的手指由于突然脱离躯体，还微微动弹了一阵子。

本多会方面的人随即放开一只狼狗猛蹿上前，一口叨住那只断手，当场便大咬大嚼起来——这是黑道中的规矩，为防止受刑一方把断手带回去再植起来。

毫无疑问，在这次山口组与本多会的对抗之中，山口组完全占据了上风。

山口组的总动员，不仅使日本所有黑道势力受到震动，同样也使警方大为恼火。为了防止未来黑帮分子大举集结的事件再度发生，日本法务省针对这次情况，设立了"凶器准备集合罪"——即刑事法208条之二：

> 凡二人以上，以危害他人生命、身体或财产为目的，而集合并准备凶器，或准备凶器而去集合者……被控者，均须面对刑罚，刑期与"杀人预备罪"相同，可被判入狱两年以上。

第十四章

祸起大阪

田冈在大阪一家夜总会遭到当地大黑帮组织明友
会的袭击,山口组在大阪的下属组织立即发动疯狂反扑。

1960 年,就日本国内形势而言,是一个多事的年头。

从这年年初开始,日本国民便强烈地反对实行《日美安全保障条约》,但执政的自民党不断向民众施加压力,终于在 5 月 20 日宣布强制执行《日美安全保障条约》。

以学生和普通劳动者为主的人们,组成声势浩大的游行队伍,高呼着"反对安保条约"等口号,连日在日本国会前聚集不散,愤怒地谴责政府。

以此为基础,7 月份便发生了日本首相岸信介被刺事件。

在这年的 8 月间,山口组与大阪的另一大黑帮组织明友会,又发生了一场激烈的武装对抗。

事件的起因非常简单。8 月 9 日,山口组头目田冈一雄,应邀从神户赴大阪参加一家酒吧的开业庆典。

这家酒吧名叫富士酒吧,业主叫韩禄春。1957 年 10 月,经在大阪十三那地方拥有地盘的中川组组长中川猪三郎介绍，韩禄春成为田冈一雄的拜把子兄弟。中川组在此之前已隶属于山口组。韩禄春以开酒吧为名，行扩张黑势力之实，作为早就有意在大阪发展的山口组来说，富士酒吧的开业，田冈一雄是必须要来的。

富士酒吧位于大阪市南区宗右卫门町。8月9日这天已是开业庆典的第五天，韩禄春陪着晚来几天的田冈等人喝酒闲聊，一直到晚上12点钟，依然感到意犹未尽。

这时，田端义夫和另几位女明星在露天举行的庆典演出已经结束。田冈这次迟来的原因，就是为了从神户带几个明星来参加庆典。

酒席上没有米饭等主食，而田冈又经常以茶代酒，所以感到肚子有些饿。次日上午10点，他将从伊丹机场乘飞机，到横滨去参加"全港振"的会议。田冈想到要亲自慰劳一下田端义夫和另几位女明星，便提议说：

"怎么样？大家一起去吃点饭吧！田端义夫，还有几位女歌手，这些天我还没有机会跟你们一块吃顿饭呢！"

大家自然表示赞同。

富士酒吧的主人韩禄春这时显得有点尴尬，红着脸说："真难为情！这儿光有酒菜，没有主食，看来得另开一家饭店才妥。不过，时间这么晚了，恐怕其他饭店都关门了吧！"

有位女明星笑着说："老大想请我们吃饭还怕没地方吗？青城怎么样？那家夜总会通常要到凌晨2点才关门。"

田冈笑道："好吧！就到青城，我请客！"于是，六七个男女，分乘两辆轿车，向位于大阪市南区千年町的青城夜总会驶去。

车子到达青城，已是深夜12点30分。由于没有停车场，负责给田冈开车的秘书织田让二，请老大、田端义夫和中川组组长中川猪三郎先下车进去，自己去附近找个地方泊车。

这时，后面由山本广驾驶的另一辆车子也到了。

田冈一雄在众人簇拥下，走进夜总会前厅。果然生意火爆，里面座无虚席，十分拥挤。众人在门口犹豫着。

"感谢各位光临！"一位年轻女招待很有礼貌地上前招呼，"里面有空位，请跟我来吧！"似乎是却不过面子，田冈跟着女招待走，其他人也只好跟在后面。

在靠近收银台的一张桌子旁，众人勉强落座，但立即便被此起彼伏的吵嚷声扰得心烦意乱。

吵嚷声来自大厅中央的那一桌。六七个年轻男子在那儿大喊大叫——

"哈哈！这块猪肉上居然有两只奶头！"

"喂！小姐，过来！看看这是什么？"

"这么大的奶头，难道不是母猪肉吗？"

"我看这不像是猪肉，倒像是人肉！"

"那就干脆给我个小姐来吃吧！哈哈……"

田冈皱着眉头问韩禄春："那些是什么人？"

韩禄春指点着说："那个高个子叫韩建造，旁边那个小眼睛叫宗福泰……他们都是明友会的骨干分子。这些家伙十分猖狂，经常到处惹是生非。"

田冈沉默着，忽然朝刚才那位招待小姐勾勾指头。小姐来到田冈身边，问："先生有什么吩咐？"

田冈说："叫警察来，把那帮家伙轰出去！"

小姐低下头，为难地说："先生，我们也很想让他们离开。从

10点钟开始，他们就在这儿闹了，警察也来过，可是警察说，光以吵闹为理由，是不可以把他们带走的。因此，请先生体谅我们的难处。"小姐解释完离去。

大家一下子变得毫无情绪，既不甘心就此离开，继续待下去又不舒服。

中川猪三郎忍不住了，跳起来说："我去叫他们滚蛋！"

田冈立即制止，说："别去招惹他们！"

作为大黑帮组织首领的田冈一雄，十分清楚明友会在大阪所拥有的实力。

明友会创立于1953年前后，当时是以十多个朝鲜籍少年为核心，以大阪鹤桥桥底的国际市场为活动基地，首领名叫甲山五郎。自从1957年3月以来，明友会从大阪的正中心，开始向南区扩大势力范围。到1960年，明友会以朝鲜人为主体，逐渐发展成了一个具有上千人马的大黑帮组织。明友会成员所偏爱的文身图案也十分恐怖，胸前不是文着人的骷髅，便是被砍下动物的脑袋。他们下身一律穿着裤脚宽松的灯笼裤，大摇大摆地在人多的街区游逛，见了不顺眼的人，不是动刀就是动枪。当地市民被他们吓得整天提心吊胆，如果小孩不听话，大人只需说一声："叫明友会抓你去！"小孩立即会变得无比乖顺。

就像山口组一样，作为大黑帮组织的明友会，重点对付的敌人并不是市民，而是其他与自己实力相当的黑帮组织。在大阪南区，还有一个名叫南一家的黑帮组织，甲山五郎进入南区之后，与南一家会长建立了把兄弟关系，其实，明友会这时的实力，已经等于把南一家统辖到了自己的旗下，这使明友会成为大阪最大的黑帮团体，从而有能力向山口组在大阪的势力公然挑战。

这时，总部设在神户的山口组，旗下总共有一万多成员。其中在大阪的下属组织有：由藤村唯夫率领的南道会、中川猪三郎的中川组、韩禄春的富士会、梁元锡的柳川组、安原政雄的安原会、加茂田重政的加茂田组、沟桥正夫的沟桥组等，加上其他关系"友好"的黑帮组织，成员总数也接近上千人。

田冈这年已经48岁，神户艺能与甲阳运输两大经济支柱使他腰缠万贯，黑道中的无上威望和青春野性的收敛，又让他变得较为稳重。这个时期，他通常以黑道纠纷的调解人身份出现。他虽然内心痛恨所有坚持与山口组对抗的黑帮团体，但不到万不得已，他是很不情愿开杀戒的。

但是，就在田冈要求大家克制，等待饭菜上席的时候，那几个大叫大嚷的明友会骨干朝他们包围过来了。

领头的是那个高个子韩建造，他嬉皮笑脸地凑近田端义夫，说："咦！这不是大歌星田端吗？真没想到在这里碰上你！怎么样，唱一曲听听吧！"

别的同伴跟着起哄："我们都是你的歌迷啊，唱吧！别太不给面子了！"

小眼睛的宗福泰则把注意力集中在另几位女歌星身上，他一脸淫笑，就像老鼠见了香油："哟！脸蛋真嫩啊！唱几段给我过瘾，唱吧！否则我今晚就没魂了！"

韩禄春看看田冈老大的眼色，起身打圆场："请各位原谅，这几位今晚是来玩的，不唱歌。你们还是请走开吧！"

"什么？"宗福泰小眼珠瞪得像颗黑豆，猛地推了韩禄春一掌，"给我滚开！"

韩禄春踉跄几步，差点跌倒。旁边的高个子韩建造又用脚绊了他一下，使韩禄春摔了个仰八叉。

中川猪三郎气愤不已，扶起韩禄春，然后冲到韩建造跟前，指着对方的鼻尖，喝道：

"知道你们在谁的面前撒野吗？这位是山口组的老大……"

"什么山口组老大，不就是田冈吗！我还认识你呢，你这个猪三郎！我让你尝尝我的拳头！"

话音未落，中川便被四面拥上来的明友会分子架住手脚，韩建造挥舞拳头，朝他脸上、胸口一阵猛揍，然后按住他的脑袋，朝桌面上狠狠地撞击。在一片惊叫声中，大厅内乱成一团。

田冈担心几位艺人被打，急忙把他们护在身后，张开双手，做出防御的姿势。

中川身材矮小，被五六个壮汉按在地上，拳打脚踢。

就在这时，田冈的秘书织田让二停好车走进大厅，一眼便看清整个局势于己不利，但他体重90公斤，擅长空手道，平时三五个对手不在他的话下。他匆匆跑来，让老大和几位艺人赶紧离开，然后撸起袖子，大吼一声，朝几个明友会分子扑去。

平常不擅长打斗的韩禄春也抓起一只板凳参战。

织田双腿交替横飞，首先把已经被打得不能动弹的中川猪三郎救出来，交给韩禄春，接着继续迎战。

六七个明友会分子这时看清楚了原来只有一个对手，于是一齐向织田围攻。

织田很快处于四面包围之中，衬衣完全被撕烂了，只剩下两只袖子。织田索性把袖子扯掉，光着臂膀交手。

织田不顾四面飞来的拳脚，集中力量各个击破。他先盯紧瘦高个韩建造，几个回合便把韩的脖子夹在双腿之间，然后双手抓住韩的脑袋，狠狠一扭，韩的颈椎发出一声脆响，便瘫在地上不能再起来。接着织田又抓住准备逃跑的小眼睛宗福泰，伸出铁爪一般的五指，在宗的裤裆部位猛捏一把，宗福泰发出一声惨叫，倒在地上不停地打滚。其余四五个家伙虽然被吓坏了，但仗着人多，一齐抓起打碎的椅凳朝织田冲来。

这时，一大帮人马冲了进来，全是附近山口组系的组员，他们听到消息立即杀到。大厅所有出口全被封死，明友会几个家伙知道今晚活不成了，于是背靠背缩成一团，准备做最后的垂死挣扎。

然而就在这时，警车长啸，四五辆警车及时赶到。

"青城事件"虽然被警方用武力暂时遏止，但是，山口组与明友会的对抗，还只是一个开场。

"青城事件"发生的当晚，在大阪中川组内，掀起了轩然大波。

富士会会长韩禄春，把身负重伤的中川组组长中川猪三郎带到富士酒吧，马上打电话给中川组事务所。

在中川组接电话的是组员宗实黑，他马上用电话通知另两位中川组组员正路正雄和中材清治。

三人碰头之后，立即一同赶往富士酒吧。

中川猪三郎歪躺在一张沙发上，脸上盖着湿毛巾，浑身皮开肉绽，地上有一盆洗过伤口的血水。猪三郎不时发出痛苦而微弱的呻吟。

"老大！……"看见自己的组长被打成这副惨状，赶来的正路等三人一时都说不出话来。

呆立了半天，正路正雄突然狠狠地挥着拳头：

"走！为老大报仇！"三个人一齐奔出门去，但是被突然进门的另一个人拦住了。

这人名叫市川芳正，是中川组的小头目，他也是闻讯赶来的。市川芳正拦住三位伙伴，说："情况我都听说了。先不要这么冲动！"

正路嚷道："难道就此罢休？那样的话，中川组就要蒙受耻辱！就要成为黑道上的笑话！"

市川芳正见组长中川伤情很重，这种时候更不能鲁莽行动，以避免招致更大的损失，于是严词厉色地说：

"我们的敌人是明友会，不是那五六个人！中川组单独反击，那不是鸡蛋碰石头吗？我们必须冷静！要明白，在我们的身后，还有其他兄弟组织，有足以毁灭明友会的山口组！"

正路等人再也不作声了。

由深夜到清早，大阪市隶属于山口组的各个黑道组织，纷纷派代表来探望中川组组长。

富士会的全体组员基本到齐，完全站在中川组同一阵线，他们齐声呼喊：

"铲平明友会！为中川组长报仇！"

到第二天，所有在大阪的山口组系黑道团体全部联合了起来，共同的口号是"铲平明友会"。

各路人马纷纷集结，到处是磨刀霍霍之声。眼下他们在等待的是最高统帅部——神户山口组的正式表态，只要山口组一声令下，他们就会像洪水一样把明友会淹没。

当时，留在神户的山口组最高长官是厮杀行动队队长地道行雄。老大田冈一雄在"青城事件"发生的次日，飞往横滨参加"全港振"会议去了，行前他授权地道行雄主持山口组日常事务。因此，山口组对大阪方面的表态必须由地道行雄决定。

按地道行雄的本意，他完全赞成趁此机会一举歼灭明友会。在他正准备发出命令的时候，忽然又犹豫了一下，觉得事关大局，有必要请示一下田冈老大，于是拨通了横滨的电话。

田冈在电话里明确指出：山口组不介入此事，由大阪的中川组和富士会自行处理。

地道打完电话，不由出了一身冷汗，他庆幸自己打了这个电话，否则命令一旦发出，与老大意愿相违，还不知自己要负什么样的责任！

地道行雄仔细地分析了老大的态度。不介入，应该是指不直接介入，这种观望立场可使山口组保持回旋的余地；那么，让大阪的中川组和富士会自行处理是什么意思呢？想了想，地道明白了，老大的意思是怂恿中川组和富士会联手与明友会先打一仗，然后等待合适的时机再让他们和解。

于是，地道行雄把山口组的态度传达给了大阪方面。

中川组和富士会显然对神户山口组的立场心怀不满，但他们把这看成是地道行雄的意思，所以，斗志丝毫未减，他们认为，只要打起来，老大田冈是决不会坐视不理的。

"青城事件"后的第三天黎明，中川组和富士会率先向明友会发动进攻。两组人马统一由市川芳正率领，向大阪市南区警署悄悄接近，然后分头隐蔽在警署四周的建筑物后面。

这次袭击的目标，是前天晚上引发"青城事件"后被警方抓来审问的那几个明友会分子，打算等警方放他们出来时，突然发起袭击。

大约等了两个小时，伏击队员都有些不耐烦了。有的怀疑那些家伙是不是在里面；有的建议改变目标，直接袭击明友会事务所；有的抽着烟骂骂咧咧。到6点来钟，天已大亮，警署铁门已经打开，附近开始有行人走动，有的组员提议，干脆派人到警署里面去，看看那几个家伙到底在不在。

7点钟左右，从警署院子里开出两辆警车，由于窗帘拉着，看不到车里坐着什么人。

警车开走后，大约到了8点钟，有一个警察站在高台上大声喊话：

"你们不用趴在那儿了！还嫌不够辛苦吗？你们想等的人，早已坐车离开这儿了！回去吧！马上全部撤走！还不出来？我们早就发现你们了！撤走吧！立即撤走，否则就要逮捕你们！"

埋伏着的两组人马全傻眼了，没想到被警方捉弄了这么半天。

"撤！"市川芳正咬牙切齿地下令。

四处埋伏的组员全部从隐蔽物后面走出来。

这一下轮到高台上喊话的那个警察傻眼了。原来他只发现三五个埋伏着的人，根本没想到在防卫森严的警署四周，居然埋伏着这么多人！

伏击不成，反遭戏弄，中川组和富士会越发愤怒，于是派人向明友会会长甲山五郎送去战书，决定公开讨伐明友会。

甲山五郎捧着战书，心里既烦恼又恐惧。烦恼的是，部下轻举妄动给他惹下这么大的麻烦。对中川组和富士会，他完全不会放在眼里。值得忧虑的是，在这两个小组织的背后，有一个极其强大的山口组。眼下发出公开挑战，背后一定是山口组在操纵。

甲山五郎想，如果贸然向这两个小组织应战，自然胜券在握，但这样的话，正好给山口组一个以强欺弱的口实，使山口组有正当理由向明友会发动全面进攻，而且会受到黑道各派团体的声援。

或许这正是山口组企图吃掉自己的一条毒计！甲山五郎想到这里，决定不上山口组的圈套。在这种时候，要力争和平解决争端。

于是，甲山五郎前往大阪市西宫拜访取方组组长取方健治。取方组是一个中立的黑帮组织，和明友会、山口组均有交情。甲山五郎请求取方健治帮助斡旋明友会与中川组、富士会的纠纷。

取方健治承担了责任，马上请在大阪的山口组把兄弟三木好美和藤村唯夫协助调停。三木好美、藤村唯夫当晚来到中川组事务所，转达了取方健治的愿望。

三木好美说："明友会方面希望双方克制，并表示愿意就手下所做的蠢事，向中川组组长谢罪。现在我们想听听中川组方面的意见。"

中川猪三郎浑身创伤，动一下便疼得龇牙咧嘴。这时，他一动不动地沉默着。

藤村唯夫接着说："中川兄，我想这时接受谢罪是明智的，真的打起来，恐怕不会有太理想的结局。我来前跟老大通过电话，老大的意思也是希望不要把事闹大。"

藤村唯夫的话，在中川猪三郎听来显得十分有分量。因为藤村曾与山口组老大田冈有过四分五厘、五分五厘的交杯结盟，是山口组中地位最高的把兄弟之一。

"如果明友会确有诚意，那就磋商一下吧！"中川猪三郎最后这样答复。

藤村唯夫和三木好美回去之后，把中川组组长的答复，转告给中间人取方健治。

"总算没有打起来！"

藤村唯夫说完，朝三木好美笑了一笑，两人都松了一口气。

然而，事态很快又有了新的变化。

次日，取方健治带着两名年轻随从，以仲裁者的身份，正式走访中川组事务所。

由于组长中川猪三郎上医院换药去了，中川组方面，由小头目市川芳正出面接待。两人隔着一张桌子对坐。会谈随即开始。

取方健治显出胸有成竹的神气，首先讲话：

"明友会的意思，已通过南道会会长藤村唯夫，向你们组长转达了。现在，仲裁的事就请交给我去办吧！"

市川芳正无言地注视着对方，眼神中分明透露出强烈的不满。中川组长去医院之前，已经把有关情况向他交代，当时中川也表现出严重的不满，他今天本来可以不换药，这说明他是有意避开。此刻，市川芳正在心里做出了另一种决定。待取方健治讲完话后，市川芳正沉默了很久，突然冷冷地问道：

"听说明友会想向中川组谢罪，请问取方先生，他们打算以什么方式谢罪呢？"

黑道上的谢罪方式五花八门，有割耳、挖眼、斩指、断臂、锯腿，还有阉割、致聋、致哑等等，最轻的当然是口头道歉。

取方健治与明友会会长私人关系密切，想到的当然只不过是泛泛的口头道歉便算完事。这时见对方刻意提出这个问题，心里十分恼火，如果说得严重，明友会那边不会答应，说得太轻，这边更通不过。想了想，这样说道：

"由明友会会长向中川组叩头谢罪！"

"就这样敷衍吗？！"市川芳正拍案而起。

取方健治脸部肌肉痉挛了几下，低着头问："那么，你认为应该怎样？"

市川芳正冷笑几声，重新坐下，说道："取方先生，你连谢罪的方式还没有跟明友会谈妥，居然就充当起了仲裁人的角色，是不是太糊涂了一点？今天的问题绝不是简单的谢罪就可以解决的！难道你对这个也一样糊涂吗？"

"请你讲话嘴巴干净点！"站在取方健治背后的一个年轻随从早就忍不住了，冲着市川芳正指手画脚，"你要是不服仲裁，那好嘛，你干脆把对方干掉不就行了吗？"

"混蛋！"市川芳正咆哮起来，"这是你说话的地方吗？来人！把这混蛋给我赶出去！"立即拥上几个中川组组员，把那个乱插嘴的年轻随从架了出去。随从当面被赶走，取方的面子完全丢光。他浑身颤抖地站起来。

市川芳正最后对他说：

"取方先生，稍后再做答复，你回去吧！"

当日下午，中川组经过商议，正式向等待答复的取方做出答复——拒绝调停。

拒绝调停，意味着再一次吹响了向明友会公开宣战的号角。

大阪上空战云密布。山口组系的中川组和富士会迅速行动起来。

当天夜晚，在南区的一个叫作山水苑的旅馆中，中川组和富士会的组员们进进出出，个个神情严峻。到7点整，两组人马已集结完毕。

事情发展到这一步，神户的山口组总部依然表态说："不直接插手，但采取适当的方式给予支援。"这种态度使山口组在大阪的下属组织有势可依，或许这就是神户山口组总部的支援方式。果然，大阪的山口组属团体在得知总部的明确态度后，也很快行动起来。当夜8时左右，安原会、柳川组的头目分别率领各自的队伍，浩浩荡荡地开往山水苑旅馆，与中川组和富士会会合。四个黑道组织的负责人，经过一番紧张的协商，很快编成了一支战斗部队。

这支部队总共九十余人，以中川组和富士会为核心，分别编成三人一组或四人一组的突击小组。

突击小组的编法显得很有技巧，这可能是由于其中的许多黑道骨干，以前都是身经百战的军人。同一个突击小组的成员，互相之间都是不认识的，彼此叫不出对方的姓名，互相以约定的号码或其他名称称呼。

这种编排的高明之处在于，一旦某人被警方捕获，由于同伙之间互不认识，即使屈服或叛变，也无法招供出他人。

"务必将明友会彻底摧毁！不达目的，誓不收兵！"

呼过一阵口号之后，三十来个武器精良的突击小组，在夜色的掩护下，如同突然从笼中放出的猎犬，向各条街道飞奔而去。

整个夜晚，突击小组在大阪市挨家挨户进行搜索。像千日前、道顿堀、大剧里、河原畔……这些明友会成员经常出没的地方，简直被翻了个底朝天。但是，明友会的众多成员在此之前已得到情报，在突击小组赶到之前，已经远远地离开这些热闹场所，分散躲到了偏僻的地方。

指挥这次袭击行动的总司令官是中川组的市川芳正，在行动开始之前，他已命令每个小组各自为战，进入战斗之后，组员必须服从小组长指挥。因此，当突击小组向各个方向出发之后，他这个总司令官再也无法跟其他小组联系，转眼之间，总司令官便变成了一个只能领导两个人的突击小组组长。因为市川芳正亲自指挥着一个突击小组。

"扩大搜索范围，只要发现身上有动物或骷髅图案的，格杀勿论！"市川芳正向两个组员下达命令。

"明白！"两个组员齐声回答。

市川芳正希望并且相信每一位组长都会向手下下达这样的命

令，否则今晚的行动将收不到预期的战果。

在一条灯光微弱的后街小巷，三个人以品字形搜索前进。

前方20米的地方，有个男人在慢腾腾地走动，忽然回头望了一眼，随即撒腿就跑。

形迹可疑！市川芳正当即下令："包围他！"

两个组员立即包抄过去，在前方堵住他的逃路。市川芳正则继续在后面追赶。这是一个很长的小巷，没有别的岔道。

没多久，那男人发现前方被两个人堵住，后面一个人正走过来，于是站住，问道：

"你们是不是搞错了？我从来不认识你们！"

市川芳正说："用不着认识，走，把他带到路灯底下去！"

男人意识到什么，赖着不走。

"不走就毙了你！"一个组员用手枪顶在他的腰部，推着他走。

市川芳正不想磨蹭，心生一计，对手下说："让他自己走！"

男人问："你们是什么人？"

市川芳正说："警察。我们在追捕一个越狱的囚犯。快点走，到路灯下看看你的脸，不是就放了你。"

"我还以为你们是中川组的人呢！"

男人大大松了一口气，步履轻松地走到前面一盏路灯底下。

"我不是那个囚犯吧？"男人尽量把脸暴露在灯光底下。

市川芳正的确从未见过这个男人，但也无心去观察他的脸，而是朝手下人喝道："扒了他的衣服！"

三下两下，上衣便被剥得精光。男人胸前分明刺有一个骷髅图案——明友会的标志！

市川芳正"嗖"地拔出匕首。"饶命……""命"字还没说出来，锋利的匕首便刺入了他的腹中。

"去死吧！"市川芳正拭去匕首上的鲜血。

其他两个组员分别拔出短刀，朝这个倒在地上的男人乱捅。

这个夜晚，大阪市的街头巷尾不时响起凄惨的叫声，明友会分子一个接一个地被刀捅死，逃跑的则被击毙。

直到次日凌晨，突击小组仍然在搜查、奔袭，到处充满着极端恐怖的杀戮气氛。

晨光初露，有一个三人突击小组朝明友会会长甲山五郎的住宅奔去。

这个小组由中川组骨干分子正路正雄率领，下面的两个组员中，有一个名叫夜樱银次，由于他的疏忽，甲山五郎捡回了一条性命。

三人奔到甲山五郎家里，发觉当天夜晚他根本没回家睡觉。他到哪里去了呢？后经审问一个被捕获的明友会成员交代，甲山五郎可能在他的一个情妇家里。甲山五郎的情妇名叫富樱雪子，24 岁，是大阪北区一家名为红帽子的俱乐部的女招待，住在俱乐部附近的荻之茶屋。

正路正雄把手一挥，三人立即奔往荻之茶屋。

这时，突然下起了滂沱大雨，三人转眼成了落汤鸡。

他们丝毫没有犹豫，加快速度奔跑。

"下雨正好，他们一定会躲在屋内！"夜樱银次说完，一人跑在前头。

到了荻之茶屋。这是一栋傍街的小楼，楼下是茶馆，因为时间还早，沿街的店铺都还没有开门，雨雾迷蒙的街道上，偶尔有一只野狗拖着尾巴跑过。

三人留心观察。这栋小楼只有两层，二楼临街的格子窗这时紧闭着，里面没拉窗帘。若在平时，如果上面有人睡觉，窗户一般会开着，因为楼上只有这一个方向有窗口通风。也许是由于突然下起雨来才把窗子关上的。

　　"一定在楼上！"夜樱银次说。

　　可是，怎么上去呢？楼梯在屋内，而铺门又紧紧关着，砸门闯入必然会把楼上的人惊醒，等冲上楼，说不定他就已经从另一个出路逃走了。

　　正路正雄说："从屋顶进攻！"

　　恰好挨着小楼有一根电话线柱子。三人都是攀缘高手，很快悄悄到达屋顶。

　　这时不能再迟疑。一阵瓦碎板裂的响声过后，屋顶露出一个大洞，底下正对着一张宽大的双人床。床上这时有不少瓦片，雨水和风一齐朝里面灌。

　　没工夫观察床上有没有人，三个人接二连三地跳到床上。

　　站定四顾，发现这是一个面积大约20平方米的房间，里面的摆设充满女性气息，但是一个人也没有。

　　"搜！"正路正雄命令道。

　　三人拔枪在手，满房间搜索起来。其实不用搜，整个房间几眼就能看个一清二楚。房间是孤立的，只有一扇门，而这扇门也紧闭着。

　　"难道他不在这里？"望着床上乱糟糟的被子，正路正雄这样想。突然，他的目光投向那扇门。走过去仔细一看，门是从里面闩死的。

　　"就在房里！再搜！"经正路正雄这样一喊，夜樱银次猛然想起床底下——他掀起垂下的床单，床底下露出一只脚，但很快就缩了进去。

由于担心甲山五郎有枪，三个人立即散开，同时高喊：

"甲山五郎，快出来！否则我们就开枪了！"

喊了半天，床底下传出一个女人的声音："我不是甲山五郎，我是富樱雪子！……"

三人对视一下，正路正雄说："你出来，我们不会杀你！"

富樱雪子说："我没法出去……我身上没穿衣服。"

正路正雄听了感到奇怪，单身女人睡觉，难道也会脱得精光吗？不可能！床底下必定还有一个男人。

三人悄悄咬了一阵耳朵，然后突然展开行动。正路正雄双手持枪瞄准床底，夜樱银次和另一个组员一齐冲上去，猛地把双人床翻了个底朝天——床底的地板上，顿时露出两个人来，一男一女，全都一丝不挂。

男的浑身颤抖，居然是个干瘦的老头。在老头的衬托下，富樱雪子一身丰满的白肉，显得格外诱人。她身子蜷缩着，两只巴掌怎样遮盖，也没法遮住胸前两只硕大的乳房。

当然，这个老头不是甲山五郎。

正路正雄走近富樱雪子，喝道："甲山五郎在哪里？快说！"

"我……不知道。"

"不说我就杀了你！"夜樱银次用匕首朝她胸部比画，刀尖慢慢下滑，然后插在她合紧的大腿缝里。

"我说……可是他会杀了我的。"说着，富樱雪子哭了起来。

富樱雪子说，甲山五郎如果没回家的话，那么就一定在西区一家名叫田之树的旅馆里，那是明友会经常聚赌的地方。

"走！"正路正雄手一挥，打开门，率先走出房间。另一个组员也跟在后面下楼。夜樱银次却还在房间里磨蹭着。

从他眼中放出的光亮，富樱雪子明白了这个男人想干什么。她准备满足对方。她的目光闪来闪去，让夜樱银次明白她身边还有一个老头。夜樱银次掏出匕首打算把老头干掉。"别杀他！求求你，别……"富樱雪子急忙说，"他已经吓傻了。"

这时外面还下着大雨，风雨从屋顶的窟窿中不停地往房间里灌，使房间里充满寒意。富樱雪子从翻倒的床下拖出一床被子，放在雨水浇不到的窗子底下，铺平，然后自己躺上去，说道：

"要是不介意的话，那就这样吧！"

夜樱银次没料到这女人竟如此温顺，感到难以置信，怔怔地望着她，问："为什么要这样？"

"你一定要把他杀掉。"富樱雪子说。

"杀掉？杀谁？"

"你应该明白。"

夜樱思索着，又问："为什么？"

"我想以后，你应该保护我……"说罢，富樱雪子泪水涌出眼眶。

"还在楼上干什么？快下来！"楼下响起突击小组组长的叫声。

夜樱走近富樱雪子，说："等着！我很快就会回来！房子会给你修好的。"说完，随手带上房门，跑下楼去。

三人继续冒雨奔向大阪市西区。半个小时之后，到达田之树旅馆。逐一搜查了四十三间客房，依然一无所获。还剩下最后一间房。

正路正雄用手枪指了指，问："那间房查过没有？"

"查过了。"夜樱银次随口应着。

其实那间房他没有去查，甚至他连那个方向都没去过，因为那是另一个组员负责搜查的。那个组员还在继续搜查，他已经接近最后那间房了。

"你去协助他！"正路正雄命令。

夜樱银次脑子里一直在想着那个女人，这时猛然感到有泡尿憋得厉害，急于找个地方撒，于是小跑着朝那最后一间客房奔去。

查过的和没查过的房间，门这时全半开着，最后那间客房也半开着。夜樱银次用身子推开门，跑进去就撒尿，一只脚站在门内，一只脚站在门外。

这时情况非常紧急，因为明友会会长甲山五郎就躲在门后。

透过门板的缝隙，甲山五郎把夜樱银次看得一清二楚，两人的距离恐怕不超过 3 尺吧！甲山五郎汗流满面，屏息静气，枪口对准目标，一旦被人发现，他就会立即开枪。

甲山五郎听出到这儿来追杀他的共有三人，如果他率先开枪，只能打死对方一个，最后自己还是难逃厄运，所以他尽可能不暴露自己。

其实，只要夜樱银次朝房中再跨进两步，回头出门就可以发现门后藏着的人。但是，他双腿站在原地完全没动，撒尿之前，他探头打量了一下房间，那自然不可能发现什么。他便确认这个房间和其他搜过的房间一样，根本没有要找的人。于是一边撒尿，一边又想起了那个可能还在等待着自己的女人。这样一泡尿也就撒完了。

刚跨出门，另一个组员恰好搜查到他撒过尿的这间房，见他从里面出来，便以为这个房间已搜查过了，那个组员什么也没说，掉头就走。夜樱银次也跟着离开了。

直到脚步声完全消失之后，甲山五郎才张开嘴巴，大口大口地喘息。

甲山五郎这次得以死里逃生，其实应当感谢他的那个情妇富樱雪子；夜樱银次没有死在甲山五郎的枪口下，同样也得感谢同一个女人。理由很明显，如果夜樱银次头脑不开小差，可能就会仔细搜查那间客房……

可悲的是，甲山五郎逃脱之后，很快查明出卖自己的是富樱雪子，等夜樱银次充满希望地重新回到那座小楼，富樱雪子已经被肢解成无数碎块……

在甲山五郎看来，富樱雪子是咎由自取，因为他知道，是这个该死的情妇出卖了自己。

面对大阪山口组系的黑帮团体的联合攻击，明友会溃不成军。明友会会长甲山五郎，一边东躲西藏，一边秘密呼朋唤友。他首先向在西区颇具实力的友好帮会互久乐会求助，但互久乐会最后放弃了支持的念头。接着，其他友好帮会，如取方组、酒梅组，以及松田组，从前都是有求必应的兄弟联盟，这时统统沉默起来，不敢对明友会施以援手。

在山口组下属组织的残酷打击下，明友会陷于孤立无援的绝境。结果不到一个星期，明友会便土崩瓦解了。

然而，追击明友会残余势力，尤其是明友会首领甲山五郎的行动还在深入展开，并且一个高潮连着一个高潮。

第十五章

不惜代价

山口组以刀枪和炸药为武器，一举歼灭了明友会，代价是一百零二人被捕，数十人入狱，律师费花掉几千万日元。

山口组在大阪市的属下黑帮组织，继续对明友会实施猛烈攻势，发誓要活捉明友会会长甲山五郎，以及"青城事件"挑起者韩建造和宗福泰。

在全面追剿的第五天，市川芳正得到报告，说韩建造现藏于大阪西区西荻町 47 号，具体地点是清见庄公寓 2 楼 2 室。那是韩建造的情妇行松幸子的寓所。报告这一消息的是柳川组组员洪硕枸。

"消息可靠吗？"市川芳正问。

洪硕枸答："完全可靠。我们有四个组员留在那儿监视他！"

市川芳正马上下令："好！多派几个小组，严密包围清见庄公寓！"十多个突击小组立即奔往西区西荻町。

一个小时后，清见庄公寓已被四十多名突击小组组员围住。

市川芳正问先期到达监视位置的柳川组组员："韩建造真的在

里面吗？"

"在！不会错的。我亲眼看见他上楼。"

"他藏在哪里？"

"二楼，上楼梯后往右转，再向前，第三个房间便是。"

清见庄公寓是一幢只有两层的混凝土建筑。上楼的梯级一直延伸到房子外面。

市川芳正打量了一下地形，从腰间拔出一支柯尔特自动手枪，推弹上膛，然后一马当先冲上楼去。

夜樱银次和另几个组员紧随其后，很快堵住了房间。

门很厚实，没法推开。旁边高处有个气窗。

"我上去看看！"夜樱银次踏着一个组员的肩膀，探头朝气窗望了一眼，立即跳下，说，"在里面，只他一个人！"

里面的确只有韩建造一个人。他的情妇行松幸子十分走运，因为她刚好到附近的公共澡堂洗澡去了。

"他手中有没有枪？"市川芳正问。

"没有看清。我想总该有吧！"夜樱银次答。

这样一说，大家全变得紧张起来，一齐掏枪对准房门。

"韩建造！快出来！"市川芳正怒吼着。没有回答。

"快举手走出来！否则你死定了！"夜樱银次跟着喊。

这时里面答话了，声音很大：

"还是你们进来吧！我出去的话，就要变成马蜂窝啦！"

韩建造果然在里面。

"那么我们只有强行攻入了！"市川芳正说着，举枪对准门锁的位置率先开枪。

其他组员也一齐朝门胡乱扫射。

就在这时，猛然听见其中某个组员大叫了一声："不好！快跑！"抬头望时，发现从气窗口抛出来一件什么东西。

"炸弹！"夜樱银次一边惊呼，一边掉头就跑。其他组员也发疯似的逃下楼去。

在外围监视的多数突击组员这时也四散奔逃。他们看见楼上的人往下跑，以为是警察来了。楼上的人跑到楼下，见外面的人都在狂奔，也以为他们是发现警察来了才逃的，所以跑得更快了。只有市川芳正一个人没有跑。他站在楼梯口，对奔跑的人看得很清楚，他明白他们为什么要跑，而且一下子就跑得无影无踪了。更让市川芳正生气的是，这时他已经看清楚从气窗口抛出来的那件东西，根本不是什么炸弹，而是一把极其普通的扫帚！

简直令人哭笑不得！

"该死的家伙，死到临头了，还戏弄老子！"市川芳正心里骂着。他想把突击小组召回来，但已经没指望了。于是他决定自己一个人来对付韩建造。

他纵身一跃，悄无声息地爬上气窗口。这时他可以看清房间的全貌。然而门背后却是视线的一个死角。过一会儿，他发现门后露出一个男人的肩膀，穿的是睡衣。

韩建造完全不知道自己已被发现。他高度警觉地把守在随时可能被冲开的门边。但死神已经降临了。

市川芳正把枪探进气窗，照估计的目标连发数弹。

随着几声惨叫，一个重物倒下了。再探头细看，只见韩建造双手捂着肚子，倒毙在血泊之中。

击毙韩建造，是追杀明友会成员的一个小高潮。

然而，即使是在黑势力极其猖獗的日本，正义之剑依然寒光四射。杀人凶手市川芳正在一个月后被警方逮捕，最后被判处四年有期徒刑。量刑如此之轻，恐怕其中有山口组的作用。

这年 8 月 15 日晚，在大阪市南区一个叫吉长的地方，山口组的大阪兄弟会正在召开"十日会"。这是每月一次的例会，只有具备了山口组兄弟身份的人才有资格出席。议题是如何处理与明友会的关系。

藤村唯夫最后说："明友会由于自己的不是，也算吃了不少苦头，我看也就不要再打落水狗了。是否再请取方组来主持仲裁呢？"

尽管不少人依然耿耿于怀，但这个建议还是原则上通过了。

话放出去之后的第二天，到处躲藏的明友会会长甲山五郎，通过电话，传来这样的口信："在保证生命安全的条件下，愿意做出全面谢罪。"

甲山五郎的态度立即被汇报到神户山口组总部。

地道行雄说："很好！他既然愿意道歉，那就赶紧把他带到神户来，我也想当面跟他谈一谈。"

山口组总部的意见反馈到甲山五郎这边。但事情又变得复杂起来了，因为甲山五郎目前已无力控制住明友会。一群重新集合起来的明友会死党，坚决反对甲山五郎的决定，纷纷质问：

"这不就等于全面投降吗？不管会长怎么说，我们绝对不服！"

"如果就此罢休，我们怎么向被杀的兄弟交代？怎么向韩建造交代！"

"对！明友会的人还没有死光！只要还剩下一个人，就必须抗争到底！"

甲山五郎无言以对。

而中间人又老是来电话催："喂，甲山先生，你到底做何打算？

山口组可不会无限期地等啊！"

明友会的中坚分子说：

"回绝他们！我们有能力战胜对手！现在形势对我们非常有利，山口组在大阪的中川组、富士会，还有别的组织，眼下正在警方的追捕之中，我们应趁机组织力量反击他们。山口组总不可能从神户派大批人马杀往大阪吧？"

甲山五郎无法说服部下，只好放弃和解的机会。

两天之后，原已销声匿迹的明友会成员，开始陆续在大阪市的南区露面，逐渐集中在宇宙舞厅。宇宙舞厅是明友会的根据地。

由于从前的强劲对手这时正忙于躲避警方的追捕，所以明友会的人又像往常一样，在大街上开始耀武扬威起来。他们打骂行人，砸烂店铺，甚至在公众场所侮辱妇女，把对山口组的仇恨发泄到无辜的人们身上。

消息迅速传到神户的山口组总部，地道行雄大发雷霆。

这次他再也不想请示还在横滨开会的田冈老大，自作主张，下达了紧急动员令。

接受命令的是神户市的山口组下属组织加茂田组。

组长加茂田重政接到命令，立即率领四十七名精干组员，迅速赶往山口组总部，听候临时总司令的布置。

地道行雄逐个检查了各个组员的武器装备，然后跳到一个高台上，大声说：

"明友会死灰复燃，趁我们大阪组织处于危难之际，又纠集残余势力，公开向山口组挑战了！他们绝不会想到，我们会从神户杀往大阪。你们的这一次行动，完全代表山口组总部，你们是山口组的特遣队。目标就是彻底、干净地铲除明友会，务必穷追猛打，决不让他们卷土重来！祝你们成功！出发！"

地道行雄选中加茂田组作为山口组的特遣队，是因为加茂田组虽然以神户为根据地，但是在大阪，加茂田组也有一个事务所，位置在大阪市西区山王町二丁目56号。

到达大阪之后，加茂田重政按黑道惯例，把包括自己共四十八名成员，编成十六个突击小组，每组三人，命令各个组长负责，机动作战。布置完毕，十六个突击小组，如同四十八支利箭，朝明友会活动的心脏地带射去。

双方人马陆续在明友会的根据地宇宙舞厅附近交手。经过一番激战，双方各有损伤。但明友会到底经不住加茂田组的突然袭击，纷纷夺路而逃。

加茂田组的人由于主要在神户活动，对明友会的人都不认识，但组长加茂田重政知道明友会成员的文身标志，他这时直接掌握着三个突击小组，于是对手下人说：

"大家注意，明友会的人，胸前或背后一律有骷髅或动物脑袋刺青图案，如果是小头目以上的官儿，胸前还有一个红圈围着的六角形，中间有'明友会'三个字。大家严加搜索，发现这种人，一个也不要放过！"

突击小组遵命深入大阪市南区的各个角落，日夜搜索。

第三天黄昏，加茂田重政率领的突击组，在南区大剧院附近的路上，碰上了二十几个十分可疑的人。

当时正是炎热的8月，那一群人敞开衣襟，露出胸部，仿佛正在等待到此集合的伙伴。

加茂田重政注意着他们的胸部，但由于距离太远，无法看清，便对手下人说："我们走近点，准备动手！"

由于互不认识，那群人毫无戒备。当擦身而过时，走在前面的加茂田重政眼中，突然闪出异样的光芒。他瞥见对方敞开的胸膛上，分明是那个正在寻找中的标记！

"是明友会！"不知谁大声一喊，所有的突击组组员条件反射般地拔出匕首。

"啊！快跑！"那群人似乎明白过来，迅速四散混入过往的人群之中。

有三个家伙行动迟缓，被突击小组抓获，带回加茂田组在大阪的事务所。

正当他们开始审问抓获的三人，追问明友会会长甲山五郎的下落时，电话铃响了起来。

加茂田重政拿起听筒，原来是大阪一个老黑帮组织南一家会会长南一家打来的。南一家在电话里说：

"你们抓的那三个人，不是明友会的，是我们的人。我们跟明友会早就毫无关系了！"

原来，明友会在大阪创建之初，曾归顺于南一家门下，势力增强之后，便不再听命于南一家了，但使用的文身图案却仍然十分相似。

加茂田重政重新查看这三人的文身图案，这才发现那只六角形中只有一个"友"字，并非"明友会"三字。正打算放掉这三个人，电话铃又响了。这次是明友会会长甲山五郎打来的。

他在电话里说："据南一家说，你们抓走了他三个手下。不过我顺便告诉你们，我的手下也抓到了你们三个人，他们的名字叫前川、长谷川、松本。照说我们可以立即把他们杀掉，不过，看在南一家往日对我的情分上，现在他又在求我，所以我准备跟你们交换，三个换三个，怎么样？"

加茂田重政呆住了。

这样看来，南一家会和明友会仍然保持着密切的关系，而且证明南一家知道甲山五郎现在的藏身之处，在此之前，南一家曾一口咬定不知道甲山五郎在哪里。

加茂田重政很想把这抓到的三个南一家的手下干掉，但为了救自己的组员，他还是答应与对方交换俘虏。当天夜晚，明友会的使者来到加茂田组事务所，带走了三个人质。同时，前川、长谷川和松本也返回了加茂田事务所。

三个人鼻青脸肿，衣服被撕烂，浑身血迹斑斑，显然遭受了酷刑。这三人属同一个突击小组，在与十倍于己的对手遭遇之后被擒。

加茂田组的全体组员见三个同伙被打成这样，个个怒不可遏，要求立即发动反击。

加茂田重政问前川："他们把你们关在什么地方？"

前川答："据说是明友会的一个地下指挥部。"

"能记住在什么位置吗？"

"在大阪市东面的一幢公寓，名字叫有乐庄！"

"当时抓住你们的人是谁？"

"明友会骨干宗福泰，我们都是被他打的，他一面打一面说是为韩建造报仇！"

"又是那个宗福泰！"大家嚷起来。

大家早已知道，宗福泰和死掉的韩建造正是引发"青城事件"的罪魁祸首。

加茂田重政仔细询问前川等人，摸清楚有乐庄各种情况之后，立即发布命令：迅速与溃散的兄弟组织联络，集结重兵，一举歼灭明友会！

加茂田事务所内骤然忙乱起来。联络员立即出动。

从午夜到次日黎明，联络员纷纷带回好消息，凡山口组在大阪的下属组织均已联络上。富士会、柳川组、坂井组、福田组、沟桥组、中川组、安原会等，陆续选派出突击队员，先后汇齐到加茂田事务所，总人数已达三百七十余人。

明友会在面临致命打击的危急时刻，把对方的行动意图，通过第三者透露给了大阪警方。

西区警署如临大敌，倾巢而出，以巡逻车开道，协同大批增援部队，在加茂田组事务所周围形成了一个巨大的包围圈。

"老大！怎么办？我们全被包围了！"负责警戒的手下纷纷向加茂田重政报告。

在一切准备就绪的时候，忽然被警方包围，这使加茂田重政十分恼火。他爬到屋顶朝四下望了望，发觉警方至少出动了三百多人，一些重要路口还停着装甲车，简直可以说是水泄不通。

单凭手枪和匕首是不可能突出包围的。其实加茂田重政对突围连想也没想过，这时考虑的仍然是如何完成山口组总部交给的任务，怎样彻底铲除明友会。回到事务所内，加茂田重政对大家说：

"继续做好出击准备！没有我的命令，不许突围，不许向警方投降，也不许贸然行动！等我向神户总部请示之后再做打算！"

加茂田重政向神户山口组总部地道行雄打电话，但是线路不通。原来电话被警方切断了。警方了解到这次行动直接受神户山口组操纵，于是也向地道行雄打电话，要他立即下令解散这支非法武装。

地道行雄在电话里对警方说："加茂田组和明友会之间的对抗，是加茂田组的独立行动，与神户的山口组无关。请警方直接与加茂田组协商解决。"

261

地道行雄这种表示，首先是迫于无奈，其次则是尽量替被围困的加茂田组争取与警方谈判的资格。

不久，警方开始喊话："你们已经完全被包围了！放下武器，让你们组长带头走出来！"

这些黑道分子对警察毫不畏惧，嬉皮笑脸地对外面喊：

"我们老大不在啊！"

"你们派一个人进来吧！我们谈一谈！"

外面的警察怒道："不出来就把你们全杀光！"

里面的人接口："真是笑话！我们什么也没干，凭什么把我们全杀光！"

这时天色已经大亮。加茂田重政觉得这样拖下去很不利，决定主动与警方交涉。警方的要求很简单，只要他们交出武器并解散，便撤掉包围。

与警方交涉之前，加茂田重政让大家交出部分枪支和匕首，由他交给警方。出发之前，他向全体下达指令：听到宣布解散的命令，大家不慌不忙地走出去，然后在指定的地点重新集结，按照预定的目标，迅速向明友会发动攻击。

半个小时之后，加茂田重政与警方交涉成功。

听到"解散"的命令之后，几百人陆续离开了加茂田组事务所。警方在被欺骗下撤除了包围。聚歼明友会的战斗随之打响。

重新集合起来的队伍，按照加茂田重政的命令，分成三路向明友会进攻。第一路攻击明友会的地下指挥部；第二路攻击明友会事务所；第三路攻击明友会的友邻组织，迫使他们无法增援。其中每一路都拥有数十个突击小组。由于在此之前，不少组员的武器被警方收缴，所以重新分配了一下现有的武器。

加茂田组组长加茂田重政亲自率领第一路人马，主攻明友会的地下指挥部。地下指挥部在大阪市以东，离他们的出发地约有四十分钟路程。

"等我们赶到，说不定他们早就跑掉了！"有人这样担心。

加茂田重政说："搞几辆汽车，坐车去！"

结果只搞到三辆卡车，但却有一百好几十人，怎么办？加茂田重政命令："加茂田组的统统上车，其他能上多少算多少，坐不下的随后跑步赶来！"

加茂田重政坐进第一辆卡车的驾驶室，探出头来大声喊道：

"铲除明友会的时候到了！前进！"

三辆卡车开足马力，朝明友会地下指挥部飞驶而去。

明友会的地下指挥部，其实并非设在地下，而是一幢两层楼的木屋。这里只是明友会的秘密活动据点，在山口组的沉重打击下，临时把指挥部迁到了这里。

当时，明友会会长甲山五郎并不在这里，集中在这里的是一群明友会的顽固分子，领头的便是宗福泰。他们大约有三十多个人。由于毒打了加茂田组的三名俘虏，宗福泰估计到对方会来报复，因此早已做好了迎战准备，从一楼到二楼，所有的窗户都堆着沙包、步枪、手枪、双管猎枪，各种火器一齐朝外瞄准。

三辆卡车一前一后开了过来。

"他们一停下，我们就开火！"宗福泰大声喊道。在离房子大约还有 50 米的空地上，卡车停了下来，加茂田组的突击组员来不及下车，就听见响起密集的枪声，子弹像暴雨一般泼了过来。

"把车开走！离远点！"加茂田重政刚跳下车，又跑回驾驶室，对司机大声喊。

一些先下车的突击组员想回到车上，但在他们奔跑途中，被后面射来的枪弹击中，纷纷倒地。

第一个回合，明友会占了上风。

卡车逃离短枪的有效射程后，突击组员急忙跳下车，找地方隐蔽起来。望着倒下的那些弟兄，加茂田重政双眼通红，大叫道：

"准备炸药！冲上去！"

负责爆破的突击小组立即把分散的炸药扎成捆状，然后弯着腰，利用地形地物接近目标，但很快被发现。引来的猛烈射击，使他们趴在地上无法抬头。

"掩护爆破组前进，开火！"加茂田重政大声命令。

突击组员们早就不耐烦了，各种武器一齐开火。

弹雨横飞，杀声震耳。对方的火力很快给压了下去。

爆破组趁机迅速跃进，接近木屋，然后拉燃导火索，投入屋内。

"轰！""轰——轰！"顿时火光冲天，硝烟弥漫。屋内传出一片哭爹叫娘的声音。木屋起火了！没死的明友会会员不顾一切往外逃窜。

"打呀！"

"开枪呀！"

"杀呀！"

迎接他们的是无情的枪弹。

少数明友会会员掉头跑回燃烧着的屋中。

"冲呀！"加茂田重政向部下发起冲锋令。

突击组员从四面八方冲向木屋，一边跑，一边开枪……

整个袭击行动只用了八分钟便告结束。

占据地下指挥部的明友会会员死伤过半，"青城事件"的挑起者宗福泰被乱枪打死。

自"青城事件"开始，到地下指挥部被捣毁，其间只有两个多星期，飞扬跋扈的明友会便彻底灭亡了。

这年的 8 月 23 日，明友会会长甲山五郎，通过中间组织向山口组厮杀行动队队长地道行雄表示，明友会全面投降。

山口组临时统帅地道行雄表示，接受明友会的投降。

8 月 27 日，上午 8 点钟，按照双方约定的地点，地道行雄、安原政雄、藤村唯夫、三木好美、中川猪三郎，以及加茂田重政等山口组重要人物，先期到达有马温泉的一个名叫御所坊的旅馆，等候接受明友会前来投降。

8 点 5 分，明友会会长甲山五郎来了，他手中提着一只箱子，另外七个明友会小头目跟在他身后。

受降仪式开始。山口组的人挺胸肃立，甲山五郎率领七个部下向对方行鞠躬礼，以示屈服。接着，甲山五郎当众打开那只箱子，里面一共放着八只小玻璃瓶，每个瓶中装着一节指头，那是从小拇指的最后一个关节处斩下的。然后，包括甲山五郎在内的八个明友会分子，解开左手小拇指上缠着的纱布，举起来，让山口组的人查验。

每人的小拇指都少了一截，且是新伤。

山口组的人点点头。受降仪式到此结束。

明友会归顺山口组之后，加茂田组的九个组员被警方逮捕。

经起诉，加茂田重政被判刑十一年。1962 年 9 月，被送进神户拘留所，此后被辗转到大阪、东京、岐阜、旭川、千叶等监狱。1973 年 7 月 11 日，加茂田重政从千叶监狱刑满获释。

在这次袭击事件中，山口组被捕人数达一百零二人，其中有七十二人被起诉，最高刑期达十二年，如把大家的服刑年数累计起来，总刑期超过了二百年。被起诉的人当中，包括山口组厮杀行动队队长地道行雄、中川猪三郎、韩禄春等人。光是律师费一项费用，就花掉了几千万日元。

山口组老大田冈一雄，由于外出开会而未受到追究，但那大笔的开支也让他心疼了不少日子。很长时间过去，田冈还经常说："那次打击明友会，花的代价实在是太大了！"

明友会被消灭之后，大阪市的黑道势力便完全被山口组所控制。打着山口组山菱旗的黑帮组织迅速发展，其中最令人刮目相看的是柳川次郎率领的柳川组。

这个时期，在日本能够与山口组抗衡的只有一个黑帮组织，那就是本多仁介的本多会。

山口组早就想与之一争高低。也就是在这个时候，柳川组充当山口组的急先锋，率先向本多会发出了挑战的信号。

第十六章

血染列车

为了抑制本多会下属组织向大阪扩张，山口组成员在一次由米子开往鸟取的夜行列车上，向对手发动猛烈袭击。

明友会被消灭之后，山口组的下属组织雄霸了大阪的黑道世界。此后，山口组的扩张野心越来越大，意欲与日本当时另一大黑帮组织本多会一比高低，于是极力扶持和怂恿大阪的属下组织，以大阪为基地，不断向对手挑战。其中最引人注目的是柳川组。

柳川组组长名叫柳川次郎，由于他经常头戴黑色礼帽，身穿黑色Ｔ恤衫，因此有个绰号叫"黑色魔王"。

1958 年 2 月，柳川次郎已成为某个黑道组织的头领，以大阪市西区为据点，与敌对组织鬼头组抗争，在数次斗争中把鬼头组打得七零八落。同年 3 月，柳川次郎在大阪北区堂山町的堂山大厦，挂起"柳川演艺"的招牌，模仿神户山口组，开始进军演艺界。1959 年 10 月，柳川次郎与山口组厮杀行动队队长地道行雄交杯盟誓，成为把兄弟。1960 年 10 月，柳川组正式归属于山口组旗下。

柳川组与一般的黑帮组织不同，它较注重实业，主要精力集中在土地建设和金融方面，同时还创立了大阪报知新闻社，这是一个周刊，实际上它已涉足新闻业。

由于有雄厚的资金，柳川组成为一个极其好斗的黑道团体。从1958年1月以来，柳川组陆续与西谷组、松尾组、淡熊组系的寺田组、神户松浦组系的立足组和取方组系的柏木组、坂本组、池田组系的多贺组等黑道组织发生激烈的对抗，并逐步巩固和扩展了自己的势力。

三四年的时间，柳川组从兵库到奈良，接着挺进和歌山、滋贺、京都、雄霸近几一带之后，又掌握了中部岐阜、三重、爱知三县，其后还将锋芒指向北陆，席卷福井、石井、富山、新潟等县，沿日本海北上，直到北海道。其势力发展之快，令日本黑道甚为惊叹。

1961年10月，在一列夜行列车上，发生了一起残暴的杀人事件。这是柳川组向本多会发起的血腥挑战。

1961年10月4日晚上8时，开往鸟取的一列旅客列车停在米子站。米子是起点站。离开车时间还有几分钟。

在头等车厢前面的空地上，站着两个男人，正跟一大群前来送行的人亲切地高声交谈着。

两个男人中，有一个是菅原组第二代组长松山芳太郎，他40来岁，一副绅士派头。另一个身材矮胖的男人，是米子的弹子机店银座会馆的老板，他一直笑得合不拢嘴，脸上容光焕发。

前来送行的，是本多会的第二代会长平田胜市（第一代会长是本多仁介），以及他手下的一帮成员。

在不久前，松山芳太郎投靠了本多会，从平田胜市手中接过兄弟杯，两人成了把兄弟关系，因此菅原组改名为平田会鸟取支部，松山芳太郎摇身变为平田会鸟取支部负责人。

米子的这个弹子机店银座会馆的老板，一直是在松山芳太郎的全面关照下做生意，前些日子，在松山芳太郎的强硬支持下，他到鸟取增设了一家弹子机分店。此前，鸟取的弹子机生意完全被柳川组垄断，松山芳太郎的强行介入，使柳川组大为光火。

松山芳太郎仰仗着本多会的支持，而柳川组背后的靠山是山口组，因此，双方互不买账，一个要求对方退出，一个决不答应。为了这件事，双方在鸟取县的水乡东乡温泉旅馆，举行过一次谈判。

柳川次郎和松山芳太郎隔着一张桌子相对而坐，两方面均不肯让步。最后柳川组组长柳川次郎站起来，说：

"要是这样的话，那就干脆打一场吧！"

松山芳太郎也站起来："好！打就打吧！我们奉陪到底！"

谈判变成了宣战。

"如果执迷不悟，当心你的小命！劝你仔细想清楚！"柳川次郎最后留下这句话。

松山芳太郎也回敬了一句："没有办法，尽管来吧！谁要谁的命还很难说呢！"

谈判破裂后的第七天，松山芳太郎不仅支持米子的老板把弹子机店开到了鸟取的地面，而且再次踏足米子，与本多会公开套近乎，拉交情，在米子的公众场合到处露面，完全是有意让柳川组知道，他与本多会关系多么密切，看柳川组敢不敢动他一根毫毛！

松山芳太郎的狐假虎威，令执意扩张的柳川组愤怒难抑，决心抢先下手，干掉松山芳太郎。

从米子开往鸟取的列车快要开动了。松山芳太郎还在和平田胜市热烈话别。弹子机店老板开始不停地看表，显得有点着急，但他仍然赔着笑脸。

这时，从月台某个阴暗的角落里，射出六道寒冽的目光，紧紧盯着松山芳太郎。

毫无疑问，这三名刺客就是柳川组派出的袭击小组成员。为首的便是柳川组组长柳川次郎，另外两名，一个叫小谷，一个叫信治。

"动手吧！"小谷说。

"不要胡来！照计划执行！"柳川次郎低声制止。

"本多会那么多人在场，弄得不好又得搞砸。"信治也白了小谷一眼。

事实上，柳川组在此之前已两次策划行刺松山芳太郎，一次是松山乘坐的飞机抵达米子机场时，一次是松山在米子酒店喝酒时，两次都因为他身边的人手太多而丧失了机会。

这一次，柳川组制订了周密的行动计划，准备在从米子到鸟取的列车上干掉松山芳太郎。根据摸到的情况看，松山芳太郎这次没带随行人员，加上到达米子的这些天，他一直安然无恙，或许以为在强大的本多会的支持下，山口组系的柳川组已对他无可奈何，因此，戒心大减。所以柳川组一致认为，这次行动成功的把握很大。

"呜——呜——呜！"汽笛响过三声，列车马上就要开动了。

本多会第二代会长平田胜市突然从口袋里掏出一支手枪，递给松山芳太郎，说："这几天实在太愉快了，留个纪念吧！"

就在看见枪的一瞬间，松山芳太郎脸上笑容顿失，随之布满愁云。仿佛突然预感到了什么危险，他想起几个小时的夜间旅行，如果有什么不测的话……在他心目中，随行的弹子店老板根本不能算一个人，只是一件摆设，连解闷也算不上好对手。如果有事的话，一支枪又有什么作用呢？这样想着，他犹犹豫豫地把伸出的手又缩了回来。

"怎么啦？"平田胜市不解地望着他。

松山芳太郎显得有些不太好意思开口，支吾着。

平田皱着眉头，说："有什么话，就说嘛！"

松山这才说道："老大，真难为情！能不能派几位兄弟与我同行？"

平田大笑起来，拍着后脑勺说："你看我这老大是怎么当的！"随后对身后的一个小头目说："你带三个弟兄马上上车，负责支部长一路上的安全！"

小头目名叫那须光男，受命之后，立即从旁边挑选了三个手下，很快做好了随车出发的准备。

"松山兄，这个小礼物还是收下吧！"平田胜市笑着说。

"谢谢老大！"松山芳太郎双手接过手枪，这是一支手柄上嵌有五颗宝石的勃朗宁自动手枪。

"快上车吧！"

"那就再见了！欢迎老大和各位弟兄来鸟取玩！"

松山芳太郎和弹子机店老板登上头等车厢，那须光男和三名手下也随后上车。

"咣啷咣啷……"列车开动了。

在满地滚动的白雾掩护下，三名杀手从列车中部车厢上了车。开往鸟取的夜行列车，在汽笛声中缓缓驶出了米子车站。

柳川次郎、小谷和信治三人上车之后，坐在列车中部的第九节车厢里。这是一节硬座车厢，旅客成分复杂，互相似乎都不认识。

他们三人均西装革履，拎着小皮箱，使人看着像是出外办公事的政府官员。他们事先买了票，但不是这节车厢，好在座位不挤，经与别的旅客调换，三个人坐到了一起。

柳川悄悄地问："他上的是第几节车，你们看清楚没有？"

小谷说："看清楚了。他上的是头等车，好像是第五节车厢！"

"什么好像，就是第五节车厢！"信治补充着。

柳川赞许地看了一眼信治，说道："观察务必准确，绝不能含糊。"停了一停，柳川又压低嗓门说，"情况发生了变化，对手临时增加了四名警卫，这是我们开始没有估计到的。无论如何，我们今晚必须把松山干掉。现在大家想想办法！"

思索片刻，小谷说："我们三个人对付他们六个人，正面出手恐怕对我们不利……"

柳川点点头，看着小谷："继续往下说！"

小谷搔搔脑袋，说："我有一个主意。要干掉他们，首先得接近他们。不如由我假扮成送夜宵的乘务员，趁他们买好食品正在吃的时候，突然开枪——"

"这主意不行！"柳川打断说，"送夜宵无法做到三人配合行动，你出手再快也不可能把他们全部干掉，说不定你还要赔进去。我们是代表山口组来惩罚松山，而不是来同归于尽的。再动动脑筋，另想一个更好的办法。信治，你说说看！"

信治一直在考虑，这时说道：

"头等车厢一般有乘警守卫，我们想进去都是不容易的。我想，最好是把松山引出来，使他和本多会的那四个人分开，待松山离开头等车厢后，分一个守在门口，另外两个人一齐动手，在两节车厢接头处把松山干掉！"

柳川把信治提出的方案从头到尾想了一遍，慢慢摇着头，说："用什么办法让松山离开头等车厢呢？头等车厢里面有吃有喝，也有厕所，简直不可能有什么理由让松山离开。即使他离开了头等车厢，因为他戒心很重，也可能叫本多会的人跟着自己。这一切都不是能由我们决定的，所以我认为这不是好办法。"

柳川这样一说，大家都沉默了。

这时，车窗外的景物完全陷于黑暗之中，车厢顶部的灯光却显得明亮起来。列车运行了将近一个小时，不少旅客开始感到困倦，有的已经在打瞌睡。

"你们坐在原地别动，我去侦察一下。"柳川说着，悄悄把手枪掏出来，交给信治，独自朝头等车厢方向走去。

从第九节车厢到第五节车厢，距离并不算远，但柳川走得很慢，他一路观察，一路想主意。走到第七节车厢，柳川顺手从桌子上偷了一只茶缸拿在手中。

第六节是普通车厢，与第五节头等车厢相连。但中间的门关死了，无法再往前走。两节车厢之间没有灯光，十分幽暗。柳川干脆把第六节车厢的车门关上，让自己处于黑暗之中，这样便于观察。头等车厢的车门上有一块玻璃，透过玻璃可以看到里面的一切。

头等车厢的地上铺着地毯，座位是宽大的软沙发，沙发靠背可以斜倾。里面大约有二十名乘客，松山芳太郎坐在车厢的中间位置，背朝这边而坐，透过沙发靠背，可以看到他那半秃的后脑袋，他脱下了西服上装，样子显得很轻松。面对松山而坐的，是弹子机店的老板，可以清楚地看到他红红的脸。其他四个本多会的保镖，则分成两拨，坐在左右靠窗的位子上。他们都不说话，显出情绪不高的样子。

使柳川感到不安的是，头等车厢里居然还坐着四个穿警官制服的人。本次列车的列车长也在里面，正对这四个警官介绍着什么。列车长旁边站着两个乘警。

这是怎么回事？难道他们察觉到了什么吗？柳川次郎低头思索着。

突然，头等车厢的门被推开，一支手枪对准柳川的脑袋："不许动！"

柳川的头被门碰了一下，疼得厉害，抬头望时，发现站在面前的是一个乘警。

"你是什么人？到这来干什么？"

柳川立即装出欲呕不能的样子，痛苦地说："我晕车了！……想找个地方吐……"

乘警用手电照照地上，却什么也没看见。

"……吐又吐不出来，"柳川挥挥手中的茶缸，"想到头等车弄点开水……"

"站起来！"乘警喝道，"背过身去，让我检查一下！"

柳川站起来，抬起双手。

乘警在他身上搜了一阵，什么也没搜出来，便说："回到你的座位上去，头等车不是可以乱闯的！"

"是。我这就回去。"

一回座位，柳川次郎把侦察到的情况，对小谷和信治二人说了一遍。

"看来，硬闯是闯不进去的！"大家脑子里都在转着这个念头。

小谷看了看手表，已经是深夜 11 点钟，再过两个小时，列车就将到达终点。

"只剩下两个钟头了！得赶紧拿出办法！"小谷望着柳川次郎。

柳川次郎这时不停地抽着烟，眼睛像是在望着朝车顶棚散去的烟雾，又像是在观察着车厢顶部的灯光。

其实，柳川这时留心观察的目标，是行李架上的几大捆尼龙绳。那可能是某个旅客从米子采购的，绳索比拇指还粗，每捆展开来，恐怕至少也有三四丈长吧！

就在这一瞬之间，一个大胆的主意跳进柳川的脑海。

三个人的脑袋凑到一起……

袭击行动开始了！

柳川次郎悄悄从行李架上取下一捆尼龙绳，回到靠窗的座位，把绳索解散，重新绕成一小盘，握在右手中，向信治点点头。

信治立即把对面的窗子推起，注意着窗外，然后对柳川做了一个手势。小谷这时负责监视旅客的动静。

车厢内，旅客基本上都已入睡，显得十分安静，唯有车轮辗压铁轨时不断发出有节奏的响动。

小谷向柳川发出可以行动的信号。柳川把上身探出窗外，用手猛力一挥，车顶上响起绳索展开的响声。绳索越过车顶，悬在对面的窗口。信治很快抓住了绳头。他把绳头在行李架上固定住。

"你先上！"柳川指指信治。

信治踮足到行李架上拿尼龙绳，脚下被绊了一下，弄出很大的响声。

"你要干什么？"旁边一名旅客被弄醒了，迷迷糊糊地问。

"没什么，上厕所！"信治随口说道。这名旅客又睡着了。

信治摸摸下面，原来座位底下还放着好几捆尼龙绳子。那就用不着到行李架子上去拿了。

信治从座位底下扯出三捆尼龙绳，两捆留给伙伴，另一捆自己背在身上。

"要小心！"柳川叮嘱。

信治钻出车窗，双手攀着绳索，很快就到达列车顶部。

"小谷，上！"柳川低声命令。

于是，小谷也背着一捆绳子，攀上了车顶。车厢里只剩下柳川次郎一个人了。他把信治开始固定在行李架上的绳头解开，拉一拉，示意车顶上的同伴抓紧绳子，然后移身窗外，在同伴的协助下，爬上了车顶。离开车厢之前，柳川将两边的窗子都关好了，车厢内除少了三个人和三捆绳索之外，没有留下一点痕迹。

三只手在车顶上紧紧相握。

柳川下达命令："你们两人在左，我在右。我的枪响之前，你们不要暴露！现在我们朝第五节车走，找地方把绳子固定下来。行动！"

列车高速运行，夜风吹得人有些站不稳。三个人猫着腰，顽强地朝第五节车厢走去。

"第八节……第七节……第六节……"三人心中都默数着。

"到了！就是这一节！"信治指着脚下说。

"对！是这一节！"小谷也肯定。

柳川用手在车顶上摸寻，发觉到处都是光秃秃的，没有地方用来固定绳子，怎么办？

"用一根绳索的两端把人拴住，搭挂在车顶，不就平衡了吗？"柳川把这个想法说了出来。

信治马上说："这样会滑动。况且我们是三个人，另一个怎么办？"

"呜——！"列车一声长鸣。原来列车就要经过一座大桥，过桥之后是一道慢坡，那是预定的撤离地段。不能再犹豫了。

柳川果断地说："小谷留在车顶，当固定点，我和信治各用一根绳子，一端拴在自己身上，另一端拴在小谷身上。信治从左边下，我从右边下。小谷的枪给我！"

小谷说："那你们太危险！"

信治笑道："两头扯，你也不会太好受的！"

来到第五节车厢中间位置，三人把绳子系好。小谷腰上重叠拴着两根绳子，他鼓足劲，做好抗拉扯的准备。

"我看你还是坐着舒服点！"下滑之前，信治最后以开玩笑的口吻对小谷说。

柳川双手持枪，避开亮灯的窗口，悄悄下滑，很快到达与车内乘客视线平等的位置。他注意到，对面窗外，信治也已到达合适的位置。

靠窗坐的那须光男，这时离窗外悬挂着的刺客不到2尺距离，只要一开枪，他必定首先丧命。但柳川的首要目标是松山芳太郎，令柳川奇怪的是，那个座位这时居然空着，松山不知上哪儿去了！

根据事先掌握的情报，这列车没设卧铺，松山不可能到别的车厢去睡觉。再仔细看，他的西服上装还搭在沙发扶手上。对面座位上的弹子机店老板已经睡熟了，红红的胖脸上鼻息均匀。其他保镖一个不少，都处于半睡半醒状态。可是，松山到哪里去了呢？

列车突然颠簸了一阵，原来开始过大桥了。

就在这时，松山芳太郎出现了，他一面系裤带，一面摇摇晃晃地走向自己的座位。原来他是上厕所去了。

靠窗的那须光男这时醒来，对松山说几句什么话。

松山似乎是这样回答："不知吃坏了什么，肚子不太舒服！"

"我想是车厢太闷，换换空气吧！"那须光男这样说着，转身用双手推窗子。柳川赶紧避向一旁。

窗子打开后，那须光男从窗口探出头来，大声说："哈！过大桥啦！夜色真美呀！"

就在把头缩回窗内的一瞬间，他猛地发现了挂在窗口的柳川次郎，随即大叫起来："有刺客——！"

"砰！砰！"

"客"字没叫出来，柳川手中双枪齐响。那须光男软瘫在窗口上，他的反应也非常敏捷，在倒下时已经掏枪在手。

车内一片惊呼，乱作一团。剩下的四名保镖均已拔枪在手，同时掏出枪来的，还有四名穿警官制服的人，以及两名列车乘警，但由于一时搞不清攻击目标来自何方，急得手忙脚乱。松山芳太郎最先想到自己是被袭击的目标，一边找地方隐蔽，一边掏枪大叫："刺客在窗外！"

于是，有个保镖一边开枪，一边冲向柳川这边窗口，见无人还击，他探头到窗外察看。

"砰！"

又是一枪，保镖应声栽倒！

枪声引来一阵暴雨般的枪弹。车内所有枪支一齐向窗外射击。这时，他们的背部正好全都朝着信治这边的窗口。信治手中是一支大口径短枪，威力无比，他抓紧时机，隔着玻璃向松山芳太郎瞄准——"砰砰砰！"

一个三连发，玻璃碎片迸溅，松山芳太郎后胸连中三弹，顷刻

278

间倒地死亡。

发觉攻击来自背后，车内的人又掉转枪口，朝信治这边猛烈射击。但信治移动身体，早已躲到一边去了。

而这时，对面窗口的柳川又扣动扳机，双枪齐发，弹弹命中目标，车内的武装人员死伤过半。等柳川躲开时，信治又发动攻击。

柳川和信治在下面干得痛快而解恨，而车顶上的小谷却痛苦不堪。两根尼龙绳子拴在他的腰上，两头都挂着一百好几十斤，柳川的体重可能接近300斤，如果不动还好，可恨的是，两人在下面不停地动来动去。当时是10月天气，衣衫单薄，粗糙的尼龙绳子，深深地勒着腰部的皮肉，疼得小谷龇牙咧嘴，枪响之前，他还不敢叫唤，待枪声响成一片之后，小谷再也不管那么多了，扯直喉咙大嚷：

"啊——！你们快一点！我受不了啦！"

枪战大约持续了二十分钟，车厢内的乘警从较远的窗口窥探，发现攻击者原来是用绳子挂在车外的，他们在暗处，车厢里的人在明处，而且他们可以利用绳子的牵引，不断改变射击和隐蔽的位置，因此占有很大的主动。聪明的乘警这时把车厢内的灯光完全关掉了。

这使柳川和信治由于眼睛一时难以适应，在黑暗中失去了攻击目标。而车内的武装人员，则不时地从各个窗口向他们射击。柳川与信治开始陷入被动挨打的境地。

"不可恋战！"柳川当机立断，用手使劲拉了三个绳索，向车顶的小谷发出收兵的信号。

小谷拼命拉扯绳子，柳川奋力攀缘，很快，柳川到达了车顶。

小谷这时感到轻松了一大半。二人开始帮助信治。可是很奇怪，信治好像失去了配合的能力，怎么拉也拉不动。

枪声仍在持续。

"快上来！"柳川大声命令。

"信治！快上来！"小谷也跟着喊。

信治毫无反应。

"把他拉上来！"柳川吼道。

两人一齐使劲，还是拉不动。

"可能是绳子被卡住了！"小谷说。

两人再一齐使劲。这一次，不仅拉不动信治，而且绳子还在往回拉。

从下面拉扯绳子的力量看，不是一个人，而是三四个人！

柳川猛地明白过来——信治已经死了！是对方几个人在拉扯绳子，企图把他们从车顶上拉下去！

对方拉绳子的似乎越来越多，就像拔河比赛遇上了强劲的对手一般，柳川和小谷给拉得直往前出溜。小谷已经滑到了车顶的边缘，再上前半步便会掉下车去。

由于绳索在身上捆扎得太紧，在拉扯之中，想解开是非常困难的，时间也不容许。

"站稳！"柳川喊着，腾出手来拔出短枪，对准绷直的尼龙绳子连连射击！

小谷一个趔趄，绳索断开了。车厢内，响起一群人轰然摔倒的声音。

小谷一屁股坐在车顶上，整个腰部火辣辣地疼，用手一摸，黏糊糊的，原来被绳索勒出了许多的血。

"砰！砰砰砰！"车厢内的人在朝车顶棚开枪。

"起来！快离开！"柳川的话音刚落，小谷发出一声惨叫，倒下了。

一串子弹穿透车棚，从他的会阴部直接进入体内。小谷当即死亡。这是大口径步枪显示的威力。

"砰砰砰！砰！……"子弹在车顶棚上到处开花。

柳川丢下小谷，朝列车尾部奔跑。

这时列车上的所有乘警都已经爬上车顶，一边开枪，一边朝柳川冲来。柳川一边举枪还击，一边把绳头扎成一个活套。那根尼龙绳还扎在他腰间，其他部分全绕在手臂上。

大桥早已甩在后面，慢坡已过去，前面是一片辽阔的平原，离铁道大约两丈之距，是一根接一根一闪即逝的电话线柱子。

乘警又从列车尾部上来了几个，对柳川形成前追后堵之势。

柳川的两支手枪，子弹已全打光。

柳川已经被包围了，他把手枪扔给对方，站着不动。

"你被捕了！"警方的头目说。

"哈哈哈……！"柳川忽然大笑起来。只见他用手猛地当空一挥，尼龙绳撒了出去，那个活套不偏不倚，恰好套在一根电话线柱子上，仿佛一片秋叶随风卷走，柳川腾空飞去。

变故发生在一瞬间，等乘警明白过来，柳川已经牢牢地挂在电线柱上，消逝在黑暗之中。

这起夜行列车的血腥事件，给日本山荫地方的黑道世界带来了巨大冲击。

本多会的第二代会长平田胜市当然是怒发冲冠，但由于后来山口组老大田冈一雄出面讲和，并说松山芳太郎支持弹子机店老板，在柳川组的势力范围内强行增设弹子机分店，这分明是霸占别人的地盘，是不符合黑道规矩的，况且松山芳太郎此后又多次在米子露面，有意激惹柳川组，因此发生惨剧是情理之中的事情。如果本多会一定要找柳川组算账，那么就等于不给山口组的面子。

田冈一雄说这番话时，脸带笑容，但话中硬的成分多，软的成分少。

平田胜市明知柳川组的挑战，是在山口组的支持下进行的，他心中何曾不想与山口组决一雌雄，但黑道抗争多少还讲究一点师出有名，以一个什么名目宣战，关系到本组织在黑道世界中的声誉和影响。这一次松山芳太郎抢占对方的地盘，实在有点理亏。若与对方交战，也不宜以此为名，还是从长计议吧！

最后，平田胜市表示接受和解。

松山芳太郎被杀，本多会损兵折将，而平田胜市持沉默态度，这使山荫地方的各方黑道势力深感吃惊，他们首先想到的是，山口组果然是黑道中的老大，想怎样就怎样。

柳川次郎及其率领的柳川组随之威震八方，凝聚力迅猛增强。当地江泽市的井上组、益田市的长手会、米子市的木下会等黑帮组织，纷纷投靠到柳川组的门下。在短短的半年时间内，日本海沿岸都市及首都迅速被山口组系统内的柳川组、地道组、小两组等庞大黑道团体所霸占。

只有鸟取市仍然是本多会系的平田会的势力范围。从前，平田胜市率领的平田会，是本多会中势力最强大的组织，后来，本多会会长本多仁介退位，由平田胜市继任第二代会长。

但是，由于"夜行列车事件"，本多会内部产生众多纠纷，离心力越来越大。在平田会底下，有一个名叫山荫竹泽一家的组织，最早是在鸟取市扎根的，由于第六代头目继承权问题内部失和，组织分成两派，主要头目之一的小田最终离开山荫竹泽一家，重新组成了一个名叫山荫小田组的黑帮组织。令本多会吃惊的是，小田不仅自立门户，而且最终投奔到了山口组系统的小西组门下。这分明是叛变投敌！

在黑道中，加入一个组织或许不难，但退出是很不容易的，而一旦叛变，那么必然会遭到严厉的惩罚。

小田组的大胆之举，继"夜行列车事件"之后，又在山荫地区掀起了巨大波澜。

第十七章

大举扩张

山口组沿日本西海岸勇猛扩张，一路收编敌对组织。本多会严令下属组织惩治叛逆，但被山口组打得溃不成军。

1963 年 1 月，日本山荫地区下了一场大雪，雪停之后，阳光普照，到处一派银装素裹。鸟取市区的街道上、房屋上、树木上，积着厚厚的白雪。所有店铺的面貌焕然一新，老板和店员笑容可掬地迎送着顾客。人们穿着保暖的新衣，成群结队地在雪地上走来走去。孩子们在做打雪仗的游戏，闹得不可开交。

小田组的几个意气相投的弟兄，来到市区繁华地段的一家名叫红马车的酒吧，大吃大喝了一通，然后相邀着去半公开的妓院里厮混。有个名叫西原昭彦的年轻人因为留下来付账，所以晚离开一步。

就在西原昭彦走出红马车酒吧，来到街道上时，听见一个不友好的声音："喂！你站住！"

西原回头张望，发现一张陌生的脸。

"望什么？喊你呢！"对方神情严峻，分明隐藏着杀机。

"我不认识你！"西原说。伙伴全走远了，西原估量自己打不过对方。

对方步步逼近："你不认识我吗？可是我认识你！你难道不是小田组的人吗？你们这些叛徒、逆贼！今天我首先要惩罚你，让你知道背叛组织会是什么下场！"

对方30来岁，身材魁梧，穿着袖子宽大的黑色和服，腰间挂着一把宝剑，双脚穿了棉袜，却踏着一双木屐。这样挺立在雪地上，使他充满一股勇武之气。

西原望着对方，内心先有了几分胆怯，一边后退，一边说：

"如果有什么过不去的地方，请你直接去向我们老大说明……"话未说完，一记响亮的耳光已经落在西原的脸上。第二巴掌跟着骂声扇过来：

"还有脸提你们的老大！小田是个什么玩意儿？杂种！你们通通是杂种！王八蛋！"

西原用手捂着脸，他的鼻血也被打出来了。西原想弄明白对方身份，一边躲避一边问道：

"我不能让你白打，请告诉我，你是什么人？"

"什么人？难道我不敢说吗？老子是清水组的直木通！我不光要打你，还要打小田那个杂种！还要打山口组田冈一雄那个王八蛋！……"

西原完全明白了。去年下半年，小田组脱离本多会系统的平田会，投奔它的敌人山口组系统的小西组。小西组是山口组在山荫地区最大的下属组织，组内成员达一千五百多人。而平田会则是本多会在山荫地区最大的下属组织，清水组从属于平田会。小田组的投敌行为，使平田会下属的各组织大为愤慨，早就四处扬言要杀一儆百，严厉制裁小田组及其所有成员。西原今天只是个挨头一刀的人。

既然申明了旗号，那么就只有应战了，否则更会令对方看不起。西原明知敌不过对手，但还是高声呼喝着替自己壮胆，冲上前交手。但西原很快就被扭住双手动弹不得，而且直木通只使用了一只手，另一只手想揍西原哪里就揍西原哪里。打着打着，直木通双手都沾满了西原鼻子、嘴巴中流出的鲜血。似乎嫌脏，直木通干脆脱下一只木屐，劈头盖脸地朝西原头上、身上猛揍。

　　西原七孔流血，衣服上也是血，渐渐变成了一个血人，最后瘫倒在雪地上。

　　"去死吧！"直木通说着，"嗖"地抽出宝剑，一只脚踏在西原胸口上，双手高擎宝剑，就要朝西原胸口刺去。

　　忽然，直木通似乎想起什么，又改变了主意。他说：

　　"今天先不杀你，为的是让你回去送个口信。告诉小田，赶紧向平田会承认叛变的罪过，老实接受组织的处罚，否则，我们将把你们一个个统统杀光！起来，滚吧！"

　　直木通说完，朝西原脸上啐了一口痰，然后把宝剑送回剑鞘，扬长而去。

　　西原昭彦踏着积雪，跌跌撞撞地走回小田组事务所，是当天下午5点钟左右。逛妓院的伙伴都回来了，正围着桌子一边打牌，一边交谈着嫖妓的乐趣，气氛甚是热烈，以致满身是血的西原在门口站了半天，大家都没有发觉。

　　"老大！要报仇哇！"一声大喊，使满屋的人都回过头来，惊讶地望着那个大声叫喊的人。

　　半晌，大家才纷纷上前询问——

　　"西原！是你吗？"

　　"是怎么回事？谁把你打成这样？"

"不要急，让他躺下再说！"

大家把西原扶到一张沙发上躺下。

小田组组长小田闻讯从里间出来，他分开众人，急切地问西原："快告诉我，发生了什么事？"

西原把在红马车酒吧前的挨打经过详细复述了一遍。

就像一盆冷水浇进滚烫的油锅里，事务所内，小田组的人群情激愤，咆哮如雷：

"好一个直木通，竟敢如此放肆！我们决不能轻饶他！"

"他不仅辱骂小田老大，而且辱骂柳川老大、辱骂田冈老大，这分明是在向整个山口组挑战！"

"如再不反击，我们小田组的人就没脸活在世上了！"

"老大，快下命令吧！"大家一齐望着组长小田。

小田双目喷火，咬牙切齿地喊道："集合队伍，杀向清水组！"

这全是一帮以打架为生的黑道人物，听到头目一声令下，个个兴奋得摩拳擦掌，不用多久，一个个全都武装起来了。

二十多名小田组组员，在小田组事务所内整装待发。

小田正打算下达出发的命令，副组长青木忽然拦住，说：

"请等一等！"

小田是个脾气急躁的人，而青木考虑问题比较全面，平时总是提醒老大该怎么做更好，小田也很敬重他。但这时小田在气头上，根本不想理会青木的劝阻，带着队伍冲到了门外。

"站住！这样会把事情弄砸的！"青木在门口厉声喝道。

众人不由停下脚步。

小田回过头来，朝青木怒道："你是害怕吗？那你就留下吧！"

青木走上前去，冷静地说："我不是害怕，而是想把事情干得更漂亮！"

"怎么个漂亮法？"小田问。

青木说："清水组既然胆敢公开向我们挑战，表明他们早有准备。对付清水组，我们的力量是足够的。但是，你想没想到，我们一旦向清水组发动进攻，池上组绝不会袖手旁观。池上组和清水组是多年的兄弟关系，而且两家离得不远，如果他们集合到一起，我们就要费事得多。"

"你的意思是……"

"我想，我们应该先发制人，分成两路，同时攻击清水组和池上组，趁他们还没联合起来，实行各个击破，打它个措手不及！"

小田转怒为喜，说："好！就照你的意思办！我们把队伍分成两伙，你带十多个人攻击池上组，我带十多个人攻击清水组。就这样，马上行动！"

"慢着！"青木看看天色，又说，"现在天还没黑，再等一等，夜间行动对我们更为有利。清水组的人刚刚打了我们的人，这时一定在等待着我们去报仇，如果我们白天没有去，他们就会放松戒备，更不会想到我们在晚上发动袭击。"

"好吧！依你。"小田觉得副组长的话有理。

吃过晚饭，8 点钟左右，小田组的二十多名组员分成两路，由组长小田和副组长青木分别率领，携带着日本刀、手枪和猎枪等武器，旋风一般从事务所卷出，杀向预定的目标。

先说小田亲自率领的一支人马，他们的攻击对象是清水组。

清水组事务所，位于鸟取市区正北面的一个市民杂居区的中央，是租下的一幢两层楼的民用建筑，楼上住人，楼下是办公室。远远地，就可以望见楼下大门洞开，里面灯光明亮，却不见一个人影。

"可能有埋伏！"有个组员担心地说。

"趴下！"小田发出口令。

全体组员匍匐在雪地上，夜里寒风凛冽，不少人由于寒冷加上紧张，身子瑟瑟发抖。

观察了一阵，感到情况不对。有个清水组组员，从里屋慢慢踱到门口，站在那儿一面剔着牙齿，一面无聊地东张西望。

"好像他们没有防备！"又有个组员说。

"再观察一下！"小田说。

这时，又有一群人出现在堂屋的灯光下，一边互相交谈，一边擦着嘴巴。原来他们刚刚集体用完晚餐。又过了一会儿，二楼窗口的灯亮了，从里面传出十分动听的箫声。

"吹箫的是清水一夫！"小田对大家说，"准备好，我们冲进去，动作要快！"小田说完，手猛地一挥，十多个组员迅速弹起，朝清水组事务所扑去。

小田冲在最前面，他手中端着一支双管猎枪，边冲边喊：

"杀——！"

"冲啊！"组员们齐声呼喊，同时举枪射击。枪声大作。

站在大门口剔牙齿的那个清水组组员，还没弄清是怎么回事，便中弹倒下了。

堂屋内的其他清水组人，有的被乱枪击毙，有的掉头从后门逃窜，但小田组的人在后面紧紧追杀。

小田的目标是清水组组长清水一夫，他冲进堂屋，首先就朝天花板上开了两枪，然后冲上二楼。

可是就在他踏上楼梯口时，发现窗台上有个身影一闪——那正是清水一夫。等小田赶到窗前，清水一夫已经跳窗逃走了。

清水一夫从二楼跳到地上，狠狠摔了一跤，可能是足关节扭伤了，但他身子一歪一歪的，照样跑得飞快。

小田知道已无法追上他，立即举枪瞄准——

"砰！砰！"

子弹似乎是从清水一夫的耳边擦过，他猫下腰，转眼就消失在路灯照不到的暗处。

"给他逃掉了！"小田恨得咬牙切齿。

其他组员这时都站到二楼来，听说清水一夫逃走了，非常懊丧，其中一人叫道：

"好！既然这样，那就把他们的招牌拿走，拿招牌代替他们的组长！"

"对呀！去拆他们的招牌吧！"大家同声高喊，拥下楼来。

小田亲自动手，把清水组事务所大门旁边挂着的招牌拆了下来，让一个组员扛着。

"把所有的东西都带走，拿不动的砸烂！动作快点，5 分钟之内撤退！"小田大声命令。

这次报复行动共杀伤杀死清水组七人，抢到招牌一块，但是组长清水一夫逃掉了，另一个殴打西原昭彦的直木通，由于外出没回事务所，也免遭一难。

再说青木率领的另一支人马，他们的攻击目标，是与清水组有同盟关系的池上组。

其实，小田组副组长青木这一次完全是多虑。池上组对小田组来犯毫无戒备，因为他们根本就不知道清水组的人打了小田组的人，事后，清水组也没有跟池上组联系。

青木带领十几号人冲进池上组事务所时，池上组的人正在赌博，气氛非常热烈。

听见门外杂乱的脚步声，有个池上组的人大叫起来：

"警察来了！"

当时私设赌场聚赌是非法的。他们以为是警察来了，于是匆匆关掉电灯准备开溜。

"不许动！原地站好！谁动就打死谁！"有人大声呼喝，伴随着枪栓拉动的响声。

池上组的人在黑暗中乖乖地站好，心里却在猜测：这可不像警察，究竟是什么人呢？

"把灯打开！"

池上组的人只好拉亮电灯，一看，用刀枪围住他们的全是一些穿便衣的人，绝对不是警察，因为警察是不会用日本刀的。

"谁是这里的负责人？站出来！"青木用手枪威吓着。

"我们组长不在，已经去米子好几天了！"一个池上组的人答话，然后又问，"你们是什么人？可以讲出来吗？"

"我们是什么人？我们是小田组的！"青木说，"今天下午，清水组的直木通打伤了我们的人。以血还血，以牙还牙，我们是来讨回公道的！"

"直木通是清水组的，你们是不是搞错了，我们是池上组的！"

"难道会搞错吗？谁不知道你们两家共穿一条裤子，早就暗中联合，企图把我们赶尽杀绝！直木通发起挑战，难道不是你们互相串通好的吗？"

那个池上组的人平静地说："那是从前的事啦，情况总是在变化。虽然我们都从属于平田会，可清水组跟我们大不一样，我们也不喜欢清水组啊！"

青木笑道："说得好听！那么我们反击清水组，你们会坐视不理吗？"

"这件事和池上组毫无关系。如果你们真要报复清水组，我们敢于保证，绝不会向清水组提供援助！"

青木问池上组在场的所有人："你们都是这个态度吗？"

"是！"

"我们不会帮忙的。上次我们出事，他们也不肯帮忙呢！"

"但是对个别的人，我们没法保证，如果碰上了，你们只管杀了他！"

青木点了点头，说："明白了，这样很好，我们来的目的就是要向你们打个招呼。那我们就回去了。在你们玩得正高兴的时候来打搅，很抱歉！"

"那我们就不送啦！路上滑，小心别摔跤！"

不但架没打成，后来双方居然弄出个情意绵绵的场面。有一个池上组的人居然客气地招呼说：

"喂！如果没事的话，就留下几个人，我们来赌一场吧！"

小田组的人忙说："不啦不啦，我们还有事呢！以后再说吧！"

在回事务所的路上，青木一声不吭。他感到有点丢面子，因为他这次失算了。不过，想想又觉得这次行动多少还有点效果，至少稳住了池上组，黑道中人说话一般是算数的，只要池上组不帮助清水组，也等于减轻了小田那边的压力。

可是，不知道小田那边的情况怎么样了？

一脚踏进事务所，原来小田那支人马全回来了，大家围着地上的一块木牌在大声谈笑。青木挤过去一看，不由大叫起来：

"啊！连招牌也抢回来啦！"

小田豪爽地说："怎么样？是个好东西吧！可惜呀，让清水一夫那狗杂种逃掉了！"

"直木通呢？"青木问。

"恐怕不会来了吧？该死的家伙，也不打声招呼，要是不来的话，我们也好回去睡觉啊！"

组员们开始互相咬耳朵，窃窃私语。

组长小田和副组长青木的指挥所，设在二楼窗口正对大路的房间里，因为里面有火盆，当然不会太冷，但是不能随意讲话，否则便容易打瞌睡。

"我打电话问一下？"小田揉揉眼睛说。

青木还没搞明白他想问谁，小田拿起了电筒：

"喂！清水组吗？……清水一夫在不在？我是小田组的老大。我拿走了你们的招牌，现在就在我的事务所里，我劝你们赶快来拿，否则我就把它烧掉！怎么？你们晚上不来？非要等到明天不可？你不来我就叫人在上面拉屎！拉屎也不来？"

小田跺足瞪眼地大骂起来。

青木在一旁看着实在想笑，却不敢。

小田丢下电话，说："清水组不会来了，撤！"

青木感到不可轻信对方的话，正准备向小田解释什么，小田突然指着窗外喊道："你看，来了！"

黑暗之中，一大溜车队正飞速驶来，从车灯的数目看，至少来了八辆汽车。

小田卷起袖子，朝拳心啐了一口唾沫，向窗外大声喊道：

"清水组来了！有八九辆车！等他们靠近，停稳之后，爆炸组先开火！趁他们乱成一团，枪击组再一齐射击！一定要叫他们有来无回，狠狠地打吧！"

片刻之后，总计有十辆车停在了小田组事务所外面，其中主要是计程车，有几辆没开前灯，这十辆车中还不包括摩托车。

领兵前来的是清水组组长清水一夫，他从车内探出身来，大声命令："兄弟们！猛烈攻击，彻底铲平小田组！"

有个魁梧大汉跳下一辆卡车，挥舞双枪冲向小田组事务所大门，边冲边回头高喊："短枪队，跟我上！"

这人便是下午在红马车酒吧前殴打西原的直木通。他这时离二楼小田的直线距离不到 40 米。小田被他的猖狂劲儿激怒了，忘记了自己的命令，率先用双管猎枪朝直木通瞄准，嘴里高喊：

"狗杂种！去死吧！"

"轰——！轰——"两声巨响之后，直木通倒在地上，脑袋被威力巨大的开花弹掀去半边，顿时毙命。

这时，占据着制高点的爆炸组，纷纷把炸药包和手榴弹投向敌阵。

"轰隆！轰隆！"阵阵火光冲天而起，一辆接一辆汽车被击中，随后燃起大火。清水组的人哭爹叫娘，乱成一片。

"哒哒哒！砰！砰……"小田组的枪击组一齐开火。

在火光映照下，清水组的人一个个全变成了活靶子，在奔突中纷纷倒地。

"撤退！快撤退！"清水一夫大声呼叫着，让车子掉头就逃。一些被炸起火的计程车，也跟在后面疾速逃窜，剩下爬不动的伤员，在地上翻来覆去地打滚……

鸟取小田组大败清水组的消息传到神户，山口组最高头目田冈一雄十分振奋，连声夸赞：

"小田，好样的！是个了不起的家伙！干得这么漂亮，真是令人佩服！"

赞扬一番之后，田冈对行动队队长地道行雄说：

"山口组在西海岸一线扩展顺利，现在我们的主要敌人是本多会，而平田会是本多会目前最大的下属组织，平田会盘踞在鸟取成为我们沿西海岸发展的最大阻力。但是，我们的小西组发展得很不错，你马上给小西组发命令，现在它属下的小田组打了一个漂亮仗，平田会，以至本多会，一定会回头报复，要小西组及时向小田组提供支援，必要的时候，我们还将动员山口组在全国的力量，给整个本多会以致命的打击。务必记住，小田组是我们山口组插在敌人心脏里的尖刀，敌人一定要设法将它拔除。其他我就不多说了，你去办吧！啊，等一等，如果小田有什么麻烦，要尽量使他在监狱里少待几天。"

地道行雄立即遵命向小西组打电话。

小西组组长小西音松接到小田组传来的捷报，又接到山口组老大的命令，加上他本人和小田是平起平坐的兄弟辈，因此感情不同一般，立即率领部下一千余人，火速前往鸟取，作为对山口组老大的响应。其后，陆续有山口组系统内的小冢组、山荫柳川组、山荫足立组、松江南条组、大孤柳川组，纷纷奔往鸟取。一个星期之内，在小小的鸟取，聚集了山口组的部队达两千多人。

另一方面本多会会长平田胜市也紧张不已，迅速调动属下各黑帮势力前往鸟取，支援吃了败仗的清水组，但是总共只有五六百人。

双方力量对比，悬殊显而易见，如果以鸟取作为决战的地点，山口组与本多会，谁胜谁败，也是无须估计的。

值得庆幸的是，在双方的大部队到来之前，鸟取警方已早有察觉并经请示上峰，调来了数以千计的武装警察和海上自卫队，将双方人马拦堵在无法接触的两个地点。与此同时，鸟取警署署长积极出面，介入本地小田组与清水组之间，进行调停工作。

这天晚上天气突变，又下了一场大雪，加上原先未融的雪，积雪达到了近1米深。鸟取警署署长带领三名警员，来到小田事务所，就调停一事征求小田组的意见。

小田组的组长小田、副组长青木和警方共六人，坐在二楼一间房子里，中间放着一只火盆。

小田说："我们并不想打，即使已经打过一次，那也是清水组带头挑起战争，我们只是对他们进行惩罚。现在，我们的态度很明确，如果要打，我们奉陪；如果不打，清水组向我们道歉就行了！"

警署署长内心极端厌恶这些猖狂的黑道人物，但又不敢轻易得罪他们，眼下双方大军压境，一旦在他的管区内打起来，他的署长宝座恐怕就坐不稳了。因此，他只好低声下气地劝解他们。他说：

"还是不打为好，现在国家正逐步纳入法制轨道，有了矛盾，靠打是解决不了问题的，该靠法律解决的，还是靠法律来解决……"

突然，从房顶的瓦脊上掉下一团雪来，那团雪落在距他们几米远的沙发旁边。小田眼尖，一眼发现那团雪中有个黑色包裹，上面迸溅着蓝色的火花——

"炸弹！快闪开！"小田大叫一声，随即人就地扑倒。

"轰隆——！"炸弹爆炸了！房间充满刺鼻的硝烟味。幸亏扑倒及时，没人受伤。

"这是谁干的？"警署署长爬起来，拍着身上的灰土，大声问道。

小田冷冷一笑，说："还会是谁干的，你去问清水组吧！该死的，看我不把你们杀光！"

既然这样，已经没有必要征求小田意见了。警署署长决定还是去找清水组谈，于是带着三名警员先行离去。

这次事件，使小田组的态度更为强硬，决定在大部队被阻隔的情况下，单独行动，倾全组的力量与清水组决战到底。

小田说："清水组派人到我们事务所投放炸弹，我们也针锋相对，立即派五个人，带上炸药，去把清水组事务所炸个稀巴烂！有谁愿意去的，站出来！"

"我去！"

"我去！"

"我去！"

…………

一下子站出来十多个人，全是把生死置之度外的铁杆黑道分子。小田很满意，但是他说：

"不要这么多人，只要四个。我带头。青木留在事务所，如果我们有什么不测，你要带领弟兄们继续战斗下去！"

"老大放心！家里交给我了！"青木大声说。

小田挑选了四个精干分子，各人携带一个约20公斤重的TNT炸药包，另外各配两支短枪，走出事务所，搭乘一辆计程车，朝清水组事务所疾驰而去。

计程车很快到达清水组事务所门前，五人下了车，炸药包背在身上，双手持枪，旁若无人地跨进大门。

"站住！"

"把枪放下！"

他们立即被清水组的人包围住。

小田轻蔑地一笑，左右双枪齐发。另外四名组员也随即开枪。转眼之间，清水组的人便躺下一片。

这时，更多清水组组员从各个入口冲杀进来。在激烈的对射中，有一个小田组组员中弹身亡。

"点燃炸药！跟他们同归于尽！"小田大声吼叫。

炸药包全部点着，集中堆放在堂屋靠墙的位置。

清水组的人发现炸药包，大惊失色，纷纷夺路而逃，边逃边回头大叫："不能炸房子！警署署长在楼上！"

听到这句叫声，小田犹豫了一下，但也望了望头顶方向，还是毅然决然地离开了堂屋，然后逃离清水组事务所。

跑出20米左右，身后传来一阵地动山摇的爆炸声。回头看，弥漫的烟雾中，那幢两层高的清水组事务所再也不见了踪影。

鸟取警署署长在这次爆炸中身亡，和他死在一起的，还有清水组组长清水一夫。当时两人正在楼上的房间商谈双方如何和解等问题。

此事发生后的第二天，日本最高警署总部下令拘捕了小田组有关人员共二十四人、清水组有关人员十九人。其中，小田组组长被判刑十二年，副组长青木被判刑七年，刑期最短的也有四年。

这一系列事件之后，山荫道的所有区域，差不多全部被山口组属下的黑帮组织所控制。

然而，这还仅仅是山口组向全日本扩张的序幕。

第十八章

夜樱之死

夜樱银次风流成性，在博多事件中遭到暗杀，由此引发了山口组与九州大岛组、宫本组之间的一场大规模的武装对抗。

1961年10月，有一个风度不凡的青年男子来到福冈，投靠福冈市东中州的伊豆组组长伊豆健儿。这个男子的名字叫作夜樱银次。

在前面提到的"明友会事件"中，夜樱银次曾因参加袭击行动，而被大阪的警方指名追捕。夜樱逃脱之后便到处流窜。

由于他相貌英俊，身手不凡，而且总是天马行空，独往独来，不少日本的畅销书都把他描绘成魅力十足的独行侠。

夜樱银次的确是山口组中的一名别具特色的人物。他身高6尺，肌肉结实，身形瘦削，背部文了彩色樱花图案，而且个性阴沉，不爱说话，身上随时带着一支自动手枪，与人接触，稍违己意，拔枪便杀，是个"颇具男子气概"的冷面杀手。

客观地说，夜樱银次是一个不折不扣的流氓。像绝大多数流氓一样，夜樱也酷爱赌博，但由于他是九州人，对关西的赌博形式很不熟悉，因此老是输钱，输了钱，他就以为受了欺骗，强迫庄家还他钱，被拒绝的话，就举枪乱射。除了赌博和杀人之外，夜樱离不了的还有两样东西——酒和女人。

但拥有酒和女人是需要钱作为基础的，而当时，夜樱作为一个被警方追捕的逃犯，由于流浪多时，已经身无分文了。

他这次重返福冈，是由于他在九州有一只"会生金蛋的鸡"。

在很久以前，夜樱曾经帮助过福冈县的一位名叫松冈福利的炭矿经营者，使他从银行贷得 7000 万日元的款项，夜樱从中获得一成的报酬。

夜樱尝到了很大的甜头，而松冈福利的炭矿生意却未见好转。从此以后，夜樱经常去找松冈福利，向他勒索二三十万日元，使松冈福利极为苦恼。

夜樱这次回到福冈，第一件事便是登门拜访松冈福利。

"啊！你来了！"如同瘟神降临，松冈太太显得惊慌失措。

夜樱不等主人招呼，一屁股坐在沙发上，跷起二郎腿，晃荡着，也不说话。

"你坐坐，我去沏茶！"松冈太太匆匆走进书房。

松冈福利在书房里走来走去，不敢露面。太太指指客厅，低声说："他又来了！我很害怕，还是赶紧打发他走吧！"

松冈踱了两个来回，站住说道："说得容易。打发他走，我拿什么打发他走？"

"可是……"太太双手捂着脸。

松冈说："你别害怕，他不会对你怎么样的，还是你去应付一下，就说我不在家，让他改天来……"

"还让他改天来？"

松冈忙说："不不不！……唉！你随便怎么说吧！"

松冈太太回到客厅，强打笑脸要说什么，猛然想到自己刚才是说去沏茶的，于是急忙朝厨房走。

"不用了！"夜樱说话了，语音拖得很长。

松冈太太站住，心口怦怦直跳。

"有干净抹布吗？拿一块来！"夜樱说。

"有有有，我这就去拿！"

松冈太太一下子变得无比轻松。走进厨房，觉得几块抹布都不够干净，同时在想，他要抹布干什么呢？难道是擦皮鞋上的灰尘吗？如果只是这种小要求，应当充分满足他。东想西想，索性把自己雪白的洗脸毛巾拿在手上。

"给！"

夜樱接过毛巾，送到鼻子底下嗅嗅，显然有一股香味。他目光阴沉地在松冈太太身子上转动，冷冷地问：

"是你洗澡的浴巾吧？"

"不不不，是我洗脸用的！"

"洗澡用的才好。我现在也要用它来擦擦身子了！"

夜樱说着，从大衣兜里摸出那支柯尔特手枪。他慢悠悠地把弹匣取出，让金黄色的子弹一粒一粒地跳出来，然后慢悠悠地用白毛巾擦拭。枪身十分干净，完全用不着擦。

松冈太太惶恐地望着，脸色渐渐煞白。

"咔嚓、咔嚓、咔嚓！"

大概只用了几秒钟时间，卸下的枪弹完全复原。夜樱把完整的手枪放在旁边的茶几上，双眼注视着松冈太太，沉默了半天，忽然说：

"除了你和我，房间里再没有别人，对吗？"

"……是，是的。"松冈太太极度紧张。

"不要害怕。你今年多大了？"

"24岁。"

"结婚几年了？"

"不到一年。你是知道的。"

"你身上也有你脸蛋那么白吗？"

松冈太太没有作声。

夜樱继续说："能不能让我看一看，就看一看！"

"不……不能！"

夜樱拿起枪，指着她："你能对它说不吗？我从没见过有谁能违抗它。"

沉默片刻，松冈太太似乎胆子壮了起来，低声急切地说：

"夜樱先生，如果你只有这点要求的话，我愿意满足你！"

夜樱点点头，松冈太太背对夜樱，把上衣掀起，露出脊背，动作完成得飞快，然后转身望着夜樱。

夜樱显然不满意，撇撇嘴说道："不行！必须脱光，我要仔细欣赏！"

松冈太太犹豫着。这个女人或许本质就风骚，或许头脑太简单，她知道，说话声音稍大一点，躲在书房里的丈夫就能听见，因此她准备让戏往下演，让丈夫自动出来制止。另外她还有一种想法，如果丈夫万一不出来，夜樱便敲诈不到钱，而丈夫事后也一定无脸责备她。

经过这样一番考虑之后，松冈太太于是提高嗓门说：

"脱光衣服可以，不过你不能得寸进尺！"

夜樱当然点头。

"那我脱了！"松冈太太一面大声说，一面留心书房那边的动静。

书房一片静谧。

夜樱其实早就知道松冈躲在书房里不敢露面，那种出于男人对男人的蔑视，助长了他的嚣张。他心想，眼下真是个意外的收获。你躲吧，让你先赔太太再损钱财。于是，装作不耐烦的样子喝道："叫什么叫什么！想让别人听见吗？快脱！"

"脱就脱！松冈要是在家的话，绝不会让你这样对待我……"分明是向书房里的人发出暗示。但那边依然毫无反应。

松冈太太嘴里不停地说着什么，慢慢地把外面的衣服全脱下了，身上只剩下内衣内裤。

"脱呀！为什么停下？"

"我为什么要脱？难道是我自愿的吗？"

也许是在最后的瞬间，松冈太太感到羞耻，她突然变得强硬起来。

然而正是她最后暴露出的羞怯本性，使本无邪念的夜樱兽性大发。他猛扑上前，三把两把便扯光了松冈太太的衣裤，同时把她按倒在客厅中央的厚绒地毯上。

"松冈，你是个王八蛋！……"

在最后的时刻，松冈太太仍然尖着嗓门大骂。

藏身书房的松冈福利，何尝不愤怒，何尝不仇恨？太太给了他一个又一个机会，他也下过无数次决心，冲出去——开始无非是花钱，后来无非是拼命，尽管拳头攥得出汗水，棍棒也准备了好几根，结果却让机会一个接一个错过，留给自己的只剩下屈辱与愧悔。后来他就变得麻木，甚至隔着花窗窥探起客厅里的情景。

太太这时不再叫唤，居然用双手搂住对方腰部，那是为了使自己尽可能舒适一些。

而夜樱呢，尽管在这种时候，依然保持着高度的警惕性，那支装满子弹的手枪，放在他随时可以抓到的地毯上。

松冈一直望着他们完事。

夜樱银次先站起来，穿好衣服，把枪塞进怀里，对一动不动躺在地上的松冈太太说："告诉松冈，让他把钱准备好！我说不准什么时候就会来找他！"

然后大步跨出门去，随手把门关上。

松冈立即从书房冲出来，照太太脸上就是一顿巴掌。

太太也不示弱，一边还手，一边破口大骂。

其实，夜樱这时并没离开，他就站在屋外的门后听。

听着听着，这个流氓居然禁不住掩嘴窃笑，然后吹着口哨，得意扬扬地找地方住去了。

夜樱银次在福冈市抵园町的博多住宅大厦住下来，房号是301。白天他一般不出门，到了晚上，他便像幽灵一般穿梭在中州的灯火之中。他把大衣的衣襟翻起来，黑色礼帽低低地压在眉毛以下，就这样如一阵风似的刮来刮去。

从10月到年底，他无数次地登松冈福利的门。松冈如果在家，只好给他一些钱，但松冈不在家的时候居多，夜樱便强奸松冈的太太。当然，后来也很难说是强奸了，因为松冈太太变得主动挽留他住宿，甚至跟踪到夜樱的住所，整个白天都留在夜樱的卧室里。

但是，夜樱很快就对这个女人厌腻了，他缺少的并不是女人，而是钱，尽管这个女人也送钱给他花，但是数目太少，这个女人在家里不管钱，经济大权掌握在松冈福利手中。因此，夜樱仍然得去找松冈的麻烦，而松冈却千方百计地躲着他。

松冈太太已经迷上了夜樱，而夜樱为了甩掉她，在博多大厦另租了一间住房，一心寻找松冈，而松冈偶尔回家却发现太太不在，于是到处寻找太太。

在一段时间里，三个人便这样兜着圈子互相躲避和寻找着。

秋天匆匆而去，玄界滩吹来的寒风，卷起一路的枯叶。冬天来临了。夜樱银次继续着他的寻找。

他又一次来到松冈家门口，听听，断定松冈不在，他不想进去，不愿被自己厌腻的女人纠缠。

转身走向闹区。他想勾搭一个新鲜女人换换口味。

从一家酒吧经过，吧台上有张嫩脸吸引住他的目光——白雪一般的娇腮，两道红唇欲开又合，水汪汪的大眼睛，骨碌碌地转动，显得既幼稚又多情——恐怕不满 18 岁吧！她似乎已经在注意自己。夜樱走进酒吧，脸朝入口位置，颇有心机地坐了下来。吧台上的少女望着他，神情有些呆滞。

黑色大衣，高领竖起，正衬托出夜樱那张忧郁的白脸。

"嗨！"进来一个艳丽的年轻女郎，仿佛对夜樱一见钟情，热情大胆地打招呼。

夜樱暗暗注意到，吧台上的少女这时鼻孔微张，显出内心的紧张，在等待夜樱做出反应。

夜樱心里暗笑，但却没有露在脸上。他用很不友善的眼光瞥了艳丽女郎一下，以示拒绝，然后专心吸他那根外国香烟。

女郎怏怏地流连了一会儿，然后慢慢离去。

夜樱注意到，少女似乎大大地松了一口气。

这时，夜樱起身走向吧台。

"你要什么，先生？"少女有点手足无措。

"一瓶 Johnny Walker！"

"好，我给你拿！"

这是一种高档威士忌。最初一杯，夜樱一口气就灌了下去。尽管强烈的酒精刺激使喉咙火辣辣地痛，但他只是微皱了一下眉头。这使瞪大眼睛望着他的少女，更觉得他充满男子汉的魅力。

一连喝了三杯，夜樱随手放下一张簇新的 1 万日元纸币，找的钱也不拿，就闷闷不乐地离开。

"先生！你的酒！"少女大声叫着。夜樱做了一个留下的手势。

"你还会来，是吧？"少女分明暴露出内心的欣喜。

夜樱刚离去，店内几个时髦女性便大声议论起来——

"刚才那个年轻人是谁？真是少见！"

"不知道。不过，我敢保证，我已经对他一见钟情了！"

"刚才你为什么不跟他搭话？"

"我怕他不理我。"

"我还以为只我一个人心动了呢！"

用钱阔绰，有男子气概，以及与其年龄不符的沉着、老练、高傲，这样一些表面文章，的确很容易使女人们倾倒。

夜樱第二次到酒吧来，吧台上的少女便主动把自己的名字告诉了他。

"我叫东水圆子！你呢？"夜樱胡编了一个名字搪塞她。

第三次来酒吧是夜晚快打烊的时候，这次，夜樱便把东水圆子带到了自己的床上。这是一个疯狂的夜晚。

第二天，东水圆子便干脆把工作辞掉，终日和夜樱厮混。

时间便在他们的厮混中悄悄流逝，而"博多事件"也就在他们纵情享乐的两个月之后爆发了。

1962 年 1 月 6 日早晨，夜樱银次和东水圆子两人还在睡梦之中。两名不明身份的杀手悄悄进入博多大厦，用特制钥匙打开了夜樱的房门。

夜樱被微弱的声音惊醒，急忙从枕头底下拔枪射击，却没有打响。

"砰！砰！砰！砰！"四声响之后，夜樱当场死亡。

两名杀手把吓蒙了的东水圆子拖到地板上，先后轮奸了数次，然后离去。

走到门外，忽然听到东水圆子在大声叫喊，于是两人回到房间，把东水圆子按在地上，连开数枪。杀手悄悄离去。

房间里剩下两具尸体。山口组系统的石井组组长石井一郎接到消息，急忙赶往博多大厦。他和死去的夜樱银次是把兄弟关系。石井组在北九州、田川、筑丰具有庞大的势力。

夜樱胸部、颚、左肘被击中，床上如同一片血海，惨不忍睹。

"才33岁的人啊！……"石井一郎流下了悲痛的眼泪。

至于旁边地上死去的年轻女人，他却仿佛视而不见。他断定那只是一个普通的妓女。

经过验伤，查明凶器是里宾斯比路公司制造的手枪，子弹是近距离发射的。

夜樱银次使用的那支柯尔特手枪，掉在床边，安全装置已经打开，似乎开过枪，但里膛没有硝烟味。

奇怪的是，抽出弹匣看，里面竟没有一颗子弹。

更加奇怪的是，经警方验尸，从死亡少女的阴道深处发现了六粒子弹，而这六粒子弹本来应该装在夜樱的枪膛里。

这个秘密他们是难以解开的。

夜樱银次被杀的消息，通过伊豆组组长伊豆健儿，传到神户的山口组总部。

山口组总头目田冈一雄大为震惊，因为他历来比较喜欢夜樱的个性。他立即命令山口组厮杀行动队队长地道行雄前往福冈，调查死因并处理后事。

石井组已先期到达。这样，山口组总部代表和伊豆组、石井组两个属下组织联合行动，展开了深入的调查。

然而四天过去，仍然毫无进展。唯一掌握到的情况是，那个死去的少女名叫东水圆子，是当地一个富商的掌上明珠，生性桀骜不驯，既不愿继续读书，也不愿闲在家里，偏偏要到一个下等酒吧当侍应女郎，死的时候还不满 19 岁。

虽然是冬天，尸体也不能久留。第四天晚上，由石井一郎召集，地道行雄主持，在别府市滨协乐仲町，一个名叫新都的出租会场，举行三家组织的头目会议。但伊豆组组长伊豆健儿这时回熊本去了，大本营发生了事情。

新都是石井组事务所兼组长住宅，会议其实就是在三楼的石井一郎的房间里进行。

会议的主要内容是关于夜樱银次葬礼的程序。

地道行雄最后说：

"调查杀害夜樱的凶手一事，一时难以查出眉目，只好暂时搁置下来。夜樱的遗体，我们要好好安葬，葬礼要搞得像回事，不光让杀害夜樱的凶手知道，也让所有的人知道，我们对兄弟的死去是多么悲痛！也让人们了解到，我们查明杀手的决心是不可动摇的！"

这时，桌上的电话铃声响了起来。石井一郎拿起话筒。

电话是身在熊本的伊豆健儿打来的。

"什么？你说什么……"石井脸色不断下沉，似乎听到了不寻常的消息。大家也紧张起来。

石井最后对电话说："行了，这肯定不会有错的……嗯……唔！

好，就这样。再见！"

"怎么回事？"地道行雄问。

石井说："在博多大厦袭击夜樱的人已经抓到了！"

"是什么人？"

石井说："伊豆组在熊本跟一帮家伙干起来了，这帮家伙竟是大岛组的人。伊豆组抓到他们一个俘虏，审问之后，俘虏交代说，在博多大厦袭击夜樱的是宫本组的人！"

地道行雄问："消息可靠吗？"

石井分析道："夜樱来到九州，投靠的就是伊豆组，而在此之前，伊豆组便跟宫本组和大岛一家不断发生摩擦。另外，夜樱曾经在宫本组的赌场闹事，打伤过宫本的一个手下。所以可以断定，杀手一定是宫本组的人。"

有人接着补充："宫本组和大岛一家还到处放风，说什么九州的人（指伊豆健儿）为什么偏要跟外人（神户山口组）结拜交杯，难道在九州就没有大首领可以投靠吗？"

这话显然是讲给山口组全权代表地道行雄听的。

地道行雄心事重重地站起来。他知道，在九州，大岛一家与宫本组属于兄弟辈的并列关系，而这两个组织从属于九州的一个庞大的黑帮组织——住吉一家。住吉一家的吉鹿之助，又和中间市大野一家的大野留吉是把兄弟关系。住吉一家与大野一家这两大黑势力，是北九州最大的黑道团伙，他们秉承了传统的远贺川风范，敢打敢拼，宁折不弯。如果他们一旦发出号令，足以唤起北九州的所有帮会一起行动。

地道行雄明白，与宫本组和大岛一家对抗，便意味着将与住吉一家和大野一家对抗，这对势孤力单远离山口组的石井组和伊豆组是极为不利的。在这种形势下，最好是谈判解决。

但是，敌强我弱，谈判桌上又能捞到什么呢？况且，大岛组已经向伊豆组发起挑战，而宫本组又派刺客杀害了夜樱银次，这时向对方求和，不正显示出山口组的软弱无能吗？这样下去，叫下属组织还怎么能信赖山口组的实力？

无论如何，山口组必须出面，坚决支持伊豆组和石井组，至于下一步的事情，只有等到下一步再说了。

于是，地道行雄当场授意石井组组长石井一郎，以整个山口组系统的名义，打电话给大岛一家和宫本组，提出严重抗议，并口头下达战书——

"三天之内，石井组和伊豆组向大岛组和宫本组发动全面攻击！"

山口组方面背水一战的决心，使大岛组、宫本组慌了手脚。

经过商议，推出大岛一家向大野一家组组长大野留吉求援，请他出面调停。大野留吉接受了请求。

同年2月6日中午，调停会议在大野留吉家中举行。

山口组方面与会的有伊豆健儿、石井一郎，以及山口组总部代表地道行雄，三人坐在大野留吉正对面。

大野留吉五十几岁，额前刻着深深的皱纹，他身穿和服，气度不凡，但讲话的语调十分温和：

"怎么样？过去的已经过去了，就当什么事都没有发生过吧！"

"大野先生！"伊豆健儿很不服气地说，"话怎么能这样说呢？大岛组向我们发动攻击，宫本组又杀害了我们的弟兄，怎么能说什么事都没发生过呢？"

石井一郎在一旁支持伊豆健儿，说："我跟我的兄弟意见一致，大野先生，看来我们还是回去吧！"

石井的意思很明确，希望允许他们回去以武力解决。

大野留吉闭目听着，这时微睁开眼，问地道行雄："你的看法呢？"

地道行雄正襟危坐，正视着大野留吉，说："如果你的身份仅仅只是中间人的话，那样说是可以理解的。不过，我看还是只当你什么都没说为好。"

大野留吉眼睛完全睁开，露出令人难以察觉的杀机。他笑了笑，说道："看来，山口组也同意他们用武力解决了？"

地道行雄缄口不语。

"好吧！"大野留吉双手扶膝站起来，"明晚 10 点钟以前，我是绝不会出手帮助大岛和宫本的，但是 12 点过后，我就要负起我所有的责任了，这样你们看行吧？"

"明白了！"地道行雄与石井一郎交换了一下眼色，缓缓地点了下头，然后告辞。

调停失败。九州的黑道势力迅速分为两大阵营，迎接决战的时刻到来。

其中一方是以宫本组和大岛组一家为先锋的大野一家和住吉一家这个强大的军团。另一方是伊豆组和石井组，虽然迅速召集了若松市田中敏男的田中组、行桥市二保茂丸的二保组，但仍然摆脱不了劣势。

大野留吉在明晚 10 点以前不插手的说法，是经过了慎重考虑的。他很清楚，在这个时间之前，力量强大的山口组援军由于路途阻隔，是到不了福冈的，而在援军未到之前，伊豆组、石井组一方必然处于劣势，用不着大野一家和住吉一家出面。按测算，山口组的援军最快应在明晚 10 点钟到达，大野留吉的"12 点以后将负起责任"，表明他只把山口组看成对手，但他依然重视礼节，愿意让山口组援军到达并休整两个钟头之后，双方有了充分准备再行开战。这的确是传统远贺川的风范——地道行雄这么认为。

在这种情况之下，若山口组不迅速支援，那么山口组在九州的势力必将被彻底消灭，这样的话，称霸全国的计划便将破产。

对方既然留出了时间，就不能不迅速行动。

调停宣告失败之后，地道行雄做出决定，立即赶赴神户向田冈一雄报告，请求派出援战大军。

地道行雄带着伊豆健儿、石井一郎，于即日乘坐汽船"红花丸号"，到达神户中央堤岸。山口组总部高级将领安原政雄、山本健一等人，亲自到堤岸迎接。

两辆黑色轿车把他们送到山口组事务所。

山口组老大田冈一雄已经在办公室等候。

听取地道行雄的报告之后，田冈让大家展开讨论。

"动员大军，杀往福冈！这一点，是讨论的基础！"田冈挥舞着拳头提示。因此，大家在这个基础上发表意见。

安原政雄足智多谋，是山口组的智囊人物，他考虑再三，慎重地说：

"根据以前的经验，大批人马开往福冈，如果没有适当的名义，很可能途中会遭到警方的拦截。我估计，敌方为阻止我大军挺进，甚至已经把我们可能开往福冈的消息泄露给了警方。"

田冈听了点点头，表示赞同，然后问安原政雄：

"那么，你认为以什么名义合适呢？"

安原政雄胸有成竹，说道：

"夜樱银次是山口组的成员，他的葬礼还没有举行，我们可以用参加他的葬礼的名义前往福冈，这是名正言顺的。"

山本健一是员武将，这时插嘴说："难道这样警方就不会怀疑吗？"

安原政雄说："这个时候只要是大批人马前往福冈，都会令警方怀疑，被怀疑是不可避免的，但警方不可能仅仅因为怀疑而阻止我们进入福冈。"

田冈又点点头，示意安原政雄说下去。

安原政雄又说："为防备警方的严密搜查，最好不要身带武器……"

这条建议立即遭到大家的反对。

大头目之一的地道行雄说："不带武器，难道赤手空拳去打仗吗？"

伊豆组组长伊豆健儿和石井组组长石井一郎也先后表示，如果大批人马都不带武器，到了福冈，一时也无法弄到大量枪支弹药。

最后，总头目田冈一雄总结，他说：

"以山口组的名义，向铁路沿线属下组织发出号令，组织五百人以上的精干部队，一律携带短枪，带足弹药。现在我任命，山本健一为这次行动的前线总指挥，地道行雄、安原政雄和我坐镇神户，负责调动铁路沿线的兵力。兵贵神速，山本健一今晚立即出发！"

布置完毕，大家分头行动起来。

这天夜晚，山本健一和伊豆健儿、石井一郎等人，跳上了开往福冈的特快列车——"雾岛号"。

按规定的标志，山本健一换上了黑色西装、黑领带、黑鞋，手枪藏在黑色礼帽的夹层，这种穿戴，表面看是为了参加丧礼，其实这就是山口组的战斗服。

这时的山本健一，年纪刚好 36 岁，在田冈一雄的刻意关照下，已成为山口组的一员猛将。

列车途经明石、加左川、姬路、冈山、仓敷、广岛各站，陆续有黑衣男子上车，数目达二百余人。加上搭乘随后的列车而至的三百余人，总共超过了五百人。

第二天早晨 7 点钟，"雾岛号"抵达目的地——博多车站。

果然不出所料，福冈县警方，包括穿制服和便服的警员，大约二百五十余人，沿站台一线及各个出入口，摆出了严密戒备的阵势。

伊豆健儿和石井一郎有些紧张，担心难出站。

"不要紧，往前走！"山本健一说着，大步朝出口走去。

"站住！"一位警官拦住他，"查票！"

山本健一停下，拿票递上。

"神户来的？来干什么？"

"参加朋友的丧礼！"

警官怔住，又问："身上带了武器吗？"

山本健一反问道："参加丧礼为什么要带武器？难道此地有这种风俗吗？"

警官没有感到难堪，冷笑道："从前没有，眼下倒是有了！搜！"旁边两名警员立即走近山本健一。

山本健一故意一低头，礼帽掉在地上，他随手拾起，展开双手，笑着说：

"那就搜吧！"全身搜遍，当然什么也没搜出来。

山本健一戴好礼帽，顺利通过了出口。

乘列车而来的所有黑衣男子，均使用各种方法，顺利进入市区。

根据命令，他们分散开来，投宿到福冈柳町的"河合"旅馆、"松屋"旅馆，以及中州周边的各个旅馆。加上陆续从四国坐船来的和九州本地乘各种车辆来的，山口组系统的参加人数已经超过六百二十人。

到处可见黑衣男子在活动。福冈市区被紧张气氛所笼罩。

按照大野一家头目大野留吉的声明，晚上 12 点后将爆发大战。黑衣队伍进入备战的最后阶段。

令人懊丧的是，下午 1 点钟左右，有一个山口组系中西会的黑衣男子，在赶往旅馆的路上，受到警察盘问，并被从上衣口袋内搜出一支手枪和四十发子弹。

这名男子立即被带往警署审查，在严厉讯问中，他招出了当时尚处于秘密状态的山口组的行动计划。

于是，福冈县的所有官方武装一齐出动，以武装警察为主，动员了八百多人，以"凶器准备集合罪"为名目，开始了大规模的拘捕行动。警笛尖啸，全城震动。

伊豆组事务所被包围了！

柳町的"河合"旅馆被包围了！

黑衣男子的集结地点"松屋"旅馆也被警方包围！

警方有搜查令为凭，任何人也不能拒绝。

"把武器藏起来！"山本健一大声叫喊。

但由于警方围捕速度惊人，少数人还是来不及把武器藏好，有的藏好后却被警犬嗅了出来。

连续三个小时的大搜捕，警方共计收缴手枪一百零三支、卡宾枪二十一支、猎枪十七支、日本刀三十八把、匕首九十柄、手榴弹一百三十七颗、各种子弹三万余发；伊豆健儿、石井一郎以及其他黑衣男子，共计二百零五人被捕。

虽然山本健一已把枪弹藏好，未遭逮捕，但他还是跟随被捕的兄弟到了警署。

"你来干什么？"一个警官喝问。

"我是他们的头儿！"山本健一回答。

"是你让他们准备武器的吗？"当然摇头。

"那就没你的事了，回去吧！"

山本健一只好朝外走。

"站住！"警官从后面盯紧那顶黑礼帽，突然喝道。

山本健一站住。

警官走上前，摘下那顶礼帽，拿在手中观察。原来帽顶破了一道口子，显然是新撕破的。

山本健一已经把藏在里面的枪和子弹全转移了。他鄙视地看着警官。

警官看出里面藏过枪，有些不太甘心，把帽子翻来覆去地摆弄着，希望查出什么罪证。

突然，当的一声，从夹缝里掉出一个小金属物，在地上蹦了几下——原来是一粒手枪子弹！

警官如获至宝！于是，倒霉的山本健一也被捕了。

"唉！怎么还会剩一颗子弹在里面呢？"可能这是山本健一脑子里反复转动的一个念头。

由于警方的及时搜捕，这一场大战没能打起来。对两大黑帮势力来说，也许都是值得庆幸的。准备了那么多的武器，一旦交上火，不知会死伤多少人！特别是，那些人死伤的原因，完全是基于一场误会。

因为，暗杀夜樱银次的凶手向警方自首了！既不是大岛一家的人，也不是宫本组的人，是谁呢？原来是久留米鸟巢组的两个组员——小川靖敏和平元新治。他们二人是受炭矿老板松冈福利所求，以 50 万日元的酬劳而充当杀手的。

夜樱死因大白之后，神户山口组与九州大野一家、住吉一家的对抗解除，并于当年 3 月 15 日，在小仓区正式举行了和解仪式。这时，夜樱银次已经死去了两个来月。

第十九章

广岛战云

山口组和本多会是日本势均力敌的黑道组织，均想称霸广岛。山口组下属的打越会积极扩充实力，为长达六年的"广岛代理战争"做好准备。

九州战火刚熄，广岛烽烟又起。

1963 年 4 月，山口组与本多会两大黑帮势力之间，又展开了一场极其惨烈的杀戮战。

在事件发生的 4 月至 9 月，仅仅半年时间，双方共有十六人丧生，四十七人受伤。在日本的黑帮抗争史上，从没有出现过比这次更惨烈、背景更复杂的恶性事件。

对抗的原因，是广岛的山村组与打越会的势力之争。由于敌对双方互相造谣，扰乱视听，弄得大家均疑神疑鬼，有的中反间计，有的叛变投敌，结果把事件弄得云里雾里、扑朔迷离。

事实上，站在局外远处一看，情况十分简单，无非是山村组背后撑腰的神户本多会，和打越会背后撑腰的山口组，这两大敌对势力，在远距离控制操纵着这两个小组织互相拼杀。

因此，在日本的黑帮史上，这起事件被称为"广岛代理战争"。

为了弄清楚事件的来龙去脉，有必要先说一说打越会和山村组这两个小黑帮组织。

打越会的会长是打越信夫。打越信夫出生于日本广岛，小学毕业后，应征加入陆军。1940年，参加侵华战争，两年之后因病退役，但后来又加入了在东京高田马场的所谓"大日本机械化义勇团"，在那里学会了驾驶装甲车和货车。

战后，打越信夫返回广岛，开设了一家运输公司，同时做古玩生意。1946年开始踏入黑道，以广岛市西部的中心地区——西广岛车站的地下市场作为根据地，逐步扩展势力。这时，打越信夫结识了一个名叫冈敏夫的赌徒，并帮助冈敏夫策划、创立了一个黑道组织——冈组，之后，二人交杯结盟，成为把兄弟。

1950年，打越信夫在广岛东猿猴桥边，单刀杀死三名持枪劫道的流氓，这使他名声大噪，令广岛黑帮谈之色变。

同时，打越信夫又是一个颇具政治手腕的社交能手。1950年，广岛曲棍球队开始发展之时，打越信夫利用自己的财势，组织了"鲤城后援会"，慷慨捐资，因而与当时球队的明星小鹤、金山、三村等人混得烂熟，并且通过他们，得以跟政坛红人、自民党的寿原正一议员，以及在运输业界极具声望的自民党人关谷胜利挂上了关系。此后，从1952年至1954年，打越信夫在黑道白道均走上坦途——在广岛市中央部建立地盘，在纸屋町经营计程车公司，后又吞并其他计程车公司，使他的公司车辆数目，迅速升至全广岛市的第三位。

1961年11月5日，打越信夫与神户山口组高层人物安原政雄结拜为兄弟。从此，打越信夫得到强大的山口组作为自己的后盾。

打越信夫率领的打越会也积极效命于山口组，九州对峙之际，打越信夫曾派遣援军前往福冈，鲜明地打着山口组属下的旗帜。

再说山村组。山村组初创于吴市，组长名叫山村辰雄，组织骨干有佐佐木哲雄、通上实和有幸三，领导着七十多名组员，当时在广岛是仅次于冈组的大组织。山村组很早就与神户本多会建立了密切的联系，本多会把山村组看成是本组织向广岛扩张的尖兵。同样，山口组也把打越会看成是自己进入广岛的先头部队。而在两个组织之间的冈组，却一直在山口组和本多会的对抗中，保持中立的立场。

如果要说冈组与山口组有联系，那么也就只是通过打越信夫，因为冈组的创立有打越信夫的功劳，而且冈敏夫与打越信夫是兄弟关系。

1963年4月，冈组组长冈敏夫患了高血压病和糖尿病，感到难以继续担任拥有一百五十多名成员的冈组组长。

广岛黑道的形势立即显得微妙起来。

山口组、本多会等黑帮势力紧紧盯住了广岛的动静。当然，身在广岛的打越信夫和山村辰雄，内心应该更为紧张。

因为，在冈组内部一直没出现合适的组长继任人选，冈组的去向有两种可能，一是到组织以外挑选合格的能人担任组长；二是解散组织，让别的组织把冈组现在的人员吸纳过去。

对虎视眈眈的山口组和本多会而言，无论采取何种方式，只要把冈组这股势力争夺到自己手中，就等于本组织在广岛占据了绝对的优势。所以，两大组织对各自在广岛的下属组织打越会和山村组明令暗示，要他们竭力争夺。

打越信夫非常自信，根据自己和冈敏夫的把兄弟关系，以及自己参与过冈组的创建，因而认为冈组的第二任组长必定是自己。事实上，在这以前很长时期以来，黑道上四处风传："冈组的后任肯定是打越！"

打越会内的弟兄们更是这样认为，甚至做好了重新编座次的准备。他们兴高采烈地对打越信夫说道：

"老大，冈组的人一过来，我们就有二百多兄弟了，恐怕头一件事就是要考虑再盖几栋住房啊！"

"那是，那是！"打越信夫连连点头，同时笑得合不拢嘴。

没想到，情况的发展完全与他们的愿望相反。

同年 5 月 11 日，冈组解散，组员被收入山村组，受山村辰雄支配。原本只有七十多名成员的山村组，跃升为一个拥有二百二十名组员的庞大组织。

"哈哈！这一下我可成了大首领了！"山村辰雄扬扬自得，到处吹嘘。

与其形成强烈对照的是打越信夫，他简直蔫掉了！

事已至此，神户的山口组也没法可想，于是让安原政雄致电打越信夫，要他承认现实，振作起来，脚踏实地发展组织，在力量对比悬殊的情况下，不要轻易与山村组发生摩擦。

但是，真的就这样算了吗？

黑道上到处都说冈组将由自己接管，现在居然落到了死对头山村辰雄的手里，这怎能不让他感到面子无光？

丢脸这种事，在黑道中人看来是极大的耻辱，这一点，不曾在黑道上混过的人是无法明白的。打越信夫遭到了沉重的打击。

而得胜的山村辰雄，这时竟在到处放风，说："打越还想当冈组的老大，真是做梦！现在呀，他想拜我做把兄弟我都不干，他现在只能当我的部下，如果他很想跟我干的话！"这话传到打越信夫耳朵里，就像用刀在扎他的心。

"你别得意，咱走着瞧！"打越信夫愤愤地骂道，似乎到了非一决雌雄不可的地步。

打越信夫拥有八十多名组员，但在目前的山村组面前，他感到很大的压力。但打越信夫手中握着一张王牌，那便是神户的山口组，有山口组做后盾，他明白没有必要对山村组低声下气。

抗争的时机渐渐成熟了。

同年6月27日，山村组的冈野光三郎、原田昭三、美能幸三三人，为出席久留米的滨田组第二代头目的继承就职仪式，乘坐东亚航空公司的运输机，由广岛前往小仓。

三天之后，即是6月30日，冈野光三郎、原田昭三、美能幸三三人，从小仓一个名叫松冈武的人那里，得到一个恐怖的消息，说打越信夫已经派出杀手，准备在他们回去时，在福冈机场把他们全部干掉。传递消息者反复说明，消息来源极其可靠，叮嘱他们千万当心。

三人顿感愕然，面面相觑。

这三个人当中，冈野光三郎和原田昭三，是这次被山村组吸纳成为山村组成员的，在冈组的时候，二人曾与打越信夫交杯结拜，成为把兄弟，同视打越为兄长，因此认为没有理由成为打越谋杀的对象。然而，消息却说得很明白。

"打越为什么要杀我们呢？"

"是呀，为什么呢？"

美能幸三一直就是山村组的人，这时插嘴说："这还不明白吗？你们两人没有投靠他，而是加入了山村组，他恨你们，才不管什么兄弟不兄弟呢！"二人点头。

"那么，此地不能久留，还是马上返回广岛吧！"

三人一致认为应该返回广岛。

回到广岛后，冈野和原田马上找到打越信夫，气愤地说：

"你这种人真可怕，居然连兄弟都要暗杀掉，既然这样，我们将杯还你，从此以后断绝一切关系，各走各的路！"

"你们两个听我的解释，这是毫无根据的。一定有人在背后搞鬼，我没有加害你们的意思，我是被人诬陷……"打越信夫焦急地替自己辩护。

"你别装了！我们投了山村组，你能服气吗？下次再看见你，我们就改用枪说话了！"两人愤然离去。

打越信夫的确没有派人去暗杀冈野等三人。他觉得自己蒙受了不白之冤，于是决心调查这个"黑色情报"的来源。

"我一定要把这个人查出来，杀掉！"他苦苦地思索着。

首先想到的是山村组，沿着这条线索，他开始怀疑原先的冈组组长冈敏夫。

冈敏夫一直就对打越信夫与神户山口组要员安原政雄结交一事感到不悦，他担心势力强大的山口组有朝一日会独霸广岛。这次冈组原班人马被山村组吸收，关键是冈敏夫在起作用，他虽然也知道山村组与神户本多会的关系，但相比之下，本多会势力弱于山口组，而且扩张野心也没有山口组那么大，于是决定让冈组归入山村组，这对打越信夫也是一种有效的抑制。

这些原因，打越信夫心中其实也明白，他以前之所以那么自信，是因为估计冈敏夫顶不住山口组的压力，而会心甘情愿地把冈组交给自己，倒没想到冈敏夫居然如此强硬。

324

打越信夫来到冈敏夫的家里。冈敏夫睡在躺椅上。

"有什么事？说吧！"冈敏夫斜眼望着他。

"有人说我派人去杀冈野他们，你知道吗？"打越信夫问。

冈敏夫想坐起来，但没做到，拧眉反问道："这该问你自己，怎么问起我来了？"

顿了一下，打越信夫说："我想知道是谁在背后搞阴谋！"

冈敏夫神色有点虚怯，随即又强硬起来，叫道："你应该去问冈野，他是从哪里听来的？难道是从我这里吗？"

"为这事，他们跟我断绝了兄弟关系。"

冈敏夫冷笑一声，说："这有什么奇怪！兄弟是可以暗杀的吗？实话告诉你，是我让他们跟你断绝兄弟关系的！你要恨我，就杀了我吧！"这样一来，打越信夫就不知道怎么办了。

就在打越信夫追查"黑色情报"不得要领的时候，又发生了一件令他烦恼的事情。

打越信夫在宇部有一个拜把子兄弟，名叫岩本政治，他领导的岩本组下面，有一个叫青木组的组织。1962年7月1日，青木的部下开枪打死了滨部组的一个组员，由此引起麻烦。

滨部组以德山市为根据地，组长是滨部一郎。

但滨部一郎和山村组的小头目通上实是结拜兄弟关系。

双方上下一串通，矛盾便摆在打越会和山村组之间。如果下属组织之间的争斗不能妥善解决，就可能导致打越会和山村组之间发生一场恶斗。

打越信夫审时度势，决定主动提出调停。山村组表示接受调停。

于是，打越信夫以调停人的身份，选定调停场所，安排在广岛市八丁崛中之棚的巴堂咖啡厅。

岩本政治、通上实分别以当事人的上级的身份出席。

看来双方都有和解的诚意，很快便达成了各方均能接受的协议。三人中午还在一起吃了顿"和解席"。

可是，宴席散去还不到两个钟头，预定返回宇部的岩本政治，突然在途中的德山下车，满脸通红地闯进滨部组组长滨部一郎的家里。

他气势汹汹，先给站在大门外的岗哨几记耳光，然后拔枪冲进屋内，恰好屋内一个人也没有，岩本毫无目标地胡乱开了几枪，这才大摇大摆地离去。岩本的这种举动的确令人费解。照说，他的部下杀死了滨部组的人，无论说到哪里去也难辞其咎，协议上明白写着，杀人者送交警方处置，青木组组长向滨部组组长道歉。唯一的解释，可能就是岩本根本就不愿认错，调停之前他就向打越信夫提出，利用这个开头，向山村组展开全面进攻，继而争取神户山口组的支援，一举歼灭山村组及其属下各组织，从而独霸广岛。然而，这个岩本并不清楚当时的形势，打越也不愿意对他细说，强迫他接受了和解协议。

打越信夫是明白岩本的心情的。

但是，消息传到山村组通上实的耳中，他立即跳脚大骂："这个狗杂种！刚刚签了协议，转身就发动袭击，简直不是人养的！马上找打越去！"当即带上一群人，来到打越会事务所。

通上实怒气冲天地对打越信夫说：

"岩本是你的兄弟，你又是调停人，这事你要负完全的责任！"

打越信夫陷入窘境之中。

"这该死的岩本！居然不把我放在眼里！该死！真该死！"打越信夫咬牙切齿地在心里骂道。

但他脸上却强作镇定，对通上实说：

"这事的确是我们理亏。由我负责让岩本政治向你们赔礼道歉，如果同意的话，请你们先回吧！"

"如果找不到岩本，就由你顶罪！"

通上实留下这句话，领着一帮人气哼哼地走了。

望着他们嚣张的样子，打越信夫又气又恨。但就眼前这件事而言，他觉得错在自己一方，因此决定先把这件事解决好。

带上山口英弘等组员，打越信夫到宇部来找岩本政治。

"说不定他早已逃走了！"山口英弘提心吊胆地说。

打越信夫说："跑到天边也要找到他！"

谁知岩本政治不仅没逃，反而坐在大门口长吁短叹。看见打越信夫等人走来，连正眼都不望他们，气呼呼地嚷道：

"来干什么？你们不是害怕山村组吗？看来我跟着你们是没有出头之日了！"

当打越信夫说明来意之后，岩本政治蹦了起来，大声喊道：

"让我赔罪？算了吧！通上实算什么东西？山村也不在我眼里！哪怕只剩我岩本一个人，我也要跟山村组拼个鱼死网破！"

在黑道中，虽说是上下级组织关系，但那种关系通常是个人与个人的关系，无论是平级的，还是从属性的，每个组织均有一定的独立性。当然，在同一个组织中，下级是必须绝对服从上级的。打越会和岩本组是上下级关系，但毕竟是两个组织。所以岩本不听打越信夫的意见，打越信夫也没有办法。特别是以敌我观点来看，岩本并没有什么大错。

然而，黑道中有普遍通行的规矩，调停失败，调停人必须承担起无能的责任，因此一般的人是不敢充当这种角色的。

劝说失败，打越信夫回到广岛。

两日之后，即 7 月 3 日上午 10 点钟，打越信夫用自己的短刀，将左手小指第二节以下切断，送到山村组去赔罪。极端仇视敌人，但又去向敌人赔罪——这是唯有黑道世界才具有的"神话"。形势继续朝着于打越会不利的方向发展。

同年 7 月 4 日，打越信夫在外地追查"黑色情报"的来源，突然接到组员山口英弘从广岛打去的电话。

"山村组要关闭我们在广岛的所有赌场，你看怎么办？"山口英弘在电话里非常恐慌。

打越会的财源主要来自赌博业，关闭赌场无异于逼打越会上吊。这是决不能让步的。打越信夫问道："是谁在带头？"

"美能幸三！他现在正到处放风呢！你赶快回来吧！"

这时，打越信夫心中已十分有数了。

因为，经过几天的查访他已经初步确定，最初制造福冈机场暗杀谣言的不是别人，正是美能幸三！

美能幸三制造谣言的目的，就是为了使山村组内的冈野、原田与打越信夫彻底反目，从而割断山村组与打越会的所有联系，形成毫不含糊的敌对格局。这种目的，美能幸三已经达到了。所以接着出现要封掉打越会赌场的风声，也就不足为奇了。

在这种孤立无援的情况下，只有仰仗神户的山口组了。打越信夫迅速赶回广岛，并向山口组求援。

7 月 17 日，与打越信夫有把兄弟关系的安原政雄，受山口组老大田冈一雄的委托，来到广岛。他带来了山口组总部对广岛局势所制定的方针。总体意图是，避免局势恶化，积极增强打越会的战斗力；具体步骤则是揭穿谣言，使打越信夫与冈野、原田重修兄弟之盟。

安原政雄做出种种部署，渐见功效。

8 月 3 日，经安原政雄多次出面，在广岛市内的清水旅馆，冈野光三郎、原田昭三和打越信夫重又坐到了一条板凳上。冈野、原田就单方面绝交一事，正式向打越信夫道歉，并再次接受了兄弟杯。但是，冈野和原田的态度有所保留，他们相信了那个"黑色情报"纯属谣言，但却不赞同谣言为美能幸三所散布的说法，他们认为证据不足。

安原政雄深知二人在山村组内的难处，觉得能到这一步就已经不错了，没必要让这二人与美能幸三撕破脸皮。这使打越信夫感到某种转机。他心里明白，如果不是安原政雄出面，他个人是没法让冈野、原田二人回心转意的。而安原政雄的威望，则是来自山口组的那块响当当的黑山菱招牌。

当时，打越信夫只和安原政雄是把兄弟关系，还谈不上是山口组的直属部下，只有跟山口组的总头目田冈一雄建立把兄弟关系，打越会才称得上是山口组的嫡系部队。

从此以后，打越信夫积极活动，终于在这年的 9 月 2 日，荣幸地获得了山口组第三代头目田冈一雄赐予的直系把兄弟杯。

次年，即 1963 年 2 月 18 日，原在冈组时与打越信夫有把兄弟关系，后背叛这种关系，一齐投奔山村组的众多人员，在山口组的直接策动下，渐渐与打越信夫恢复把兄弟关系，并且做好了背弃山村组，回到打越会旗下的准备。

同年 3 月 11 日，山口组再次派出地道行雄、安原政雄两员大将，奔赴广岛，在市内的寿司福别馆，出面主持打越信夫与众多新部下的交杯仪式，并欢迎他们脱离山村组，投奔打越会。

席间，打越信夫满面红光，不停地把酒授杯，看着一个个新部下双手捧杯一饮而尽，心里是说不出的畅快。

"眼下什么都顺利，可以跟山村组大干一场了！"

打越信夫豪迈地说。

经过一段艰难的日子，山口组在广岛的劣势终于被扭转了。然而，长达六年之久的"广岛代理战争"，还仅仅是一个开头。

第二十章

代理战争

打越会和山村组分别在山口组和本多会的支持下，展开空前激烈的大拼杀。六年中双方死伤难以计数，被警方逮捕的人达三千二百六十五人，涉及五千一百七十三宗案件。

在神户山口组的直接干预下，原属山村组的众多人马纷纷倒戈，转向打越会的旗下，这使山口组和本多会在广岛的黑势力发生了颠覆性变化，形势开始对山村组不利。

神户本多会立即密令山村组采取措施，力争扭转颓势，必要时可以不择手段。

"采用什么手段呢？"山村组组长山村辰雄，叫来本组骨干美能幸三，两人紧急谋划起来。

美能幸三抓耳挠腮，想到一条毒计，随即对山村辰雄耳语起来。

"好！就这么办。"山村辰雄连连点头。

于是，一串反间计开始实施。

在打越会中，有一个权力仅次于会长打越信夫的副头领级人物，名叫山口英弘，是打越信夫的左膀右臂，二人关系极为亲密。

山口英弘的太太在广岛市中心的闹市区，开了一间名叫丽斯奴的酒吧。山村辰雄经常到丽斯奴喝酒，这是因为丽斯奴有一个年轻漂亮的侍应女郎，名叫千浩月。山村辰雄为千浩月大把大把地花钱，两人后来做了情人。因此，山村辰雄到丽斯奴来的机会就更多了。

由于组织敌对的关系，山口英弘很厌恶山村辰雄的到来，决定把千浩月撵走。但太太考虑到山村给酒吧带来了不少生意，不同意丈夫把千浩月撵走。这样，山口英弘便很容易在酒吧里和山村碰面，有时也点头打个招呼。就是因为这种接触，终于给美能幸三找到了下手的机会。

1963 年 2 月 27 日，安原政雄、山本健一等人，带着山口组总部的决定，来到广岛的打越会事务所，命令打越会：

"立即把山口英弘逐出打越会！"

"赶走山口，为什么？"打越信夫惊愕不已。

安原政雄简单地说："他把情报传给山村组。"

"这怎么可能……"打越信夫把目光投向山口英弘。

山口英弘极度紧张，结结巴巴地反问："请、请说明一下，有、有、有什么根据？"

山本健一轻蔑地喝道："用不着跟任何人解释，这是田冈老大的命令！"

"请他走吧！"安原政雄语气和缓，但却极具威严。

山口英弘就这样被开除了。

他"向山村组传递情报"，是美能幸三向山本健一报告的，而山本健一是个有勇无谋的人，接着又向田冈一雄报告。

山口英弘背着叛变投敌的污名而被逐出宗门。

打越信夫虽然难受，但他也丝毫不抵抗山口组的最高命令。事实上，他这时是宁肯信其有，不愿信其无。因为他帮不了山口英弘，如果山口的确背叛了组织，由此被赶走，打越内心也就坦然了。

山村组利用这一胜利，积极扩大组织，增强战斗力，很快在实力上达到了与打越会不相伯仲的程度。此后，只要有一触即发的机会，这广岛黑帮中的两大势力，便会发生全面的战争。

同年 4 月 17 日，广岛战争的导火索终被点燃。

这天傍晚，打越会成员龙井贡，在吴市的闹市影院后面的路上被枪杀，袭击者是山村组通上实的部下，由此揭开了打越会与山村组决战的序幕。

龙井贡开始是冈组的人，冈组解散后，被吸纳进山村组，不久以前，在威力强大的山口组的感召下，他和众多伙伴集体转投打越会，成了打越信夫的部下。

这在山村组方面看来，无疑是彻头彻尾的叛变行为。他们决定严惩叛徒，选择的第一个目标便是龙井贡。

山村组组长山村辰雄对通上实说：

"自原冈组的人投敌以来，本组一直军心不稳，这是由于我们对叛变行为过于宽容。从局势看，我们本不宜太早动手，但实在也是迫于无奈，否则组织不仅难以巩固壮大，而且可能日益涣散，最终被对方统统吃掉！因此，这次出手一定要狠！要有威慑力！"

"明白了！"通上实心领神会。

"要派得力的部下！"山村辰雄厉声嘱咐。

通上实立即召开元中、中田、上条三名骨干分子，布置一番。三人带上手枪，匆匆出动。

傍晚的时候，他们打听到龙井贡在自己经营的昆比小酒吧里。

在一个偏僻的公用电话亭，元中冒充龙井贡的好友，向昆比酒吧打了一个电话。龙井贡被勾引出来了。他驾驶着一辆丰田小轿车，向电话中约定的地点驶去。来到那座公用电话亭旁，把车停下，但没有熄火。周围没有一个人。他开始感到不对头，于是准备把车开走，但是来不及了。

元中、中田、上条三人从隐蔽处迅猛扑上前。他们把龙井贡从驾驶座拖下来推进后座，然后，中田、上条把龙井贡夹在中间，元中开车。轿车朝广岛东部地区疾驰。

龙井贡腰间被两支手枪顶住，他看清了三人的面目，知道自己这下完了。

他们打算到一个更偏僻的地方把自己干掉，龙井贡心里这样想。

这辆丰田轿车是打越信夫的，龙井贡把它开回家，是打算到酒吧吃点东西，然后再去加油。龙井贡有个朋友开了个加油站，专门销售从美国进口的高级汽油，所以打越信夫经常让龙井贡把车开来开去。经常单独行车，使龙井贡成为山村组袭击的头号目标。

这时天色渐暗，车前灯已打开，市区完全被抛在身后，快要进入郊外了。城郊有一个交通岗，由于当时黑市买卖活动猖獗，凡出城的车辆一般都会受到检查。龙井贡沉住气，准备停车检查时大声呼救。

前面不远就是岗亭了，可以望见那里停了好几辆警车，警察随时准备检查过往车辆。

轿车继续前进，但速度突然慢了下来。开车的元中像是意识到什么，猛地掉转车头，朝另一条岔道驶去。龙井贡惊骇不已，情急之中，想起这辆车上装有警报器，开关就在后座踏脚的位置，平时打越信夫都坐在后座上，警报器是为防万一而安装的。龙井贡悄悄踩动了底下的一块踏板。

"呜——呜——呜！"警报器骤然发出刺耳的叫声。

元中等三人吓得惊慌失措。开始还以为是警车追上来了，当明白是龙井贡搞的鬼，中田、上条立即推弹上膛，喝令龙井贡关掉警报，龙井贡当然不会听从。

"呜——呜——呜！"警报声响个不停。

"快找到开关！快关掉！"开车的元中咬牙切齿地大喊。

中田、上条两人乱忙一气，但毫无收获。

元中望了一眼反光镜，骂道："该死！警察跟上来了！"

龙井贡回头望着后窗，发现有三辆警车追了上来。

"把他干掉算了！"中田朝元中大声喊道。

"放屁！你想死吗？"元中大骂。

这时，警报突然不响了。上条兴奋地说："我发现的！我把它关了！"

"很好！"中元说，"你们坐好，我来把警车甩掉！"元中关闭车灯，一下把油门踩到底。在黑暗中，轿车简直飞了起来。几分钟之后，警车似乎被甩掉了。

轿车驶进一片无人居住的地带，继续前进了几分钟，车子突然自动减速，然后熄火停了下来。油料烧光了。

"下车！干掉他！"元中命令道。

中田和上条把龙井贡拖下车来，推倒在公路上，然后三人一齐掏出枪，朝龙井贡连续射击。

清脆的枪声震动着黑暗的田野。每人都射光了一梭子子弹。龙井贡的身体几乎被打得稀烂。

中田问："要不要把他和车子一起烧掉？"

元中说："不！就丢在这儿！让打越会的人好好看清楚！"

就在他们准备离开的时候，三辆警车突然开到了他们面前。

原来警车也关掉了前灯，一直在后面追赶，后来枪声又为他们指明了方向。十多名警察展开了包围。经过一番枪战，元中、中田、上条三人向警察缴械投降。

山村组的屠杀行动，引起打越会内部的巨大恐慌。打越信夫号令全体部下百倍警惕，随时准备歼灭来犯之敌。

组员们刀出鞘、弹上膛，日夜瞪大两眼，简直到了神经质的地步。5月16日这天，居然把一个前来拜访打越信夫的无辜客人，乱枪杀死在事务所门外。

这起杀戮无辜市民的暴行，在社会各界激起强烈抗议，于是，广岛警署总部于5月25日设立了"黑社会罪案调查总部"，由一个名叫二上的人担任部长，采取严厉手段，对黑社会势力的犯罪活动展开打击。

但是，山村组与打越会的斗争已趋白热化，完全无视警方的态度，在"黑社会罪案调查总部"成立的第三天，也就是5月27日凌晨2时左右，双方又在广岛中之棚的闹市区发生枪战。

当时，打越会的野村英雄等四名组员，正在中之棚的新春实酒吧三楼赌博。前来挑战的不是别人，居然是山口英弘。

山口英弘以前是打越信夫的得力助手，曾担任打越会的重要职务，他的直系部下共有二十五人，全是好战分子。自从背负污名被逐出打越会后，一气之下，他迅速与山村组的通上实接近，并明确地摆出了与打越会敌对的姿态。

山口英弘率领七八个部下，分乘两辆轿车来到新春实。他已经打听到打越会有几个人在三楼赌博，此番是有心来寻仇的。

夜深人静，听见楼下的刹车声，野村不由打开窗子，探头朝下观望。

　　"是什么人？不会是警察吧？"一个赌伴问。

　　野村继续望着，说："两辆车，人下来了，有七八个……不像是警察……"

　　"别管他，楼下门锁着，上不来的！"赌伴说。

　　四人继续赌着。

　　"嘭！嘭！嘭！……"像是在撞门。

　　"狗杂种！到底是什么人？"四人心里都这么想，精力无法集中了。

　　过了一会儿，楼下住着的老板娘裹着睡衣上来了，对他们说："一伙人在打门，像是来找你们麻烦的，怎么办？"

　　"他们是谁？"野村问老板娘。

　　"他说他是山口英弘，一定要我开门。"

　　野村明白了，他对老板娘说："不要开门，由我们来对付他！"

　　老板娘下去了。

　　四个人离开赌桌，掏出手枪，推开临街的窗子。

　　野村探出脑袋，朝下面骂道：

　　"山口！你这无耻的叛徒，深更半夜，想来送死吗？"

　　"野村！你这个王八蛋，我要剥你的皮！有种的你就下来吧！"山口英弘在下面大骂。

　　野村继续喊道："山口！你放聪明点！这是打越会的地盘，现在限你在三十秒钟内滚蛋，否则你死定了！"

　　在此之前，打越会和山村组曾达成协议，以八丁崛的金座筋为界，将广岛的繁华市区一分为二，东为山村组的势力范围，西为打越会的势力范围。如携带武器越界，对方可以随意处置。新春实酒吧完全属于打越会的地盘，因此，山口英弘分明是蓄意前来挑战。

"还有五秒钟……5——4——3……"野村看着手表，大声叫着。

"砰！砰！"还没数到"2"，山口英弘的枪已响了。

"打！"野村大叫的同时，已经泼出一梭子子弹。

山口英弘率领七八个人，用更猛的火力加以还击。

深夜闹市中的密集枪声，使附近居民惊骇不已。

在这一场枪战中，野村被卡宾枪子弹击中左脸，一串子弹从后脑上部穿出，当场死亡。

楼上的火力虽弱，但占有地形上的优势，居高临下，射击十分从容。山口的部下有两名中弹负伤，后来便躲在汽车后面。楼上这时集中火力打汽车的油箱部位，结果一只汽油箱被击中，迅即燃起熊熊大火……

警察随后赶来了。

在两次袭击事件中，打越会龙井贡和野村英雄惨死。打越会盛怒之下，组成袭击小组，向山村组发动反击。

6月11日，同样是凌晨2点左右，在山口英弘的据点附近，宝町山阳高校西边的路上，打越会的一个袭击小组，与山口英弘的部下展开激烈的枪战。

结果，打越会的袭击小组寡不敌众，子弹打光之后，其中两人逃脱，剩下一个名叫藤田逸喜的组员被活捉并割掉鼻子耳朵及阳物。等打越会大队人马赶到时，藤田已经死亡。

两名部下连续死在山口英弘手中，打越信夫怒不可遏，下令铲平山口英弘的活动据点。但这时，山口英弘预见到打越会将凶猛反扑，在此之前已将队伍统统撤离，干脆躲到山村组事务所去了。因此，据点只剩一座空楼。

"放火，烧！"打越信夫吼叫。

一把烈火，把山口英弘的活动据点烧得干干净净。即便如此，打越会也并没有到什么便宜。

山村组连连得手，士气大振，坚守在事务所的外围阵地上，等待着打越会前来复仇。

相比之下，打越会的士气却有些低落，甚至有组员借故外出，实际是临阵脱逃。

在这种形势下，打越信夫向神户山口组发出了求援的电报。

不知怎么回事，山村组知道了这个消息，于是他向自己的靠山——神户本多会申请援兵。

6月21日至22日，以神户本多会、山口组为首，北九州、下关、防府、福山等地，陆续有两派势力的援兵进入广岛。广岛的繁华市区，店铺关门，住家闭户，街上人迹罕见，呈现出大战爆发前的可怕寂静。

6月22日下午，广岛警署总部紧急调动机动部队九百余人，组成广岛有史以来最强大的搜查部队。他们一律头戴钢盔，身穿防弹背心，荷枪实弹地在市内各处巡逻。

神户山口组分析了广岛的局势，认为无论从士气上还是战斗实力上看，打越会与山村组相比，都处于劣势之中，如果大战爆发，打越会必败无疑。大家一致认为，山口组必须再次动员，派出大部队，增援广岛。

"出战人马必须占据绝对优势，我看可以派出一千五百人的部队！"田冈一雄说。

安原政雄请求说："这事交给我去办。7月8日是龙井贡的葬礼，我们可以像前次去九州一样，以参加葬礼的名义进入广岛。"

"就这么办!"田冈说,"要把握机会,力争一举歼灭山村组!"

安原政雄按计划从神户出发,沿途很快便集结了一千五百多名本系统的战斗人员,到达广岛之时,这支部队已超过了两千人。

他们浩浩荡荡地故意从山村组事务所旁边经过,并依照安原政雄的命令,绕山村组事务所转了三个圈。这当然是向山村组示威,向对方显示,山口组的战斗动员力是无可匹敌的,只要谁胆敢挑衅,必将被山口组赶进地狱。

但警方采取了预防措施。为制止战祸发生,警方在7月5日上午将葬礼主持人打越信夫拘留。但7月8日下午,葬礼如期举行。

参加葬礼的主要是山口组系统的黑帮成员,他们乘坐的大型出租巴士就有二十四台,各种小轿车八十九辆,而多数人还只能步行,一律穿着全黑的山口组战斗服。

而这天,警方也出动了一千四百余人,身佩长短枪的武装警察,则一律戴着白色头盔。他们警戒在葬礼会场的两侧。

由于警方的严密监控,一场大战终于没有打响。

广岛在短时期内维持着平静状态。

然而,进入9月,打越会与山村组的冲突又再度爆发。

9月8日,打越会的兄弟组织西之风组的组长冈友秋,遭到山村组组员吉冈信彦的突然袭击。

这天上午,冈友秋来到广岛安佐郡可部町的可部温泉,打算痛痛快快地洗浴一番。

可部温泉位于日本国家铁路局可部站以北3公里处,那是一个充满乡村风味的多温泉地带。第二次世界大战之后,这里建起了四家温泉旅馆。由于附近其他地方温泉较少,因此到这里来的客人很多。在可部的四家温泉旅馆中,数松福庄旅馆最为有名,这是因为它造了一个别出心裁的"空中浴场"。

"空中浴场"是一个高 5 米、直径 6 米的玻璃圆形建筑，而且这个建筑故意耸立在庭院中心，从环绕着它的每个房间中，都可以看清"空中浴场"的内部情形。

一般情况下，这个透明的"空中浴场"内，至少有一至三名陪浴女郎，她们浑身脱光，年龄在 16 至 20 岁之间，体态与肌肤均十分诱人。她们是旅馆老板雇佣的艺妓，差不多整天泡在水里，因为她们按时间向老板算钱。

这样做的目的，自然是供各个房间的顾客观赏。到这里来的绝大多数是黑道中的男子。自然，男子可以到"空中浴场"和她们共浴，并享受着按摩等服务，但过分的行为是不能有的，因为四面都有眼睛盯着，否则就会引来大声起哄。再说，男子进入"空中浴场"至少都会留着一条裤衩。对她们动手动脚是被允许的，但如果要求她们提供进一步的服务，则必须把她们带到预先订下的房间。

冈友秋这年 41 岁，是松福庄的常客，只要听说"空中浴场"来了新的尤物，他一定要抽空来"品鲜"。

这次旅馆老板打电话给他，说新来了一个泰国美女，嫩得赛过豆腐。冈友秋便兴致勃勃地事先订下房间，然后火速赶来。

和老板谈完价后，冈友秋把衣服脱在房间里，顺着梯子到了"空中浴场"。

热水中已泡着四个女子和三个男子。冈友秋一眼便看到那个泰国女郎，这时正被一个 20 岁左右的男子纠缠着。冈友秋不管三七二十一，上前一把将年轻男子拉开，占了他的位置。

冈友秋盯紧对方，频咽口水。他还从没见过如此性感的女人。肌肤娇嫩不说，光是那微笑退缩的样子，就让他魂不附体了。他似乎有些胆怯地朝对方伸过手去……

这时，死亡之神已经盯紧了冈友秋。

在某一间房中，一名目光锐利的年轻男子，正注视着热水中冈友秋的一举一动。这名男子便是山村组的吉冈信彦。他在前一天傍晚投宿松福庄，是专程来伏击冈友秋的。

冈友秋从前也是冈组的成员，后被山村组吸纳，但是不久冈友秋又背叛了山村组，成立了一个西之冈组，并与打越会结成盟友，共同抗击山村组。吉冈信彦此番是受命于山村组组长山村辰雄，要干掉冈友秋。

透过玻璃可以看到，冈友秋继续在那泰国女人身上摸捏，后来像是熬不住了，两人一起从"空中浴场"出来，女人身上裹了一块浴巾。下了梯子，进到冈友秋订下的房间。房号是105。

吉冈信彦把八连发自动手枪藏在怀里，慢慢走近105号房。这是白天，四处都有眼睛。吉冈若无其事地背贴着房门，用手推推，发现房门从里面扣上了。

夏末的蝉声有如骤雨，忽鸣忽止。

吉冈有些焦急了。但他装作若无其事的样子，观赏起"空中浴场"内的情景，这时里面只剩下一个男人和一个女人。

吉冈担心对方会再来人，这样计划便会落空。但破门而入又会惊动大家，恐怕即便得手也自身难逃。他想找一个方便下手的地方，于是想到了朝向菜园一侧的窗户。他迅速从外面绕到菜园地里，到了105房的窗前，居然窗门大开，连帘子都没有拉上。

探头一望，吉冈不由一阵心跳。首先看见的是冈友秋俯着光身子，由于他头朝下，所以无法察觉后面窗外站着一个人。冈友秋底下是那个泰国女人，她仰躺着，一手抓紧床板，抵抗着对方猛烈的撞击。她的表情坦然，眼睛乱转，忽然，她看见了窗外一张男人的脸。她没有叫，居然发出无声的微笑，并用手指向吉冈打招呼。

吉冈举起的枪，便慢慢放下了，他不想误伤这个女人。

收起枪，他依然站在窗口。

"喂！你站在那干什么？"身后响起一个声音，使吉冈吓了一大跳。回头一看，原来是旅馆的老板娘，她手中拎着一只竹篮，是上地里摘菜来的。吉冈微微红着脸走开。

老板娘30来岁，看来与冈友秋很熟。她走近窗口看了看，大声对里面说："冈先生，你真不怕现丑啊！连窗子都不关！"

现在只有等冈友秋离去再动手了。

吉冈来到旅馆左侧的一个路口上等。这是冈友秋回家的必经之路。离这不远的屋后，是一片茂密的山林，得手后逃走也很方便。

等了将近一个小时，冈友秋来了，他脸上露出一种十分满足的倦色。路边有一个石灯笼，吉冈迅速躲到石灯笼背后，等冈友秋走近，突然出现在他的面前。冈友秋什么话也来不及说，吉冈的手枪已经响了。

"砰砰砰！……"连续八枪，弹弹命中，具体来说是脑袋打中三枪，其余五枪打在前胸。

在菜园摘菜的旅馆老板娘，亲眼看见冈友秋栽倒。

"杀人啦！快来人抓凶手呀！"老板娘大叫起来。

吉冈迅速逃往山林之中……

这天深夜，吉冈信彦在安右市町的国有公路上，被接到紧急通缉令的警察捕获。

才平息不久的山村组与打越会的争斗，由于冈友秋被枪杀而再次恶化，并且由使用刀枪升级到动用烈性炸药。

9月12日黎明时分，山村组组长山村辰雄的总指挥部发生爆炸。

这是山村辰雄在广岛市三川町经营的一个名叫格兰皇宫的夜总会。炸弹是由二十支TNT炸药捆扎制成。随着一声巨响，这幢四层楼的建筑，大约有三分之一倒塌，与其紧邻的一家电影院的屋顶也被掀掉半边。睡在楼上大房间的山村组组员，共有二十一人受伤。虽然无人死亡，但这起爆炸事件，已叫山村组吓掉了魂。

接着，9月19日深夜，距格兰皇宫约150米的地方，山村组强硬人物通上实经营的上实产业事务所，被人投掷炸弹入内。通上实没被炸着，但天花板完全坍塌，内墙炸出一个大窟窿，汽车都可以从中开过。此后只过了两天，9月21日晚上8点钟，在广岛繁华的流川町东新天地广场附近，山村组和打越会的两组人马突然相遇，双方什么话也没说，举枪就打。

在近距离、无掩护的枪战中，负伤的人数简直难以统计。能看清楚的是，山村组一个名叫宫木的组员被四支枪同时击中脑袋，如同铁锤当空砸碎一只西瓜，枪响之后，颈上的那颗脑袋便不见了。或许是被这极度残酷的情景所吓倒，打越会的人掉转头撒腿就逃。

但是有一个打越会员没能逃脱，他叫谷村右八。他当然也奋力逃命，但毕竟个子矮，步伐太慢，眼看就要被后面一个人活捉之际，另一个人朝他开了一枪，这一枪正中他的后颈窝，谷村右八口喷鲜血，蹿前两步，然后倒下。山村组的人追上来，十几支枪一齐开火，谷村右八被打成了蜂窝煤。

连续几起惨剧，均发生在繁华的市区，这使广岛市民陷入了极度的恐慌之中。警方紧急部署，大量警察开往市区。

从这以后，昔日繁华的闹市，天一落黑，便商店关门，行人绝迹，街道上只能看见戒备森严的武装警察。

广岛的街道，一时成了"死亡之街"。

为了镇压这场无休无止的黑道之争，22 日下午 3 点钟，广岛警署总部下令，以涉嫌使用暴力的罪名，将本地黑道势力的两大头目——山村辰雄、打越信夫予以逮捕。警方和市民这才松了一口气，以为只要扣押了这两派势力的头目，这场争斗大概就可以自动结束了。然而，就在山村辰雄和打越信夫被捕的次日，即 23 日下午，远在神户的山口组事务所，又发生了炸弹爆炸事件。爆炸发生在地库的洗手间附近，没有伤到人。

由于事件发生在山村组、打越会两个头目被捕之后，警方感到十分紧张。

于是打越会的成员立即报复。只隔一晚，位于北迫町的山村辰雄的卧室内，被扔进了装有炸药的铁罐。由于导火线在燃烧途中熄灭，山村的太太和小女儿才幸免于难。

同日深夜，远在神户的本多会事务所门外，一辆黑色轿车缓缓驶过，车内伸出三支卡宾枪，朝事务所猛烈扫射，本多会的一名值班员正在窗边听电话，结果被击中身亡。

针对零星的恐怖行动，警方也化整为零，张开巨大的法网，实行最严厉的搜捕。只要搜出凶器，便不由分说地将人铐走。三个以上男人聚在一起，便会受到严厉的盘问。在数百次的搜捕行动中，警方拘捕了山村组和打越会的成员一百一十多人。

这样，双方才有所收敛，斗争变成互相监视的状态。

利用这个喘息机会，山村组重整了资金和战斗序列。

次年，即 1964 年 5 月 20 日，获释之后的山村辰雄，与他的多名同伙联合创立了一个名为共政会的政党。在他的旗下集合的，以山村组二百五十人为首，此外还有本是宿敌的村上组一百四十人，再加上其他四个组织，总人数达到了七百人，成为日本中部地区最大的黑帮组织。山村辰雄将共政会总部设立在广岛市的昭和町，自任会长。

山村组实力大增。另一方面，打越会只有组员一百一十余人，把其他兄弟组织，如西之冈组、西友会、河井组、小原组、地道组等六个组织的人马并拢，总共也只有三百六十余人。人数对比显示出打越会又一次处于劣势的地位。

新组建的共政会在山村辰雄的指挥下，以其强大的势力，从两个方面向打越会发动进攻：一是采取步步为营的策略，疯狂蚕食打越会在广岛市内东部一带的地盘；二是放出诱饵，发动攻心战，拉拢打越会的成员倒向共政会。

山村辰雄的这两步棋显得十分必要，打越会在对方的强烈迫进中步步退缩，同时组员倒戈的事情也不时出现。

这年8月25日，打越会的楠本富夫和西本义则，便公开背叛打越会，穿上了共政会的藏青色西式制服。

打越信夫怒火万丈，决心严惩叛徒。

8月31日午夜，楠本富夫和西本义则在大宫殿酒吧门前正要下计程车时，突然被打越信夫和另三名打越会成员用枪逼住。

打越信夫骂道："一套西装就能被收买的败类！"

随后四支枪齐响，楠本富夫和西本义则当场死亡。

打越会继续发动攻击。同年10月3日，共政会下属的住吉组组长住吉辰三，被打越信夫两枪击毙。

这天黄昏，住吉辰三从一个公共浴室出来，他手中拿着湿毛巾与香皂，足下趿着木屐，正准备回家。

埋伏多时的打越信夫，这时尾随着住吉辰三，一直走到上田缝纫学院前面，两发子弹从后面飞来，钻进了住吉辰三的脑袋。

住吉辰三是山村辰雄的拜把子兄弟，杀不到山村辰雄，打越信夫便拿住吉辰三来解气。住吉辰三的被杀，使长达六年的"广岛代理战争"，最终落下了帷幕。

在这六年期间，被中部地区五个县的警方所拘捕的有关人员，共达三千二百六十五人，其中牵涉五千一百七十三宗案件。

1965年6月9日，山村辰雄引退，由原理事长服部武继任共政会第二代会长。

1967年8月25日，打越会和共政会在广岛市内的一家名为芙蓉别馆的酒店举行和谈，并获得成功。神户山口组和本多会都曾派人参加谈判，并对双方实现和解表示欢迎。

在谈到历时六年的广岛之战时，打越信夫后来回忆说：

"最激烈的是昭和38年（1963年）至39年（1964年）的那一年间，那一年，光是战争费我就花了1亿多日元！"

第二十一章

松山争雄

在四国，本多会下属的户田会两名组员向山口组
下属的矢岛组投降，由此引起一连串残酷的杀戮。

1959 年 1 月，盘踞在四国伊予今治的森川组，来了一名流浪
者。此人年纪约二十二三岁，眼神流露出忍者的刚强。

"这家伙，绝非等闲之辈！"森川组组长森川鹿次心里想道。

此人自我介绍说："我叫矢岛长次，生于明石，到处流浪，没
有什么本事！"这么年轻，而说话却极有分寸，且无废话。

森川鹿次欣赏地注视着他。

他双手握拳，放在榻榻米上，前倾着身体行礼时，犹如一条静
待风云助势腾飞的龙。

森川鹿次似乎从他身上见到了自己年轻时的影子，不由问道：
"你到处流浪，希望得到什么？"

"请原谅我放肆，我希望能有地道的勇武、安原的头脑。"

他是说山口组的两员大将地道行雄和安原政雄。

"明白了！"森川鹿次由衷地微笑说道。

他崇拜地道行雄是有理由的。

地道行雄在全盛时期，个人共拥有五百二十六个黑帮团体，总人数达十八万人，是日本最大的黑道组织山口组的中坚力量。在无数次抗争事件中，地道行雄充任前敌总指挥，为山口组取得对全国黑道的控制权，立下了汗马功劳。

森川鹿次有心将矢岛长期留下，因此像慈父一般对待他。

然而，几天之后，矢岛长次来向森川鹿次告辞，说他要继续去流浪。

"难道四国没有你的用武之地吗？"森川鹿次显得有些伤感。

"感谢长辈的知遇之恩！可是，我还是应该走的。"矢岛长次再次叩别。

"矢岛君，求你留下好吗？"说这话的，是森川鹿次的长女森川荣子。

矢岛长次抬头望着荣子。荣子这年19岁，仪容端庄，性情温柔。这些日子，都是她尽心侍候矢岛长次。其实，姑娘的春心已经有所期许。

矢岛长次第一眼看见荣子，心便被她掳去。此后数日，他觉得自己几乎就要被对方的温情融化。江湖男儿不该陷入情网，他反复告诫自己，但毫无效果，因此感到只有一走了之。

荣子见矢岛长次不语，又说道：

"天气这么寒冷，我在给你织一件毛衣，等毛衣织好了，你再走，好吗？"

"如果你一定要走，我们是留不住你的。那么，再住几天吧！"森川鹿次也在旁边说。

情意难却，矢岛长次只好答应再住几天。然而，荣子的那件毛衣，几个月也没能织完，两个年轻人却被爱情织到了一起。

这年 4 月，矢岛长次娶森川荣子为妻，决定长住今治。

翌年，7 月 15 日，矢岛长次从神户山口组第三代头目田冈一雄手中，接过了象征着"终生追随，荣辱与共"的父子杯，成了山口组播撒在四国山地的火种。

照森川鹿次的设想，矢岛长次待自己退位之后，应继承为森川组的第二代头目。但是矢岛长次很要面子，本来外界就早有舆论，说他投奔森川怀有两个目的，一是森川膝下如花似玉的长女荣子，二是森川组组长的宝座，现在森川的女儿被他得到了，下一步便是成为森川组的第二代头目。

在这种情况下，矢岛长次不顾岳父的阻拦，决定从零开始，自立门户，组成一个矢岛组。

由于地道行雄的推荐，矢岛组被招揽为山口组的直属组织。一个地方组织被山口组总部当作直属组织对待，这在黑道上是极少有的。从这既可以看出山口组向全国扩张的野心，也可以看出矢岛长次在山口组眼里是个不同凡响的人物。

这样，矢岛组在四国扎下根来，至 1962 年，势力范围从今治扩展到松山。当时在松山县，山口组的核心组织是中西组，中西组的合法职业是经营建筑生意，它联合县以下的九个黑帮团体，组成了中西会。

另一方面，神户本多会在松山也有一个势力庞大的组织，那就是以乡田升为会长的乡田会。乡田会以南夷子町作为据点，在松山占有稳固的地盘。1963 年 6 月，乡田会为了加速扩张，采取细胞分裂的战略，鼓励旗下组员自立。这样，便繁衍出了以清水真武为组长的清水组、以冈本雅博为组长的冈本组，以及以兵头卓也为组长的兵头组。乡田升把这些属下组织布置在自己的周围，以加强大本营的防卫力量。

这样一来，以山口组为靠山的中西会，和以本多会为后盾的乡田会，便在松山以至整个四国，形成了针锋相对、争霸称雄的斗争格局。矢岛组的冒险挺进，拉开了中西会与乡田会残酷斗争的序幕。

然而，第一场流血冲突，却是发生在山口组在松山的堡垒之内。

矢岛组和中西会同样属于山口组旗下，但是，矢岛组的成员不多，级别却与中西会平等，这使中西会的某些下属组织心怀妒意，此外，领导矢岛组的矢岛长次不是四国人，黑道中的排外情绪历来十分严重，这便使矢岛在松山的发展，首先遭到同一阵线的其他组织的掣肘。

这年的 8 月 26 日，矢岛组和中西会属下的仙波组之间，发生了流血事件。

清晨 4 点钟左右，仙波组组长仙波贞雄，带着组员杉下幸弘和通野悟，三人醉醺醺地闯进位于荣町三丁目的矢岛组事务所。

仙波组的据点在今治市的青木通，拥有六十多名成员，是中西会的核心组织之一。

仙波等人喝醉了，大喊大叫：

"喂！长次在吗？我们要回家，把车借来用一下！"

矢岛长次和太太荣子在楼上的卧室里睡觉，楼下值班室里有四个部下在打牌，其中一个站起来，对仙波说：

"车子我们老大要用，要不，我替你们招一辆计程车吧！"

"什么？让我们坐计程车？我们是坐计程车的人吗？"仙波嚷道。

"那我们可就无能为力了！"矢岛的部下显出十分的不满。

仙波的部下杉下幸弘叫道："你们矢岛组真是太不懂事，要不是我们中西会撑着，你们还会在这儿吗？早就给乡田吃掉了！"

"全都变成大粪了！"通野悟跟着嚷。

矢岛的四名部下互相对视，显出忍无可忍的样子。

"别跟他们啰唆！"仙波说，"我去叫长次！"

说着，仙波仰头朝楼上大叫起来：

"长次！长次！你还在跟老婆睡觉吗？……"

矢岛的部下齐喝："闭嘴！我们老大的名字是你叫的吗？"

仙波才不管呢，继续大叫："长次！你真没用！这么辛苦了几年，连老婆的肚子都没搞大！不介意的话，就让我来帮助帮助你吧！长次！长——"

仙波突然停住。楼梯口出现了一双脚，然后是下半身，上身，整个人，目光如火，紧闭的嘴唇突然咧开，迸出一个字："杀！"

老大的命令刚出口，四名部下已拔刀出击。

打斗只进行了几十秒钟。杉下幸弘心脏挨了一刀，当场死亡；仙波组长的胸部和喉咙共挨了七刀，也死了，只有通野悟带伤逃走。

矢岛长次一直站在楼梯上观战。这时，他只说了声："干得漂亮！"又上楼回床上睡觉去了。

荣子问："发生了什么事？"

矢岛长次答："没什么，睡吧！"

上述事件发生后，中西会也无法拿矢岛长次怎么样，这是因为神户的山口组有意偏袒一方，田冈一雄便对矢岛长次这一举动深为赞赏，认为像仙波这种昏了头的家伙，即使不被自己人杀掉，迟早也会被组外人杀掉。

矢岛长次以其强硬的态度，使矢岛组在松山得到更加迅猛的发展。

1964 年，国际奥林匹克运动会在东京举行，而新干线名神高速公路也在这一年建成。二战带来的创伤已经基本恢复，日本经济进入高速发展的新时期。

日本各黑道组织，为获取更大的经济利益，进而干预国家事务，纷纷染指新兴的现代工业。

这年 4 月，矢岛长次在松山的东云大厦内，成立了协同电器设备株式会社，并且争取到了四国电气通信局管辖内的承包工程生意。但是，矢岛长次遭到了巨大挫折。原因是承包商的数目已达饱和，所以申请不到营业执照，结果不得不退出这个行业。

这只伸向现代工业的"黑手"被迫缩了回来。

就在这时，一个名叫末崎康雄的男子，通过矢岛长次的部下片冈正市，来向矢岛长次说情，希望加入矢岛组。

末崎康雄既是个可怕的人，又是一个成分复杂的人。首先，他在一年之前因杀人罪被捕，被判入狱六年，眼下刚被保释出来。其次，末崎康雄此前又是乡田会属下组织清水组的人，而且吸毒，但他和片冈正市有一定的私人交情。

"老大，他现在无路可走，就收留他吧！"片冈正市言辞恳切。

然而，矢岛长次感到十分为难，经过再三考虑，便这样答复片冈正市：

"这个人一无所长，又爱乱来，是难免出麻烦的。我看这样吧，由你收他为兄弟，监管也是你。就算是给末崎一个面子吧！"

"只是，他还带来了另一个人！"片冈正市说。

"一样处置吧！"

"那我就先代他们多谢老大了！"

就这样，末崎康雄带着另一个叫门田晃的男子，脱离清水组，成为片冈正市的把兄弟，实质上等于加入矢岛组。

对这二人投奔矢岛组，乡田会大为恼怒。会长乡田升在头目会议上这样骂道：

"这个末崎，以前我们对他并不薄，好不容易把他弄出监狱，现在他居然投靠了矢岛组，简直是毫无骨气，丢尽了我们的脸！像这种朝三暮四的家伙，还留着他干什么？嗯？"

这无异于向部下发出了刺杀令。

震惊四国松山的"松山事件"，便由末崎引发了。

6月5日，"松山事件"拉开序幕。

这天夜晚9点钟左右，末崎康雄和门田晃走进一个名叫村头的酒吧。这个酒吧位于松山市南京町，是由乡田会长乡田升的太太经营的。

在门口，门田犹豫地说："我看，还是到另一家吧！"

"怕什么？能把我们吃了？"

末崎康雄不屑地叫着，然后大步跨进酒吧。

"那两个人，站住！"立即冲出七八个人挡住他们，为首的叫松原洋，全是乡田会的成员。

松原洋喝道："戴着矢岛的组徽，竟敢跑到这里来，知不知道这是什么地方？"

末崎毫无惧色地说："花钱喝酒，管它是什么地方！"

"你说什么？"松原洋等人掏出枪来，把末崎和门田围在中间。

乡田升的太太虽然只有30来岁，但在乡田会享有很高威望，这时她正倚着吧台抽烟，看见这边闹事，立即走过来，呵斥道："不要在这儿胡来，统统到外面去！走远点儿！"

松原洋立即赔着笑脸，对乡田太太说："这两个家伙背叛组织，跑到矢岛组去了！老大有令，见到他们……"

"我不管你们的事！出去！"太太极不耐烦。

"好，我们这就走。"松原洋说罢一招手，"把他们押上车！"

七八个人把末崎和门田推进门外的一辆房车内，然后分乘三辆车，朝郊外驶去。

来到石田川的堤岸，末崎和门田双手被绑住，站在堤下。

松原等人在距他们5米的地方站定。

"你们就要死了，还有什么要求没有？"

松原一面说着，一面掏出自制的手枪。

末崎没有作声。门田说："我想抽支烟！"

"这个要求可以满足。"松原说着在身上摸，发觉香烟盒空了，于是问身后的伙伴，"你们谁身上有烟，给他一支！"

大家摸了摸，都说没有。

"那就对不起了！"松原认真地说，"做了鬼可别怪我，实在是没有烟。你要是没别的要求，我就开枪了！"说着举起枪。

"慢点！"门田忽然说，"等我先撒泡尿！"

经他这样一说，松原也感觉到尿上来了，于是两人都扯开裤子撒尿。

松原不小心，尿水把枪都淋湿了。

撒完尿，两人重新站好。松原举枪，扣动扳机。

"轰！"随着火光一闪，松原给硝烟呛得连声咳嗽。抬头看时，末崎安然无恙，被射击的门田也还好端端地站在对面。

大家一起走上前看，发现射出的子弹只穿透门田的粗布裤脚，并且子弹就掉在地上。

大家纷纷奚落松原——

"我说了枪管和枪身用绳子扎不行，一定要用螺丝固定死！是吧？打不中吧！"

"我早说过他这枪没用，他偏不信！"

"干脆扔掉算啦！有你这么重的手枪吗？至少有 5 斤呢！"

"别说了！"松原恼羞成怒，大叫道，"我再打一枪看看！"

松原再次装弹，瞄准。这次他换了一个目标，对准末崎，而且拉近了距离。

"大家站远点，说不定他的枪会爆炸！"松原的那些伙伴说。

松原显得有些紧张，把枪举得很远，双手端着瞄准，嘴里还叫："末崎，不要乱动！"就像在认真地做一场游戏，然而这是杀人。

又一声巨响。枪管和枪身彻底分离，松原手中只剩一个枪把，脸上居然被硝烟熏黑。

"动手，把他们杀掉！"松原气得大叫。

这时，有一个伙伴上前对松原说："老大可没让我们杀他们。如果矢岛组上门报复，你可得负责啊！"

松原想想，不愿负这个责，加上枪炸了，完全没有情绪，便吼道："那就狠狠地揍他们一顿！"

一群人拥上去，把末崎和门田揍得头破血流。而松原连揍人的兴致也没有了，弯着腰，沿着河堤的斜坡，到处找他那根被炸飞的枪管。

头破血流的末崎和门田，回到矢岛组事务所，立即向自己的直属上司报告了被袭的经过。

片冈正市首先想到的，是自己罩着的兄弟被打，自己显得十分没面子。但牢固的敌情观念，更让他想到这是乡田会向矢岛组发出的挑战。

357

"明明看见你们戴着矢岛组的徽章，仍然发动袭击，真是太猖狂了！"

当时，矢岛长次为了协助神户艺能的有关事务，到神户山口组总部去了，矢岛组的日常事务便由片冈正市主持。

片冈正市马上给乡田会挂电话，提出两个十分苛刻的条件：一是乡田会会长乡田升立即亲自到矢岛组组长那里谢罪；二是马上把松原洋交给矢岛组。

乡田升在电话里表示愿意举行谈判，但闭口不提那两个条件。片冈也同意谈判。

在当日夜晚举行的谈判中，双方的头目均未出席。乡田会的代表发言说，松原洋惩罚末崎和门田是无可非议的，这是按通行的黑道规矩办事，而且反问，他们背叛组织，难道不该惩罚吗？

片冈等人当即愤然离去。

回到事务所，片冈立即给在神户的矢岛长次去电话，报告谈判破裂，并请示下一步该怎么办。

矢岛长次的回答很简单："不用多说，干脆干掉乡田升！"

无情的报复自第二天开始。上午 10 点钟，松山市东云大厦杀机四伏。由片冈正市亲自率领的矢岛组组员，潜伏在东云大厦，利用各个观察口，密切注视着街道上过往的行人车辆。

10 点 20 分，一部红白两色的计程车，从东云大厦门口驶过。

"快看！车里坐着的那个是冈本组的安部！"

"对！我看清楚了，是安部！"眼尖的年轻组员纷纷说。

冈本组隶属于乡田会，而且两者有特殊的关系。因为冈本组是由乡田会会长乡田升的义子冈本雅博从乡田会分离出来，以乡田会的外部团体身份成立的新组织。

因此，如果矢岛组和乡田会打起来，冈本组必定会以乡田会的先头部队身份出击。

"袭击安部！"片冈心里打定主意，随即让组员传达命令，"盯紧那辆车！"

安部乘坐的计程车，在东云大厦对面约50米的地方停了下来。只见他向司机说了几句话，就消失在旁边的一条小巷里，而计程车似乎停在那儿等他。

"先抓住安部再说！"

片冈带上两个组员，走出东云大厦。来到那辆计程车旁，片冈对司机说：

"你先走吧！刚才那位客人有事，我们是他的朋友。"

司机疑惑地望着他们三人，突然叫道："喂！你们回来！"

三人全都吓了一跳，回头望着司机。

司机说："他还没付钱呢！"

片冈这才踏实了，上前把钱给了司机。

计程车开走了，但那个司机不时探出头来，疑惑地望着他们。

"多事的家伙！"片冈心里骂着，带领两名组员拐进小巷。

很快就把安部抓住了。原来这家伙在这里有个小窝，养了一个十七八岁的小情妇。被抓时，两人脱得精光，正准备干好事。

在三支手枪的逼迫下，安部脸色惨白，乖乖地跟着三人来到东云大厦。经审问，安部招供了乡田会总部的兵力布置、房间结构等有关情况。

上午11点钟，审问完毕，片冈向乡田会打电话：

"喂！是乡田升吗？我是矢岛组的片冈。现在，你的义子安部在我的手里……"

"我不相信！"乡田升说完便放下电话。

片冈再次挂通，让安部说话。

"干爹！是我，我是安部……"

"把话筒给片冈！"乡田升信了，在电话中喊。

片冈接过话筒，说："现在相信了吗！"

乡田升喊道："你想怎么样？"

片冈说："当然是按你们的方式，你的手下打伤了我两名兄弟，一礼还一礼，我们当然也会让他吃点苦头！"

"你们要是敢动他……"

"我们已经动过了！现在他在上一万车站，如果不想让他死，那你赶快去领人吧！"说完挂掉电话。

上一万车站离东云大厦大约有6公里，离乡田会总部就更远了。这是片冈耍的一个调虎离山之计，企图把乡田会的重兵调往上一万车站，至少也可以减少乡田会总部的兵力，这样，矢岛组便可以趁对方总部虚空，率领全组人马杀到，达到端掉乡田会老窝，或者干掉乡田升的目的。

事实上，安部一直扣押在东云大厦。末崎和门田为了报复，把他折磨得死去活来。

乡田升不是头脑简单的对手。

跟片冈通话之后，他便立即下令调查安部是如何落入敌方之手的。各种情报迅速反馈回来。

"安部于今天上午9点50分左右，单独乘坐一辆红白两色的计程车出门，但他没说去干什么。"

"查出这辆车！"乡田升再次下令。

数十辆车同时出动，费了一番工夫，这辆车也查到了。司机被带到乡田升面前。

司机说："安部先生我认识，我经常送他到那儿去。"

乡田升问："车子停在什么位置？"

"平和路东，伊予铁路的通町巴士站附近。"

"他去那儿干什么？"

"他在那附近有个……有个相好的……"

"说下去！"

"他一般是晚上去那儿，今天上午本来也不打算去的，忽然像是有了兴致，让我拐过去。他下车后，让我车子别走，一会儿他就回来，钱还没付呢。我就坐在车上等他。可就在这时，突然来了三个人，让我把车开走，还替安部付了车费。我看见他们三个人从那条巷进去，当时心里就怀疑……怎么，安部出了事吗？"

"不用问了。你下去吧！"

旁边一个小头目问："要不要把那个女人找来？"

乡田升摇摇手，考虑了一阵，命令道：

"安部不可能在上一万车站，总部加强警戒，防止对方声东击西！我亲自带一批人，向平和路东、通町巴士站附近前进，一定要找到安部！"

乡田升率领武器精良的二十余名部下，分乘五辆房车，朝平和路东疾驶而去。

五辆房车奔往平和路方向，一路卷起阵阵烟尘。

派往上一万车站监视的组员，用电话向坐镇东云大厦指挥的片冈正市报告，那里没有任何动静。

片冈这才感到自己低估了对方。他用电话命令上一万车站的组员，停止使用电话，提防敌方窃听。

放下话筒，他看了看表，差二十分钟 12 点。再过二十分钟，矢岛长次老大将从神户发来命令。于是他把末崎和门田二人叫来，让他们到附近的公用电话亭去，向矢岛长次打电话，接受新命令。

东云大厦是矢岛组的重要据点，在关键时刻防止敌方窃听是有必要的。末崎和门田接受命令，从东云大厦出来，沿着街道走，想找一个安静点的公用电话亭。

二人走到铁炮町，末崎正准备走进一个电话亭，门田在后面大叫："末崎！快卧倒！"

五辆房车怒狮一般朝他们冲来，头一辆车上的机关枪"哒哒哒"地叫着，子弹像蝗虫一样飞来。

末崎躲闪不及，屁股上中了两颗子弹，但他跌倒之后，仍然顽强地拔枪回击。

门田扑倒在一个石级之后，迅速举枪还击。

五辆房车由于速度太快，一下就冲过去了，但很快就在不远处停车。乡田升跳下车来，带着二十多名手下，一边开枪，一边冲锋。

"末崎，快跑！我把他们引来！"门田大叫着，一面朝后面开枪，一面朝小巷子跑去。敌人全被门田引走了。

末崎跌跌撞撞地跑回东云大厦，大声喊道："快！快准备！乡田会杀来了！"

片冈既紧张又兴奋，问道："来了多少人？"

"五辆房车，大概二三十人吧！"

"门田呢？"

"我中枪，他掩护我，把对方引开了！"

片冈望了望严阵以待的全组人马，大声命令：

"准备战斗！一个人也不准放进来！"

组员们立即靠紧窗户，敲掉玻璃，举枪瞄准街道方向。

枪声越来越近。门田突然跑了回来，气喘吁吁地说："想抓住我，没那么容易！"

原来乡田升一直想抓活的，以便逼问出安部关在哪里，所以命令追击者不要打死门田，结果反让门田逃了回来。

但是，门田也把对方的大队人马引来了。

"看！五辆房车都开过来啦！"

"打吧！"

片冈大喊："听我的命令！预备——射击！"

几十支枪一齐朝五辆房车扫射。当即有两辆房车轮胎被打破，一辆房车汽油箱被击中起火。

乡田升指挥部下，利用地形展开还击。枪声响成一片。

当天正是星期天，突然发生的激烈枪战，使偶尔路过的市民还以为这是在拍电影。

交战了半个钟头，矢岛组只有三人负伤，而乡田会却被打死三人，打伤六人，五辆房车有三辆起火烧毁。乡田会会长乡田升深感地形地对己方不利，只好带上死伤者溜走。

停火之后，警方才大举出动，包围住东云大厦。

警方的姗姗来迟，令众多市民深为不满。但警方完全是故意的，先让这些黑帮分子火拼一阵，等有了大致输赢，再来收拾残局。警方还以为这是一着妙棋哩！

警方得到确切情报，知道矢岛组数十人持有枪支，集结在东云大厦里面，因此在原有基础上，把包围大厦的警察又增加了二百五十名。这时，围观的人也越来越多，恐怕至少也在两千人以上。大家屏息等待着警方与矢岛组对峙的结果。

下午 1 点钟后，警方怕伤及市民，封锁了东云大厦前面长约200 米的道路。

看热闹的人群和警察的视线，全集中到东云大厦三楼的窗口。矢岛组堵住所有入口，撤到三楼去了。

"你们已经被彻底包围！把武器丢出来，向警方投降，这是你们唯一的出路！"警方用扬声器不停地喊话。

但矢岛组不光无视警告，反而对空开枪，向警方示威。

警方心生一计，决定停止对东云大厦的供水。

到傍晚，矢岛组干渴难耐，从三楼吊下水壶，并且大叫：

"你们不能毫无人道，给我们一点水好吗？我们快渴死啦！"

围观的人们大笑起来。

一名警员拉下用绳子吊着的水壶，回答说："想喝水吗？那你们老老实实出来喝！否则统统让你们渴死！饿死！"

末崎愤怒不已，不顾屁股上的伤痛，端起一支猎枪，朝那名答话的警察放了一枪。警察胳膊中弹，倒在地上。

其余警察一齐后退，隐蔽起来。

眼看天快黑了，警方决定尽快结束对峙。

他们用炸药炸开大门，然后以盾牌护身，慢慢朝三楼迫近。

这时，松山市消防署装有云梯的救火车也开来了，是为了万一大厦交战起来起火，好及时扑救。

"看来警方已决心把我们统统消灭了！"

矢岛组的人心里都这么想。

"乡田会的人全撤了，害得我们跟警方死拼！"

更多的人只是不服气。等他们拼光了，乡田会就可以称王称霸了。于是，负责指挥矢岛组的片冈做出决定，由他出面与警方讲条件。条件是，矢岛组愿意投降，但先要让他们把伤员和人质带走。

警方表示同意，但要他们交出武器。

于是，末崎和几个伤员押着被俘的安部走出大厦，随身带出几支手枪和猎枪。剩下的组员在片冈率领下，坚守大楼，等待末崎等人撤到安全地点。

过了一个钟头，矢岛组还在拖延时间，警方不肯等了，出动突击队，在机枪掩护下，向三楼投入了数枚催泪弹。

警方发起总攻。

经过一阵激烈的枪战，矢岛组又有四人被打死，其余的人，包括片冈正市和门田晃，全被活捉。但警方也有五人负伤，两人战死。

事发之后的第四天，神户山口组动员属下十四个黑帮团体，共计六百一十七人，以山口组厮杀行动队队长地道行雄为总指挥，在矢岛组组长矢岛长次的带领下，分乘数艘船只，渡过濑户内海，前往营救被警方关押的矢岛组成员。

另一方面，神户本多会得到情报，也动员了属下的十六个团体，共计四百二十六人，奔赴松山，企图保护可能受到攻击的乡田会。

但是，松山警方的嗅觉更为灵敏，在这之前已经请求增援，从各地调来大批军警，总人数不下一千名，严密地封锁着通往松山的道路。结果，双方的援军一个也没能进入松山市。

21 日凌晨 5 点钟，警方突然袭击，以"凶器准备集合罪"和"涉嫌杀人罪"，把乡田会会长乡田升及其属下的成员统统逮捕。

此后不久，矢岛组组长矢岛长次在神户被捕。1968 年 2 月，矢岛长次被日本最高法庭裁决，被判入狱七年。片冈正市、门田晃和末崎康雄被判入狱十一年、八年和九年。

遭受全面逮捕而陷入瓦解状态的乡田会，有关头目尚在一审阶段，便宣布彻底解散。

松山两霸争雄，结果只落得两败俱伤。

第二十二章

扫毒狂飙

> 山口组成员总数曾达十八万之众，不仅雄霸日本黑道，而且渗透到世界各地。他们率先参与吸毒、贩毒，并利用毒品控制和摧残年轻、走红的女明星，但田冈反对毒品。

1963 年，山口组旗下共有四百二十个黑帮团体，成员总数达九千四百五十名，到 1964 年，直辖团体已达到五百二十六个，若将预备成员也计算在内，则总人数达到了十八万之多。

在日本黑帮史上，这的确是一个空前庞大的黑道集团。

1946 年夏天，田冈一雄继任第三代山口组头目时，他只有九名把兄弟和十一名直属部下，经过短短的十七年，山口组便成了一个不仅称霸日本，而且渗透到东南亚各国和地区的跨国黑道王朝。山口组的海外活动，首先涉足的地域是朝鲜、美国、中国的台湾和香港以及内地，接着是泰国、缅甸、越南，然后向南美、澳洲和欧洲大陆推进。其活动的内容，既有正当的商业贸易，更有贩毒、非法移民、绑架、追杀等破坏国际公法的犯罪行为。其中最为严重的是贩毒。

山口组头目田冈一雄曾在他撰写的回忆录中说：

"山口组越大，我便越难监督看管，于是分支组织竟以山口组的名义贩毒，还有人找正当行业的人麻烦……"

他又说："这种事情，不论什么社会都会发生，但这极少数人的粗暴行为，通过警方和新闻界的报道之后，便使山口组的形象受损。"

如此看来，田冈一雄似乎很重视山口组给社会各界的印象，并为山口组内少数人的胡作非为而痛心。因为他无法清醒地认识到，这完全是由山口组的黑道性质所决定的。

客观地说，田冈一雄这时作为山口组的总头目，早已远离了冲冲杀杀的组织草创时期，这时，他有财有势，如果想杀一个人，别说轮不着他动手，甚至用不着他开口，今天他流露对某人的不满情绪，恐怕明天那个人就不在世界上了。想玩什么女人，也用不着他费心思，手下人都会替他安排妥帖。实质他已经是一个封建帝王。

但田冈并不满足。在当时正逐步走上法制化轨道的日本，田冈深感自己的"帝王"地位正受到威胁，因此他竭力把自己打扮成与现代文明合拍的绅士，以期进一步参与到国家与社会的正当事务中去，说到底，他勉为其难地要求自己的部下学好、守法、做有益于社会的事，让他这个当代日本"教父"称职、称心。

每年年底，田冈一雄都要在组织内部发布一些施政纲领。按惯例，山口组每年年底举行一次全组织重要头目的集会，名为"事始仪式"，主要内容是共商来年的发展大计，并聆听田冈的训示。

1962 年 12 月，田冈在"事始仪式"上没有多说什么。方桌上提前铺好了一张白纸，田冈手执毛笔，在上面题写了四个字——和亲合一。

他让每个与会头目认真看、认真想。

因为黑道中多是粗人，大家看来看去，似乎都不得要领，最后一起望着田冈。

其实田冈肚子里也没有多少墨水，但他近年具体事务不多，有些闲工夫，便找些书看。此前他正好读到一本中国书，描写中国皇帝为了维持边疆和平，把自己宠爱的妃子，送给邻国一个好战的国王做老婆，其中有句话叫"和亲合一"。田冈觉得这句话很好，便反复在家里练习，专写这四个字。当然，田冈对这四个字有他自己的解释。

"老大，别让我们猜了！快讲讲这四个字是什么意思吧！"大家纷纷嚷道。

田冈于是解释说："'和'，就是说不要有好胜之争；'亲'则是向社会表明，我们山口组是一个亲善的团体。对外不争斗，对内求团结，两者结合，我们便是一个幸福的大家庭！"

大家面面相觑，似乎觉得这里面有些矛盾。内部求团结还说得通，可对外不争斗，那不是要受人欺负吗？再说警方正千方百计地要消灭山口组，如果不争，山口组还能存在吗？但没有人敢对此发表异议，都说好，尤其是那几个字写得漂亮。

田冈最后说："明年，山口组要以这四个字为宗旨，切实贯彻执行！"

"老大！……"吉川勇次欲说又止。

吉川勇次文化水平比田冈略高一点，对田冈也很忠诚，不会乱来的。因此，田冈对他说："有什么话？说吧！"

"我想，不如趁这个机会，订立一个比较全面的山口组纲领，你看如何？"

田冈考虑着。

吉川勇次又说："为了内部团结，不可光靠口说的规矩，如果以白纸黑字写明，效果肯定会更好。"

田冈觉得这个主意不错，至少可以避免凡是遇到什么事情，都要自己出面说话，便正式命令道：

"好吧！就由吉川把这个纲领草拟出来！"

吉川勇次大约花了一年时间，经多番修改，终于写出山口组纲领正稿，并于1963年在山口组举行的新年大会上宣布实行。

宗旨是两句话：谨守侠道精神，以期对国家社会的兴隆做出贡献。

纲领由五个条款组成，分别是团结内部，以和亲合一为先；对外接触时要抱有爱心，重信重义；处世时守己节便不会招来诽谤；多听前辈教诲，以期人格之高尚；长幼有序，以礼始终。

这次在神户观光酒店举行的新年大会上，山口组的领导机构也做了重大调整。如设立了名为"七人众"的协商小组，宣布从此以后，山口组内一切重大决策，均须得到这七个人的同意。

田冈提出了入选"七人众"的条件，那就是所谓"见识广博、具有事业心、与组内组外的人有良好的关系"。

实际上，所谓"七人众"完全是田冈一人点名产生，他们是：松本组组长松本一美、原南道会会长藤村唯夫、十九组组长松本国松、安原运输社社长安原政雄、三友企业社社长冈精义，以及神户艺能社社长三木好美，总干事由山口组原厮杀行动队队长地道行雄出任。以上七个人组成"七人众"。

在这"七人众"中，总干事具有莫大的权力，其实质是田冈一雄的代理人。在此之前，总干事由安原政雄担任。另外，设了四个总干事助理职位，分别由吉川组组长吉川勇次、山健组组长山本健一、菅谷组组长菅谷政雄和尾原组组长尾原清晴担任。

1963 年 7 月 24 日，山口组新的最高领导机构成员，在有马温泉举行了第一次会议。这是山口组的鼎盛时期。

就在这时，日本社会掀起了扫毒狂飙。

首先吸毒成风的，是神户艺能内部的人。

神户艺能以其种种极端恶劣的手段，控制着日本演艺业的发展，是山口组的两大财政支柱之一。

神户艺能由山口组"七人众"之一的三木好美担任社长，它的经营活动包括电影的拍摄与放映、流行歌舞的组创与演出，以及唱片的制作与销售，还有影剧院、歌舞厅、酒吧、夜总会等声色场所的经营，这里面就包含着对高、精、尖的技术员的网罗与控制，对歌舞与电影明星的争夺与扬抑，和外部的竞争是颇为激烈的。

为了保障神户艺能的稳定发展，内部设置了一个人数庞大的警卫机构，其实全是一些流氓、打手。无论哪一个艺术团体在国内演出，还是哪一个剧组到国外拍摄电影，都会有一班打手随同前往。他们的活动范围很大，台湾、香港和东南亚地区是经常去的地方。吸毒就是从他们开始。

与吸毒相连的是大肆嫖妓和豪赌。这些打手常常将某一次赴泰国或缅甸的远足，称作"打花旅行"，每人都有自己的嫖妓计划。

据称吸毒可促进性兴奋，除了已成瘾者，后来他们大多数由自己吸毒，改为贩毒，偷运毒品卖给日本国内的人。

当然这种人更加险恶。他们知道毒品对人有控制作用，为了勾引一些人们难以接近的著名电影或歌舞女明星，并达到长期占有的目的，他们便千方百计使对方染上毒瘾，待对方毒瘾发作时有求于他们，这样，他们便可以达到肆意玩弄、蹂躏的目的。

曾经有一个名叫松下原子的当红影星，21岁的芳龄的她，已经出演过十部电影的女主角，对所有人均十分傲慢，令人奇怪的是，她唯独对神户的一个打手百依百顺，而这个名叫崛木雄的家伙简直丑不忍睹。其中缘由，就是由于松下原子从崛木雄那儿染上了毒瘾，并且一直由崛木雄供给毒品。

松下原子是神户艺能社长三木好美最初发现，并一手扶植起来的，两人早已是秘密情人关系。到后来，松下原子居然发展到拒绝跟三木好美上床。

三木好美大惑不解，于是派出暗探，侦查松下原子的活动。不久，暗探报告，松下原子在崛木雄的卧室里吸毒。

这一下事情闹大了。

在一个夜晚，三木好美带上两个助手，来到崛木雄的卧室外面，透过门缝，他看见一个极端猥亵的情景——

两人均脱得精光。崛木雄躺在床上，手中举着一点毒品，晃来晃去，而松下原子则跪趴在旁边，像狗一样伸着脑袋，想去吃他手中的东西。崛木雄泼一点在床单上，松下原子便立刻去舔床单，崛木雄泼一点在自己身上，松下原子便舔他的身子……

三木好美一脚把门踢开，同时拔出手枪。

"砰、砰、砰……"整整打出一梭子弹。

崛木雄死以后，三木好美依然左右不了松下原子，因为三木好美并不吸毒，但他还是设法给松下原子弄来了毒品。

没有毒品，松下原子不跟他做爱还是小事，但却会直接影响到当时由松下原子出任主角的一部电影，那是一部投资巨大的电影。三木好美决定，等完成这部电影后再处置松下原子。

这部由松下原子主演的电影，获得了巨大成功，票房开创当年日本电影市场的新纪录。而松下原子的毒瘾，已经到了口服不能解决问题的地步，每天得注射毒针。她四肢布满针孔，人也开始消瘦，昔日的青春风采荡然无存。

三木好美对她不再感兴趣了，当然也极为心痛。

一个大明星从此消失——三木好美做不了这个主，只好向山口组老大报告。

田冈一雄还没听完三木好美的报告，已经摔碎了两只茶杯。

当时，警方已经逮捕了三名神户艺能的贩毒分子，香港的国际警察也向日本警视厅发出警告，指控山口组有关人员涉嫌贩卖毒品，因此日本社会舆论对山口组构成很大压力。

虽说田冈对女色有颇浓兴趣，但他对具刺激性的烟酒一直反感，更反对吸毒，特别是眼下，他年纪已跨过 50 岁，心脏功能一直不太好，烈性白酒再也不沾，烟也抽得少了。他知道毒品对人类的危害，所以由衷赞成政府严禁制毒、贩毒和服毒的法令，并有心配合警方的扫毒行动。他深知山口组在这方面的影响力，甚至考虑过让山口组充当扫毒的尖兵，以博取政府与社会的赞赏。没想到，贩毒分子竟首先从山口组的内部冒了出来，并且已经被警方揪住了尾巴，自己的屁股尚且没擦干净，有什么脸面去号令全国其他的黑道组织呢？

而眼下，居然连与山口组签约的大明星都被卷了进去，这不验证了社会上关于山口组是个黑染缸的说法吗？

田冈一雄面窗而立，气呼呼地想着。

三木好美低头垂手，站在一旁不敢吱声。

田冈知道松下原子与三木好美的特殊关系，难道……他突然回过身来，厉声问道："是不是你向她提供毒品？"

"不，不！不是我。"三木好美急忙回答。

"那是谁？"

三木好美只好把崛木雄的事情说了出来。

"死有余辜！"田冈咬牙切齿道。

这时，田冈的太太深山文子走了进来，在此之前，她已经去探望过关在房间里的松下原子。

"现在怎么处置她？"三木好美胆怯地问。

田冈喊道："还能怎么办？交给警方！"

"是！"三木好美准备退下。

"慢着！"深山文子喝住三木好美，然后上前对田冈说，"这是一个当老大的应该说的话吗？"

田冈一向敬重太太，这使深山文子在山口组享有崇高的威望，加上她本人具有中等文化程度，出身劳动家庭，对下面这些五湖四海汇拢来的黑道弟兄，一直表现出老大姐的风范，所以田冈平时遇上什么大事，也乐于听取她的见解。但这时田冈在气头上，便脱口对太太说："不交给警方，又有什么办法？"

深山文子平静地说："松下原子只21岁，事业虽然有了大成就，可人生还刚起步。她是山口组的签约明星，现在她在山口组出了事，就应该由山口组负起责来，如果把她交给警方，她还有什么名誉和前途？山口组不能为她负责，不正说明山口组无能吗？"

田冈吼道："我当然要负责！现在我就下令，把松下原子赶出山口组！今后有谁敢碰毒品，统统赶出山口组！一个也不留！"

"你真了不起！"文子冷笑一声，然后也激动起来，"你竟会想到把一个患有严重疾病的姑娘赶出去！她去哪里？她走投无路！她毒瘾难熬，只会继续堕落！等待她的，只有一步一步走向死亡，万劫不复……可怜的姑娘……"文子说着哭了起来。

田冈这人见不得眼泪，尤其是女人的眼泪，他的心肠顿时软了下来。于是上前劝慰起太太。

文子坐下，抹着泪水，继续说道：

"山口组中，以前有多少人在社会上胡作非为，加入组织以后，多数人有了稳定的职业，偷盗、打架的也少了，这是因为有人管他们。现在依然有人犯罪，危害社会，是因为管教不严。今后的山口组，不仅应该继续收留那些无家可归的人，更应该对他们加强管教，而不能一旦出事，便把他们赶向社会……松下原子就交给我吧！"

深山文子在自己家里腾出几间空屋，作为山口组内部的戒毒所。田冈把它们称作"牢房"。

五六个被发现的瘾君子，在深山文子的动员下，自愿走进同一间"牢房"。说它是牢房，是因为一旦进去便再没有自由，门是锁着的，饭菜有人按时送去，和政府设置的监狱有一点不同，那就是连放风的时间也没有。

松下原子住着一个单间。里面有床、有书桌、有梳妆镜，床头放着她爱吃的零食，书桌上有新出的杂志和报纸。房内本来有个相连的洗手间，但为了防止意外和便于观察，洗手间的门封死了，马桶放在房间的一角。

在毒瘾没有发作的时候，松下原子的确是个人见人爱的姑娘。她身高接近 1.7 米，体态苗条，肤色白皙，眼睛是日本美女那种典型的单眼皮，但明亮有神。虽然在毒瘾的折磨下，她精神已经处于疲惫状态，然而只要安静下来，她的一举一动仍然不失明星风采。这时，她坐在床边，手中捧着一杯清茶，而双眼却出神地望着窗外。在碧蓝的天空映衬下，有只鸟儿在枝头跳跃、鸣叫。

泪水静静地流下，滴落在前胸。泪水浸透了对新生的渴望！

这一幕，恰好被前来探望的田冈夫妇看在眼里。

深山文子打开门，两人走上前。

松下原子泪眼盈盈地望着田冈，嚅动着嘴唇，说："我，还有救吗？"

这一瞬间，田冈动情了，他弯下腰，鼓励地望着松下原子，握着拳头说："有救的！你一定要坚强啊！"

文子把松下原子紧紧搂在自己的怀中……

但是，当时对戒毒并没有十分有效的药物，给患者服用的多是一般的镇静剂，而山口组采用的方式，则是强行戒毒。因此，被囚禁的病人一旦毒瘾发作，便大哭大叫，甚至用脑袋撞墙。田冈家中经常会闹得天翻地覆。

第二次来看松下原子，田冈站在门外不敢进去，门上有一个书本大小的观察孔可以看清房间内的一切。

松下原子毒瘾发作了，她在床上翻滚，口吐白沫，不停地撕扯自己的胸膛，然后滚到地上。这时上衣全被她撕烂，双乳也露在外面。她发现了窗口外的人，便爬了过来，然后摇晃着扑到门后，从观察孔中伸出一只手，歇斯底里地惨叫：

"田冈老大，给我一点吧！只要一点点……"那张脸上，不光有散乱的头发，更有泪水和鼻涕。田冈的心抖动着。

"给她一点吧！"文子在旁边说。

"不，熬过去就好了！"田冈坚定地说。

"她熬不过去的！"

"一定要熬过去！"田冈毫不动摇，又补充了一句，"决不能给她毒品！"田冈拉着文子离开。

"干脆杀了我吧！杀了我吧！让我死啊！求求你们啦……"离开很远，还听见松下原子在狂叫。

第二天清晨，有人来向田冈报告，说松下原子自杀了。田冈和文子立即赶去。

松下原子死得很惨，可能房间里找不到任何利器，她居然用牙咬破了自己右手的静脉，地上、床上、墙壁上，到处洒满了鲜血。自以为泪腺已经干涸的田冈，这时也流下了悲伤的泪水。

听到松下原子的死讯，三木好美等头目匆匆赶来。

由松下原子的死，田冈把仇恨集中到用毒品害死松下原子的崛木雄，他对三木好美怒吼："枪毙崛木雄！"

三木好美以为老大忘记了，忙解释说："已经枪毙了！"

"再枪毙一次！"田冈狂叫。

再次枪毙崛木雄，听起来似乎有点滑稽，但这的确表现了田冈一雄对毒品犯罪人员的刻骨仇恨，以及禁毒的决心。

可是，崛木雄被枪毙后，已经被掩埋七天了。

田冈大叫道："把它挖出来！"

于是派人把崛木雄的尸体挖了出来。

刑场设在山口组总部前面的空地上。

山口组分布在各地的一百多名重要人物，事先都接到通知赶赴神户，加上常驻神户的高级头领，共计一百七十多人，出席了行刑仪式。所有与会者都被命令携带手枪，肃立在刑场四周，躺在中央空地上的是崛木雄的尸体。

田冈一雄穿着一身黑色西服，双手戴白手套，他从手下人端的一只托盘里，取过一支手枪，按习惯，先抽出弹夹看了看，然后插回去，拉了一下枪机。在众目盯视之下，稳步走到崛木雄的尸体旁边，"砰！砰！砰！砰……"一连打完整梭子弹。打完后，田冈向三木好美一挥手。

于是三木好美出列，手枪对准崛木雄，"砰！砰！砰！砰……"也打出一梭子弹。

接着是地道行雄、藤田唯夫、松本国松、安原政雄、冈精义、吉川勇次、山本健一、菅谷政雄、尾原清晴等一百七十多人，每人打掉一梭子弹。最后，崛木雄的尸体已经被打成了薄薄的一层烂泥。

整个行刑过程，田冈一直亲自监督着，但他没说一句话。

此后，田冈一雄和一个名叫田中清玄的人一道，组建了一个"打击毒品同盟"，再后来又变为"打击毒品净化国土同盟"。

当时，日本社会上有一些右翼分子，为了积累资金向政界渗透，因而大肆贩毒，这使田冈深为不满，所以他主动出钱印制宣传单，向民众发表演说，甚至利用组织掌握的线索，向警方告发了一些秘密毒贩。与此同时，山口组还做了一些表面能看见的慈善工作。比如：1964年6月，日本新潟县发生大地震，田冈用两部货车装运粮食和衣物，前往灾区救援；再如1965年7月，山荫地区发洪水，他又运了五十袋大米去救济灾民。

田冈这样做是有目的的，那就是要博取民心，赢得舆论的赞扬，从而使山口组这个黑色帮会得以苟延残喘。

尽管田冈一雄摆出了一副四面讨好的架势，但日本政府和广大民众并不买他的账，警方更是磨刀霍霍意欲置山口组于死地而后快。

此时，田冈一雄发表了这样的感慨——

"战后那阵子，警方借助山口组的势力，甚至连山口组的组徽也借去，用它治安；眼下竟然对山口组弃如敝屣，甚至步步紧逼，张开天罗地网要歼灭山口组。看吧，警方做了多少动作！昭和三十三年（1958年）5月，在法例中加入'凶器准备集合罪'；昭和三十五年（1960年）4月，在兵库县警总部设立暴力犯罪取缔总部；昭和三十八年（1963年）3月，警方全力谋划以神户的山口组、本多会，大阪的川组、热海锦政会，东京的松叶会等大帮会为目标的取缔行动；翌年，即昭和三十九年（1964年）4月1日，兵库县警总部设立了搜查四课，作用是截断山口组的经济来源，打击高层机构以及没收武器这三大方面，从而达到消灭山口组的目的。"

田冈甚至这样说："我原本认为山口组并不属于黑帮，那么，取缔黑帮组织的运动再大也没关系，希望警方全力以赴，甚至如有什么需要我们协助的，我们也会热忱合作。"

说这话时，田冈是十分清醒的，换句话说，唯其这样清醒，才是最大的糊涂。无论如何变换招数，日本社会认定了山口组就是一个祸害无穷的大黑帮。从前警方一度利用过它，但那无法成为山口组继续存在的理由，山口组中虽然有人做过一些于社会有益的事，但那也无法改变山口组是日本社会的大毒瘤的性质。

随着田冈一雄的暴病，山口组的末日已开始渐渐来临。

第二十三章

田冈暴病

田冈猝然得病，从此卧床数年不起。这期间日本
加快法制化进程，大规模取缔黑道帮会，各地黑道组
织土崩瓦解。

1965年5月初，一个晴朗的日子。田冈一雄应友人邀请，前
往福冈出席一个新婚典礼。结伴而行的是他的秘书织田让二。

沿途到处是樱树，樱花谢过不久，嫩绿的叶芽缀满枝头。鸟儿
鸣叫着飞来飞去，小河的流水声显得分外悦耳，景致煞是宜人。田
冈的心情也十分好。

这年春天，长男阿满考入庆应大学，满怀信心地踏上了希望之
路。田冈也非常支持儿子的选择，认为儿子和黑道上的自己不同，
儿子应当适应社会的要求，靠自己的力量去开创新天地。田冈还觉
得，儿子能有今天，是神在保佑自己，因此决定在前往福冈的途
中，到九州的太宰府去还个愿。

来到太宰府，田冈跪倒在神像面前，双手合十参拜。

秘书织田让二按田冈的吩咐，拿出一些钱，交给府上的神职人

员，并在功德簿上留下捐赠的数目和田冈的姓名。

参拜完毕，田冈慢慢站起来。就在那一瞬间，他突然感到某种不适，顿时喘不过气来。

"老大！你怎么了……老大！"织田让二慌忙走过来，扶住田冈。田冈想转头对织田让二说什么，但已经说不出话来。一阵难以形容的寒意袭遍全身，额头渗出冷汗，心跳加速，呼吸变得困难，然后全身开始颤抖。

"老大！你怎么了？你没事吧？老大！"

织田让二惊骇不已，急促地呼叫着。

田冈靠在织田让二的身上，极力忍受着病痛的煎熬。

持续了十多分钟，田冈病情缓和了一些，但感到全身虚脱一般乏力。他让织田让二扶自己躺下来。

织田让二决定改变原定的行程，不去福冈参加婚礼，立即返回神户。

返回神户后的 5 月 10 日，田冈又第二次发病。

深山文子十分不安，把田冈送往关西劳灾医院，请医生进行诊断。

"心脏很弱……血压也相当高……可能是心脏病。现在医院的新住院部正在施工，等完成后再入院也不迟。先给你开两个星期的药。注意，情绪不要激动，没事的！"医生这样交代。

由于这位医生是田冈的熟人，临别送了一本书给田冈，说：

"有空就看看这本书吧！对了解心脏病会有一些帮助。"

这是日本心脏病权威世本寅男教授的著作。

回到家，田冈把这本书捧在手里，翻来覆去看了多遍。从这时起，他才知道心脏病是壮年以后较常见的病，患者会出现急剧胸痛、呕吐、腹泻、面色苍白、血压下降等可怕症状。如果在冠状动脉里发生血栓塞，会出现引起循环障碍的心肌坏死。一旦心肌梗塞发生，那便是无可救药了。

文子也偷偷地把这本书看了又看，可见她对丈夫的病情是何等关切。

5月23日，田冈一雄住进了涉谷中央医院的特别病房。经再次确诊，田冈患的是狭心症。

田冈强作笑脸，对守在床边的深山文子说：

"狭心症和心肌梗死，都是什么时候死不能预料的。你别牵挂我，要多多爱护自己……"

"'我是不会死的，绝对不会！'这不是你说的吗？'即使被杀，也会从遥远的地方爬回尘世！'你不是常这样对我说吗？"

深山文子握着田冈的手，含泪带笑地说着。

"是的，我还不能死，这世上我还有很多留恋的人、留恋的事……"

"不要输给病魔，我不会让你输的！"文子深情地说。

十三天后，文子返回神户。这些天来，田冈的病情渐渐好转。

在这段时间里，山口组的重要人物，陆续到医院来看望他们的老大，但被医生劝阻，见过一面便离去了。

6月6日，晚上8点钟左右，一位女士前来探望田冈。

这位女士名叫美空云雀，30多岁，是红透日本影坛的大明星，去年她和第一任丈夫离了婚。听说田冈病重住院，她特地从东京赶来。

她给田冈送来一件小礼物，这使田冈想起了十八九年前。

她的礼物是一双连在一起的小红鞋，是用塑料制成的，底下可以旋铅笔，上面可以插笔。

田冈爱不释手地抚摸着。美空云雀也深情地望着他。

十八九年前，美空云雀还是一个十二三岁的小姑娘，也是神户艺能年龄最小的签约明星，她当时就已经在美国灌制了唱片，名气是不小了，可是她的穿戴却十分朴素，甚至有些寒酸，脚下穿的只是一双陈旧的黑胶鞋。于是，田冈牵着她的手，到神户新开地的商店里，替她买了一双当时十分流行的红皮鞋，并且亲手给她穿上……这一切，都珍藏在她心里。

由那双鞋，田冈又想起一支歌，于是含笑地问注视着自己的美空云雀："你还记得《红鞋探戈》吗？"

美空云雀使劲点点头，然后低声唱起来：

> 即使我是个不懂流泪的女孩；
> 是谁拉着我的手啊，
> 走向没有归途的茫茫人海；
> 是你呵，是你，
> 我亲爱的父亲，
> 有你相伴我不再徘徊……

美空云雀唱着，田冈听着，两人都流下了泪水。

晚上 10 点钟，美空云雀才依依不舍地离去。

这个晚上，田冈一直没能睡着。

他脑子里全是美空云雀。他知道美空云雀为什么要跟丈夫离婚。田冈劝过她很多次，但她还是不听。田冈说过，深山文子是个很好的太太，她的愿望是无法实现的。这天晚上，尽管美空云雀没有太多的情感表露，但田冈看得出，她那颗心并没有死。

想到自己和美空云雀长期以来的那种关系，再想想一直无微不至地关心着自己的太太，田冈心中感到无比内疚。

也许是感情冲动的缘故，次日凌晨3点钟左右，他突然感到胸口一阵剧痛，挣扎之中，一只手下意识地按动了呼叫按钮。

值班护士闻声赶来，发现田冈脸色苍白，呼吸困难，便马上叫来了医生。输氧、注射，抢救进行了一个钟头，但田冈由于心肌梗死，已经进入昏迷状态。

病情危急。医院立即派人给神户打电话。

深山文子接过电话，又把消息告诉读大学的儿子阿满，然后乘9点钟的飞机从伊丹出发，中午赶到医院。

阿满比母亲先到一步，见母亲惊慌失措，便安慰说："爸爸不会死，绝对不会死的，你要镇定！"

田冈仍处于昏迷状态，但意识恢复了一些。

护士小姐在田冈耳边悄悄说："田冈先生，你夫人、你儿子都来了！"

"啊、啊……"田冈含糊地应着。

阿满双手扶着母亲，向医生问道：

"医生，请告诉我，我父亲的病情到底怎么样？"

医生似乎在考虑如何措辞，然后说：

"这个时候，有救没救都很难说……这两三天是关键时刻，病人绝对不能动，稍微动一动都有危险……但我想，还是先通知一下亲友比较好。"

文子明白了。她流着眼泪对儿子说："阿满，你马上通知姑母那儿。"田冈有一个妹妹在东京。

"妈，组织那边怎么办？"阿满说。

"由我来通知。"

临到给山口组打电话时，文子又犹豫了。她感到时机难以把握。照说，山口组是必须赶紧联络的，但如果通知得太早，万一田冈又活过来，别人就可能批评她过于惊慌了；如果通知晚了，又会受别人埋怨。此外，她还要考虑如何避免在山口组内外引起混乱和动荡。

最后，文子决定先通知两个人，一个是山口组"七人众"之首、总干事地道行雄，一个是"七人众"之一的冈精义，这两人是田冈的左膀右臂。

地道行雄和冈精义接到通知，火速赶往涉谷中央医院。

田冈病危的消息迅速传开，日本警视厅、大众传媒、医院所在地的涉谷警署等方面，纷纷派员前往探听进一步的消息。

演艺界的人士也前来探望，如日本著名影星高仓健、江利智惠美、宫城千贺子、美空云雀、清川虹子等，其中美空云雀探望的次数最多，时间最长。但田冈一直处于昏迷之中，对所来的人均一无所知。

连续三天三夜昏迷不醒。三天之后的6月9日，田冈一雄居然奇迹般苏醒过来了。渐渐地，开始能吃一些流质食物。

整个7月，田冈都住在涉谷的中央医院。8月4日转往女子医科大学。9月9日返回神户。

田冈包了夜行列车"银虎号"的一节车厢，并戴了氧气罩，由医生陪同，一边进行点滴注射，一边踏上去大阪的归途。

卧铺车厢中，有地道行雄等十余人陪伴。10日早上，列车到达大阪站，月台上站满前来迎接的山口组组员，背后却布满大批警察，的确是一个很别致的欢迎场面。

从大阪站下车，继续乘坐轿车，三十分钟之后，到达尼崎市今北的关西劳灾医院，住入新建成的住院部五楼的 517 号房。

这是田冈不知要住多久的地方。

田冈一雄自暴病以来，长期住院，且卧床不起，使得山口组群龙无首，人心动荡，组织混乱，警方认为这是歼灭山口组的良好时机，因此向山口组发动全面进攻。

由于当时日本政府并没有出台取缔黑色帮会组织的明确法令，因此，对山口组的围剿行动，仅仅是从外围立法开始，并显出一种羞羞答答的样子。

为了把黑色帮会逼入困境，日本当局制定了港湾运输法、税法、劳动基准法、陆上运输法、治安法、建筑标准法、消防法等等一系列法令法规。例如港湾有许多破旧的事务所，那是山口组成员的立身之地，当局便以违反建筑标准法、消防法为由，强行拆除，用推土机把它们推个精光，许多山口组成员便失去了栖身之所。

针对山口组成员经常光顾高级酒店的状况，警方便向各酒店下达命令，不要做山口组的生意。

对山口组控制的演艺业，有关当局依据新的税法，不仅对过去的偷税漏税进行清查，而且加倍征收。

从 1965 年 3 月开始，日本各都道府县开始采取不提供公共设施给黑帮组织的严厉措施，这使山口组的活动场所日益萎缩。

建筑业经营被禁止投标。以前山口组总是利用财势和恐吓，拿到最低的标底，从而垄断一些建筑行业。

在政府的全面围剿之下，山口组不断分崩离析，其他黑帮组织也纷纷垮掉。

4 月 7 日，山口组系统在山荫地区最大的下属组织——柳川组彻底解散了！

7月27日，从东京起，到崎玉、茨城千叶、栃木、群马、青森均拥有稳固地盘的关东最大组织——住吉一家也宣布解散。这个黑帮组织成员达三千八百人。

9月20日，政治色彩浓厚的黑帮组织松叶会，在东京宣布解散。其原有组员两千四百人。

接着，锦政会、北星会也先后解散。至此，日本关东地区的黑帮组织，完全被当局灭绝。

剩下的只有关西的黑道，即山口组和本多会。

然而，次年的4月7日，本多会也走向全面崩溃，但是他们玩了一个花招，于同月27日，换上了一个带有政治性质的招牌——并洲青年大日本和平会，从而躲过了当局的取缔。

从此以后，当局把攻击目标集中对准山口组。

第一轮攻击目标是山口组总干事地道行雄。当局认为，如果打击了山口组的实力人物兼最高负责人，其下属组织必然会发生混乱。

4月21日，兵库搜查四课和生田警署联合行动，派出一百二十人，突然包围了地道组和佐佐木组。佐佐木和山口组的六名组员被捕，地道行雄及时逃脱，但立即被通缉。

6月11日，警方搜查了山口组总干事助理山本健一的住宅。

6月14日，山口组"七人众"之一松本一美家被抄。

7月26日，直属山口组的小田组组长小田若一等两人，因"违反建设业条例"被警方逮捕。

11月4日，直属组织宇田组组长宇田正三，因"违反单车竞技法"被捕。

尽管警方攻势凌厉，山口组也受了一些损伤，但仍然只是伤及皮毛，根本没有到达伤筋动骨的地步。但覆灭的危机似乎已经难以逆转。

1965 年 12 月 13 日，按照惯例，山口组举行了每年一度的"事始仪式"，地点选在神户市生田区仲町三丁目的三轮饭店。

所谓"事始仪式"，就是总结过去一年的工作，制订来年的方针，有点类似行政部门的年度总结，但山口组的"事始仪式"侧重于新一年的工作方针。

这是山口组最严肃的会议，妇女是不允许进入会场的。

当时田冈病情仍在恶化，但在他一再要求下，只好由医生陪他出席。这是他自病倒以来，首次和众多部下见面。全日本三十一个都道府县的组员，均赶来参加集会，山口组直辖的一百四十一名组长，穿着佩戴组徽的传统礼服，表情严肃地迎接田冈一雄。

上午 11 点钟，主持人冈精义宣布"事始仪式"开始。

仪式顺序由向服役者和死难者的默祷开始，接着是开会辞、纲领宣言、组员代表发言、组长讲话、杯事、诸事报告、闭会辞，最后是宴会。

田冈没有参加宴会，他感到无比的疲倦，也没有正式发言，只草草打了个招呼，要求全体成员加强团结，不畏艰难，便匆匆返回医院。

躺回病床，田冈不停地叹息。其实他有很多话想说，但又的确体力不支，因此，言犹未尽的空虚感，一阵一阵地朝他袭来。

第二十四章

警笛长啸

山口组财政支柱"神户艺能"和港湾运输业相继
被警方砍倒；权力仅次于田冈的首脑人物相继被捕；
属下组织纷纷溃散，山口组末日临近。

1966 年，日本政府加大了对黑色帮会的打击力度。这年 4 月，
兵库县警总部长易人，改由强硬人物金崛一男担任。

金崛一男于 1941 年毕业于东京大学，然后进入内务省工作。
战后从自治厅转到警察部门，由佐贺县警察队长干起，做到九州管
区公安部长，历任福冈、鹿儿岛、静冈等县的警察总部部长。在鹿
儿岛时，金崛一男消灭了小樱组，到滨松不久又解散了服部组。黑
道组织对他既恨又怕，称其为"黑帮的克星"。

金崛一男出任兵库县警总部长，便向外界宣称：

"赌上警方的威信，也绝对要让人看到山口组的崩溃！"

警方对山口组的总攻击开始了！

金崛一男认为，要想把山口组打垮，首先要断其财路。而山口
组的财政来源，主要是港湾业和神户艺能。在各种法规的限制下，

神户艺能已日薄西山，因此警方把目标集中在山口组的港湾业上。

田冈一雄病倒之后，将港湾业委托给山口组"七人众"之一的冈精义主持。

1966年4月19日，金崛一男亲自率领一队武装警察，来到神户市东滩区飞御影町冈精义的家中，将其逮捕。

冈精义的罪行如下：

1965年9月的32号台风，破坏了兵库港填海区远矢滨的七处防波堤，造成横滨海运仓库和筑港兴业两公司的一千四百八十五桶汽油被洪水冲走，使冈精义任社长的神户生钢运输、任董事经理的神户生钢工业工厂两个公司的机械受到损坏。因此，冈精义以武力相威胁，迫使横滨海运仓库和筑港兴业两公司，对其赔偿现金150万日元、期票2200万日元。

据兵库县警总部所编印的《山口组破灭史》记载，有关这件事的侦查，始于1965年10月左右，到11月下旬，警方从一名有关者那里得到一份调查记录，但那不过是一份有关这次台风灾害的调查报告。接着，1966年2月，警方说服了筑港兴业的濑户口社长，请其供述了被恐吓的经过，但濑户口不敢在口供上署名。于是，警方又说服了同一公司的代表董事简井在口供上署名。由此可见警方誓将冈精义送上法庭的决心。

在冈精义被逮捕的第三天，田冈一雄病情略有好转，心想冈精义万不可入狱，否则山口组的港湾企业就将完蛋，所以他焦急地对旁边的人说：

"抓紧给冈精义请一个律师吧！花多少钱都不必考虑！"

就在这时，田冈一雄在病房的电视中，看到了冈精义向警方认罪的镜头。

冈精义完全供认了曾使用武力恐吓对方的罪行，并且以诚实的态度面对观众说：

"我已经 60 岁了，生活上没有什么欠缺，独生女儿也招了婿，还有个可爱的孙儿，还打算为什么组织呀、侠义呀坚持到死吗？给社会带来那么多的麻烦，难道还嫌不够吗？继续跟警方对抗，我还有脸见孙子吗？"

田冈震惊不已，然后勃然大怒，抓过床边一只铁盒罐头，用尽力气，朝床对面的黑白电视机砸去。"轰"的一声，屏幕砸得粉碎。

田冈简直不能理解，冈精义居然会向警方认罪，居然会背叛山口组、背叛他！他和冈精义是三十多年的老朋友，从做苦力起便共住一屋，借一件衣服轮流穿着去洗澡……他把象征着山口组血液的港湾事务交给冈精义，把冈精义当作最值得信赖的人，然而……

田冈为此痛不欲生。

4 月 25 日，也就是冈精义被捕的第七天，田冈接到警方转来的一封信。信是冈精义写来的，他在信中以委婉的言辞，声明与山口组断绝一切关系。信是这样写的——

组长病情如何？我很担心。关于这次不幸事件，给你带来了很多麻烦，希望你原谅。

我已老了，想从第一线引退，决定把自己原担任的所有港湾职务，交给我的女婿。然后，我或许可以从第三者的立场，侧面给三友企业和甲阳公司以支援。

以上是我很自私的愿望，但身为山口组的重要头目，引起了这次不幸事件，有必要好好地反省。我为给组长及组织造成的麻烦而郑重道歉！

此际，我自私地做出请求，希望能从山口组引退，得以养老，请你恩准。

冈精义
4 月 25 日

田冈破例批准了冈精义退出山口组。

以冈精义为突破口，警方继续追究盘踞港湾的山口组成员。

当时，神户港的船内和沿岸的搬运公司，有二十二家都加盟了以田冈为首脑的所谓"全港振"，其中十二家公司是山口组的。此外，横滨、东京、名古屋等港湾也有山口组的搬运公司。所有这些搬运公司，的确是田冈的命根子，哪怕舍弃山口组，他也要竭力把它们保住。

经冷静考虑，田冈一雄忍痛做出决定——日本各港湾，凡和山口组有关者，全都脱离会籍，继续在原地从事港湾搬运工作。

5 月 5 日，山口组系统从事港湾业务的人，听从田冈的号令，全部脱离了山口组，其中包括安原政雄等高级头目。

在警方看来，田冈一雄是在玩弄金蝉脱壳之计。于是调整组织，联合更多的力量，追剿山口组。6 月 2 日，兵库县警总部得到二十个官厅的协助，成立了"山口组破灭对策官公厅联络协议会"，并立即展开运作。接着，6 月 4 日，兵库县警总部又设置了"山口县干部有关之企业暴力事件搜查总部"，动员了搜查员一百六十五人，由金崛一男亲自指挥。

金崛在报纸上发表文章说："决不容许山口组在政治上有秘密交易，要迫使其完全解散并非容易，但一定要把病床上的田冈送进监狱！"

田冈在病床上读到这张报纸，当即对前来采访他的一名记者表示："我绝对不会让山口组解散，凭他就能让山口组解散吗？金崛和我谁胜谁负，就来一次较量吧！"

记者问道："警方有个方案，说只要换了山口组这个招牌，便不再进一步追究，你的看法如何？"

田冈回答道："招牌换了，实质不变，那么说来，警方要除掉的只是这块招牌，而不是这个组织，反过来说，警方并不认为这个组织有害，而是认为这块招牌有害，这样说得通吗？"

田冈坚定地认为，当局没有解散山口组的理由，他更不会主动解散山口组，甚至宣称，在这种时候尤其不会考虑解散，否则世人会认为山口组真的是一个伤天害理专干坏事的组织。

田冈虽然嘴硬，但行动上却在步步退缩。

5月24日，田冈负责经营的甲阳运输受到神户海运局的特别业余调查。

6月7日，田冈便被迫辞去了甲阳运输社长的职务。原因是违反了港湾运送事业法，超越了业务范围。据田冈本人声称，他这样做，主要是考虑使调查方无法吊销甲阳运输的营业执照，那么公司尚可继续生存，社员也能保住饭碗。

在甲阳运输2.4万股股份中，田冈共持有6810股。

辞去甲阳运输社长的同时，田冈还辞去了"全港振"副会长和神户支部部长的职务。

到此为止，田冈一雄被迫与港湾企业脱离了一切经济联系。

6月18日，在东京的"全港振"总部理事会上，做出了解散"全港振"的决议。6月20日，大阪支部也解散了，到此，"全港振"彻底崩溃。

除了神户艺能、港湾运输，山口组还有一个次要财源，那就是土木建筑业。

摧毁山口组的财源是警方坚定不移的方针，围剿行动开始朝纵深发展。

1966年6月28日，山口组总干事助理吉川勇次，因涉嫌在地下商城工程的恐吓案件被警方逮捕，接着，7月1日，在山口组地位仅次于田冈的重要头目地道行雄落入法网。

吉川勇次和地道行雄涉嫌共犯同一罪行——1963年3月，神户地下街株式会社在神户三宫策划修建地下商城，把18亿余日元工程费的承包工程，交给"鹿岛建设"和藤田组。但是，吉川勇次和地道行雄以参与警卫为名，强行向"鹿岛建设"和藤田组勒索了500万日元。

吉川勇次于7月19日被起诉，地道行雄和冈精义于7月20日被起诉。

这段时间，山口组组员不断被逮捕。8月23日，山口组中最大的下属组织之———一心会也被迫解散了。一心会的据点在大阪，它下面共有二十个黑帮团体，共计五百名成员，分散在大阪、爱知、京都、奈良、和歌山、香川和熊本。紧接其后，9月1日，被黑道誉为"关东之雄"的东声会也宣布解散。

9月13日，金崛一男向公众传媒发表谈话，他说：

"山口组已遭受重大打击，会有六七成的组员面临溃散。田冈一雄已成瓮中之鳖，完全失去了指挥统治权！"

警方决定直岛田冈的老窝。

1966年8月26日上午，神户地检署的津村检事和八十二名搜查员，来到神户市滩区条原本町，对田冈一雄的豪华住宅进行搜查。

搜查一直进行到当日黄昏之后，连庭院的石灯笼底下也被挖了一遍。警方查缴了数额巨大的股票、存折等有价证券。

与此同时，警方陆续揭发出田冈藏在他人处的财产。比如9月底在田冈的一个住在西宫的亲戚处，搜出了现金8600万日元；10月初，在三友企业一个职员家中，搜出用橘子箱装着的现金1.32亿日元；另外交给组员增承光男隐藏的4300万日元和地道行雄隐藏的2800万日元，全被警方收缴了。

田冈是在医院得知抄家的经过的。因为抄家时，警方曾通知深山文子到场。

紧接着，又传来十九组解散的噩耗。

十九组是山口组属下的中坚组织，组长松本国松是山口组"七人众"之一。

十九组做的是金融生意，被指控违反高利贷条例。10月13日，五十五名警员搜查了十九组事务所。10月15日晚，松本国松来到田冈的病榻前讨教对策，田冈看出十九组人心已散，只好痛心地答应他们解散。松本国松为了彻底脱离干系，干脆与田冈一雄断绝一切关系。

继冈精义和安原政雄之后，松本国松是第三个和田冈绝交的。

山口组的最高决策机构"七人众"，至此为止，只剩四个人，其中，支持山口组解散的地道行雄被逮捕，松本一美、藤村唯夫病倒在床，能够自由活动的，只剩下神户艺能社长三木好美孤零零的一个人了。当时，田冈发表了这样的慨叹：

"……人们都是以自己为本位，觉得自己至关重要，自身处于危难时，就会无情地放弃信念，抛弃友情，只想自己残存。一起处于美满状态时，很容易融洽相处，但一到危急关头，人就很容易变。大家平时都不过是装模作样地披着美丽的羊皮生活而已，一旦到了生死关头，才开始明白人类的真正价值。就算只领悟到人性的悲哀，对我也是很宝贵的一课。"

从这些话，的确可以看出当时的田冈，既感到痛苦、愤怒，又感到悲伤、无奈。

噩耗继续传来——

10 月 28 日，坂口组解散！

11 月 7 日，石井组解散！

…………

山口组陷入四面楚歌之中。

直到这时，田冈依然冥顽不化，心中波涛汹涌，浮想联翩。

他喃喃念道："在我有生之年，我是不会让山口组解散的，没有理由让山口组解散，为何非解散不可？有什么理由？投奔山口组的人，都是不愿受管束的家伙，我为使他们成为普通人而操心……现在干部不断被捕，组织不断解散，那些离散的年轻人，到底由谁来管束啊！警方为什么要这样狠毒？如果真是这样把山口组当作眼中钉，那就制定禁止结社的法律好了！如果那样不影响人权，就那么好了！除此还有什么理由呢？金崛部长扬言要把我送进监狱，想起这话我就生气！就算剩下我一个人，我也绝不会让山口组解散！决不解散！决不……"

田冈的呻吟，既令人感到刀光剑影的恐怖，也传递出西风茅屋的凄凉。

12 月 5 日，山口组"七人众"之一的藤村唯夫，因肝病死于日本国立大阪医院。对田冈而言，这又是伤口上面撒盐。

为了垂死挣扎，经田冈同意，山口组花重金保释被捕的支柱人物。

12 月 7 日，冈精义以日本有史以来第一巨额的保释金 1200 万日元被保释出来。

12 月 12 日，地道行雄也以 200 万日元被保释出来。

1966 年 12 月 13 日的山口组"事始仪式"，便这样在愁云惨雾的气氛中进行。

田冈没有出席，让人带去几句话的口信。只二十分钟便散会了，晚宴也没有举行。

冈精义、地道行雄虽被保释在外，但没有出席"事始仪式"。

山口组"七人众"中，出席会议的只有三木好美一人。

从冈精义被捕到 1967 年初，八个月的时间内，山口组共有一百二十九人被拘捕。新年伊始，警方更是实行"推土机战略"，对残存的山口组大小头目展开攻击。

这时，田冈病倒在床已超过一年半。田冈称这是一个"漫长的、万念俱灰的雌伏岁月"。

1 月 11 日，因糖尿病住院的山口组总干事助理菅谷政雄，因涉嫌恐吓而被逮捕。

1 月 23 日，大阪府警方以涉嫌赌博为罪名，逮捕了沟桥组组长沟桥正夫属下十四人。

这年的 7 月 21 日，兵库县警总部部长金崛一男，因剿灭山口组有功，荣升为九州管区警察局局长，他的职位由大阪府警察总部的警务部部长松元秀之接任。

但兵库县警总部并没有放松对山口组的剿灭。他们首先把目标对准山口组的内部反对解散帮会的小西音松，按照"先挖基石"的策略，8月4日，首先逮捕了小西音松的把兄弟、重本组组长重本国，然后才将小西音松这棵大树砍倒。小西会是山口组在广岛的最大下属组织，会长便是小西音松。

同是8月，小西组属下的打越会被迫解散。组长打越信夫成了散兵游勇。

9月7日，盘踞在四国今治，并在松山发展了十二个团体的矢岛组长矢岛长次被捕。

…………

山口组的外围组织遭到毁灭性的打击，警方乘胜追击，把网口渐渐收拢，最后决定依据掌握到的罪证，对病床上的田冈一雄进行轮审。

1967年4月以来，病床上的田冈经常呕吐，全身倦怠，病情还没有稳定下来。

如果不将田冈击垮，使其认罪伏法，山口组就会继续存在。又等了半年多，兵库县警总部实在不耐烦了，于10月30日派警员前往涉谷的中央医院，向田冈的主治医生中山英男打探情况。

中山英男说，十多天前，田冈高血压脑症再度发作，血压很高，在氧气帐内观察治疗了半个来月，两天前才稍稍好转。在这种情况下，不宜对病人进行审讯。

第三天，警方又给中山英男打来电话，认为必须马上审问田冈，希望医院给予合作。

中山英男感到很为难。救死扶伤是医生的责任，而保护社会安全是警方的责任，后者需要更多的社会成员的配合。中山英男就此事征求了病人的意见，田冈态度居然很积极，因此，中山英男通知警方，可以对田冈进行轮审，但是希望答应几个要求：一是采用轮审的方式，每次审问时间最好是十分钟左右，尽快结束；二是希望每次来的都是相同的调查官，避免反复，这是田冈的意见；三是允许医生中山英男在场监护。

警方答应了以上要求。

第一次临床审问，是 1967 年 11 月 6 日，从下午 1 点 15 分开始，地点是田冈单人病房的会客室内，田冈的太太深山文子和医生中山英男在场。

警方派出的调查官，是兵库县警总部的搜查四课课长山本升一、警官江原纯雄，以及两名课长助理。

审问由山本升一主持，江原纯雄提问，两名助理负责记录。

江原纯雄这次提出了四个重大问题，请田冈做出解释。

这四个问题包括：

一、因海难事故遗属补偿金问题，对"关西汽船"做出恐吓事件；

二、三城地下城建设工程警备费的恐吓事件；

三、以无形压力妨碍山九运输，违反港湾运送事业法一事；

四、甲阳运输违反港湾事业法一事。

以上每一件事，如果成立，均可送田冈进监狱。事实上，田冈一雄混迹黑道几十载，罪行何止这四项，但警方苦于难以拿出证据，只好抓住什么算什么，哪怕明知捡到的是芝麻，丢掉的是西瓜。

临床审问从 11 月 6 日开始，接着 8 日、15 日……平均大约一星期一次地进行，延续了两个多月。

在田冈做出解释之前，警方声明对以上事件已做充分调查取证，无须田冈的口供也可依法行事，希望田冈以诚实的态度和负责的精神，对待调查。

田冈也表示，他说的句句是实话，经他签字的审讯记录具有法律效力。下面便是田冈对警方提出的四大罪状的解释。

田冈首先回答第四个问题，即甲阳运输违反港湾事业法一事。

这件事是指田冈经营的甲阳运输有限公司涉嫌于 1965 年 5 月起，至 1966 年 3 月，超越了第二种业务（船内搬运业）的认可范围，也进行了第一种业务（沿岸搬运业），因此被指控违反港湾事业法。

对这个问题田冈是这样解释的——

"甲阳运输从事了第一种业务，警方是从冈精义那里首次得知的。我把甲阳所有工作交给专人负责，因此不知道有没有那样的事。这件事我还需找人了解清楚再做回答。"

第三次审问时，田冈补充了这个问题——

"我找了藤木专务、三岛常务等公司负责人来查问，他们告诉我，第一种业务全部是由三友企业做的，三友企业社长是冈精义，甲阳运输只做法规规定的第二种业务。"

当时，田冈的太太深山文子在一旁插话，她说："前几天，我在检察厅和冈精义对质时，曾问冈精义：'因为你那儿从事第一种业务，触犯了港湾运送事业法，田冈才不得不离开甲阳，没错吧！冈先生？'冈精义当时回答我说：'那是因为当时跟海运局商谈时，被告知从事第一种业务也没问题才做的。'"

田冈说："冈精义跟海运局是怎么搞的，我就不得而知了！"

这个问题似乎被田冈推得一干二净。

第二个问题是关于以无形压力，妨碍山九运输机工公司业务事件。

1963 年 9 月，山九运输在神户港的船内搬运劳务者，被发现在限制的三口（一口约等于二十人）以外，多了一口多的人工作。而田冈等人以"全港振"神户支部的名义，策划妨碍山九运输的船内搬运业务。这是警方的指控。

对这件事，田冈做了如下解释——

"直到山九运输加盟'全港振'，我才知道有山九运输这么一个小公司。有一次冈精义告诉我，有个叫山九运输的公司违反了人数分配额的约定。我便让他们加入了'全港振'，按'全港振'的协定，山九运输的劳工人数以二口为限，但他们还是超过了，我又同意他们增加到三口。至于他们后来又超出了三口，我就不知道了。"

回答这个问题，田冈露出破绽，"全港振"是个民间组织，实际完全操纵在山口组手中，究竟有什么权力限制合法公司的劳动人数呢？另外，田冈对被控威胁山九运输不得超出三口的事实，未能做出解释。

第三，是有关对关西汽船进行恐吓事件。

警方提示：1961年11月6日，关西汽船公司的租用船，与一艘在神户港内的作业船相撞，作业船中一名山口组组员坠海而死，田冈一雄以索取补偿为名，向关西汽船公司强要了260万日元。

田冈对这个问题回答得很简单。

他说："我的组员死了，我作为组织的头目，当然很难过，但我没有直接插手处理这件事，而是按惯例，请劳务委员会去解决，我没有过问赔偿金的事情，更没有指示过拿多少钱或怎么做。"

最后一个问题，是关于三城地下城建设工程的恐吓事件。田冈被指控强行介入警卫事务，并向施工方敲诈300万日元。

回答这个问题时，田冈显得十分激动。

他说："这简直是晴天霹雳！自从接任山口组第三代头目，已经过去了二十多年，我从来没向任何部下要过一杯咖啡或者一碗乌冬面！这是我的原则！我更不会向外人要一分钱，巧取豪夺，那种不光彩的行为，我是不干的！没有这种事，绝对没有！"

"你记清楚了？"主持审问的山本升一问道。

"我记得很清楚！"田冈说。

"还有什么要补充的吗？"江原纯雄再次提醒。

田冈考虑了一下，说："没有了！"

"那就请你在这上面签字吧！"

课长助理递上审讯记录。田冈认真地看了一阵，然后签上自己的名字。临床轮审到此结束。警方将依据进一步掌握的情况，决定对田冈起诉或是不起诉。

田冈不知警方到底掌握了自己多少情况，这时老是回忆起从前所做过的一些坏事，因此变得十分心虚。但这种心态从表面上是看不出来的。这年，他已经是55岁的人了。

1967年12月13日，山口组的"事始仪式"，照例在田冈一雄的家中举行。仪式由保释中的地道行雄主持。

地道行雄是力主解散山口组的重要人物，加上他当时患了十分严重的肺病，所以对组织的事情已经相当冷漠。虽说到会人数达到了一百人，但气氛仍然惨淡。大家吵吵闹闹，十来分钟便作鸟兽散。

田冈一雄没有参加这年的"事始仪式"，也无法带任何口信给大家。因为他的病再次发作，在氧气帐内接受抢救。

山口组元气大伤，奄奄一息，正如同氧气帐内的田冈一雄。

"事始仪式"后的一天，山口组的一名要员——安原政雄，因侵犯不动产的罪名被捕，他在拘留所中声明解散安原会。

安原政雄是田冈最亲密的把兄弟之一，曾经当过山口组总干事。他率领的安原会，在大阪、德岛、三重、爱知各府县，拥有十二个黑帮团体。在"广岛代理战争"中，打越信夫便是直接得到安原政雄的支持。

这个时期，山口组内部一直在讨论组织解散问题，但是迟迟未决。这主要受到田冈"决不解散"的立场的影响。

地道行雄是解散派的大旗手，被保释出狱之后，完全不按田冈的主张行事。由于他担任着山口组总干事的重要职务，也就是说，除了田冈，他是山口组的最高负责人。所以他的影响力也是不可低估的。

地道行雄背离组织路线的种种表现，被反对解散派告到田冈那里，田冈既愤怒又难过。他最强烈的感受是众叛亲离。

但田冈更看重的是他苦心经营了二十多年的山口组。为了挽救组织，田冈痛下决心，让部下传出话去，若地道行雄再不改弦易辙，将撤销他在山口组内的一切职务。

地道行雄仿佛不肯悔改，1968年1月22日，他来到田冈的病房，提出辞去山口组总干事一职。

地道行雄希望由他主动要求辞职，这从名义上或许好听一些。田冈一雄久久地望着他，许多往事涌上心头——

1945年8月下旬，日本刚投降不久，姬路发生对抗事件。水塔顶部的新井律师，拉燃手榴弹欲向对方投去，眼看已有眉目的和谈就要破灭，就是这个地道行雄，迅速攀上水塔顶，从新井手中抢过手榴弹，当时水塔下面黑压压地站满了人，而四周全是居民，千钧一发之际，大智大勇的地道行雄猛然做出一个奇迹般的动作——将手榴弹朝半空投去！那一声巨响，使田冈首次认识了地道行雄。在那这后，组员全部撤走，田冈独自一人留在当地的旅馆里，深夜之中，他发现有两个人悄悄留了下来，在屋外整夜站岗，自愿保卫着他的安全，其中有一个人便是地道行雄……

这些往事，田冈怎样也忘不掉。后来，他让地道担任了山口组的厮杀行动队队长，再后来，又让地道行雄取代安原政雄，担任山口组总干事。他是多么信任地道行雄啊！可是，还是这个地道行雄，在组织面临重大危机、总头目重病在床的时候，他居然主张解散山口组，居然跑来要求辞职！他这是要与山口组断绝关系，他是要彻底背弃山口组！难道山口组的确是一个可怕的组织吗？是现在才显得可怕，还是过去就一直可怕？好像没有什么不同啊！

田冈一雄足足注视了地道行雄几分钟，长长地叹息一声，说："再考虑一下吧！"

"那么，好吧！"地道行雄低着头说。事情就这样拖下去。

1969年4月18日凌晨，地道行雄因昏迷被送往关西劳灾医院，经确诊是患了肺癌。

5月15日上午，地道行雄死去，终年47岁。

其实，地道行雄和田冈是住在同一个医院，两人都有再好好谈一回的想法，但都未能如愿，这个好一点，那个又陷入昏迷，就这样错过了交谈的机会。

地道行雄死去后，山口组总干事一职由原总干事助理尾原清晴替代。尾原清晴就是在姬路事件中，和地道行雄一道暗中留下来保护田冈的那一个人。

尾原清晴担此重任，当然是由田冈亲自选定。

尾原清晴在"鹤田事件"中，曾与山本健一一起行动，从那时起成为山田组的核心人物。此后，组织了尾原组，有直系组员六十多人。

田冈在任命尾原清晴时，曾对下面人说过这样一番话：

"在意见分歧很大的情况下，要收拾局面，把组织内部统一起来，是十分艰巨的。我就是要利用尾原这个人不会颠倒是非黑白的优点，以山口组做赌注……"

在赞扬尾原清晴的同时，也等于从反面抨击了以冈精义、地道行雄为代表的"解散组织派"人物。

1968年春夏之交，大阪警方对山口组属下的柳川组展开包围，步步进逼。

柳川组是山口组现存的唯一一个大组织，总部设在大阪府，而属下小组织则辐射到整个日本。柳川组组长是柳川次郎，当时尚在狱中，他紧紧追随田冈一雄，坚决拒绝解散。

4月上旬，大阪警方连续发动袭击，先后共逮捕了八十七名柳川组组员。

进入1969年，由于柳川组下面最大的组织神田组解散，而第二代柳川组组长谷川康太郎又被指控涉嫌恐吓罪，行将入狱，于是设法与在名古屋监狱服刑的首任组长柳川次郎取得联系，经过商议，终于在4月9日向大阪府警方声明解散柳川组，并传令全国的柳川组各下属组织统统解散。

到此为止，山口组的外围组织通通消灭，山口组完全成了孤家寡人。

然而，警方没有停止战斗。同年4月25日，兵库县警方以涉嫌恐吓罪，逮捕了上任不久的山口组总干事尾原清晴。

同一天，神户地方检察府根据警方提供的罪证，指控山口组第三代头目田冈一雄，涉嫌两项恐吓罪和一项以无形压力妨碍业务罪，并向神户法院正式提出诉讼。

"起诉也好，公审也好，希望能借此证明我的清白。假如硬要把我当成罪犯，我便要叫他们看我的男儿本色！"

瘫卧在床、瘦得皮包骨、体重剩下42公斤、年届57岁的田冈一雄如是说。

第二十五章

回首往事

> 田冈在医院里躺了七年半。他的回忆录在《朝日艺能》周刊连载；根据他的生平拍摄的自传式电影《山口组三代目》在日本公映。这年他随电影摄制组回了一次故乡，触景生情，跪地痛哭。

日本政府对黑道帮会的取缔行动，于 1966 年达到高潮，之后便慢慢放松下来。因此，到 1968 年秋天，原已解散的许多帮会组织又陆续复活。

在神户，五岛会第二代头目明目张胆地举行了继位仪式，而新生会则玩弄花招，改名为忠诚会，再度展开活动；此外，关东地区的住吉一家改名为住吉会、松叶会改名为松友会、日本国粹会改名为国粹睦会……纷纷复活过来。

变换名目，是当时日本黑道帮会复苏的普遍伎俩。

山口组的属下组织，拥有四百名成员的安原会，在一度散伙之后，又在神户凑川神社结成新组织，名称改为心腹会。

1968 年底，田冈的病情仍然处于危险状态，这年 12 月 13 日山口组的"事始仪式"，田冈还是无法出席。但是，在这次"事始仪式"上，由一个名叫中井启一的组员，宣读了田冈的长篇训示，训示用毛笔写在纸上，为写这篇训示，田冈在病房中足足忙活了一个多月。

训示全文如下——

今日诚心恭贺各位，为了这次事始仪式，我已尽力疗养身体，但在医生极力阻止下，虽然极不愿意，也只有无奈地放弃出席的念头。在我眼中浮现出今次盛大的场面，作为组长，在病中诚心祝福大家。

我入院后，很快便度过了三年半的岁月。这段日子，随着社会形势的转变，我很担心我们这些贯彻侠客道义精神的人，会不会被这无情的大风吹倒……但是，各位反而更加坚强团结、不屈不挠，怀着正义必胜这个信念，继续在此道上生存着。今日共同迎接复兴的来临，真的可喜可贺！

今日社会仍持续一片混乱，我们必须更专心致志，加倍努力。以组织的纲领为宗旨，各位共同努力，放弃争斗，以求使自己成为后来者的典范，挺起胸膛向前进，转祸为福。我恳切希望大家能永远保存作为山口组组员的矜持，也希望大家能彻底地用严肃认真的态度，对自身的言行加以反省，这样有朝一日，定能做出贡献。

我已努力疗养身体，希望早日痊愈。在痊愈出院后，以健全的身心担任统率者，与大家同心协力，希望可以对国家有所贡献。

在我长期住院以来，衷心感谢各位组员，诚心诚意再三到来探望。大家的厚爱，给病中的我很大的安慰和鼓舞，实在非常感谢。谨借此机会致十二分之谢意，就此简单向大家问安。

田冈一雄

　　从这篇所谓的训示中，至少透出这么一个信息，那就是田冈已经窥见山口组的生机，并且雄心勃勃地告诉大家，只要大病不死，他就还要继续担任山口组的第三代头目，迎接山口组全面复兴之日的来临。

　　这只是田冈的幻觉，迈向法制化轨道的日本，能容许黑帮势力继续存在吗？

　　颇具嘲讽意味的是，就在"事始仪式"不久后的次年4月25日，田冈新任命的山口组总干事尾原清晴便被警方依法逮捕，同一天，田冈自己也被神户检察府起诉，这对野心未泯的田冈不啻当头一记棒喝。然而令人费解的是，田冈虽然被起诉，但却迟迟没有接到候审的传票，此后也没有任何法警去打搅他。

　　难道是田冈和官方私下达成了某种交易吗？

　　外界不得而知。

　　总之，田冈一直安安静静地在医院养病。

　　1969年秋天，田冈的病情日益好转，甚至可以由太太陪伴着在医院内的走廊里散步了。

　　他开始早起，腰间挂着测量器，每天在走廊延长步行的距离。这时，田冈还喂养了一只鹦鹉，那只鹦鹉常常站到他的肩膀上，"喂喂"地叫个不停。田冈很喜欢这只鹦鹉，有时双手支在地上，歪着脑袋看着它吃东西。

1972 年 12 月，田冈出院了。

从 1965 年 5 月发病入院，转眼之间，七年零七个月过去了。

从 1973 年开始，田冈一边在家里休养，一边撰写自己的回忆录。4 月份，《朝日艺能》周刊开始连载他已经脱稿的部分。

与此同时，一部以田冈为原型的电影由东宝映画投入拍摄，这部片名叫作《山口组三代目》的自传式电影，同年 8 月在日本公映。

在剧组拍摄田冈少年一段经历的时候，田冈在太太深山文子的陪同下，回到阔别了五十余年的故乡——美丽的吉野河畔。

正是樱花盛开的季节，春风依然带着寒意，从阿赞山脉和剑山山脉之间奔流而来的吉野河，一路撞击着突兀的岩石，激起雪白的浪花。如梦如幻的朝雾，笼罩着莽莽平川。

田冈屏息凝望。他望见了樱花飞扬的小径上，有一位年轻的母亲，她手中牵着一个孩子，孩子背着书包……

田冈泪水流淌。

……书包没有了，母亲不见了。孩子前面走着一个醉汉，他手中晃动着一只大酒壶，步履踉跄……终于看见了神户港，那迷离的灯火，却闪烁着刀光剑影……

突然，传来惊天动地的喧响！原来是吉野河的大瀑布，是那样的壮阔！是那样的明亮！在它的面前，任何人都显得卑微，任何人都显得渺小。

田冈突然跪下，发出瀑布一般的悲声……